ハヤカワ文庫 SF

〈SF2446〉

彷徨《さまよ》える艦隊 13

戦艦ウォースパイト

ジャック・キャンベル

月岡小穂訳

早川書房

9057

THE LOST FLEET
OUTLANDS
RESOLUTE
by
Jack Campbell

Translated by
Saho Tsukioka
First published 2024 in Japan by
HAYAKAWA PUBLISHING, INC.
This book is published in Japan by
arrangement with
JABBERWOCKY LITERARY AGENCY, INC.
through THE ENGLISH AGENCY (JAPAN) LTD.

わが道をゆき、つねに大いに努力し、つねに自分と他人の最善の部分に目を向け、つねに知識だけでなく理解を求めるコンスタンス・A・ワーナーに。

そして、いつものようにSへ。

星系同盟《アライアンス》第一艦隊　所属艦一覧

司令長官　ジョン・ギアリー元帥

第一戦艦分艦隊
〈ギャラント〉〈インドミタブル〉〈グローリアス〉〈マグニフィセント〉

第二戦艦分艦隊
〈ドレッドノート〉〈フィアレス〉〈ディペンダブル〉〈コンカラー〉

第三戦艦分艦隊
〈ウォースパイト〉〈ヴェンジャンス〉〈レゾルーション〉〈ガーディアン〉

第四戦艦分艦隊
〈コロッソス〉〈エンクローチ〉〈リダウタブル〉〈スパルタン〉

第五戦艦分艦隊
〈リレントレス〉〈リプライザル〉〈スパーブ〉〈スプレンディド〉

第一巡航戦艦分艦隊
〈インスパイア〉〈フォーミダブル〉〈ドラゴン〉〈ステッドファスト〉

第二巡航戦艦分艦隊
〈ドーントレス〉(旗艦)〈デアリング〉〈ヴィクトリアス〉〈インテンパリット〉

第三巡航戦艦分艦隊
〈イラストリアス〉〈インクレディブル〉〈ヴァリアント〉

第五侵攻輸送艦分艦隊
〈ツナミ〉〈タイフーン〉〈ミストラル〉〈ハブーブ〉

第一補助艦分艦隊
〈ティターン〉〈タヌキ〉〈クプア〉〈ドモヴォイ〉

第二補助艦分艦隊

〈ウィッチ〉〈ジン〉〈アルケミスト〉〈キュクロプス〉

二十六隻の重巡航艦からなる五つの分艦隊

第一重巡航艦分艦隊　第三重巡航艦分艦隊　第四重巡航艦分艦隊
第五重巡航艦分艦隊　第八重巡航艦分艦隊

五十一隻の軽巡航艦からなる十の戦隊

第一軽巡航艦戦隊　第二軽巡航艦戦隊　第三軽巡航艦戦隊　第五軽巡航艦戦隊
第六軽巡航艦戦隊　第八軽巡航艦戦隊　第九軽巡航艦戦隊　第十軽巡航艦戦隊
第十一軽巡航艦戦隊　第十四軽巡航艦戦隊

百四十一隻の駆逐艦からなる十八の戦隊

第一駆逐艦戦隊　第二駆逐艦戦隊　第三駆逐艦戦隊　第四駆逐艦戦隊
第六駆逐艦戦隊　第七駆逐艦戦隊　第九駆逐艦戦隊　第十駆逐艦戦隊
第十二駆逐艦戦隊　第十四駆逐艦戦隊　第十六駆逐艦戦隊　第十七駆逐艦戦隊
第二十駆逐艦戦隊　第二十一駆逐艦戦隊　第二十三駆逐艦戦隊　第二十七駆逐艦戦隊

第二十八駆逐艦戦隊　第三十二駆逐艦戦隊

第一艦隊宙兵隊

指揮官　カラバリ少将

侵攻輸送艦に所属する三千名の宙兵隊員が、各巡航戦艦および各戦艦に分乗。

彷徨《さまよ》える艦隊13

戦艦ウォースパイト

登場人物

ジョン・ギアリー…………第一艦隊司令長官。元帥
ターニャ・デシャーニ……同艦隊旗艦〈ドーントレス〉艦長。大佐。ギアリーの妻
キャストリーズ……………〈ドーントレス〉ブリッジ要員。大尉
ユオン………………………同ブリッジ要員。大尉
アイガー……………………同情報士官。大尉
ジャーメンソン……………同主計士官。大尉。アイガーの妻
ジョニンニ…………………同最先任上等兵曹
タルリーニ…………………同上級上等兵曹
カラバリ……………………第一艦隊宙兵隊指揮官。少将
オービス……………………同宙兵隊一等軍曹
ドゥエロス…………………巡航戦艦〈インスパイア〉艦長。大佐
バダヤ………………………巡航戦艦〈イラストリアス〉艦長。大佐
ジェーン・ギアリー………戦艦〈ドレッドノート〉艦長。大佐
プラント……………………戦艦〈ウォースパイト〉艦長。中佐
アルウェン…………………同少尉。ドゥエロスの娘
ヴェレス……………………リフト連邦星系〈パスガード〉艦長代理
リーセルツ…………………星系同盟《アライアンス》の大使
ウェッブ……………………同大使付き武官。大佐
ジャスミン・クレシダ……同科学者。ジェイレン・クレシダの姉
イケニ………………………ミッドウェイ星系大統領
ドレイコン…………………同将軍
ブラダモント………………同代将。もとアライアンス連絡担当士官
ロジェロ……………………同大佐。ブラダモントの夫

1

緊急通報の警告音が鳴り響き、星系同盟《アライアンス》巡航戦艦〈ドーントレス〉の元帥の自室における〝夜間〟ルーティンの静寂を破った。ジョン・〝ブラック・ジャック〟・ギアリーは警報が鳴りはじめて数秒以内に簡易ベッドから起きあがり、室内のディスプレイが起動すると同時に制服を引っ張って整えた。

「元帥、ペレ星系からのジャンプ点に一隻の艦が到着しました」

通常、ほかの星系から艦が到着しても緊急警報が発令されることはない。その艦が、〈ドーントレス〉を含むアライアンス艦隊が周回している位置から一光時、すなわち約十億キロ離れた領域に到着したときにはなおさらだ。だが、アライアンス艦隊は本拠星系から遠く離れ、銀河系へと拡大した人類の支配宙域の辺縁に位置するミッドウェイという恒星を周回していた。しかも、その艦があとにしてきたペレ星系は、人類をなんども襲撃してきた謎の種族に支配されている。

「一隻だけ？」ギアリーは問いただした。「謎の種族の艦か？」謎の種族はミッドウェイ星系へ艦隊を送りこんできて、星系内の状況を観察するとすぐにペレ星系へと戻ってゆくことで知られていた。

「いいえ、閣下」と、ブリッジの当直士官。「外観は人類の重巡航艦です。識別信号は送信していません。艦隊のセンサーから、〈パスガード〉である可能性の高い識別情報を得ただけです」

〈パスガード〉」ギアリーはむなしさを覚えつつ、その名を繰り返した。〈パスガード〉は、人類に対して（一見）友好的な異星人であるダンサー族と独自に接触しようとしたリフト連邦星系の旗艦であった。最後に見たときには六隻の僚艦をしたがえていた。そのうちの二隻は軽巡航艦で、残りの四隻は駆逐艦だ。だが、ダンサー族のもとへ行くには謎の種族の支配宙域を通過しなければならない。謎の種族と名づけられたのは、彼らが自分たちについての情報を徹底的に隠そうとしているせいだ。「一隻だけか？」

「はい、元帥。ほかにジャンプ点から出てきた艦はありません。あれが〈パスガード〉なら、深刻な外部損傷があります。稼働中のシステムの兆候《ちょうこう》はまったく探知されていません」

機能停止した艦だと？　だが、機能停止した艦は超空間から出られない。超空間を離脱するには、機能するジャンプ・エンジンと、それを作動させるためのクルーか、まだ機能している航法システムが必要だ。

「いまブリッジへ行く」ギアリーは急いで自室から外の通路へ出ようとした。艦内時刻では夜の時間帯なのでほとんど人けはなく、少し離れたところで数人のクルーが装置を点検しているだけだ。ギアリーが自室を出たときに、クルーたちはこちらを見た。遠くてその表情ははっきり見えないが、なぜ元帥があわてて部屋から飛び出してきたのかと不安に思っているかもしれない。

アライアンス艦隊は一週間以上前からこの軌道にとどまっていた。ミッドウェイ星系のハイパーネット・ゲートとアライアンスのハイパーネットを接続する計画が成功したという証拠を待っているのだ。本拠星系からははるかに遠く、謎の種族がもたらす危険と隣り合わせであることを思えば、奇妙なほど単調な一週間だった。艦が〇・一光速か〇・二光速へと加速するさいの時間の流れかたの変化を考慮しなくても、戦闘艦での時間は不思議なものだ。任務や交代の見張り、必要な作業に追われて、日々が飛ぶように過ぎてゆくこともあれば、同じ仕事が繰り返される日々がつづくと退屈で長く感じられることもあった。

変化がないと、どんなに困難な仕事でも退屈になり、新たな問題をもたらす。退屈したクルーや宙兵隊員が〝その時点では名案だと思われた〟何かを考えつくことほど危険なものは、宇宙にはほとんど存在しないのだから。

そのため、ギアリーは新たに到着したこの艦に不安を覚えるとともに、単調な日常が中断されたことに安堵《あんど》もしていた。

ブリッジまでは一分しかかからないが、〈ドーントレス〉の艦長が先に来ていたことは意外ではなかった。

ターニャ・デシャーニはギアリーの司令長官席と隣り合う艦長席にすわり、自分のディスプレイを注視していた。

「〈パスガード〉――あれが〈パスガード〉なら――は、超空間を離脱してから積極的な航行操作を行なっていません。センサーはシステムが作動している兆候を探知していません」デシャーニは頭を振った。「あの艦が超空間から出られなかったのなら、完全に機能停止した遺棄艦だと判断するでしょう。でも、ジャンプ・エンジンはまだ作動しているにちがいありません」

「機能停止しているかもな」と、ギアリー。「ジャンプ・エンジン以外は」

「元帥、クルーが全員死亡し、ジャンプ・エンジン以外の何もかもが破壊されたにもかかわらず、ジャンプ・エンジンの自動制御システムもそのための予備電源も無事だったとはとても信じられません」デシャーニはもういちど頭を振った。「〈パスガード〉が随伴の艦を犠牲にしてペレ星系からのジャンプ点へとどうにか引き返すことができたのなら、あの難破艦のなかにまだ生存者がいると、わたくしは思います。しかし謎の種族が〈パスガード〉を拿捕《だほ》し、奇襲攻撃に利用するために遺棄艦と見せかけて、ここに現われるようしくんだ可能性もあります」

ギアリーは顔をしかめた。

「難破艦が爆発するようにしくまれていたら、それを調べるために近づいたシャトルや艦が吹き飛ばされるだけだ。謎の種族は〈パスガード〉を見せしめとして送り返してきたのだろうか？　ペレ星系へ行く人類の艦はこんな目にあうということか？」

「たぶん」と、デシャーニ。「答えを知る方法がひとつだけあります。あの難破艦のなかに生存者がいるなら、一刻も早い救出を必要としているでしょう」

宇宙空間に障害物はほとんどなく、〈パスガード〉の現在位置からずっと遠くにある物体がはっきり見える。ギアリーは〈パスガード〉が受けたにちがいない打撃を想像し、内心たじろぎながら、艦隊のセンサーが評価をつづけている〈パスガード〉の外部損傷を熟視した。ギアリーは自身の重巡航艦〈マーロン〉で戦いに敗れたことがある。完膚《かんぷ》なきまでに自艦を痛めつけられたという醜悪な記憶が、脳裏に押し寄せてきた。

ギアリーは過去のイメージを振り払った。デシャーニの言うとおりだということはわかっている。〈パスガード〉に生存者がいるなら、必死で助けを求めているだろう。

だが、助けにいくには時間がかかる。宇宙空間は人類の想像を絶するほどに広大だ。一光時、つまり十億キロは、十兆キロに相当する一光年と比べれば、たいしたことはない。しかし人類にとっては、たしかにとほうもなく遠い。最新鋭の戦闘艦が可能なかぎり全力で加速しても、一光時の距離を進み、〈パスガード〉のベクトルと一致するよう減速するには、数時間かかるだろう。しかも、〈パスガード〉の到着を示す光が〈ドーントレス〉のいる周回軌道へと移動するあいだに、早くも一時間が経過していた。

「まだクルーがいるとしたら、生きて超空間から出られたことが驚きだ」

「ほかの艦よりも運がよかったのですね」デシャーニは苦々しい思いを隠そうともせずに言った。「リフト連邦星系が単独でダンサー族の宙域に到達しようとしたことがいかに愚かであるかを証明しながら、多くの優秀な兵が死んでいったにちがいありません」

ギアリーも同感だったので、その点について反論はできなかった。リフト連邦星系が送った小規模部隊は虚勢を張って人類宙域を進むことはできたが、謎の種族には太刀《たち》打ちできなかったのだ。

自分がやるべきことはわかっていた。何隻かの艦を艦隊から切り離して〈パスガード〉へと直行させ、生存者を救出するか、謎の種族のしかけた罠《わな》を破壊するか、どちらかだ。ギアリーは必要な手順を頭のなかで実行しかけたが、急に思いとどまった。長いあいだ、独自に活動する艦隊の司令長官として何が必要かを自分で判断し実行してきたため、行動する前に許可を求めるという習慣はなくなっていた。

ギアリーは通信操作パネルにタッチした。

「〈バウンドレス〉、こちらはギアリー元帥。ただちにリーセルッツ大使と話をする必要がある」

「許可が必要なのですか？」デシャーニはほかのブリッジ・クルーに聞こえないよう声を落とし、不満げに言った。「これは緊急事態でしょう？」

「その種の緊急事態ではない」と、ギアリー。「リーセルッツ大使はここでのアライアンスを代表する最高位の文民当局者だ。したがって、この件に対して行動を起こす前に、わたしは許可を得る必要がある」

デシャーニはいらだちの色を浮かべたが、反論しようとはしなかった。文民当局者にしたがうことと、それを周囲に示すことの重要性について、ギアリーがどう感じているかわかっていたのだ。一世紀に及ぶ戦争は艦隊と政府の絆《きずな》にほころびをもたらし、ギアリーはそれを修復することを心に決めている。ギアリーが最近アライアンスの首都惑星ユニティで経験したことは、その決意をいっそう強固にしただけだった。もっと理性的な人間なら、自分をねらった暗殺未遂や、アライアンス議員の一部による法と原則にそむく行為に打ちのめされ、思いとどまっていただろう。いや、そのような人間なら、もうとっくにあきらめていたはずだ。

ギアリーのディスプレイにバーチャル・ウィンドウが現われ、〈バウンドレス〉の執務室にいるリーセルツ大使が映し出された。リーセルツも寝起きであることは明らかだった。

「元帥、ペレ星系から来たあの艦の件ですか？」

「はい」と、ギアリー。「センサーにより〈パスガード〉と認識されました。ダンサー族の支配宙域へ到達しようとするリフト連邦星系部隊を先導していた重巡航艦です。ひどく損傷しています。ミッドウェイ当局と連携し、生存者を救出するためにわたしの艦数隻を派遣することを、許可していただきたい」

リーセルツは探るような視線を向け、ギアリーの目を見た。

「あの艦に生存者がいるかもしれないと思っているのですか？」

「可能性はあります。だとしたら、瀕死の状態かもしれません」

「では、できるかぎりのことをしなければなりませんね」リーセルツは言葉を切り、陰鬱《いんうつ》な面持《おもも》ちで考えこんだ。「リフト連邦星系のほかの艦も謎の種族に破壊されたと思いますか？」

「はい」ギアリーは率直に自分の判断を口にした。「人類を相手にするとき、連中は一貫して非常に冷酷でしたから」

「なぜです？」リーセルツは片手で髪をかきあげた。「惑星連合《シンディック》が謎の種族との接触のしかたを間違えたのですか？」

「われわれが謎の種族の支配宙域を通過したとき、同行していた民間人の専門家たちがその疑問について議論しました」と、ギアリー。「われわれは謎の種族の考えかたをよく知らないだけです。それに、われわれに対処するとき、連中が脅迫以外の行動に出たことはありません。プライバシーを侵害しようとする者を排除するためなら手段を選ばないだろうと、専門家は推測しています。ダンサー族に対しても同様の態度をとっていたようです」

「わたしたちと対話する意思を持つ派閥は見つからなかったのですか？　それほどに文化が統一されているのですか？」

「統一はされていません」と、ギアリー。「謎の種族の宙域の内部には、厳重に守られた境界がいくつもあることがはっきりしています。しかし、よそ者に対処するさいには一致団結するようです」

リーセルッは顔をしかめ、かたわらに目を向けた。

「謎の種族に関する報告書は、前回あなたがたに同行した民間人専門家のものも含めて、すべて読みましたが、あなたの言うことと矛盾する点はありません。人類の観点から見ると、極度に偏執《へんしゅう》的です」

「彼らにとっては非常に合理的なのかもしれません」と、ギアリー。「だからといって、謎の種族と対立する人類にとって、たいした慰めにはなりませんが。信じてください。われわれは謎の種族と交渉するすべを……せめて意味のある対話をするための方法だけでも見つけようとした。しかし連中は人間のアバターを使って脅迫してきただけです」

「外交には本気で対話しようとする意志が必要です」と、リーセルッ。「リフト連邦星系は、あなたがたが謎の種族を相手にどんな経験をしたか知らなかったのですか？」

「知っていました。あの重巡航艦〈パスガード〉の上級士官はカペルカ艦長です。われわれが謎の種族の宙域を通過したときにも同行していました。自分が何をしようとしているか、わかっていたはずです」

「そして、いま残骸が送り返されてきた」リーセルッは悲しげに言った。「さあ、元帥。救える者が残っていないか、確認してください。ミッドウェイ側とのあいだに問題が生じたら、知らせて。わたしがイケニ大統領に直訴してみます」

「ありがとうございます」そのような事態にならないことを祈りながら、ギアリーは言った。イケニがいる惑星と光速通信するには往復で数時間かかるだろう。

ギアリーは通信回線を切り替えた。ミッドウェイ星系の地元当局との通信に使われている回線だ。ミッドウェイはギアリーの艦隊が所属するアライアンスの一部ではなく、かつてはシンディック帝国の一部だった。だが、アライアンスとの一世紀にわたる戦争の結果としてシンディックという企業帝国が崩壊すると、ミッドウェイの指導者たちは反乱を起こしたのだ。その指導者たちとは一種の友人でありパートナーでもあるため、ギアリーはこの星系に対する彼らの主権を無視するわけにはいかなかった。

ミッドウェイ星系の小規模艦隊も、ギアリーの艦隊からわずか十光分ほどの軌道上にいた。最大の戦闘艦である一隻の戦艦は重すぎて、〈パスガード〉をすばやく追うことはできない。また、唯一の巡航戦艦はさらに二光時離れた主要居住惑星の近くにいる。しかしミッドウェイが決断すれば、巡航艦数隻と比較的小型の対艦攻撃艇を使用して〈パスガード〉に対処し、アライアンス戦闘艦が直接関与する必要はなくなる。

ギアリーは通信操作パネルをタップし、ミッドウェイ星系小艦隊の指揮官にメッセージを送信した。

「マルフィッサ代将、こちらはギアリー元帥です。ペレ星系から新たに到着した戦闘艦はリフト連邦星系の重巡航艦〈パスガード〉でした。生存者がいるなら、救助が必要です。わたしは特務戦隊を〈パスガード〉に直行させる準備をしています。わたしの対処に異議があれば、知らせてください。ギアリーより、以上」〈バウンドレス〉は近くにいるのでリアルタイムでの通信が可能だったが、ミッドウェイ星系小艦隊とは十光分の距離がある。メッセージの往復に二十分かかるということだ。

デシャーニが眉をひそめながら、椅子の背にもたれた。

「巡航戦艦一隻と重巡航艦二隻がいいでしょう。〈ドーントレス〉に乗艦している宙兵隊分遣隊は、〈パスガード〉に何が乗っていても充分に対処できる規模のはずです。あの難破艦のなかが謎の種族だらけでなければ、ですが。もしそうなら、接近戦を避けて距離をとり、艦を吹き飛ばすほうが賢明です」

「巡航戦艦二隻」と、ギアリー。「それと重巡航艦四隻。謎の種族が罠をしかけているかもしれんからな。どんな奇襲攻撃にも対処できるよう、充分な戦力を確保したい」

「マルフィッサ代将がノーと言ったら?」と、デシャーニ。「ミッドウェイはアライアンスにここを乗っ取られることを恐れているので、われわれを必要としていないことを示したいかもしれません」

「〈パスガード〉のことはわれわれの問題であるべきで、ミッドウェイには関係ないから、すべての問題を喜んでわれわれにゆだねてくる可能性もある」と、ギアリー。「〈ドーントレス〉、〈デアリング〉とともに第五重巡航艦分艦隊を連れてゆく。カラバリ少将に宙兵隊分遣隊の増援を急がせるつもりだ。艦への侵入行動が必要な場合に備えて、兵力を増強しておきたい」

「キャストリーズ大尉」デシャーニはブリッジの当直士官に言った。「〈パスガード〉のあとを追うことを〈デアリング〉と第五重巡航艦分艦隊に知らせ、インターセプト・コースを算定せよ」

ギアリーがみずからカラバリに通信すると、カラバリは即座に侵攻輸送艦〈ツナミ〉を同行させることを提案した。

「そうすれば、宙兵隊を増員できますし、この艦には医療施設も備わっています」カラバリは指摘した。

ギアリーがちらっと見ると、デシャーニは顎《あご》をさすりながら考えこんでいた。

「〈ツナミ〉が全力で加速し、われわれが加速を少し抑えれば、〈ツナミ〉はついてこれます」と、デシャーニ。「〈ドーントレス〉にはりっぱな医務室がありますが、侵攻輸送艦の医療施設にはかないません。そのような医療リソースがあるなら、多少時間がかかっても〈パスガード〉のもとへ連れてゆく価値はあるかもしれません」

ギアリーはデシャーニに向かってうなずいた。

「名案だ」それからカラバリに言った。「そうしよう」

「キャストリーズ大尉」と、デシャーニ。「われわれに同行し、長時間に及ぶ最大加速に対応できるよう備えよと、〈ツナミ〉に伝えなさい。それから、〈ツナミ〉の最大加速度を考慮して〈パスガード〉へのインターセプト・コースを修正せよ」

「了解、艦長」当直ステーションですばやく作業しながら、キャストリーズは言った。

準備に追われてあっというまに二十分が過ぎたとき、当直の通信士から意外な報告があった。

「元帥、ミッドウェイの代将から入電あり」

ギアリーが承認ボタンをタップすると、マルフィッサの映像が現われた。ミッドウェイの上級艦隊司令官は責任の重さのわりに若いが、この星系のもとシンディック指揮官全員が反乱のさなかに突然の死を迎えたときにその職を得た。マルフィッサの周囲に映っているものから、戦艦ではなくシャトルに乗っているとわかる。

「ギアリー元帥、こちらは自由独立ミッドウェイ星系のマルフィッサ代将です。ミッドウェイはもとアライアンス戦闘艦の対処への支援要請を受け入れます。わたしは重巡航艦

〈マンティコア〉に移乗し、〈パスガード〉へ直行するあなたがたの部隊に同行します。可及的すみやかにさらなる情報を提供してください。人民のために、マルフィッサより、以上」

　デシャーニはため息をつき、頭を後ろにそらした。

「キャストリーズ大尉、ミッドウェイの重巡航艦〈マンティコア〉も同行する」

「了解、艦長」称賛すべきことに、キャストリーズはわずかにたじろいだものの、すぐにインターセプト・コースの三度目の修正に取りかかった。

　戦闘艦の性能はそれぞれ異なる。戦艦は巨大で重防御かつ重武装だが、ほかの戦闘艦と比べて操艦がやっかいでもある。巡航戦艦は防御力の大部分と武装の一部を犠牲にして質量を減らし、推進装置を追加したため、大きさのわりにもっとも敏捷《びんしょう》な戦闘艦だ。このように時間が重視される状況において、可能なかぎり速く〈パスガード〉に到達できる巡航戦艦の性能は要件に合致していた。

　アライアンス艦の一団は重巡航艦四隻と侵攻輸送艦〈ツナミ〉をともない、艦隊のほかの艦がいる軌道を離脱して加速した。宇宙空間に長い弧を描きながら、〈パスガード〉の軌道と交差することになる針路を進んでゆく。途中、下方からミッドウェイの重巡航艦

〈マンティコア〉がすべりこんできて合流した。数カ月前なら、シンディック仕様の重巡航艦がアライアンス戦闘艦と行動をともにすることはとても奇妙に感じられただろう。いまだに少し違和感がある。だが、ミッドウェイの戦闘艦がアライアンスのパートナーによって運用されているという事実が、この奇妙な組み合わせを実現可能にしたのだ。

慣性補正装置のおかげで、加速力がか弱い人間を押しつぶしたり、強靭《きょうじん》だがもろい艦を引き裂いたりすることはないものの、人類が知る最速の戦闘艦でも、加速して十億キロを進み、損傷の激しい〈パスガード〉の速度に合わせるためにふたたび減速するまで六時間強を要するだろう。これほど短時間にこれほどの距離を進む能力は人類の創造力の偉大な賜物《たまもの》だが、それでも不充分に思われた。瀕死の状態にあるかもしれない人々を救おうと急いでいるときには、六時間は非常に長いと言える。

アライアンス艦の一団が出発して二時間以上たってから、これが脅威やすでに機能停止した艦への対処ではなく、救出任務である可能性が濃厚になった。

「艦長」と、ユオン大尉。「センサーが〈パスガード〉からの点滅信号を探知しました。可視光線が一定のパターンを繰り返しています。間隔の短い点滅が三回、長い点滅が三回、もういちど短い点滅が三回。いったん止まって、また同じパターンの繰り返しです」

デシャーニはギアリーを一瞥《いちべつ》した。

「わたくしは誰かさんのように一世紀以上も前から生きているわけではありませんが、どうやら大昔の救難信号のようですね」

「同感だ」ギアリーは何年前から生きているのかというデシャーニのからかいには反応せず、前かがみになってディスプレイを注視した。「あの光の強度はどれくらいだ、大尉？」

「センサーによると、ハンドライト程度です、元帥。おそらく緊急用のスポットライトでしょう。点滅の間隔が微妙にまちまちなので、自動制御ではなく生身の人間が操作していると推定されます」ユオンは付け加えた。

「では、生存者がいるということだな」

〈パスガード〉に到達するまで時間があるので、その前に問題点を洗い出し解決するべく、ギアリーはホロ会議を招集した。〈ドーントレス〉の会議室は数百人が入れるようバーチャル映像技術によって拡大することが可能だが、今回は出席者の数に合わせて調整する必要はなかった。ギアリー本人とターニャ・デシャーニは実際にこの場にいるが、〈デアリング〉のヴィターリ艦長、〈ツナミ〉に乗艦しているカラバリ少将、重巡航艦〈テンシュ〉のアダム・オックス艦長（第五重巡航艦分艦隊の指揮官でもある）、〈マンティコア〉に乗艦しているマルフィッサ代将のホロ映像も、テーブルを囲んで〝着席している〟。

「〈パスガード〉に生存者がいることを確認した」ギアリーが話しはじめた。「通信システムさえも修復できなかった理由はなんだと思う?」

オックスが首を横に振った。

「〈パスガード〉は建造から約十年が経過しています。これほど長く生き延びたのはツイていますが、それは艦のシステムが古くて心もとない状態だということです。リフト連邦星系に呼び戻される前に、重巡航艦のネットワーク内でジョークのネタにされていました。艦体がばらばらにならないように、〈パスガード〉には大量のチューインガムとダクト・テープも補給されているというものです。そのうえ損傷が激しいので、すべての機能が停止しているとしても不思議ではありません」

「ジャンプ・エンジンがまだ機能していることはわかっています」と、ヴィターリ艦長。「そうでなければ超空間から出られなかったはず。あのような艦を謎の種族の宙域へ送りこむとは、リフト連邦星系は何を考えていたのでしょう?」

「〈パスガード〉はリフト連邦星系航宙軍の旗艦だった」と、ギアリー。「だから、送りこまれた。リフト連邦星系が何を考えていたかはわからない。われわれはあのリフト連邦星系艦隊の艦をふたたび目にするとは思っていなかった」

デシャーニが渋面《じゅうめん》をつくった。

「われわれが接近を試みるまで救難信号を出さなかったことが、少し気になります」

「その点は納得できます」と、ヴィターリ。「わたしも以前、似たような状況に置かれましたから」

ヴィターリにその状況についての詳しい説明を求める者はいなかった。艦隊の士官やクルーの大半が、かつては終わりが見えなかったシンディックとの血なまぐさい戦争中に少なくとも一隻の艦を失い、それでも生き抜いてきたからだ。

「〈パスガード〉の生存者にとって頼りになるものが救命服のセンサーしかなければ」ヴィターリが言葉をつづけた。「われわれが遠く離れた軌道上にいるあいだは、われわれを見つけられなかったはずです。しかし、われわれの艦がひとたび加速すると、救命服の性能の悪いセンサーでも艦の推進装置が放出するエネルギーを感知して、おおまかな方向を特定し、光を点滅させることができた」

「罠にはめるには絶好の餌《えさ》でもあります」カラバリが警告した。「あの艦に到達したら、まずシャトルを一機送りこみ、本当に生存者がいるのか確認するべきです」

「それでは、よけいな時間がかかる。一分たりとも無駄にはできません」と、ヴィターリ。

「わかっています」と、カラバリ。「それでも、これが唯一の適切な行動だと、わたしは信じています」

　全員がギアリーを見た。ギアリーが判断すべきことだからだ。

「シャトルには誰が乗るんだ?」と、ギアリー。

「宙兵隊です」と、カラバリ。「あらゆる障壁を突破する突入班、迅速に医学的評価を行なう衛生兵が数人、それと、まんいちのトラブルに対処する力仕事要員が何人か。全員が志願者ということになります」カラバリは付け加えた。

　ヴィターリはゆがんだ笑みをギアリーに向け、デシャーニは鼻で笑った。ギアリーにはその理由がわかった。宙兵隊にとっての〝志願者〟は一般的な意味とは違う意味を持つ。宙兵隊において〝志願する〟とは、特定の任務のために上級下士官や士官によって選ばれることなのだ。

　だがギアリーはカラバリの考えに反論できなかった。シャトル一機と宙兵隊の一団を危険にさらすことは、巨大な爆発物かもしれないものに一隻の戦闘艦を接近させるよりも、はるかに理にかなっている。

「わかった」ギアリーの心は沈んだ。自分の指揮下にある者たちがまた命を落とす可能性があるからだ。「そうしよう。廃品利用のために〈パスガード〉の牽引《けんいん》を試みるべきかどうかについて、諸君の意見が聞きたい」

オックス艦長が不安げな表情で、またしても首を横に振った。

「元帥、目に見える損傷からして、あの艦はずたずたです。砲撃でめちゃくちゃになる前から、〈パスガード〉はスクラップ候補でした。たとえ艦体がまっぷたつにならないように牽引できても、回収する価値のあるものは何もないでしょう」

「牽引を試すための計画すら立てるべきではないと思っているのか？」

オックスは片手を軽く振った。

「いいえ、閣下。計画を立てることは問題ありません。いい練習になりますよ。ですが、〈パスガード〉が牽引可能な状態だとは思いませんし、それだけの労力をかける価値があるとも思いません」

マルフィッサ代将がはじめて口を開いた。

「ミッドウェイは、重巡航艦の残骸が危険物としてこの星系を航行することを望みません」

「難破艦の移動スピードはたいして速くありません」と、デシャーニ。「それに、数カ月以内にこの星系を離れ、広大な宇宙空間に消えることになるでしょう」

「とはいえ」と、マルフィッサ。「現在の軌道を維持すると、難破艦は許容できないほど主要居住惑星に近づくことになります」

「牽引できない場合は」と、ギアリー。「交通の邪魔にならないよう、この星系の上方か下方へベクトルをそらすために全力を尽くすつもりです」

「感謝します、元帥」

ギアリーの保証をマルフィッサが簡単に受け入れたので、またもデシャーニは横目でギアリーを見た。ミッドウェイの人々は、二枚舌で自己中心的なシンディックの環境で育ち、長い戦争によって条件反射的にアライアンスの人間に不信感を抱くようになったが、〝ブラック・ジャック〟・ギアリーは〝人民の救世主〟であり、約束を守る信頼性のある人物だと判断していた。ほかの者なら、さらなる保証を強く求められていただろう。だがブラック・ジャックにはその必要はない。

「〈パスガード〉のパワー・コアが爆発しても防御シールドで対処できるよう、われわれの艦は〈パスガード〉から充分に離れた位置につく」と、ギアリー。この部分は簡単だった。物理的能力と制約に基づいて判断すればいい。「巡航戦艦は〈パスガード〉に武器の照準を合わせてほしい。オックス艦長、きみの指揮下のすべての重巡航艦は、〈パスガード〉から出てくるものに注意を払い、交戦に備えよ。謎の種族があの艦に移動可能な危険物をしかけていたら、迅速に排除したい」

「〈マンティコア〉は？」と、マルフィッサ。

「もしよければ、つまり、その……」何か差しさわりのない言いかたはないものだろうか？　「待機し、いかなる脅威がもたらされても、われわれに対処をまかせていただけますか？」

マルフィッサはテーブルを見まわし、その問いについて検討した。やがて、ようやくうなずいた。

「カーネ星系であなたがたの艦の活動を見ました。〈マンティコア〉は待機し、危険物があなたがたを回避した場合のみ交戦することにします」マルフィッサはかすかに笑みを浮かべ、デシャーニを見た。「そのようなことは起こらないと思いますが」

デシャーニも笑みを返した。

「われわれを回避できるものなど、何もありません」

三時間後、すべての戦闘艦がメイン推進装置と姿勢制御スラスター・システムの作動を停止し、〈パスガード〉を囲む位置にすべりこんだ。損傷した〈パスガード〉とベクトルを一致させるため、艦は一団となって宇宙空間を航行していた。難破艦にもっとも近い位置にいるのは二隻の巡航戦艦だが、それでも五十キロの距離がある。〈ドーントレス〉の上方やや横に侵攻輸送艦〈ツナミ〉がいる。アライアンスの重巡航艦はどれも〈パスガード〉から百キロ離れており、そこから発射される可能性のあるものを捕捉するため、間隔を空《あ》けて〈パスガード〉の周囲に配置されていた。アライアンス重巡航艦の群れをかいくぐって主要惑星へと向かうものを迎撃できるよう、ミッドウェイの重巡航艦〈マンティコア〉は〈パスガード〉から百五十キロ離れた位置にいる。

この距離なら、SOSを示す〈パスガード〉からの点滅信号を肉眼でもぼんやりと確認できたかもしれない。各戦闘艦のセンサーは〈パスガード〉の正確な位置を容易に特定することができた。

「艦中央部前方の第二アクセス・ハッチだ」ギアリーはカラバリ少将に言った。「そこに、信号を発していると思われる救命服姿の人影がふたつ見える。一刻も早くシャトルを射出し、あれが本物か確認してくれ」

カラバリがうなずく。

「いま向かっています、元帥」

「謎の種族は映像通信のために人間のアバターを生成することを好みます」デシャーニ艦長はディスプレイを注視した。損傷した〈パスガード〉の外殻に開いたすべての穴がはっきり見てとれる。「連中が救命服や装甲服を着た人間を偽装したことはありますか？」

「ロボットを使って？」と、ギアリー。「マルフィッサ代将によると、そのようなことはこれまでなかった。代将は、イワ星系で謎の種族と戦ったロジェロ大佐にそのことをたずねるメッセージを送ったが、返事はまだない」

「光速通信は時間がかかりますからね」と、デシャーニ。あきらめの口調だ。「あの惨状をごらんください」デシャーニは顎をしゃくって難破艦の映像を示した。

「あんなものがペレ星系からジャンプできたことが驚きだ」と、ギアリー。どうやって何人かのクルーが生き残ったのだろう？　人類の救助隊をおびき寄せるために謎の種族がしかけた罠かもしれないという疑念が、ふたたび頭をもたげた。

宙兵隊のシャトルが〈ドーントレス〉の上方を通過し、猛スピードで〈パスガード〉へ向かっていった。

ギアリーはシャトルからの映像を呼び出した。ハッチにはまだ救命服姿のふたつの人影があり、接近するシャトルに手を振っている。本当に生きた人間なのか？　それとも救助隊をおびき寄せるためのあやつり人形か？

かつて外殻の一部だった外部アクセス・ハッチはほとんどがなくなっており、内側のヒンジに破片がひとつだけ、ぶらさがったままだ。そのなかにエアロックの残骸があり、周囲の合金が裂けて壊れている。内部ハッチは片側に押しこまれ、ほとんど見えない。これほど近づいても、ふたつの人影以外に生命の兆候はなかった。

シャトルは〈パスガード〉にベクトルを合わせ、ふたつの人影が待つ場所から十数メートルと離れていない位置にとどまった。

「偵察班を送りこめ」と、カラバリ少将。

四人の宙兵隊員がシャトルを離れ、装甲服の背中に装着された姿勢制御スラスターの力を借りて、人影とのあいだに残されたわずかな隙間をすばやく横切った。

2

　ギアリーは自分のディスプレイを宙兵隊偵察班の一人とリンクさせ、〈パスガード〉のそばに到達したその女性宙兵隊員の視点から状況を確認した。これほど近くから見ると、救命服姿のふたつの人影はたしかに人間に見えた。結露によりフェイスシールドの一部が曇っている。救命服の生命維持装置がもう限界だという兆候《ちょうこう》だ。だが、フェイスシールドごしに見えるのは、まぎれもなく人間の顔だった。

　通信回線を通して、ノイズ交じりの声が断片的に聞こえてきた。

「……必要……全部……故障……」

「救命服が機能停止しかけているにちがいありません」と、偵察班。

「艦の内部へわれわれを案内しようとしています」

　ギアリーは待った。カラバリ少将が指示や承認を求めてこないかぎり、これはカラバリが判断することだ。

「待て」カラバリが命じた。「オ＝バノン大尉」カラバリはシャトルに残っている上級士官に言った。「これは本物のようね。ぐずぐずしないで。すぐに全員を連れて艦内へ踏みこめ」

「了解」と、オ＝バノン。「急げ」シャトルにいるほかの宙兵隊員たちに言った。「なかの様子を確認するまで警戒を怠《おこた》るな。落ち着いて行動しろ。艦内に入ったら、たがいに離れるな」

残る宙兵隊員たちが〈パスガード〉との隙間をすばやく飛び越えると、ギアリーはディスプレイに視線を走らせた。目立つコントロール・ボタンが赤く点滅している。ギアリーが巡航戦艦と重巡航艦の武器を制御するためのものだ。現時点では武器を発射できないが、ギアリーがこのボタンを押し、緑のランプが点灯したら、発射が可能となる。戦闘艦に武器の警戒態勢を解除させるべきだろうか？

まだ、だめだ。

宙兵隊員の最後の一人が難破艦にたどりつき、壊れた隔壁の端につかまった。

「ロドリゲス、ウダヤール」オ＝バノン大尉が偵察班の二人に命じた。「ここに残って通信を中継し、出口を見張ってくれ。ほかの者はおれについてこい」

オ＝バノンが宙兵隊員に身ぶりで合図すると、〈パスガード〉の二人のクルーは無言でうなずいて背を向け、先に立って艦の内部へと進みはじめた。ギアリーは、今はオ＝バノンの装甲服の視点から状況を見ていた。その目に映ったのは悪夢のような光景だった。通路や区画だったものが崩壊し、入り組んだ残骸となっている。装甲服が身を守ってくれるとはいえ、全員がぎざぎざした縁《ふち》を避けるために注意深く移動した。オ＝バノンのフェイスシールドに、艦の破片に埋もれるように散らばった死体を示すマークが現われると、ギアリーは戦慄《せんりつ》した。

ようやく無傷のハッチにたどりつくと、〈パスガード〉のクルーたちはそれを開けようと悪戦苦闘した。やがて、見かねたオ＝バノンが手を貸してやれと、何人かの宙兵隊員に指示した。ハッチを抜けて入ると、臨時エアロックとして改造された区画があった。照明が明るく灯《とも》っているわけではなく、消えそうな非常灯が弱々しく照らしているだけなので薄暗い。ハッチがふたたび閉じられると、区画内の気圧が上がるのを全員が待った。

「気圧の上昇に時間がかかっていますね」と、オックス艦長。もちろんオックスも宙兵隊とリンクされているが、よほどのことがないかぎり口を出すべきではないと心得ていた。

「ポンプの調子が悪いのか、あるいは深刻な電力不足でしょう」

また別のハッチをこじ開けると、〈パスガード〉の二人のクルーは救命服を引っ張って隙間を作り、顔から汗をしたたらせながら苦しげにあえいだ。二人とも女性で、いまにも倒れそうだ。それでも立ったまま宙兵隊を見つめ、宙兵隊員たちがフェイスシールドを開け、話ができるようになるのを待った。

宙兵隊員のフェイスシールドに赤い警告ランプが点灯するのが見えたため、ギアリーはオ＝バノンの次の言葉を聞いても驚かなかった。

「ここの空気はかなり汚れています。この件について安全確認をお願いできますか？」

〈ツナミ〉から観察していた医師が応答した。

「揮発した化合物が大量に含まれている。二酸化炭素濃度が適正値より高く、酸素濃度は適正値ぎりぎりだ。だが、ただちに危険をもたらすものはない。短時間なら吸っても問題ないが、三十分が限度だ」

「わかりました」と、オ＝バノン。「フェイスシールドの密封を解除します」

ギアリーはオ＝バノンが咳《せ》きこむ音を耳にした。吐き気をもよおしたようだ。

「揮発した化合物ですって？　ドクター、次からは悪臭がするとだけ言ってください」オ＝バノンは〈パスガード〉の二人のクルーを見た。二人とも精いっぱい気をつけの姿勢をとり、敬礼している。

「われわれは、き……緊急に」クルーのうちの一人が言葉を絞り出すかのように言った。

「支援を必要としています。生命維持装置は……停止寸前です」

「この艦で機能しているものはなんだ？」と、オ＝バノン。

「生命維持装置です」と、もう一人のクルー。「ジャンプ・エンジンは……シャットダウンしました。予備の電力は……ほぼ使い果たしました。生命維持装置を……作動させるためです」

「ほかのものは……全部……機能停止しました」と、最初のクルー。

〈ツナミ〉の医師がふたたび通信してきた。

「その二人の遠隔測定の結果は重度の脱水症状を示している。それに、しばらく食事もっていない。一刻も早く医療施設へ連れてゆく必要がある」

「わかりました、ドクター」オ＝バノンはそう言ってから、二人のクルーにもういちど話しかけた。「指揮をとっているのは誰だ？」

「ヴェレス大尉です。わたしたちは……見張りをまかせられました。これは……機能している最後の救命服です。救助隊が来るまで……救難信号を……点滅させつづけろと……命じられました」

「賢明な判断だ」と、オ＝バノン。「ヴェレス大尉のもとへ案内してくれるか？」

クルーは二人ともうなずき、ふらつきながら、さらに奥へと案内しはじめた。まだ点灯している非常灯の数が区画によって異なるため、光と影の濃さが変化して奇妙な風景を描き出すなか、宙兵隊員たちはあとを追った。宙兵隊とリンクしているギアリーには、ほかの生存者たちがあちこちの区画に力なく横たわっているのが見えた。体力の消耗を抑えようとしているが、宙兵隊を見ると起きあがろうとした。そのクルーたちの状態があまりにもひどいので、ギアリーは無意識に右のこぶしを強く握りしめていた。

「カラバリ少将」と、ギアリー。「これが罠《わな》でないことはよくわかった。移動式医療チームとともに、〈ツナミ〉の残りのシャトルを急行させろ。できるだけ安全かつ迅速に生存者を避難させたい」

「了解、元帥」と、カラバリ。

オ＝バノンはかつて執務室だった区画にたどりついたが、いまや機能停止した非常装置が乱雑に積まれ、一人の士官がデスクに突っ伏していた。

「大尉？」クルーの一人が声をかけた。「大尉、救助隊が来ました」

「きみが指揮をとっているのか、大尉？」オ＝バノンは毅然《きぜん》としているが冷静で穏やかな口調で訊いた。

大尉はハッとして身を起こすと、これが現実のこととは思えないかのように呆然と目を見開いた。必死に立ちあがろうとするうちに警戒の色を浮かべはじめた。

「わたし……そうだ。わたしが指揮をとっている」足もとをわずかにふらつかせながら言葉を切った。「ヴェレス大尉だ」

「生存者は何人だ、ヴェレス大尉？」

「わたしは……」

「何人のクルーが生き残っているんだ、大尉？」

「七……七十……三人」と、ヴェレス。「支援を……要請する」

「わかった。追加の支援部隊が向かっている。だが、知りたいことがある、大尉。謎の種族がこの艦に侵入してきたのか？　やつらがこの艦に何かの装置をしかけた可能性はあるか？」

ヴェレスはしばらく困惑の表情を浮かべていたが、やがて数回、首を横に振った。

「いや。やつらは……侵入してはこなかった。われわれを殺そうと……艦を破壊しようと……しただけだ」

「ありがとう、大尉」オ＝バノンは宙兵隊に向きなおり、衛生兵に命じた。「ロペス、タナカ。〈ツナミ〉から来る医療チームが誰から治療すればいいかわかるように、トリアージを開始しろ」

「艦全体を捜索するべきです」デシャーニがギアリーに言った。「謎の種族が罠をしかけていないか確認するためと、見つけうるすべての遺体からID情報を得るためです。艦のほかの場所に生存者がいないことも確かめられます」

ギアリーはうなずいた。

「少将、さらに何人かの宙兵隊員をそこへ送りこみ、艦首から艦尾まで徹底的に捜索させろ。何もないと完璧にわかるまで、謎の種族がしかけた装置があるかもしれないことを心しておけ。すべての遺体からDNAを採取し、ほかに生存者がいないことを確認したい」

「はい、元帥」と、カラバリ。「やはり医療搬送のためのシャトルの運行を優先させるべきだと思います」

「わかった」と、ギアリー。「難破艦のシステムに残っているデータもダウンロードさせろ。破壊されているか否《いな》かにかかわらず、あらゆるシステムから既存のデータをひとつ残らずダウンロードするんだ。あの艦で起こったことを再現するために必要になるだろう」

ギアリーはコントロール・ボタンを押し、武器制御解除コマンドを停止した。「全艦、武器の使用を停止せよ。デシャーニ艦長、損害コントロール・チームを編制しろ。難破艦〈パスガード〉の外殻に臨時のエアロックを設置し、まだ空気があるスペースと接続するために必要なものを全部持たせてくれ」

「了解、閣下」と、デシャーニ。「キャストリーズ大尉、そのチームを指揮するようジョニンニ最先任上等兵曹に伝えて。〈パスガード〉に乗りこんで、宙兵隊が舌を巻くほど迅速に臨時エアロックを設置してもらいたい」

　ギアリーは自分が役に立っていない気がしていらだったが、できることはすべてやったので、〈ツナミ〉から後続のシャトルが射出されるのを見守った。シャトルはかつて重巡航艦〈パスガード〉だったものの残骸へと突き進んでゆく。

「医療チームの到着予定時刻はわかりますか？」オ＝バノンが通信してきた。「あと数分ももたないかもしれないクルーもいるので、心配です。ここの空気は汚染がひどく、状況からすると、少し前に食料も水も尽きたようです」

「五分後よ、オ＝バノン大尉」と、カラバリ。「魔法の水と携帯用生命維持装置もいっしょに持たせる」カラバリは緊急用の水分補給液を示す宙兵隊の隠語を使って、付け加えた。「頑張ってと、クルーたちに伝えて」

「了解です、少将」

　ギアリーは椅子の背にもたれて目を閉じ、すでに〈パスガード〉に乗りこんでいる宙兵隊からの映像を遮断《しゃだん》した。

「生存者は七十三名。もとは何人いたんだ？　四百名か？」

「リフト連邦星系が本拠地でクルーを大幅に補充していれば、の話ですが」デシャーニは、依然として同じ映像が表示されているディスプレイを腹立たしげににらみつけた。「この映像をリフト連邦星系——特攻任務にあの艦を送り出した連中——に送信するべきです。命令にしたがった者たちがどうなったか、見せつけてやるのです」

「そうだな」と、ギアリー。「絶対にそうするべきだ」

残りのシャトルが難破艦に接近し、機材を運ぶ宙兵隊員をつぎつぎに降ろした。全員が、この状況下で可能なかぎりすばやく行動している。

「ジョニンニ最先任上等兵曹から、いま向かっていると報告がありました」と、キャストリーズ。「臨時エアロックの設置に二十分かかるそうです」

「ジョニンニに伝えて。二十分以内に終わらせたら、わたくしが再チェックする前に艦の酒類在庫リストを修正してもいい、と」

ギアリーはいぶかしげにデシャーニを見た。

「ジョニンニは正規に支給された酒をくすねているのか?」

「もちろんです」と、デシャーニ。「でも、誰よりも速くエアロックを設置するでしょう。それが危機に瀕《ひん》している何人かの命を救うかもしれません」

長い戦争がもたらした成果のひとつは、艦隊の緊急医療支援能力を完璧にしたことだ。一世紀以上にわたり、負傷した仲間に対処することで培《つちか》ったスキルと手順を駆使して、医療チームが作業を行なうあいだ、ギアリーはじっとすわって見守るしかなかった。宙兵隊の戦闘工兵もまた、携帯用生命維持装置を手ぎわよく設置し、難破艦内の圧力が維持されているエリアの有毒に近い空気が浄化されはじめた。それでも、ギアリーは自分もこの状況に貢献しているように見せるため、必要もない命令を出したいという、よくある衝動に駆られた。だが、過去に上官たちが同様の〝ありがたい〟介入を行なったことを思い出し、ぐっと我慢した。

「仕事をうまくこなしている熟練の者たちの邪魔をしないことがこんなに難しいとは、おかしなものだな」ギアリーはデシャーニに言った。

デシャーニはうなずいた。

「このようなときには誰でも、自分が重要な役割をになっていると思いたいものです。あなたはすでに重要な決断をなさいました。元帥」

だが、〈パスガード〉の生存者の大半が〈ツナミ〉へ避難したあと、ギアリーはまだ必要とされていることがわかった。

「元帥？　問題が発生しました」カラバリ少将は怒るべきかどうかわからないという表情を浮かべて、言った。「〈パスガード〉に生存者が一人だけ残っています。ヴェレス大尉です。〈パスガード〉を離れようとしません」

「ヴェレス大尉に通信をつないでくれ」と、ギアリー。なぜヴェレスは離れようとしないのだろう？

オ＝バノン大尉の装甲戦闘服を介して通信がつながり、ヴェレスの姿が見えた。緊急治療を受け、食料を与えられたにもかかわらず、警戒の色をさらに強め、頑《がん》として臨時エアロックの内側に立ったままだ。

「こちらはギアリー元帥」これがありふれた状況であるかのような口調を心がけた。「どうしたんだ、大尉？」

ヴェレスは目を見開き、口もとを引きつらせながら、オ＝バノンのほうを見た。

「わたしはリフト連邦星系の戦闘艦〈パスガード〉の艦長代理です」ヴェレスはゆっくりと、しかし力強く言った。「わたしの艦を放棄するつもりはありません」

ギアリーはため息をついた。ヴェレス大尉の言うことはもっともだ。陸上軍兵士なら、このような行動はとらなかっただろう。艦長が自艦を離れるのは非常に象徴的意味を持つことであり、陸上軍にはそれに匹敵するものがないからだ。だが宙兵隊は艦隊に同行することが多く、自艦を離れてはならないという艦長の強迫観念がいかに強いかを知っていた。そのため、ヴェレスを〈パスガード〉から無理に引き離さず、助けを求めたのだ。

「ヴェレス大尉、損傷した艦をいつ放棄するのが適切かつ必要なのかを判断することは、指揮官のつとめだ。自分の艦の状態はわかっているだろう。〈パスガード〉は破壊された。

もはや居住不能であり、いかなる行動もできない艦にとどまる義務や責任はない」

「わたしの義務は自艦にとどまることです」体調が悪いせいでヴェレスの声は震えているが、その口調は断固としていた。

「きみの艦はもう機能していない。きみの義務は」と、ギアリー。「生き残ったクルーに向けられるべきだ。きみが〈パスガード〉の残骸にとどまったら、誰がクルーの面倒を見るんだ？　あのクルーたちはきみを必要としている、大尉。きみがその艦のためにできることは何もない。だがクルーにはきみが必要だ。きみはクルーをここまで連れてきた。いま彼らを見捨ててはならない」

ヴェレスは身を震わせ、狼狽《ろうばい》した様子で目をしばたたいた。やがて、ようやくうなずいた。

「わかりました。わたし……わたしはクルーの世話をする必要があります」

ヴェレスのそばにいた衛生兵たちはその瞬間をのがさず、やさしくヴェレスをエアロックの外へ導いた。

「あれが最後の一人です」ヴェレスが艦を離れると、オ＝バノンは言った。

「いまは、その場にとどまりなさい」と、カラバリ。「部下たちに可能なかぎりすべてを記録させせるのよ。まだ誰も謎の種族の置き土産《みやげ》を見つけてないけど、警戒を怠るな。医療チームが調査ロボットを派遣し、難破艦の構造全体を調べて、DNAの断片を探している。できるだけ多くのクルーの行動を把握したい」

三十分後、〈ドーントレス〉の医務長であるドクター・ナスルがギアリーに連絡してきた。

「元帥、最新情報を入手しました」ナスルは重苦しい声で言った。「〈パスガード〉のクルーのうち五人は、医療チームが到着したときにはすでに死亡していました。生存者は残り六十八人ということになります。〈ツナミ〉のドクターたちは、これ以上の死者は出ないだろうと確信しています」

「その五人は死後どのくらいだ？」ギアリーは、数時間や数分の問題だったかもしれないという答えが返ってくるのではないかと、内心びくびくしながらたずねた。

「三人は死後一日以上が経過していました」と、ナスル。「あとの二人は半日といったところでしょう。死因は脱水症、栄養不良、汚染された空気。うち四人の場合は謎の種族との戦闘における負傷。あの五人を救おうにも、われわれはまにあわなかったでしょう」

「ありがとう、ドクター」と、ギアリー。ドクター・ナスルの言ったことは本当なのだろうか？　それとも、おれの感情をやわらげるために、あんなことを言ったのか？　いずれにしても、あのクルーたちは艦がミッドウェイ星系にたどりつく前に、救助を待たずに死んでいたのだ。

ギアリーは自室に戻った。しばらく一人になりたい。誰からも指導や模範を求められないように。椅子にどさりとすわりこみ、冷静になろうとするかのように両目をこすった。なぜ生き残る者と死ぬ者がいるのか？ どうしておれはあの五人を救えなかったのか？ だが、救うチャンスすらなかった。謎の種族からのがれる前に、彼らの運命は決まっていたのだろう。

少なくとも、ほかの六十八人を救うことはできた。

ハッチのチャイムが鳴り、ギアリーのいらだちが爆発した。おれは五分間すら一人にはなれないのか？ しかし誰が訪ねてきたにせよ、重要な理由があるにちがいない。ギアリーは入室承認ボタンを押した。

デシャーニが入ってきた。ギアリーの自室に来たときはいつもそうしているように、ハッチは開けたままだ。

「ご気分はいかがですか、元帥？」

「どん底よりはましだ」ギアリーはデシャーニから目をそらし、〈パスガード〉の荒れ果てた内部の映像に視線を向けた。ますます気分が悪くなっただけだった。気づくと、何かをなぐろうとするかのように片手のこぶしを握りしめていたが、何をなぐりたいのかはわからない。

「どうした？」

「話し合うべきことがあります。この星系から離れるために〈パスガード〉のベクトルを変更することになったのは知っていますが、艦の残骸を宇宙空間へ送り出すことはできません」と、デシャーニ。「クルーの亡骸《なきがら》が多数残っているからです。たとえ死んだ細胞の一部かもしれないとしても。適切に埋葬する必要があります」

「わたしは——」ギアリーは両手で顔をさすった。なぜデシャーニの言葉がこんなにも気にさわるのだろう？　なぜ、おれはこの状況全体にこれほど動揺しているのか？　過去数年間にギアリーは、破壊された多くの艦を目《ま》の当たりにしてきた。いまだに心が痛むが、残念ながら、痛みを感じることに慣れてしまった。

そうではないのか？

「わたしはいったい、どうしたんだろう？」

デシャーニはため息をついた。

「あなたはわかっているのに、意識的には考えないようにしているのでしょう。記念日ですよ」

「記念日？」ギアリーはデシャーニをにらみつけた。なんだって、こんなときに二人のプライベートな話題を持ち出すんだ？　「結婚記念日じゃないぞ。それに、たとえそうだとしても、艦内で勤務中にそんなことを考えるべきではない」

「そうではありません、元帥」これがプライベートな問題ではないことを強調するために、デシャーニはギアリーの階級を口にした。「あなたにとっての記念日です。百二年前の今日、あなたはグレンデル星系で、艦を放棄するよう〈マーロン〉のクルーたちに命じました。頭のなかではわかっているのに、受け入れることを故意に避けているのです」

　ギアリーは大きく息を吸いこんだ。あの出来事がいやというほど鮮明に思い出された。ギアリーの重巡航艦〈マーロン〉は輸送船団を護衛していた。危険を予期していたからではなく、訓練の一環だったが、グレンデル星系を通過中、星系同盟《アライアンス》に奇襲をしかけようとしていた惑星連合《シンディック》小艦隊と遭遇した。安全な場所に避難し、攻撃が迫っていることを警告するよう、ギアリーは輸送船団に命じると、逃げる時間を与えるために必死の延命工作を行ない、自分の艦を犠牲にすることを余儀なくされた。生き残ったクルーたちに艦を放棄するよう命じたあと、最後に艦を脱出した。残されていたのは損傷した救命ポッドだけだった。ギアリーはそれに乗りこみ、人工冬眠状態におちいった。誰もがギアリーは死んだと思っていた。

　シンディックの奇襲に動揺したアライアンスは、ギアリーを偉大な英雄としてまつりあげた。その後、一世紀近くにわたり、勝ち目のない戦争がつづくなか、アライアンスは人々を鼓舞するためにブラック・ジャックの例をもちいて、ギアリーの評判を誇張しつづけた。そして約百年後、ようやくギアリーは発見されて、まさにこの〈ドーントレス〉で目覚め、まずターニャ・デシャーニ艦長を目にした。そのとき、周囲の者たちに、かつての自分とは似ても似つかない何者かだと思われていることを知った。ギアリーが知っていた者たちはみな亡くなり、生きている者たちは全員がギアリーのことをアライアンスを救いうる英雄だと思いこんでいたのだ。

ギアリーは彼らに必要とされていた。だから、そのような人物になろうと最善を尽くした。一世紀に及ぶ戦争がアライアンスの人々をすっかり変えてしまい、先祖が愕然《がくぜん》とするような事態を招いていることを知ったときでさえ、それは変わらなかった。〝勝利のために必要〟とされた行動が勝利につながるどころか、大義を傷つけ、その達成を遠ざけたことを示す努力もした。

「元帥?」と、デシャーニ。いつになく穏やかだが、プロらしく冷静な声だ。「大丈夫ですか?」

「ああ」ギアリーはもういちど、こんどはもっとゆっくりと深呼吸した。最新の薬剤は過去の痛みを緩和することはできても、消し去ることはできない。「潜在意識ではわかっていたが、故意に認めないようにしていたんだ」

「最近また悪い夢を見たのですか?」

「そうだ」ギアリーはしばし目を閉じた。「いつもの夢だ。だが、昨夜の悪夢のイメージがいっそう強烈に浮かびあがっただけだった。自分の艦の残骸のなかをふらふらと歩いて、そこらじゅうにあるクルーの遺体を目にし、どうして自分はまだ生きているのかと疑問に思う。なぜ自分には生きる権利があったのか、と」ギアリーは言葉を切った。「わたしの副長だったカーラ・デカラのような部下たちが死んで横たわっている光景まで見える。彼女が艦から脱出したことは知っているはずなのに。デカラはあれから数年後に別の戦闘で命を落とした。わたしが人工冬眠していたあいだのことだ。それでも、夢のなかでは、あの時点で死んでいるように見えるんだ」

「生き残った者の罪悪感はやっかいなものです」と、デシャーニ。それが口先だけではなく、深い意味がこめられた言葉であることを、ギアリーは知っていた。ターニャも多くの友人を失ったのだから。「でも、その思いを胸の奥にしまったままでは状況はよくなりません。ドクター・ナスル、あるいはわたくしやドゥエロスに相談し、必要に応じて薬を増やしてもらうべきです。自分一人でこの問題と闘おうとなさらないでください」

ギアリーはうなずき、目の前のことに集中しようとした。

「きみの言うとおりだ」

「わたくしはいつも正しいのです」

そして、ギアリーにとって負担が重すぎる状況において、デシャーニはまたしても、どうにかギアリーを奮い立たせてくれた。

「その日付を本当に覚えているのか？」

「艦隊全体が覚えていますよ」ギアリーがたじろいだので、デシャーニはわずかに笑みを浮かべた。「ブラック・ジャックの〝最後の抵抗〟の記念日には毎年、記念式典が行なわれていました」

「ご先祖様、お助けください」と、ギアリー。そのような式典に立ち会う必要がなくてよかった。「なぜ、いまはもう――」

「あなたが戻ってきたので、その後もあなたの英雄的な死を祝うことは不適切だと思われたのです。式典のあいだ、われわれは全員があなたの勇敢でりっぱな模範にしたがうことを誓いました」デシャーニは付け加えた。

「わかった。きみは見事にわたしの気を紛らわせてくれた。頼むから、わたしの前でその誓いをとなえないでくれよ」

自己の苦悩の原因を理解したギアリーは、少し時間をかけて考え、それに対処することができた。そのあいだデシャーニは辛抱強く待っていた。

「あの艦の犠牲者たちはきちんと埋葬されるべきだ。すでに決まった方針の代わりに、〈パスガード〉を恒星に向かって送りこむよう進路を変更したら、どうなる？」

デシャーニがとっくに考えていることはわかっていた。

「航行に実質的な脅威をもたらさないようにそれを行なうことは可能です」と、デシャーニ。「〈パスガード〉にポータブル操縦ユニットを設置し、その力と重巡航艦二隻により、安全なベクトルへと徐々に移動させることができます」

「安全だと言いきれるのか？」

「ほぼ安全です」

「よし」またしても間《ま》を置き、考えた。結局ギアリーは自分のディスプレイにタッチし、通信を接続した。「マルフィッサ代将、こちらはギアリー元帥です。〈パスガード〉の残骸の進路を星々のあいだの闇へとそらすことで合意しましたが、艦内で多数の遺体が見つかりました。その死者たちを丁重に埋葬する必要があります。ミッドウェイ星系の恒星へ向かうよう難破艦の進路を変更することに、ミッドウェイ側は同意してくださるでしょうか？　貴星系内の航行に極度の危険をもたらすことなく、実現できると確信していますが、最終決定権はあなたがたにあります。われらが先祖に名誉あれ。ギアリーより、以上」

〈マンティコア〉はすぐ近くにいたため、数分以内にマルフィッサから応答があった。マルフィッサはいぶかしげにギアリーを見ている。

「元帥、あなたの要求がまったく理解できません。なぜ難破艦がわれわれの恒星にのみこまれる必要があるのですか？」

「われわれの信仰です」ギアリーは説明した。「万物は星々の炉から生まれました。いずれ、われわれはみな星へ還り、いつの日か生まれ変わります。宇宙空間における適切な埋葬は、死者を最寄りの恒星へ送り、生まれ変わる日まで休息させることをつねに目的としています」

ミッドウェイの代将はギアリーを見すえた。

「では、宗教ですね。ご存じのように、シンディックはそのような信仰を禁じていました。人民を支配しつづけるには、競合相手の存在は邪魔でしかなかったのです。そういったものを根絶することはできませんでしたが、生き延びた……形而上学的な信仰体系は人々のなかに隠れて分裂し、多くの断片的な存在になっています。アライアンスにはそのような信仰がひとつしかないとおっしゃるのですか？」

「いいえ」と、ギアリー。「信仰については広範な共通意識がひとつありますが、そのなかには、厳格なルールをともなう杓子定規《しゃくしじょうぎ》な解釈から、構造を持たない単純な精神的感情まで、さまざまなニュアンスがあります。もちろん、そういう信仰を持たない人々もいます。軍の埋葬はできるだけ幅広い信仰に受け入れられるように考えてあります。なぜなら、あまりにも頻繁に集団葬を行なわなければならなかったからです」

「だから、この適切な埋葬はあなたがたにとって非常に重要な問題だと？」

「そうです」

　マルフィッサはうなずいた。

「では、あなたがたに敬意を表して、少なくとも条件つきで認めましょう。しかし、これはイケニ大統領に最終的な承認を求めなければならない問題です。大統領に連絡し、あなたがたにとって重要な問題であることを伝えます」

「感謝します、代将」

「たいしたことではありません」マルフィッサは言葉を切った。「シンディックで育ったわれわれは何も信じない傾向があります。信じるように教えられたものはすべて偽りだったからです」

「お気の毒に」と、ギアリー。「何を信じるかは自分で選択するべきです。選択肢を与えられなかったのは残念です」

　マルフィッサは微笑した。

「でも、いまのわたしには選択肢があります。わたしはイケニ大統領と大統領がなしとげようとしていることを信じています。そうすることを自分で選んだのです。シンディックはわたしを止めることができませんでした。イケニ大統領から返答がありしだい、ご連絡します」

〈ドーントレス〉の会議室の雰囲気はたいてい議題によって異なる。今回は葬儀場のように陰鬱《いんうつ》だ。ヴェレス大尉のホロ映像がテーブルについている。その目は澄んでいるが、苦悩に満ちていた。ヴェレスの向かい側にギアリー、その右横にいるのはターニャ・デシャーニだ。〈ツナミ〉の医師たちがヴェレスの健康状態を監視しているにもかかわらず、ドクター・ナスルは隣にすわって見守っていた。〈ドーントレス〉の情報士官アイガー大尉も目立たないように同席している。

マルフィッサ代将のホロ映像も席についていた。そのことは、外部勢力の代表が出席すべきかどうかについての議論を巻き起こした。だが、この問題には謎の種族が密接に関係しているため、ギアリーはマルフィッサに出席してもらうべきだと判断した。

「具合はどうだ、大尉?」と、ギアリー。

ヴェレスは表情を変え、小さく肩をすくめた。緊急治療を受けたにもかかわらず、ここ数日のストレスと栄養不足で肉がそげ落ちた顔は依然として骨ばっていた。

「わたしは……大丈夫です」ヴェレスは突然何かを思い出したかのように顔を上げ、ギアリーを見た。「ありがとうございます。助けてくださって、本当にありがとうございます、元帥。新たな犠牲者が出ないようにしてくださり、感謝しています」

「もっと救える命があったかもしれないことだけが残念だ。何があったか話してくれるか？」

ヴェレスはぴくぴくと手をすばやく動かしながら顔をさすった。

「わたしが話してもいいのか……わかりません」

デシャーニがわずかに身を乗り出した。

「大尉、あなたとあなたの艦は数多くの戦闘をわれわれとともに戦った。そのことは忘れていない。われわれはリフト連邦星系の秘密を聞きたいわけじゃないの。でも、まもなくわれわれも謎の種族の支配宙域を通過することになっている。なんでもいいから、あなたが話してくれれば、〈パスガード〉と同じ運命を避けられるかもしれないわ」

ヴェレスは一瞬たじろぎ、それからうなずいた。

「われわれがペレ星系に到着すると、ファア星系とヒナ星系に通じるそれぞれのジャンプ点に謎の種族の哨戒艦《しょうかい》がいました」

「ファ星系は改名された」と、ギアリー。「どうやら死んだ悪名高きシンディック司令官の名前に酷似していたらしく、ミッドウェイ当局がラロタイ星系という名に変更したのだ。わたしはミッドウェイ当局にその決定を尊重すると伝えた。われわれがとやかく言うべき問題ではないが」

ヴェレスは新しい名前を理解するのにいささか苦労しているかのように、顔をしかめてギアリーを見た。

「ラ・ロ・タイ？」

「どういう意味ですか？」デシャーニがギアリーにたずねた。

「旧地球文化における冥界《めいかい》、つまり魔物が棲《す》む場所の名だ」と、ギアリー。

デシャーニはちらっと笑みを浮かべた。

「それなら、謎の種族の支配星系にぴったりですね」

ヴェレスはしばらく待ち、ふたたび話しはじめた。

「謎の種族の哨戒艦が……ラロタイ星系とヒナ星系に通じるそれぞれのジャンプ点にいたんです。カペルカ艦長はわれわれをヒナ星系に通じるジャンプ点へ最短の経路で導きました」

「何？　ヒナ星系だと？」ギアリーは二度と話の腰を折るまいと心に決めていたにもかか

わらず、声を荒らげた。「カペルカ艦長は知っていたはずだ。ダンサーの宙域にたどりつくためには、フ――いや、ラロタイ星系へジャンプしなければならない、と」

ヴェレスは動揺の色を浮かべてうなずいた。

「理由は伝えられませんでしたが、士官たちは謎の種族の裏をかきたいのだろうと噂していました。ファ星系、つまりラロタイ星系がダンサー族に対する謎の種族の防衛拠点であることは知っていた。カペルカ艦長はヒナ星系へ向かうと見せかけた理由を説明しませんでしたが、われわれは謎の種族をあざむくための計画ではないかと考えました。それは……連中の艦隊をヒナ星系に集結させることによって、ラロタイ星系から戦闘艦を排除することを意味しますから」

デシャーニがうなずいた。

「謎の種族がなんらかの超光速通信手段を持っていることはわかってる。だから、カペルカ艦長は、謎の種族の哨戒艦がラロタイ星系とヒナ星系の両方にメッセージを送信するだろうと考えた。ラロタイ星系にいる謎の種族の艦がハイパーネット・ゲートを使ってヒナ星系へ向かえば、そのあいだ通信はできなくなる。それにより、あなたがたの部隊は謎の種族の艦隊が引き返してくる前に、ラロタイ星系を通過するためのわずかな時間を稼げた可能性がある」

ヴェレスもうなずいた。緊張のあまり、動きがぎこちない。

「それこそがわれわれの推測した計画です。悪い計画ではありませんでしたよね？」

こんどはギアリーがうなずいた。

「カペルカ艦長が思いついた最良の計画だろう」だが、そのためには、謎の種族が人類と同様の反応をすることも必要だった。だからこそ、ギアリーなら、ほかに選択の余地がまったくないかぎり、そのような計画にしたがって自分の艦隊を危険にさらすようなことはしなかっただろう。カペルカはほかに選択肢がないと感じていたのかもしれない。

「われわれは哨戒艦がヒナ星系へジャンプするのを待ちつづけました。われわれがジャンプするタイミングを計るためです」ヴェレスは困惑した表情で言葉を切った。「しかし哨戒艦はジャンプしませんでした。カペルカ艦長が……ラロタイ星系に通じるジャンプ点へとベクトルを変更し、加速を命じたとき、われわれはヒナ星系に通じるジャンプ点までわずか五光分の位置にいました」

「その時点でカペルカはまだ自分の計画を説明していなかったのか？」

「はい、元帥」

「ラロタイ星系に通じるジャンプ点で待機していた謎の種族の艦は、あなたがたがそこに到達する前にジャンプしたのですか？」マルフィッサがたずねた。

「いいえ」ヴェレスはきっぱりと首を横に振った。「加速してジャンプ点から遠ざかっていきました。追跡しても時間の無駄になるだけなので、われわれはラロタイ星系へジャンプしたのです」ヴェレスはようやくマルフィッサの制服に目をとめ、けわしい表情で彼女を見た。「あなたは……そのう……」

「地元の専門家だ」ギアリーは平然と言った。マルフィッサがここにいるのは当然であり、誰ひとり疑問に思う理由はないことを暗に示すためだ。

「きみたちがラロタイ星系へジャンプする前に、謎の種族の新たな艦がヒナ星系に通じるジャンプ点に到着するのを見たか？」と、ギアリー。

ヴェレスは目をぱちくりさせ、またしても首を横に振った。

「いいえ、閣下」

「あなたは〈パスガード〉でどんな職務についていたの？」と、デシャーニ。

「砲術士です」と、ヴェレス。「ペレ星系では謎の種族が近くにいなかったため、わたしの仕事はあまりありませんでした。それは気になりませんでした」

「誰も心配しなかったのですか？」マルフィッサ代将はいらだちを爆発させた。「謎の種族の戦闘艦がどれほど速いか、自分たちの星系に人類がいることをどれほど嫌うか、知っていたはずです」

「みんな怖がっていました」ヴェレスはマルフィッサをじっと見つめた。「われわれはそのことを口に出してはならなかった。ユキ……失礼……艦医のフランセン大尉はキャンディのように鎮静剤を配っていると言っていました。でも、彼女は誰にも話せなかったのです。カペルカ艦長は部下がその話をすることをいやがっていましたから」

「生存者のなかにフランセン大尉はいない」と、ギアリー。

「はい」ヴェレスは大きく深呼吸し、苦悩の表情を浮かべた。「彼女……も……戦死しました」

ヴェレスにとって思い出すのがつらいことはわかっていた。それでも、この情報を聞き出す必要がある。そこでギアリーは話題を変えようとした。冷静なプロらしい口調を保ったままだ。誰もがそうしていることに気づいた。通常の業務環境を維持することでヴェレスを落ち着かせようと、最高に形式ばった口調で話している。

「ラロタイ星系に到着したとき、トラブルを予期していたか？」

「はい。もちろんです、元帥。完全戦闘警戒態勢で、すべての武器が発射可能でした」ヴェレスはテーブルの上を見つめている。「……ラロタイ星系で……超空間を離脱したときには完全に戦闘可能な状態でした」職務怠慢だと責められたわけでもないのに、反論しようとするように繰り返した。「そして……そこにはあいつらがいた。ジャンプ点近くで待ちかまえていたんです。何隻いたかはわかりません。あまりにも多すぎて」

ヴェレスはもういちど長くゆっくりと深呼吸した。その目は忘れたいのに忘れられない光景に釘づけになっているようだった。

「われわれの編隊を先導していたのは駆逐艦です。全部、到着数秒後に消失しました。たしか、まっさきに〈マチェーテ〉が破壊されたと思います。次に〈サイス〉がこっぱみじんにされました。さらに、〈ソードゥク〉、〈カタール〉。あまりに一瞬のことで、どのように撃破されたのかわかりません。駆逐艦群の後方には軽巡航艦〈オクターブ〉と〈ティアース〉がいました。〈ティアース〉は吹き飛ばされたのだと思います。〈オクターブ〉は大量に被弾し、ばらばらになりました。勝ち目は……ありませんでした」ヴェレスは声を詰まらせた。

数秒間の沈黙のあと、平静を取り戻し、言葉をつづけた。

「〈パスガード〉は後方にいました。外交団を乗せていたからです。外交団を守るために編隊の最後尾につかなければなりませんでした」ヴェレスは〈パスガード〉が生き残った理由を正当化しようとするかのように繰り返した。「最初に攻撃を受けたとき、駆逐艦と軽巡航艦が盾となり、われわれを守ってくれました。その後、敵艦の照準が〈パスガード〉に移り、〈パスガード〉は集中砲撃されて大きな損傷を負いました。わたしはあらゆる武器で反撃しようとしました。敵艦の一隻に損傷を与えた……はずです」ヴェレスはつらそうな表情を浮かべた。「わたしの部下の砲手たちが敵艦の一隻を撃破しました。瀕死の重傷を負い、武器が機能停止するなか、最後まで戦いました」

「もちろん、そうだろうとも」と、ギアリー。ヴェレスとしては部下の死が無駄ではなかったと信じるしかないだろう。「リフト連邦星系のクルーたちの勇気と技能は誰もが認めていた」

ヴェレスは一瞬、無言でギアリーを見つめ、すばやくうなずいた。

「はい、元帥。しかし、多勢に無勢の状況では、勇気や技能、兵たちの犠牲をもってしても、歯が立ちませんでした。カペルカ艦長は、反転して加速しジャンプ点へ引き返すよう命じました。われわれは敵艦に包囲されていましたが、反撃をつづけ、ジャンプ点に到達しました」ヴェレスはひと呼吸した。「謎の種族にとって、われわれが撤退することは予想外だったのだろうと、そのときは思いました。しかし砲手たちが一時的に敵艦を遠ざけてくれたおかげで、ペレ星系へジャンプすることができました」

ヴェレスは思い出すだけで痛みを感じるかのように、顔をしかめた。

「超空間のなかでは、いくらか修理を行ない……死傷者に対処する時間がありました。死傷者は百名近くに及びました。武器の半数が使用不能でしたが、残りは修復することができました」

「その時点でカペルカ艦長はどうするつもりだったんだ?」と、ギアリー。「ダンサー族の宙域に到達しようとするのを断念し、ミッドウェイ星系へ引き返すことだけを考えていたのか?」

「そうだと思います」ヴェレスは頭を振った。「彼女……カペルカ艦長は何も言いませんでしたが。超空間での日々は大半を自室で過ごし、話はあまりしませんでした。われわれ全員が似たようなものだったかもしれません。ペレ星系で超空間を離脱したらすぐに死ぬのだろうと予想していましたので。でも、すぐには死にませんでした。超空間を離脱したとき、ジャンプ点で待ちかまえている謎の種族の戦闘艦はいなかったからです」

ヴェレスはため息をつき、テーブルに向かって頭を下げると、涙をこらえるかのように低くうめいた。

「やつらはミッドウェイ星系に通じるジャンプ点にいたのです。彼我の距離は三光時。敵艦は三十三隻。それだけの数の艦が待ちかまえていた。われわれに選択の余地はありませんでした。ラロタイ星系にいた敵艦がわれわれを追ってジャンプし、まもなくここに現われることは予想がつきました。われわれは可能なかぎりの最大加速でミッドウェイ星系に通じるジャンプ点へ向かい、ジャンプ点で待ち受ける敵艦をかわそうとするしかなかった。

それがわれわれに残された唯一のチャンスでした」

ヴェレスは困惑の色を浮かべた。

「われわれがペレ星系に到着して四時間が経過するまで、ラロタイ星系にいた敵艦はジャンプしてこなかった。われわれのあとを追ってジャンプするのにそんなにも長く待つ理由は、誰にもわかりませんでした」

「それは奇妙だな」ギアリーは納得のいく説明を考えようとしたが、どうしても謎の種族の考えかたが人類とは違うせいだという説明に行きついてしまう。

だが、マルフィッサ代将が興味を引く物音を立てたので、全員がマルフィッサを見た。

「ジャンプ・エンジン」と、マルフィッサ。「通常空間での速度に関係なく、超空間ではすべての艦船が同一の速度で移動します。われわれはもはや、そのことに疑問すら抱きません。ただの事実です。しかし、われわれが知っているのは、人類のジャンプ・エンジンを使用する人類の艦だけ。そのジャンプ・エンジンは、旧地球の初号機プロトタイプをもとに設計されたものです」

ギアリーはその意味に気づいてハッとし、マルフィッサを見つめた。

「たとえば謎の種族のような異星人が発明したジャンプ・エンジンを使えば、超空間で異なる速度を出せるかもしれないということですか？」

マルフィッサは両手を広げた。

「たぶん」

「超空間における速度を測定する手段はありません」デシャーニがマルフィッサをじっと見ながら言った。「ジャンプ・エンジンの設計が根本的に違えば、超空間での移動時間に数時間の差が生じる可能性はあります」

「ちょっと計算すればわかる問題ではありませんか？」と、アイガー大尉。「この距離をこの時間で割れば速度がわかるはずです」

「いいえ」と、デシャーニ。「超空間の広さはわかっていません。すべての理論が、通常空間よりもはるかに狭いと仮定しています。しかし、超空間のなかでは速度と同様に距離も測定できないため、わかっているのは、速度と距離というふたつの未知数、そして時間だけです」

「それは問題ではありませんでした」ヴェレスが急に口をはさんだ。「謎の種族はそう遠くない後方にいて、たとえ〈パスガード〉が無傷でも実現不可能なほどの猛烈な加速を始めました。われわれはミッドウェイ星系に通じるジャンプ点へと突き進むあいだ、距離を詰めてくる敵艦を注視することしかできませんでした。ジャンプ点に到達するまでまだ一時間以上もある時点で、敵艦が背後から射程内に入ってきて攻撃を開始しました」

「〈パスガード〉の艦尾防御シールドは持ちこたえていたのか？」と、ギアリー。

「電力をすべてシールドにまわさなければなりませんでした」と、ヴェレス。「シールドを維持するための電力が必要だから反撃はするなと、カペルカ艦長に命じられました」

「その状態が一時間もつづいたのか？」

「はい、元帥」ヴェレスは一瞬、屈辱と怒りの表情を浮かべた。「われわれは被弾するのみで、撃ち返すことさえできませんでした。後方から敵艦がみるみる迫ってきて、前方でも敵艦がじっと待ちかまえていた。われわれがジャンプ点に近づいてゆくと、ジャンプ点を守っていた謎の種族の戦闘艦群が向かってきました。敵艦のあいだを突破してジャンプ点にたどりつくしかないと、カペルカ艦長は言った。近距離ビームはエネルギー不足におちいっていました。すべての電力を防御シールドにまわしたせいです。ミサイルも使い果たし、残っていたのはブドウ弾だけ」ヴェレスは沈黙した。

ほかの者たちは話のつづきを待った。

「記憶があいまいで、なかなか思い出せません」長い沈黙のあとでヴェレスが目をしばたきながら言った。いかにもつらそうな表情だ。脳裏には恐ろしい出来事がまだ生々しく焼きついているのだろう。「われわれは前方にいた敵部隊と接触し、それから……わからない。大量に被弾した。何もかもが同時に起こっていた。敵艦数隻と交戦を試み、何発かのブドウ弾を命中させました。数発だったかもしれません。ほぼすべての砲手が命を落とす前のことです。そのとき、防御シールドが崩壊し、謎の種族の近距離ビームがブリッジをつらぬいた。ブリッジにいた者の大半が死亡しました。なぜわたしが死ななかったのかわからない。なぜ〈パスガード〉が持ちこたえ、生き残ったのかわからない。自分たちがどこにいるのか、敵がどこにいるのか。それさえわかりませんでした。ほぼ全部のシステムが機能停止し、すべての武器が失われました。しかしジャンプ・エンジンは機能していた。ジャンプ点に到達するとわたしはジャンプ・エンジンを作動させ、艦は超空間に突入しました」

ヴェレスは身震いし、深呼吸した。

「カペルカ艦長は戦死しました。大勢の犠牲者が出ましたが、ジャンプ・エンジンだけは破壊されていなかった」

ヴェレスはふたたび沈黙せざるをえなかった。ほかの者たちは何も言わず、〈パスガード〉のクルーたちが耐えた恐ろしい試練を思い浮かべた。

「ジャンプした直後、パワー・コアが損傷により、自動シャットダウンを開始しました」ヴェレスはようやく言葉をつづけた。「生き残った機関兵たちが安全な再起動は不可能だと言いました。われわれに残されたのは、破壊をまぬがれた予備電源だけ。士官のほぼ全員が戦死していました、ポテキシ少尉以外の全員が。だから、わたし……わたしが指揮をとっていた。わたしは生命維持を優先しましたが、ジャンプ・エンジンにも電力を供給しなければならなかった。そのふたつのことだけを考え、艦の不要な部分は見捨てるしかないと判断したのです。救命服やほかのあらゆるものを、できるだけ使わないようにしなければなりませんでした。わたしは生存者全員を加圧可能なエリアへ避難させました。彼らを忙しくさせておく必要があった。そのことを覚えています。考える時間を与えてはならない。恐怖を忘れさせるために。

われわれは必死に艦内を捜索しました。どこかに閉じこめられている者がいるかもしれませんから。見つかったのは……」ヴェレスは気分が悪そうにごくりと唾を飲みこんだ。「多数の死者でした。そこらじゅうにいました。数人の生存者を見つけ、ほかの者たちといっしょに安全な場所へ連れ戻しました」ヴェレスは眉をひそめ、言葉を切った。「グーエン。われわれが見つけた負傷者の一人です。わたしには見覚えのないクルーでした」

ドクター・ナスルが口を開き、敬意をこめた口調で言った。

「グーエン兵曹は亡くなった。おそらく超空間を離脱する半日前のことだろう」

「ああ」ヴェレスは口もとをゆがめ、目をしばたたいた。「グーエンを助けることができたと……思っていたのに」

「きみはほかのクルーたちを助けてくれた」と、ナスル。

ヴェレスはテーブルを見つめてから、また突然話しはじめた。

「われわれはただ……前進しつづけようとしました。空気や圧力が漏れている個所をふさぎ、残りの生命維持装置を作動させつづけ、救命服の酸素を節約する努力をしました。艦内は穴だらけでした」ヴェレスはまたしても苦渋のまなざしをギアリーに向けた。「元帥。艦の外が……超空間がもろに見えました。艦内に開いた穴から直接見えたんです。あれは……。だめです。絶対に見てはなりません。肉眼で見てはだめです」

「ミッドウェイ星系にたどりついたとき、どうやって超空間を離脱したの？」デシャーニが気まずい沈黙を破った。「余分なエネルギーを必要としたはずよ」

「生命維持装置のスイッチを切り、残された予備電力のすべてを一時的にジャンプ・エンジンにまわしました。それで足りることを祈りながら」と、ヴェレス。「そうするしか……なかったんです。誰か見つけてくれ、助けにきてくれ。そうわれわれは祈りました。でも、助けてもらえるかどうかわからなかった。知りようもなかった。宙兵隊が到着するまでは」ヴェレスは黙りこみ、テーブルを見つめた。

「きみはすばらしい仕事をした」と、ギアリー。「優先順位を決め、規律を守り、艦を制御してふたたび機能させ、ほかのクルーたちを救った。驚いたよ」

「クルーにとって命の恩人ってわけ」と、デシャーニ。「大尉、あなたはあらゆる手を尽くし、クルーをここまで連れてきたんだから」

ヴェレスは苦悩の表情でテーブルを見つめたまま、静かにうなずいた。

「ほかの艦に生存者はいたと思う?」と、デシャーニ。「ラロタイ星系で失われた艦ということだけど」

「わかりません」ヴェレスは悲しげな表情で言った。「数人いたかもしれません。何機かの救命ポッドが射出されるのをシステムが検知していました。逃げきれたかどうかは不明です」

マルフィッサが厳しい表情できっぱりと首を左右に振った。

「謎の種族が人間を捕虜にすることはめったにありません。たいていは敗れた部隊を殲滅《せんめつ》するだけです」

ヴェレスはマルフィッサを凝視した。

「われわれは仲間を救えな……」

「そうです」と、マルフィッサ。「救うことはできなかったでしょう。〈パスガード〉ももう少しで破壊されるところだったのですから。ほかにどうしようもなかったはずです」

ヴェレスはふたたび黙ってうなずいた。その姿を見ていると、ギアリーにはわかった。

ヴェレス大尉はもっと何かできたはずだと自分を責め、これからの人生をむなしく過ごすのだろう。

「わたしの艦を帰還させなければなりません」ヴェレスは顔を上げ、ほかの者たちを見まわしながら、ふいに言った。「わたしのクルーたちとわたしの艦を」

ギアリーは大きくため息をついた。

「大尉、難破艦を徹底的に調査した」ギアリーは〈パスガード〉の状態を強調するために、わざと〝難破艦〟という言葉を使った。「きみの艦は修復不能だ。完全に造りなおさなければならない。艦体がばらばらにならないように牽引《けんいん》できる形にするだけでも、造船所での大がかりな作業が必要になる。大規模な作業を行なわないかぎり、リフト連邦星系へ連れて帰る方法はない。わかったか？」

ヴェレスはかぶりを振り、否定した。

「いいえ。どうしても帰還させねばなりません」

「それは無理だ、大尉」ギアリーは断固とした口調を保ちながら言った。「アライアンスがきみとクルーを帰還させる。シンディックを倒すために協力してくれたリフト連邦星系とその市民たちの貢献を、いまでも尊重しているからだ。だが、命ある星々による奇跡でもないかぎり、〈パスガード〉を故郷へ帰すことはできない。われわれにできるのは」ヴェレスに見つめられ、ギアリーは言葉を添えた。「きみの艦と犠牲者たちをミッドウェイ星系の燃えさかる恒星へと送り出し、名誉ある埋葬を提供することだけだ。恒星へ向かうよう〈パスガード〉のベクトルを変更することはできる。ミッドウェイ星系の支配者たちが同意してくれた」

ヴェレスは激しく目をしばたたきながら、こんどもまた首を横に振った。

「いいえ。何がなんでも……全員を故郷へ連れて帰らねば。わたしの艦を帰還させねば」

「元帥」ドクター・ナスルが目の前に表示された情報を見て、渋面《じゅうめん》をつくった。「ヴェレス大尉は精神的にも肉体的にも不安定な状態です。休息が必要です」

「ありがとう、大尉」と、ギアリー。「またあとで話そう」

〈ツナミ〉の医師たちがヴェレスの治療に取りかかると同時に、ヴェレスのホロ映像は消えた。

「まあ、期待どおりにはいきませんでしたね」と、デシャーニ。「でも、ヴェレスがどんな思いを抱いていようとも、ヴェレスの艦はがらくたです。あの艦で亡くなった人々がいるので神聖な場所なのかもしれませんが、ただのがらくたです」

「アイガー大尉」と、ギアリー。「ヴェレスの話は〈パスガード〉から回収した記録と一致しているか？」

アイガーはあいまいな身ぶりをした。

「回収したものの大半が事務的なファイルと日常の記録でした。カペルカ艦長のファイルや、そのほかの作戦ファイルは残っていないようです」

「ちょっと変よね」と、デシャーニ。

「はい、艦長」と、アイガー。「変です。バックアップが保持されているはずの場所がいくつかありましたが、無傷のまま残っているデータはありませんでした」アイガーは口ごもり、マルフィッサ代将をちらっと見た。

「つづけろ、大尉」と、ギアリー。マルフィッサは気づいていたが、重要な情報がミッドウェイ星系の支配者に秘密にされているとは信じたくないだろう。

「元帥」アイガーはおもむろに話しはじめた。「確信はありませんが、少なくともこれらのファイルの一部は謎の種族との戦闘のあとで破壊されたようです」

「ヴェレス大尉を含む生存者たちが、残っていた作戦ファイルを意図的に消去したというのか？」と、ギアリー。

「そうだと思います」と、アイガー。「そのように命令を受けていたのかもしれません。ミッドウェイ星系へのジャンプに失敗した場合の対応について、カペルカ艦長が指示を出さなかったとは思えません」

「だから、ヴェレス大尉はわれわれに隠しごとをしているの？」と、デシャーニ。

だが、うなずいたのはドクター・ナスルだった。

「艦長、わたしが目にした身体的反応はまさにそれを反映していたと思います。情報を漏らさないようにするあまり、ヴェレス大尉は多くのストレスをかかえることになったのでしょう」

「わかった」ギアリーは椅子の背にもたれた。怒りにまかせて判断してはならない。「ヴェレスはいまも命令にしたがうために最善を尽くしている。その姿勢は尊敬に値するし、ヴェレスの意向を考慮するべきだが、われわれが法的にその命令にしたがう義務はない。〈パスガード〉は難破艦であり、航行の危険をともなうものだ。したがって、ミッドウェイはどのように対処するかを独自に決めてもいいし、われわれに判断をゆだねてもいい」

「すでにイケニ大統領はあなたに判断をまかせることに同意しました」と、マルフィッサ。

「あなたが計画の変更を望まないかぎり」

「もちろんです」と、ギアリー。「〈パスガード〉の生存者を招いて正式な葬儀を執《と》り行なう。それから、オックス艦長の重巡航艦の二隻が、〈パスガード〉に設置されることになっているポータブル操縦ユニットの力を借りて、〈パスガード〉を新たなベクトルへ移動させる。オックス艦長が自身のシステムを通じて操縦シミュレーションを実行した。難破艦を適切なベクトルへと徐々に誘導し、あとの作業をポータブル操縦ユニットに引き継ぐには、三日かかるそうだ。葬儀が終わりしだい、巡航戦艦部隊は〈ツナミ〉を護衛して艦隊に戻る。重巡航艦は任務完了後にふたたび合流する。リーセルッツ大使が心配しているといけないから、わたしの意図を伝えておく。質問はあるか？」

誰かが答える間《ま》もなく、マルフィッサとデシャーニだけが警告音に気づき、それぞれ自分の通信パッドを確認した。

「ハイパーネット・ゲートに一隻の艦が到着しました」と、マルフィッサ。

「アライアンスの侵攻輸送艦〈チヌーク〉の識別情報を公開送信しています」と、デシャーニ。「艦隊のシステムが〈チヌーク〉であることを確認しました」

「あれはテスト用の艦です、代将」ギアリーがマルフィッサに言った。「アライアンス宙域から直接ここへやってきたのです。これでミッドウェイ星系とアライアンス宙域が直結していることが確認されました」

マルフィッサは微笑し、うなずいた。

「イケニ大統領もきっと喜びます。いいですか、元帥？　この動きを主導したのがあなたでなければ、われわれはアライアンスにミッドウェイ星系までの直通ルートを提供することに同意しなかったでしょう。しかし、商船を送ってアライアンスの市場と直接取引ができるようになったので、われわれのハイパーネット・ゲートの価値と収益が大幅に上がり、この宙域全体の貿易が活発になることが見こまれます。シンディックにとってはおもしろくないでしょうけど、あの艦が到着したことの意義をいますぐ指導者たちに伝えなければなりません」

マルフィッサのホロ映像が消えるとすぐ、アイガーが片手を上げた。

「元帥、もうひとつ問題があります」

立ちあがりかけていたギアリーは動きを止め、ふたたび腰をおろした。

「こんどはなんだ？」

「閣下、〈パスガード〉に乗艦していた外交団は全滅したわけではありません」

3

「なんだと？」ギアリーはほかの者たちを見た。ドクター・ナスルをのぞいて、みな一様に驚きの色を浮かべている。「〈パスガード〉に乗艦していたリフト連邦星系の外交官の一人が生き残っているというのか？」

「はい、閣下。難破艦から救助されたクルーと思われる者のなかに、〈パスガード〉が星系同盟《アライアンス》艦隊に所属していた当時の艦隊ファイルのデータと一致しない者が一人いました」アイガーが説明した。「ドクター・ナスルに相談したところ、ドクターが独自に調査してくださいました。マスリン二等兵曹と確認された人物はマスリンではありません」

ギアリーは驚き、ふたたびドクター・ナスルを見た。

ナスルは不機嫌そうな表情で両手を広げた。

「身体的特徴は似ていますが、DNAがまったく違います。〈パスガード〉のクルーとして知られていたどの人物とも一致しません」

「別のマスリンである可能性はないのか？」と、ギアリー。「同じ名前のクルーが新しく入ってきたとか」

「マスリンは受け入れ手続きのあいだ、何年も前から〈パスガード〉のクルーの一員だったと主張していました」と、アイガー。「作戦ファイルが破壊されていたことを考え合わせると、〈パスガード〉の生存者たちは生き延びようと最善を尽くす一方で、救助隊から自分たちの任務についての情報を可能なかぎり隠すことに時間をついやしていたようです。ミッドウェイ星系を運営する者たちに救助されることを予想していたとしたら、無理もありません。でも、なぜ、われわれをあざむきつづけるのかは謎です」

「ほかの生存者はそのことを知っているのか？」現実とはかけ離れたスペースオペラのような可能性を口にしようとしていることをバカバカしく思いながら、ギアリーはたずねた。

「そのマスリンが謎の種族のスパイだとしたら？　そして謎の種族が……」

「なんらかの方法でほかのクルーをあやつり、マスリンがクルーになりすましていることを気づかれないようにしたとしたら？」ナスルが言葉を引き取った。ギアリーと同じく、スペースオペラさながらの展開を考えているようだ。

アイガーがいつもより長くためらってから口を開いた。失礼にならない言いかたを考えていたのは明らかだ。

「閣下……それは……そのう……マスリンになりすましている者は間違いなく、百パーセント人間のDNAを持っています」

「謎の種族につかまって洗脳された人間だという可能性はないの？」と、デシャーニ。

ギアリーはデシャーニにウインクされてはじめて、それが冗談であることに気づいた。デシャーニなら、この状況を楽しむのもわかる。

アイガーはふたたび言葉を切り、やがて首を横に振った。

「それは……〝不可能〟ではありません、艦長。しかし、〈パスガード〉の生存者たちの記憶を塗り替えてその人物を受け入れてもらう必要があります。謎の種族にそんなことができるなら、とっくに人類は支配宙域を占領され、種《しゅ》として絶滅していたでしょう」

「たしかに、そのとおりだ」と、ナスル。異星人スパイの可能性が消えたことに少々がっかりしているようだ。

「つまり、マスリンはリフト連邦星系の外交官の一人だったにちがいないということだ。マスリンの出自は〈パスガード〉以外にない」と、ギアリー。

「その件について本人を問いつめればいいのです」と、デシャーニ。「アイガー大尉と話をさせますから、そのマスリンとやらを連れてきてください」

魅力的なアイデアだが、ギアリーは首を左右に振った。

「いや、このことは大使に報告して意見を求めるつもりだ。リフト連邦星系が何をたくらんでいるかは知らないが、それがわれわれの艦に脅威をもたらすことはない。マスリンの監視をつづけろ、アイガー大尉。ただし、目立つ行動はとるな」

ホロ映像での出席者はいないため、今回は全員が物理的に会議室を出てゆき、ギアリーとデシャーニだけが残された。デシャーニはいぶかしげにギアリーを見た。

「〈パスガード〉の生存者のなかにリフト連邦星系の外交官が潜んでいたのに、あまり動揺していないようですね。リフト連邦星系がそこまでしてわれわれに隠したいものが何なのか、気にならないのですか?」

「もちろん気になるさ」ギアリーは肩をすくめた。「だが、これはわたしの問題ではない。大使にまかせれば、対処してくれる」

「リーセルツ大使が台なしにするかもしれないのですよ」デシャーニはため息をついた。「リフト連邦星系が計画していることはわれわれにとって脅威にはならないでしょう。でも、七隻の戦闘艦とほぼすべての乗員の命を犠牲にしてまで、ダンサー族に何を提供したかったのか?　わたくしはそれを知りたいのです」

ギアリーは返事の代わりにうなずいた。デシャーニの言うとおりだ。リフト連邦星系の指導者たちが何を計画していたのか、知りたいのはやまやまだ。だが、その情報が艦隊の任務にとってきわめて重要だという可能性よりも、謎の種族がもたらす脅威のほうがはるかに懸念される。

葬儀は〈ドーントレス〉で行なわれた。ほかのすべての艦と仮想リンクでつながっている。〈ドーントレス〉は〈パスガード〉から数百メートル以内の位置についた。シャトル格納庫の隔壁のひとつに、〈パスガード〉を中心とした宇宙空間が映し出されている。死者を追悼するために整列したアライアンス兵たちと宙兵隊に加えて、〈パスガード〉の生存者のうち、身体的負担に耐えられる者たちも独自の隊列を組んで立っていた。

ギアリーは葬送の辞を読みあげた。これまでなんども読みあげた経験があるのでほぼ暗唱できるが、一語たりとも飛ばさないよう気をつけた。あと何回、このような葬儀を主催しなければならないのだろう？　ほかのアライアンス兵と同じように、ギアリーも腕に喪章――両端に金色の縁取りがある黒い帯――をつけていた。

「闇は休止にすぎない」いつものごとくデシャーニが言った。「死者はいずれ光へと還る」

それが本当かどうか、ギアリーは議論したことがない。デシャーニとも。デシャーニはそう信じる必要がある。自分に正直になるなら、ギアリーも信じなければならない。そうでなければ、ただでさえ大きな人的被害にたちまち耐えられなくなるだろう。

ギアリーはときどきヴェレス大尉のほうをちらっと見た。ヴェレスは残骸と化した自艦を遺棄することに猛反対をつづけ、アライアンスの行動に正式に抗議していた。葬儀をボイコットすると脅してきたが、ヴェレスの出欠にかかわらず葬儀が行なわれることが明らかになった。

「われらが先祖に名誉あれ」ギアリーがそのひとことで葬送の辞をしめくくると、アライアンスの重巡航艦二隻の姿勢制御スラスターが作動した。二隻は難破艦のもっとも頑丈な部分と引き綱によってつながれている。〈パスガード〉に設置されたポータブル操縦ユニットのスラスターも作動した。二隻の重巡航艦とポータブル操縦ユニットが力を合わせ、艦体がばらばらにならないよう、少しずつ〈パスガード〉のベクトルを修正しはじめた。

リーセルッツ大使本人が葬儀に参列できるよう、〈バウンドレス〉は艦隊を離れ、〈パスガード〉の残骸のそばにいる艦と合流した。リーセルッツはかたわらに立っていた。ウェッブ大佐と二人の特殊部隊員のみが付き添い、誰もが暗殺者になりうると言わんばかりに、近くのクルーや宙兵隊員を注視している。

「ようこそおいでくださいました。感謝します」ギアリーはリーセルッツ大使に言った。

「これぐらいしか、わたしにはできませんから」リーセルッツは犠牲者たちの映像が映し出されたままのディスプレイをながめながら、言った。「アライアンス艦隊がいまでもリフト連邦星系のクルーたちを……なんというか……船乗り仲間だとみなしていることは明らかです。だから、わたしはアライアンスの代表として、彼らに対しても同様の敬意を示すべきだと感じました」

「こうして足を運んでくださったのは、貴重な意思表示です」と、ギアリー。「公然と口にする人はあまりいませんが、あなたのそのような努力に感銘を受けている人がいるのはたしかです」

「見せかけだけの行動だとは思わないでください」と、リーセルツ大使。それがリーセルツの本心かどうかはわからない。

ギアリーは思わず、肩をすくめそうになった。

「わたしが学んだ教訓のひとつに、すべての行動が見せかけであってもかまわないというものがあります。動機にかかわらず、そう判断されるのですから」

「それはあなたが誰よりもよく知っていることですよね？」リーセルツは横に視線を向けた。整列したアライアンス兵がまだ立っており、解散を待っている。「あの宙兵隊員たちにも個人的に感謝を伝えたいと思います」

「どの宙兵隊員のことですか？」

「〈パスガード〉にまっさきに乗りこんだ宙兵隊員たちです」リーセルッは言葉を切った。適切な言葉を探しているにちがいない。「宙兵隊は敵を殺すために……命がけで敵を倒すために訓練されています」リーセルッはようやく言った。「でも、その訓練が……その技能と知識が、切実に助けを必要としていた男女を迅速に救助することにも使われたのです。みずからの命を危険にさらす覚悟で。そうですよね？　彼らは罠《わな》かもしれないと思っていたのでしょう？」

「そうです」と、ギアリー。「どんなことにも対処できるよう覚悟して乗りこみました」

「他人を救うために命をかけるなんて」リーセルッはため息をつき、頭を振った。「あの〈パスガード〉という艦は人間の矛盾を体現したようなものです。人間どうしが戦うために造られ、困難な状況に立ち向かう使命を果たすべく容赦なく送り出された。それでも、すべてがうまくいかなくなったとき、生存者たちは団結して助け合い、戦争のために訓練されたわたしたちの兵士が戦争のために作られた武器を持ち、救助に駆けつけた。戦争の記憶を刻むのではなく、そのような瞬間を忘れないためにもっと記念碑を建てるべきです、元帥」

「戦前はそうでした」と、ギアリー。こんなとき、惑星連合《シンディック》との戦争が始まる前の状況を実際に覚えているのは自分だけなのだと、痛感せずにはいられない。「またあのころのようになるといいですね」ギアリーはリーセルッ大使を宙兵隊の隊列へと案内した。リーセルッは短いスピーチのなかで、宙兵隊の献身的な行動と技能に感謝し、アライアンスの理念を具現化するにふさわしい代表たちだと称賛した。

その後、整然と並んでいたアライアンス兵や宙兵隊が解散し、小さな集団となってそれぞれの方向へ散ってゆくと、リーセルッは誰もいないシャトル格納庫の隅へギアリーを招きよせた。

「昨日、ヴェレス大尉を訪ねました」と、リーセルッ。「ヴェレスは〈パスガード〉の処分方法のことでまた不平を漏らしていました」

「〝お礼を言われるほどのことではありませんよ〟と言ってやればよかったのに」と、ギアリー。

「そんなに露骨には言えませんでした」と、リーセルッ。「〝マスリン二等兵曹〟を含む生存者全員のもとを訪ねました。〈バウンドレス〉には外交関係のデータベースがあります。それと照合した結果、マスリンの見た目が、カリーヌ・ジョロベッツというリフト連邦星系の中堅外交官のものと一致しました。カリーヌについての情報はあまりなく、リフト連邦星系の独立を熱心に支持し、その妨げとなるものを嫌うというメモが添えられている程度です。当然ながら、彼女はあくまでもマスリンとしてふるまいつづけていました」

ギアリーは怒りとあきらめが入り混じった気持ちで、頭を振った。

「戦争が終わると、アライアンスの一部は新たな敵を探しはじめました。誰かと戦うことしか知らなかったせいです。リフト連邦星系も同じことをしているようですが、彼らが目を向けている新たな敵はわれわれです。生存者たちを〈チヌーク〉に乗せて送り返せば、わたしもひと安心なのですが。〈チヌーク〉はわたしが知っておくべき最新情報を何か運んできましたか？」

リーセルツ大使は言葉に詰まり、ギアリーを見つめた。

「ひとつずつ検討するより、概要を説明したほうがよさそうですね。人類宙域のすべての政府や組織が、民間企業や私立財団も含めて、ダンサー族について可能なかぎり多くの情報を得ようとしています。公然と情報を求める者もいますが、多くはスパイ活動をしています。あなたがたがダンサー族の宙域に到達し、人類宙域へ戻るためにたどった正確な経路も、知りたいようです」

その意味は容易に理解できた。

「彼らはみな、アライアンスだけが異星人と対話できることを認めず、ダンサー族と直接コンタクトしたいと考えています。リフト連邦星系の遠征は唯一の例というわけではありません。いわば先陣を切った形です。それに、アライアンスがミッドウェイ星系との直接リンクを確立したばかりなので、リフト連邦星系がダンサー族の宙域にさらに近づくためにシンディック宙域を横切る必要はありません」また別の考えが浮かんだ。「リフト連邦星系は謎の種族のことも知ろうとしているのでしょうか？」

「そうかもしれないし……違うかもしれません」

それはギアリーにも理解できた。

「リフト連邦星系は謎の種族の宙域を通る経路を知りたがっているのに、その危険には目をつぶろうとしているのですか？」

リーセルッツ大使は無限の宇宙空間をながめながら、首を横に振った。

「公然と情報を求める者たちは、謎の種族との敵対関係が始まったのは、シンディックによる謎の種族の宙域への侵攻か、ある有名な士官の指揮下にあるアライアンス艦隊による謎の種族の宙域への侵攻か、あるいはその両方に起因していると信じています。適度に平和的なアプローチをしたほうが、よい結果が得られると確信しているのです」

「われわれの報告書を――艦隊に同行している異星人関連の民間人専門家による報告書も含めて――読めば、平和的アプローチを試みたことは明白なはずです」

「人類以外の知的種族がわたしたちとのかかわりを避けているなんて、誰も聞きたくはないのですよ」と、リーセルッツ。「その知的種族が敵対的で、攻撃してくるようなら、話は別ですけど」

「しかし謎の種族は攻撃してきました」と、ギアリー。

「そうですか？」リーセルツの表情からすると、ギアリー自身の経験にとらわれない客観的な考えを求めていることはたしかだ。

ギアリーは少し時間をかけて考えた。

「謎の種族はシンディックを攻撃したことがあります。それから、ミッドウェイ星系のもとシンディックも。アライアンス艦隊も謎の種族の宙域に入ったときに攻撃されました」

リーセルツは唇をゆがめて、うなずいた。

「謎の種族はほかの人類を攻撃しましたが、わたしたちが艦隊を謎の種族の支配宙域に送りこんだときをのぞいて、アライアンスを攻撃してきたことはありません。シンディックが攻撃を誘発したことはご存じでしょう？　これは一部の市民の意見にとどまりません。アライアンス政府の一部もそのような感情を表明しています。でも、わたしの口から聞いたとは言わないでくださいね」

「シンディックが攻撃を誘発した可能性はあります」と、ギアリー。「それでも、謎の種族がわれわれとの共存を望んでいないという考えが、なぜなかなか理解されないのか、意外です。とくに、謎の種族はわれわれにハイパーネットのテクノロジーを漏洩したと思われるのに。謎の種族がそのようなことをしたのは、ハイパーネット・ゲートが星系全体を破壊しうる武器として使えることを人類が発見し、人類どうしの戦いに使うのではないかと期待したからです」

「それはただの推測です」リーセルッツはため息を漏らした。「証拠がありません」

「そもそも、謎の種族がシンディックをたぶらかして、アライアンスとの戦争を始めさせたという可能性も――」

「なんですって？」リーセルッツ大使は目を見開き、驚愕《きょうがく》の表情でギアリーを見た。

ギアリーはその反応に困惑しつつ、リーセルッツを見つめ返した。

「わたしの報告書に書いてあるはずです。調査の結果、シンディックが最初にアライアンスを攻撃したとき、謎の種族の支援を期待していた可能性を示唆する情報が見つかりました。非常に激しい攻撃ではあったものの、アライアンスを壊滅させるにはいたらず、そのうえ、きわめて重要な潜在的ターゲットをいくつか見のがしていました」

リーセルッツ大使は顎《あご》に片手をあて、考えこむ表情で顔をしかめた。やがて、ようやくギアリーに視線を戻し、こわばった笑みを浮かべてギアリーをハッとさせた。

「それが本当なら、いいことです」

「どこがいいことなんですか？」ギアリーは困惑した。

「シンディックは謎の種族が望むものについて、彼らと対話することができたという意味です。少なくとも共同計画を立てられる程度の充分な話し合いはできたはず。ほかの場所ではそれほど活発な交流は観察されていませんよね？」

「たしかに」ギアリーは同意した。

「とにかく、謎の種族が心の底から望んでいることを見つけなければなりません」リーセルツ大使が付け加えた。「謎の種族と対話する機会を得られたら、実際に意思疎通をはかることが可能になるかもしれません」

「連中が心の底から望んでいると思われるのは、われわれが絶滅することだけです」

リーセルツは、ゆっくりとうなずいた。

「そして、自分たちの敵に対抗するために謎の種族を利用できると考え、みずからは被害を受けないと信じているグループが人類のなかに存在することは確実です。シンディックの指導者たちはそのつもりだったのでしょうが、すぐに裏切られたようです。わたしたちは非常に慎重に嘘をつく必要があります」リーセルツはその最後の言葉にギアリーが驚いたことに気づき、声を上げて笑った。『悪魔の辞典』というとても古い本のなかで、〝外交〟は〝祖国のために嘘を言う愛国的行為〟と定義されています。それがわたしたちの仕事です、元帥。しかし失敗すれば、元も子もありません。あなたは重要な問題を提起してくださいました。感謝します」

「お役に立ててよかったです」ギアリーは〈パスガード〉の残骸を身ぶりで示した。「重巡航艦はここでの〈パスガード〉を見送る仕事を終えたら、艦隊に再合流できます。われわれは三日後に軌道を離脱し、ペレ星系に通じるジャンプ点へ向かうことができるはずです」

「五日後、あるいは六日後に変更していただけませんか?」と、リーセルツ大使。「〈バウンドレス〉と〈ドーントレス〉を、ミッドウェイ星系の主要惑星の周回軌道にふたたび接近させなければなりませんので。正式な外交レセプションはお好きですか?」

「いえ、あまり好きでは」

「では、残念ですが、レセプションが開かれることをお知らせします。イケニ大統領とドレイコン将軍もこちらに出向いて、出席してくださる予定です。もちろん、あなたとわたし、ほかにもさまざまな人が出席することになっています」

「わかりました」外交レセプションはギアリーにとって好意的に受け入れられるものではないが、謎の種族の宙域を通過する旅への不安と比べれば、少なくとも数日間は気を紛らわせてくれそうだ。

「リラックスしてください」デシャーニはギアリーの軍服を厳しい目でチェックすると、わずかな乱れを見つけて整えた。

ギアリーは嘆息した。

「下級士官のころ、外交レセプションがいやでたまらなかった。いつも居心地の悪い思いをしていた」

「これからも艦隊を指揮するおつもりなら、この種のことに慣れていただかなければなりません」シャトルが〈バウンドレス〉の広々としたシャトルドックに停止すると、デシャーニは言った。「手に負えない事態になったら、わたくしに合図してください。〈ドーントレス〉に戻って対処するべき問題が生じたという優先メッセージを受信したふりをしますから」

〈バウンドレス〉のシャトルドックから大宴会場へと向かうあいだに、その経路の警備状況を確認することができた。〝儀仗兵〟をよそおったウェッブ大佐の特殊部隊員たちに、礼装軍服に身を包んだおびただしい数の宙兵隊員が加わっている。

大宴会場に入ると、ギアリーは一瞬、足を止めた。壁一面に、広大な宇宙空間の映像が映し出されている。ミッドウェイ星系の主要惑星は、球体の下半分のほとんどが青と白でいろどられていた。息をのむほど美しいながめだが、宇宙での経験が豊富な者は不安をかきたてられる。

「どうして民間人はこんなものが好きなんでしょう?」デシャーニは軽蔑的な目をその風景に向け、不満げに言った。「宇宙空間にさらされるなんて。それが命にかかわるほど危険だとわかっているのでしょうか?」

「だが、死ぬ直前まで絶景を楽しめます」誰かが言った。

ギアリーとデシャーニが振り返ると、ドレイコン将軍がゆがんだ笑みを浮かべて、二人をじっと見つめていた。ドレイコンの制服がシンディックのものだったことを示す痕跡はごくわずかで、左胸に数えるほどの従軍記章がついているだけだった。勲章や記章の数をひけらかすタイプの人間ではないようだ。ギアリーはミッドウェイの共同統治者が一人でいるように見えたことに驚き、あたりを見まわした。いかにもボディガードとおぼしき男女が周囲に配置され、ドレイコンに接近するためのあらゆる経路や方法に対処できるようにしてある。

「宇宙空間で戦った経験があるのですか、将軍?」デシャーニがたずねた。

「もちろんです」ドレイコンは部隊に突撃を命じるかのように、ミッドウェイ星系の映像を身ぶりで示した。「シンディックは、アライアンスの宙兵隊のような宇宙での戦闘に特化した歩兵隊を信用していません。陸上軍はどんな場所でも戦います。そのほうが効率的だからです」ドレイコンはそっけなく付け加えた。

「宇宙での戦闘を専門にした歩兵隊をつくろうと考えたことはあるのですか？」ギアリーはドレイコンと直接、話をしながら、この機会にできるだけ多くの情報を得ようとした。

「少しは」ドレイコンはまたしても笑みを浮かべた。こんどは獲物をねらう捕食者のような表情だ。「ロジェロ大佐が指揮する旅団は宇宙戦闘訓練を数多く受けてきました。もちろん、宙兵隊とは呼べませんが」ドレイコンは大宴会場を見まわした。「宙兵隊の指揮官はここにいらっしゃいますか？　カラバリとおっしゃいましたかな」

「カラバリ少将は警備の調整を手伝っています」と、ギアリー。

「ヴォータンで対峙したことがあったかと思いまして」と、ドレイコン。「激しい戦いでした」

「あなたに連絡するよう伝えておきます」と、ギアリー。ドレイコン将軍がアライアンスの上級士官の経歴について説明を受けていたことは、想定内だった。

ドレイコンは眼下の惑星に目を凝《こ》らしてから、デシャーニをちらっと見た。

「軌道爆撃の目標地点を見つくろっているのですか？」

デシャーニはうしろめたそうにハッとした。

「実はそうなんです。本気ではありませんが」

「習慣とは恐ろしいものです」と、ドレイコン。「あなたもわたしも宇宙をそういう目で見ているということですよね？　長年の習慣のせいで、無意識にそういう反応をするようになってしまった」ドレイコンは一瞬、沈黙し、顔をしかめた。「あのようなすべての異星種族について、わたしが懸念しているのはそこなんです。われわれは彼らの考えかたをよく知らない。宇宙空間から惑星を見おろすとき、彼らは何を見ているのか？　それが今回のアライアンスの任務の重要な部分だということは理解しています。異星人の考えかたをもっとよく知るということが」

「おっしゃるとおりです」と、ギアリー。三人を囲むドレイコンのボディガードたちの輪が狭《せば》まったことに気づいた。プライバシーを守るためだ。「ダンサー族は人類を助けてくれましたが、多くの人々がその理由をもっとよく知りたいと考えています」

「わたしもその一人です」と、ドレイコン。「取引について話し合いたい」

「取引？」

ドレイコンはミッドウェイ星系の映像に背を向け、恒星ペレのほうを向いた。

「あなたはわれわれの継続的な協力を望み、ミッドウェイを前線基地として利用したいと考えている。否定しても無駄ですよ」ドレイコンはギアリーが口を開く間《ま》もなく付け加えた。「あなたは優秀な指揮官だ。そのようなことを考えて当然です。違いますか？　それがわれわれ指導者の仕事なのですから。しかし人民の幸福を守る義務もある。わたしはわが人民に示したいのです。われわれがアライアンス市民に何ひとつ譲りわたすつもりがないことを」

ドレイコンは間《ま》を置き、ギアリーの返事を待った。

「わかりました」と、ギアリー。ドレイコンの意図がわかるまで、よけいなことは言いたくない。

「イケニ大統領とわたしは、われわれの代表二人をダンサー族の宙域へ向かうあなたがたに同行させたいと思っています。われわれがこの任務に参加し、あなたがたを監視していると言えるように。あなたはブラック・ジャックだ。だから、われわれの人民はあなたを味方だと信じていますが、あなたのもとで働く多くの人々は疑念を晴らす余地を与えられていません」

「誰を同行させるおつもりですか？」ギアリーはできるだけ冷静な口調を保とうとした。

ドレイコンは手にしたグラスに口をつけてから、答えた。

「一人はロジェロ大佐です。わたしへの忠誠心は疑いようもありません。自主的に行動し、任務を遂行した経験もあります。もう一人はブラダモント代将です」

「ブラダモント？」デシャーニは驚き、思わず声を上げた。

ドレイコンはまたもや微笑した。

「そうです。ブラダモントがロジェロに対して献身的であることは、非常に明白です。きっとロジェロの力になってくれるでしょう。イケニ大統領はブラダモントを信頼できると考えています。しかしブラダモントはあなたの部下の一人でもあり、あなたはブラダモントがここでアライアンスを代表する価値があることを立証ずみです。何か問題を見つけたら、ブラダモントはあなたに伝えることができ、あなたもわたしも、彼女がわれわれの利益を尊重してくれると確信している。ウィン・ウィンというわけです。そうでしょう？」

「以前ミッドウェイを訪ねたときにお会いした、あの二人の大佐を派遣するおつもりかと思っていました」と、ギアリー。

「二人の大佐？」ドレイコンは言葉に詰まった。目を伏せ、硬い表情を浮かべている。

「マーリンとモルガンのことですね。二人とも……もう使えないのです」

「そうですか」と、ギアリー。マーリンとモルガンに何があったか知らないが、ドレイコンにとっては思い出したくないことなのだろう。デシャーニが警告のまなざしで見ている。言葉に気をつけろという意味らしい。ギアリーはしばし考えてからうなずいた。「では、ロジェロとブラダモントということで。前向きに検討しない理由はありません」これは中立的な発言であって、確約ではないよな？

ドレイコンもうなずいた。

「けっこう」ふたたびミッドウェイ星系の映像を一瞥《いちべつ》した。「あなたの士官たちはミッドウェイを気に入ってくださいましたか？」

　アイガー大尉とジャーメンソン大尉は、主要惑星上で数日間の〝新婚旅行〟を過ごしたあとだった。艦隊情報部はアイガーが現地の実状を報告することを望んだが、ギアリーは情報収集をしていると思われる言動は慎むようアイガーに警告していた。

「楽しんでいましたよ」ギアリーは正直に答えた。「アイガー大尉いわく、実に美しい惑星だと」

「でしょうね」ドレイコンは惑星を見おろすと、また陰鬱《いんうつ》な表情を浮かべた。「美しい惑星でも、注目されることによってその美しさがそこなわれることもあります。グウェン・イケニもわたしも、数々の惑星が破壊されることにうんざりしています。カーネ星系をごらんになったでしょう？　反乱とシンディックによる報復があの星系に何をもたらしたかを。わたしは破壊することに人生をついやしてきました」ドレイコンはデシャーニに視線を転じた。

　デシャーニはドレイコンが言おうとしたことを察して、うなずいた。

「わたくしもです。でも、破壊しなければならないものもありました」

「たしかに」ドレイコンはにやりと笑った。感情を害した様子はない。「たとえば、イワ星系の惑星で埋もれていた謎の種族の基地とか。陸路を伝ってあの基地に到達することは不可能だった。謎の種族の地上戦闘能力はわれわれより一世代先をいっている可能性がありますから。そこで、われわれは兵を惑星から退去させ、直径三十キロの隕石もどきを基地へと投下した」

デシャーニは目を輝かせた。

「直径三十キロの隕石もどきですって？」

「ええ」と、ドレイコン。「惑星の地殻そのものを粉砕しました。かつては人類がかろうじて居住できたその惑星は、もはや居住不能です。わたしはその場にいませんでしたが、見ごたえのある映像が記録されています。あとでお送りしますよ」

「ありがとうございます、将軍」と、デシャーニ。クローゼットのなかに隠してあった大きなプレゼントを見つけたような表情だ。

「われわれはメッセージを送るしかなかった」ドレイコンがギアリーに言った。「人類の宙域に足を踏み入れ、これ以上居住地を破壊したら、その足を引きちぎって、のどに押しこんでやる。そう謎の種族に知らせるために。さらなる攻撃を抑止することはできないかもしれません。だが、ふたたび攻撃を試みたら、われわれがどう出るかをやつらは知っている。われわれは一隻の艦をペレ星系に出現させ、その映像を謎の種族の哨戒艦《しょうかい》の一団に公開送信しました」ドレイコンは片手で顎をさすった。「新たな戦いは望んでいないことも伝え、おまえたちが干渉してこなければ、こちらも干渉しないつもりだと提案しました。われわれはここで何かを築きたいのです。恒久的な何かを。とにかく努力はしています。グウェンはいま、あなたがたの大使と話をしているところです。アライアンス宙域へ戻るあの船にわれわれの代表を何人か同行させてもらえないか、と。取引について話すためだけでなく、アライアンスのシステムを学ぶためでもあります」ドレイコンはギアリーに視線を向けた。「今回の選挙。選ばれた政府。この星系の兵員たちはそれに満足しているようですが、どこか不安定です。グウェンの身に何かあったらどうなるのかと、わたしは案じつづけています」

「たしかに不安定です」と、ギアリー。「民主主義はさまざまな手段により崩壊する可能性があります。つねに警戒が必要な問題です」

「シンディックとの戦争が正式に終結したあと、アライアンスは事態の収拾に苦労しているという噂を聞いたことがあります」ドレイコンは付け加えた。

「その噂は本当です」ギアリーは言った。「もちろん、シンディックが直面しているような問題ではありませんがね」悲惨な結果をもたらした黒い艦隊計画や、アライアンス議会の一部がアライアンスの法律に反して秘密裏に行動を起こした方法について、言及すべきだろうか？　いや、ドレイコンがすでに知っていて自分から質問してこないかぎり、話すべきではない。「現在、解決しようとしているところです」

「ふむ」ドレイコンは手に持った飲みものに目を落とした。「わたしには娘が一人います」とうとつに切り出した。「娘のことが心配なんです。いつか娘にアライアンスを実際に見てもらいたいと思っています」

いきなり話題が変わったことに面食らい、ギアリーはデシャーニを横目で見た。デシャーニは無表情のままだ。

「ぜひごらんいただきたい」と、ギアリー。

「あなたがじきじきに娘をもてなしてくださいますか？」

デシャーニの両眉が跳《は》ねあがった。ややあってデシャーニはギアリーに向かってうなずいた。

「もちろん喜んで」と、ギアリー。「いつのご予定で……？」

「まだまだ先の話ですよ」と、ドレイコン。「まだオムツのとれない赤ん坊ですから。でも、いつか必ず。お話しできてよかった、元帥。あなたとも、艦長。そろそろグウェンに連絡しなければ」

「こちらこそお話しできてうれしかったです、将軍」と、ギアリー。

ドレイコンがボディガードたちに囲まれながら立ち去ると、ギアリーは首の後ろをさすった。

「あの二人に娘がいるなんて、知ってたか？」ギアリーはデシャーニにたずねた。

「ドレイコン将軍は、わたしには娘がいると言いました」デシャーニは指摘した。「イケニ大統領とのあいだに娘がいるとは言っていません。娘の話をするとき、自分とイケニを示す〝わたしたち〟という言葉は口にしませんでした」

「なぜイケニがその子の存在を受け入れるのだ？　まだ生まれて間《ま》もないようだが」

デシャーニは肩をすくめた。

「母親は凍結した卵子を残して、十年前に亡くなったのかもしれません。わたくしがイケニの心情を正しく理解しているとしたら、その母親が誰であれ、すでに亡くなっていると考えていいでしょう」

「ドレイコンは娘のことを心配していた」

デシャーニが笑いだしたのでギアリーは驚いた。

「おやおや。おわかりにならなかったのですか？　たしかにドレイコンは娘のことを心配していますが、娘自身のことも心配しています」

ギアリーは考えようとしたが、理解できず、もういちど考えた。それでも理解できなかった。

「どういうことだ？」

「ドレイコンは娘の身に起こることを心配しています」デシャーニは説明した。「でも、娘が何をするかということも心配しています。たいてい、父親がそのふたつの心配をするのは、娘がもっと成長してからですけど。母親はどんな人だったのでしょう？　そういえば」デシャーニは礼装軍服の片方の袖をまくりあげ、ビクトリア・リオーネからもらったブレスレットを見せた。「ドレイコン将軍がそばにいるあいだ、この装置が狂ったように警告音を発していました。ドレイコンのあの制服には、駆逐艦一隻を相手にできるほどの防御装置と攻撃装置がしこまれているようです」

「ある意味、ドレイコンはいまだにシンディックと同じ考えかたをしているのだろう。あるいは、シンディックの制度がもたらした問題に、まだ対処しなければならないのかもしれない」と、ギアリー。あたりを見まわすと、ドレイコンが去った今も、自分とデシャーニのまわりだけ、ほかの人たちが近づきにくい雰囲気がただよっていることに気づいた。

「誰かと話したければ、こっちから行動を起こさなきゃならないようだな」

「向こうに居心地の悪そうな科学者の一団がいます」デシャーニは軽食が並べられたテー

ブルに近い一角を指さした。

「ドクター・ブロンとドクター・ラージプートがいる」と、ギアリー。「〈チヌーク〉で帰還する予定だから、安全な旅を祈ってやらないとな」

「ドクター・クレシダもいます」デシャーニは冷静な声で言った。「ジェイレン・クレシダの姉じゃなかったら、あの女がアライアンス宙域に早く帰れるよう、思いきり尻を蹴飛ばしてやりたいくらいです」

「ドクター・クレシダがドクター・コトゥールの計画からわれわれを守ってくれたことを忘れるな」ギアリーはデシャーニに言った。ギアリーが近づいてゆくと、なじみの顔を見て科学者たちはほっとしたようだ。「あなたがたのすばらしい仕事に感謝しています。お別れするのが残念です」

ブロンが仲間たちを見た。

「あのう、そのことなんですが、元帥。実は、残留の許可を得ようとしているところでして」

「残留？　ミッドウェイに？」

「いいえ、この艦隊にです」と、ラージプート。「ダンサー族と直接やりとりし彼らのテクノロジーをじかに学ぶ機会について、話し合いました。それを試してみたいのです」

「その考えに反対している人は？」と、ギアリー。

「大使のスタッフのセキュリティ担当者たちです」と、ブロン。「彼らは案じているんです。われわれの最高の科学者たちが、そのう……」

「恐ろしい異星人の鉤爪《かぎづめ》でつかまれて、身動きできなくなることを」ドクター・クレシダが言った。その声も表情も平静そのものだ。「わたしたちの脳みそが吸い出されて、人類の秘密をすべて知られてしまったらどうするのか、と」

「ダンサー族にはすでにダクト・テープを提供した」と、ギアリー。

ほかの科学者は不安げな表情を浮かべたが、ジャスミン・クレシダだけは自分たちの思っていることを話した。

「それは繰り返してはならないあやまちだったと聞いています」

「なんですって？」

「人類のテクノロジーを提供することは――」ブロンが明らかに不満そうな口調で言いかけた。

「ダクト・テープ？」と、デシャーニ。

「愚かなことでした」ドクター・クレシダがブロンの言葉を引き取った。「そう言われているようです」

ドクター・ラージプートが渋面《じゅうめん》をつくった。

「黄金を守るドラゴンのように、人類はテクノロジーを厳重に保護しているのに、ダンサー族が自分たちのテクノロジーを全部差し出してくれるんじゃないかと、あの人たちは期待している。それと同じくらい愚かなことです」

「〝あの人たち〟とは誰のことです？」と、ギアリー。理性的な口調を保ったつもりだが、全員の目が注がれていることからすると、少なくとも自分で感じている以上にはやや動揺しているように聞こえたにちがいない。「それは誰の方針ですか？」

「大使のスタッフの技術移転担当者たちです」と、ドクター・クレシダ。

「厳密に言えば、これはあなたの管轄外です」デシャーニはギアリーに警告した。

「たしかにそうだ」と、ギアリー。「だが、この任務の成功にはわたしも無関係ではない。なぜアライアンスは、任務を妨害しそうな多くの人々を同行させたのだ？」

ギアリーが言ったあと、気まずい沈黙が流れた。ようやくそれを破ったのはドクター・クレシダだった。クレシダはいつもの、あの探るような目でギアリーを見すえている。人間の奇妙な特性の理論的枠組みのようなものに、ギアリーをあてはめようとしているかのようだ。

「興味深い質問です、元帥」と、クレシダ。それが何を意味しているのかはわからない。

「大使に話しておきます」ギアリーは科学者たちに約束した。

ギアリーとデシャーニはリーセルッ大使のもとへ向かった。だが、アライアンスの正式な外交官であることを示すきらびやかな正装に身を包んだリーセルッは、ドレイコン将軍とイケニ大統領との会話に熱中している。三人はイケニとドレイコン双方のボディガードたちの壁で守られていた。大使を護衛するウェッブ大佐の特殊部隊員たちもいっしょにいるため、明らかに不穏な空気がただよっている。リーセルッ大使は一瞬あたりを見まわし、ギアリーを見つけると、割りこまないでと言うようにかすかに首を横に振った。なんの話をしているかはわからないが、今回の任務の軍事的側面に関係することではないようだ。

ギアリーはいらいらしながら、デシャーニとともに大宴会場の一角へ行った。宇宙空間を映し出したバーチャル・ウィンドウの反対側だ。自動給酒装置《オート・バー》が客を待っている。

「こんな手品はご存じですよね？」デシャーニが一連のコマンドをすばやく入力すると、メニューが一新された。「これで安物のお酒だけでなく、VIP専用ドリンクを注文できるようになりました。シングルモルトがいいですか？」

「もちろん。ストレートで」ギアリーは新たなメニューに目を通した。「ジョニンニ最先任上等兵曹からその手品を教わったのか？」

「ジョニンニが〈ドーントレス〉に着任する前から知っていました」デシャーニは、いかにも真新しいスーツを着た男性が近づいてくるのを見やった。男性は不安げにオート・バーを見つめている。「お手伝いしましょうか？」

「メニューが変更されていますよね？」男性がたずねた。

「いいえ、前と同じです。どのお酒になさいます？」と、デシャーニ。

「ええと……それを」男性はコマンドにタッチし、オート・バーがドリンクを作るのを待った。

リーセルツがまだイケニ、ドレイコンと話しているのを見て、ギアリーは男性に会釈した。

「ごきげんよう。ミッドウェイへはどんなご用で？」

男性はその質問の答えを思い出そうとしているかのような長い間《ま》のあと、急いで会釈を返した。

「セン。わたしの名前はジョン・セン。歴史家です」

「歴史家？」

センはうんざりした様子でうなずいた。数えきれないほど聞いたジョークをまた聞かされるのかというような表情だ。

「なぜ歴史家が必要なのかってことですよね？　百年前に起こったことでさえ、なかなか興味を持ってもらえません。それより昔のことになると、なおさらです」

「実は」と、ギアリー。「わたしは百年前の出来事にかなり詳しいんです。それで、あなたはどうしてここへ？」

「誰もがゴミとしか思わないことを研究していたからです」と、ジョン・セン。批判を覚悟するかのように身をこわばらせている。「人類が宇宙へと拡大する前に、異星人が地球を訪れていたこと。そして、それ以降に探査し占拠した星系に、知的異星種族が存在する証拠があること。そう主張したせいで、わたしはほかの歴史家から愚か者あるいはペテン師よばわりされました。そのような考えはつねに異端的で突拍子もないものとみなされ、それに賛同するのは信じやすい陰謀論者だけでした。やがて人類はほかの恒星への旅を始めましたが、知的異星種族を発見できなかったため、そのような異星種族がかつて地球を訪れていた可能性は完全に無視されました。少なくとも、ほかの惑星で異星人の存在を示す遺跡を見つけるべきでしたね。その結果、異星人が地球を訪問した証拠を研究するのは、本当の意味での歴史的専門分野ではなく、民間伝承や一般的迷信の研究分野だとみなされるようになりました」

「それなら、なぜ研究をつづけているのですか？」と、ギアリー。

ジョン・センは黙然と考えこんだ。

「調べる価値もないと誰もが言ったからですかね。本気で調べた人がどれだけいたのか……狂信者たちによって流布される誤った情報によって本当の証拠がそこなわれ、無視されたのではないかと、疑問に思いました。わたしの判断はほかの歴史家には受け入れられず、わたしは疎外されました。論文を書いて認めてもらおうとしましたが、バカげたものとしてことごとく却下され、博士号をとることはできませんでした。でも、あの元帥が知的異星種族を発見しました。元帥はここにいらっしゃるのですか？」

「目の前に」デシャーニがギアリーを指さした。

「おお！　失礼しました！　わたしは――！」

「いいんですよ」と、ギアリー。「では、あなたは突然、ペテン師じゃなくなったわけですね？」

ジョン・センはにっこり笑った。

「突如として、人類宙域に異星人が存在するという有望な証拠について、唯一の専門家になったんです。つねに自分に厳しかったおかげですよね？　わたしは先入観を持たずに、客観的にものごとを見ようとしただけです。たとえば、ダンサー族がダーナン星系に残したと主張している遺跡はどうですか？　それらは驚くほど規則的に見えるのに、自然現象として無視されてきました。しかし、〝異星人であるはずがない〟と思いこんでいるから、異星人であるはずがないと結論づけることになるのです」

「それは非常に――」ギアリーは言いかけてやめた。デシャーニが急に心配そうな表情になり、ギアリーの後ろを見たせいだ。振り返ると、足早に近づいてくるドレイコン将軍が目に入った。ボディガードたちがドレイコンを囲みながら、遅れまいと必死になってついてきている。

ギアリーたちから数メートル以内の位置まで来ると、ドレイコンはひとこと言った。

「伏せろ《ダック》」

デシャーニはドレイコンをじっと見た。

「どうしてアヒル《ダック》のことを知っているのですか？」

「なんだと？」と、ギアリー。ドレイコンに言っているのか、デシャーニに言っているのか、自分でもよくわからない。

「伏せろ！」ドレイコンは繰り返し、両手を伸ばしてギアリーとデシャーニをつかむと、引きずり倒そうとした。

ギアリーは困惑した表情の歴史家センを一瞥し、倒れながらも片手を伸ばしてセンの真新しいスーツをつかみ、センをいっしょに引き倒した。

全員が床に叩きつけられると同時に、オート・バーが爆発した。

4

爆発音が大宴会場に響きわたり、一瞬、ショックが静寂をもたらしたあと、たちまち騒然となった。その場にいた兵士やボディガードたちは次の爆発に備えて床に伏せたが、民間人の大半は動揺して突っ立ったままだ。

六人の宙兵隊員がギアリーに駆け寄り、ドレイコンのボディガードたちと一触即発の状態になった。ギアリーとドレイコンが命じると、双方とも臨戦態勢を解いた。

緊急対応チームが大宴会場全体に広がり、さらなる脅威がないかスキャンし、招待客を出口へと誘導した。

歴史家のジョン・センは震えながら、ゆっくりと立ちあがりかけたが、ボディガードと宙兵隊員に武器を向けられると、動けなくなった。

「わたしは危険人物じゃない。歴史家です」と、セン。

宙兵隊は武器をおろしたが、ドレイコンのボディガードはおろそうとしない。

ドレイコンが身ぶりでボディガードに合図した。

「武器をおろせと言ったのだ」ドレイコンはセンに目をとめると、じろじろとながめた。「惑星連合《シンディック》では、歴史家とは現在の方針や現在の指導者の意向に応じて、過去の記録を書き換える者たちのことだ。したがって、シンディックにおいて、〝嘘〟と〝歴史〟は同じ意味を持つ。星系同盟《アライアンス》が使っているのはどんな種類の歴史家だ？」

センは信じられないという表情でドレイコンを見つめた。

「そういう種類の歴史家じゃありません。すぐれた歴史家は、本当に起こったことを学ぼうとします。たとえ、それが人々の怒りを買おうとも」

「興味深い考えだ」と、ドレイコン。「よくまだ生きているな」

「自分でもときどき不思議に思います」センは自動給酒装置《オート・バー》の残骸に視線を向けた。

一人の宙兵隊員がギアリーに駆け寄ってきた。

「閣下、どうぞこちらへ――」

「待て」と、ギアリー。ドレイコンを注視している。ドレイコンは運命だとあきらめたかのように、疲れた表情で周囲を見まわし、オート・バーの残骸へ近づいていった。

「ショットガンの散弾パターンを利用したようですね」ドレイコンがギアリーに言った。「斜め上に向かって散弾が貫通している。メニューの前に立っている者をねらったのでしょう。だから、ほかの誰もケガをしなかった。散弾は頭上を通過したのです」ドレイコンはゆがんだ笑みを浮かべた。「生体認証式の起爆装置が爆発を引き起こした可能性が高い。メニューには触れなかったんですよね？」

「ええ」と、ギアリー。

「もし触れていたら、即座に爆発し、われわれはあなたの早すぎる死を嘆き悲しむことになったでしょう。でも、あなたは起爆装置が反応するほどの距離には近づいていた。わたしの、つまり、そのう、スキャナーがそれを感知しました」

「どうして、わたしたちの警備担当者がこれに気づかなかったのですか？」リーセルツ大使が近づいてきた。ショックを隠しきれない表情で、オート・バーの残骸を凝視している。

「本人たちにたずねたほうがいいかもしれません」ドレイコンは歯を見せて、にっこり笑った。「もう夜なので、イケニ大統領とわたしは退出したほうがよさそうですな。楽しいひとときをありがとうございました」

「深くお詫び――」リーセルツが言いかけた。

ドレイコンは片手を振り、それをさえぎった。

「シンディックにはこんな格言があります。パーティーが始まるのは最初の暗殺未遂が起こったときだ」

イケニ大統領は何ひとつ見のがすまいと現場をつぶさに調べると、冷静そのものという表情でうなずいた。

「警備担当者と話をなさったほうがいいと思います、元帥。なんらかの励ましを必要としているかもしれませんから」

「わかりました」ギアリーはそう言ってから、ドレイコンに向かってうなずいた。「恩に着ます、将軍」

ドレイコンはにやりと笑った。

「これでひとつ貸しができましたな」

「そうですね。ギアリー一族は恩義を忘れません」

「わたしもですよ、元帥」

ドレイコン将軍は手を振って別れを告げると、イケニ大統領のあとを追って立ち去った。イケニの動きは平然としていて、なんの懸念も感じさせなかった。自信と強さを意図的に見せつけているのは明らかだ。これまでなんども、そのようなふりをする必要があったからにちがいない。

宙兵隊の大佐が少佐を手伝うために現われた。

「元帥、周辺区域の安全を確保するべきです」

ギアリーはイケニとドレイコンの後ろ姿を見つめた。ゆったりとした足取りで大宴会場を出て、シャトルドックへ向かうところだ。

「わかった。だが、わたしのペースに合わせて歩け」ここから急いで立ち去るような様子を見せれば、ギアリーに対する誤ったイメージをもたらすだけでなく、この場に残っている人々のあいだに恐怖を広めることになりかねない。ミッドウェイ星系の指導者たちはそのことを理解していたのだ。

ウェッブ大佐も、警備を監視していた指揮所から姿を現わした。いまにも怒りを爆発させそうな表情だが、その口調は揺るぎなく、穏やかだった。

「何が起こったのか、わたしがつきとめます」ウェッブはリーセルツとギアリーに誓った。

「まず、ほかのオート・バーをチェックしたほうがいいかもしれません」と、デシャーニ。

「わたくしたちがこのオート・バーに近づいたのは、たんなる偶然ですから」

ウェッブ大佐の特殊部隊からの支援を断わった宙兵隊員たちに囲まれ、ギアリーはゆっくりと大宴会場を出た。周囲の視線を痛いほどに感じる。イケニと同じように無関心をよそおっているが、内心では暗殺未遂に対する怒りがじわじわとこみあげていた。

デシャーニとともに〈ドーントレス〉へと戻るシャトルに乗りこみ、人々の視線から解放されると、ギアリーはようやくリラックスし、ゆっくりと全身を震わせた。

「くそっ」つぶやき声が漏れた。

「誰がやったのかわかりませんが、つかまえたら、ひどい目にあわせてやります」デシャーニは怒りに声を震わせた。「いったい、どうやってセキュリティをかいくぐったのでしょう？」

「ウェッブ大佐はその点を徹底的に調べるだろう」ギアリーは座席にもたれ、落ち着こうとした。「ウェッブを見ただろう？　ああいう人間は自分の使命を果たすことに大きな誇りを持っている。その誇りがずたずたにされたのだ」

「いいことです」デシャーニが反論した。「ドレイコン将軍が伏せろと言ってくださったおかげです」

　そういえば……

「なぜ、あんなことを言ったんだ？　将軍が〝伏せろ《ダック》〟と言ったとき、きみは、どうして知ってるのとかなんとか言ってたよな」

　デシャーニは顔をしかめた。

「それがことの発端です。わかりました。あなたに隠していたことがあります」

「なんだ？」ギアリーは不安げにデシャーニを見つめた。

デシャーニは平然とギアリーを見た。

「アヒル《ダック》が乗艦しています」

「なんだって？」

「〈ドーントレス〉にアヒルがいるんです。ほら、羽が生えていてガーガー鳴く、あのアヒルです。わたくしが昨日、見つけました」

「アヒル」ギアリーは言葉を切り、その意味を理解しようとした。「どうして――？」

「宙兵隊分遣隊のしわざです」と、デシャーニ。「どうにかしてヴァランダル星系でアヒルをこっそり持ちこみ、いままで見つからないようにしていたのです」

「それは……とても興味深いし、感心するべきことでもある」と、ギアリー。どうやって宙兵隊は艦内センサーがアヒルを探知しないようにしたのだろう？「そのことと、ついさっきわれわれの身に起こったことを考えると、セキュリティ・センサーには想定外の死角があるようだな」

「そうかもしれません」

「なんだって宙兵隊は、こっそりアヒルを持ちこんだりしたんだ？」

デシャーニは嘆息した。

「当然ながら、お酒が関係していました。酔っぱらった宙兵隊員たちが上陸休暇から帰艦しようとして、偶然アヒルを見つけ、連れて帰ることにしたのです。オービス一等軍曹は、アヒルのことは何も知らなかったと主張しています。その点についてはオービスを大目に見るつもりです」

「アヒルには何を食べさせていたんだ?」

「フルーツ、野菜、携帯食、ビーフジャーキー――」

「ビーフジャーキー? アヒルにビーフジャーキーを食べさせたのか?」

「彼らは宙兵隊員ですから」と、デシャーニ。「アヒルの口にはあまり合わなかったようです。でも、魚肉団子が好物で、たまにビールも飲むとか」

「たまに飲むそのビールを、宙兵隊はどこで手に入れていたんだ?」と、ギアリー。

「またしても、いい質問です」と、デシャーニ。「さいわい、ジョニンニ最先任上等兵曹が、艦内の在庫からときどきビールが消えていることに気づき、原因を調査しはじめました」

ギアリーはうなずいた。ようやく理解できて安堵《あんど》した。

「ジョニンニは、誰かが勝手にビールを持ち出すことを許せなかったんだな」

「おっしゃるとおりです」デシャーニはふたたび、ため息をついた。「とにかく艦内にアヒルがいます」

「どうするつもりだ？」

デシャーニは眉を吊りあげてギアリーを見た。

「その件は元帥におまかせすることもできるのですよ。〈ドーントレス〉はあなたの旗艦なのですから」

「でも、本気じゃないよな？」と、ギアリー。本当にそうだといいのだが。ギアリーが思いつく選択肢はいずれも、アヒルにとってよいものではなく、その生き物につらい運命を負わせたら、艦隊の多くの兵士や宙兵隊員の士気をそこねることになる。自分が誰かに殺されそうになった直後にこんなことを心配するのは変な感じだが、実際、心配だった。

「たぶんミッドウェイ当局は――」

「アライアンスのアヒルの処遇を、この星系のもとシンディックの人たちの判断にゆだねるつもりはありません！」

「艦のマスコットということになれば、多くの艦長は見て見ぬふりをする」と、ギアリー。非公式にではあるが犬やネコ、あるいはもっとめずらしい動物を乗せた艦があったことを思い出した。「昔からそうだった」

デシャーニは眉をひそめ、頭を振った。

「艦隊規則ではマスコットは禁止されています。わたくしは規則を無視することはできません。でも、あの宙兵隊員たちの愚かな行動のせいでアヒルを苦しめたくもない。ですから、アヒルが正式なクルーの一員であることをお伝えします」

ギアリーはまたも意表を突かれた。

「正式な？　クルーは人間じゃなきゃだめなはずだろう？」

「普通はそう思いますよね？」と、デシャーニ。「でも、実際には、規則が対象とする者は非常に広範囲にわたっており、広義に解釈すれば、アヒルも含まれうるということです」

「だから、マスコットじゃなくて、クルーの一員なのか」ギアリーは肩をすくめた。「わかったよ」

「戦地昇進の規則にしたがって、アヒルを少尉として承認していただく必要があります」

デシャーニはさらに言った。

「どうして少尉なんだ？」

「宙兵隊員がアヒルに敬礼しなければならないようにです」

「わかったよ」ギアリーはもういちど言った。ターニャ・デシャーニなら、規律の遵守《じゅんしゅ》や処罰を可能なかぎり効果的に行なう方法を見つけてくれるだろう。「宙兵隊には、ほかにどう対処しているんだ？」

デシャーニは渋面《じゅうめん》をつくった。

「宙兵隊分遣隊は暇をもてあましているようなので、オービス一等軍曹とわたくしがもっと忙しくさせるつもりです。今後は正式に、アヒルの世話もしっかりやるよう責任を持たせます」

「それでいいのか？　ビーフジャーキーとビールを与えていたというのに？」

「彼らは宙兵隊員ですから」

それ以上の説明は必要なかった。


翌朝早く、ギアリーとデシャーニは〈ドーントレス〉の保安会議室ですわっていた。アイガー大尉もその場にいる。テーブルをはさんで三人の向かい側に、リーセルツ大使とウェッブ大佐のホロ映像が着席していた。ウェッブはもともと開けっぴろげで明るい性格の持ち主ではないが、いちだんと心を閉ざした様子で陰鬱《いんうつ》な表情を浮かべている。

「デシャーニ艦長が示唆したとおり」と、ウェッブ大佐。「ほかのすべてのオート・バーに爆発物がしかけられていました。ギアリー元帥がドリンクメニューに触れたら、散弾が発射されるように設定されていたのです」

「どうして、そのようなものが看過されたのだ？」と、ギアリー。

ウェッブは口を引き結んだ。

「非常に巧妙に作られていたせいです。あらゆる面において、アライアンスの最新セキュリティ・システムでは探知できないように設定されていました。つまり、それらを作り、設置した者は、われわれの最新のセキュリティ・システムを熟知していたということです」

リーセルッ大使が大きなため息をついた。

「内部犯行だったという意味でもあります」

「はい、大使」と、ウェッブ。その言葉は痛みをともなって引き出されているかのように聞こえた。「わたしの部下が関与している可能性は否定できません。全員にそれを行なう能力がありましたから」

「ドレイコン将軍の探知器はどうやって危険を見つけたの？」と、リーセルッ大使。

「彼らの装備はもともとシンディック仕様で、徹底的に改造されてはいますが、基本的にはまだシンディックのものです。たとえば動作パラメータや感度などが微妙に異なっています。そのような違いにより、シンディックの基準にしたがって作動する装置が、アライアンスのセンサーを回避するように作られた何かの兆候《ちょうこう》を検知したのでしょう」

ギアリーはうなずいた。

「われわれはシンディックの最新機器にもっとアクセスすべきなのだろうな。われわれの装備にシンディックの機能を追加できるように」

ウェッブは顔をしかめてギアリーを見ると、やがて首を縦に振った。

「検討する価値はあるはずです、元帥」

「これからどうしますか？」と、リーセルツ。

ウェッブはますます顔をしかめた。

「部下の一人が違法行為に関与している可能性について、以前はあまり注意を払わなかったことは認めます。同じあやまちは繰り返さないと保証します。襲撃のことはすでに誰もが耳にしているでしょう。何か情報を与える必要がありますので、ドレイコン将軍が怪しいという情報を漏らしては――」

「それは悪手だ」と、ギアリー。「事態を深刻に悪化させる可能性がある。ドレイコンがわたしの命を救ってくれたあとなので、とくに」

「ミッドウェイ星系の反乱分子のせいにしてはどうです？　ドレイコン将軍ともギアリー元帥とも対立する立場にある者がいるのではありませんか？」と、リーセルツ。

「うまくいくかもしれません」と、ウェッブ。「わたしの望みは、この件の黒幕に、われわれが見当はずれなことをしているという誤った自信を持たせることです。それが連中のミスを誘う最善の方法です」ウェッブは言葉を切った。「また、ギアリー元帥には、可能であれば、今後〈バウンドドレス〉への訪問を避けるようおすすめします。〈バウンドドレス〉は元帥にとって、もっとも危険だと思われる場所ですから」

「賛成よ」と、リーセルツ。「いい提案だと思うわ。自分たちの名誉を守るために虚偽の告発をしていると誤解されないように、わたしたちの行動の真意をイケニ大統領に伝える方法を探すつもりです。大佐、あなたがた特殊部隊は非常に有能だからこそ、この任務のために特別に選ばれた。残念ながら、それは諸刃《もろは》の剣《つるぎ》となってしまった。あなたがたがさらなる襲撃を阻止してくれることを期待しているわ」

「わかりました、大使」と、ウェッブ。「絶対に首謀者をつきとめてみせます」

「そのあいだに、わたくしは〈バウンドドレス〉と物理的接触を持つすべての人やものを入念に調査します」と、デシャーニ。

「アイガー大尉」と、ギアリー。「今回の件でデシャーニ艦長に全面的に協力してくれ。どんなに些細なことでも、何かわかったら知らせてほしい」

アイガー大尉が退室し、ウェッブ大佐のホロ映像が消えると、リーセルツ大使は見るからに疲れた表情を浮かべた。いままでかかえこんできた緊張を隠しきれなくなったのだ。

「ウェッブ大佐を信用していいのでしょうか？」

ギアリーはその質問についてじっくり考えた。

「わかりません」しばらくして、やっと言った。「しかし信用しているかどうかにかかわらず、ウェッブはわれわれが監視していることを意識して行動するはずです。なぜ彼は昨夜、あなたの護衛として大宴会場にいなかったのですか？」

リーセルッ大使は顔をしかめた。

「ウェッブ大佐には近くの場所からレセプションを監視してもらうのが最善だと、わたしたちは協議のうえで決定しました。ウェッブは船内で目立たないようにしていました。なぜなら、数日前、夜中に急な呼び出しを受けたさい、〈バウンドレス〉の当直士官がウェッブの部下に頼む代わりに、下級士官に命じてウェッブを起こしにいかせたからです。その若い愚か者は、ウェッブの肩を揺さぶって起こそうとしたのです」

「ご先祖様、お助けください」と、デシャーニ。「特殊部隊の戦闘経験者をそんな方法で起こそうとしたのですか？　その下級士官は死なずにすんだのですか？」

「骨折はしましたが、さいわい命に別状はありませんでした」リーセルッは眉をひそめた。「戦闘経験者をそのような方法で起こしてはならないと聞いてはいましたが、軍人特有のジョークの一種だと、なかば思っていました」

「とんでもない」と、ギアリー。「とくに陸上軍と宙兵隊の兵士は、起こされると危険な行動に出かねません。睡眠中に〝襲われる〟と、本能的に身を守ろうとするせいです。カラバリ少将は伍長の一人を軍法会議にかけました。その伍長がふざけて、入隊したての新兵に彼女を起こしにいかせたのです」

「新兵の命は助かったということですよね」と、リーセルツ。

「あざだらけになりましたが」と、ギアリー。「いいでしょう。ウェッブがレセプション会場にいなかった理由はわかりました。仲間に命をねらわれている可能性があるときは、生き延びるためのヒントをイケニ大統領にたずねるといいですよ」

リーセルツ大使は短く苦々しげな笑い声を上げた。

「わたしの仲間はすでに、アライアンスがシンディックと同じくらい危険な場所だと考えています。自分がこの任務に選ばれた理由がわからなくなってきました。わたしは本当に、任務を妨げる能力を持つとされる者たちのなかで例外的な存在なのでしょうか？」

「そう思います」と、ギアリー。「しかし、あなたが受けている指示は、たとえばアタリア星系でのわたしとの対立など、問題を引き起こすよう偏向されている可能性があります。だとすれば、その指示どおりに仕事をしたら、さらに大きな問題を引き起こすことになるでしょう。問題といえば、ここのハイパーネット・ゲートをアライアンスと直結させた物理学者たちがあなたに同行し、ダンサー族から何が学べるか見たいと思っているようですね」

「なぜ、それが問題なのですか？　大きなチャンスだとわたしは思います」と、リーセルツ。

「あなたのスタッフの技術移転担当者たちに強硬に反対されているそうですね？」

リーセルツ大使は表情をこわばらせ、数秒間、沈黙した。やがて、慎重に抑制された声でようやく言った。

「その件にはわたしが対処するつもりです。もう、あまり時間がないんですよね？〈チヌーク〉は明日、ハイパーネット・ゲートへ向かうのでしょう？」

「そのとおりです」と、ギアリー。「カーネ星系で救出したもと戦争捕虜に加えて、〈パスガード〉の生存者をすでに受け入れているので、それ以上に乗客が増えないことを喜ぶかもしれません」

リーセルツは表情を曇らせ、うなずいた。

「ヴェレス大尉はどうなると思いますか？　彼は〈パスガード〉の生存者全員を救い、安全な場所へと連れてきました。でも……」

「でも、任務は大失敗に終わった」と、ギアリー。「しかも、リフト連邦星系艦隊はほぼ全滅した」

「ヴェレスは英雄的行動を認められるかもしれません」と、デシャーニ。「生存の事実と、満身創痍《まんしんそうい》の〈パスガード〉を安全な場所へ移動させた偉業を強調する形で。あるいは、ヴェレスもほかの生存者もスケープゴートにされるかもしれません。あのような過酷な任務を艦隊に命じた者たちが責任を回避するつもりなら、失敗をヴェレス大尉のせいにしようとするでしょう。ヴェレスは階級が低く、クルーたちを団結させてここへ導いたあとなので精神的にまいっています。自己弁護をするのは難しいでしょうし、責任を押しつけるには都合のいい存在です」

「あなたは政治家に対して非常に否定的なのですね、艦長」と、リーセルッツ。

「政治家と提督どもに対してですよ」と、デシャーニ。「ここにいるかたがたは別ですが。事態が悪化すると、自然のなりゆきにまかせるか、提督の名誉を守るかの選択を迫られますが、たいていの場合、提督を守ることが選ばれます」

「政治家を守ることもあります」と、リーセルッツ。「その件についてあなたと議論するつもりはありません。さて、ほかに解決するべき問題がないか考えてみます。元帥、どうかまた命をねらわれないよう気をつけてくださいね」

〈チヌーク〉がアライアンス宙域に戻るということは、カーネ星系で救出されたすべての戦争捕虜がアライアンスに帰還することを意味していた。そのなかには、ある一人のもと戦争捕虜が含まれていた。

弟の孫のマイケルが元帥の自室に入ってくると、ギアリーは立ちあがった。弟の孫娘のジェーンと多くの時間をともにしたので、そろそろこういうことに慣れるべきなのだが、年齢の点ではマイケルやジェーンとほぼ同じだと実感すると、いまだに奇妙な感じがした。

「立ち寄ってくれてうれしいよ」

「わたしのために時間を割いてくださり、感謝します」と、マイケル。穏やかで礼儀正しくふるまっている。「あなたがまだ生きていることにも」

「わたしはことのほか運がよかったのだ」ギアリーは手を振ってマイケルに着席をうながすと、自分も椅子にすわった。「きみとはあまり長い時間をともに過ごせていない。ジェーンからきみの話は聞いているが、それでも、きみが去ってゆくのを見るのはつらい」

マイケルは床を見つめたまま、うなずいた。

「わたしと同じ収容所にいたもと捕虜全員が故郷に帰るつもりであることをお伝えしたかったのです。みな艦隊に合流するようにとのお申し出には感謝していますが、会いたい人たちがいますし、人生を再開させる必要があります」

「わかった。きみは大丈夫なのか？」

「全体的に見ればということですか？　絶好調です」マイケルは一瞬ためらった。「あなたとの最初の出会いは、ええと、うれしい再会ではありませんでしたけどね」

　ギアリーはマイケルが何を言いにくそうにしているのかと疑問に思いつつ、マイケルをリラックスさせるためにほほえんだ。

「きみにはその理由があったんだろう」

「はい」マイケルはギアリーの視線を避けたまま、長く息を吐き出した。「あなたと話をする必要がありました。カーネ星系でシンディックとの交戦中に起こったことについて」

　なぜマイケルはそのことを気にしているのだろうか？

「前にも言っただろう。あの戦闘でのきみの操艦はすばらしかった。ターニャでさえ、自分にはあれほどうまくはできなかっただろうと言っていた」

「ありがとうございます。ターニャにそう言ってもらえると、本当に意味があります」マイケルは隔壁をじっと見た。その向こうを見ているかのような遠い目だ。「わたしの報告書に記載されていないことがあります。非常に重要なことです」

「それはなんだ？」

「わたしは思考停止におちいりました」マイケルの目が焦点を取り戻し、大伯父に視線を戻した。「数秒間、動くことも話すことも考えることもできませんでした。迷いや、もしかすると恐怖で麻痺《まひ》したのかもしれません」マイケルは片手で髪をかきあげ、顔をしかめた。「〈リパルス〉を失ったせいだけではありません。それ以前にも何隻か艦を失っていますから。われわれ全員が艦を失ったことがあります。あれがなんだったのかわかりません。あのいちどの戦闘がわたしの限界を超えるものだったのかもしれないし、シンディックの収容所での長い拘束が原因かもしれません。なんとか冷静になることができましたが、どうやって冷静になったのか自分でもわからない。また同じ状況になったら、冷静になれるかどうか自信がありません」マイケルはため息をついた。「もはやわたしが指揮をとることは危険です。それが真実です。正直、次はもっと長い時間思考停止におちいってしまうかもしれません。カーネ星系においても、わずかなタイミングの違いで、わたしのその一瞬の麻痺が命取りになっていた可能性があります」

おれは何を言えばいいのだ？　ギアリーは適切な言葉を探そうとした。

「戦争は多くの人々にとって、つらい経験だった。気分を上げるいい薬があるから――」

「ええ、知っています。幸せの薬ですよね。医師の治療を受ければ、よくなるかもしれません」マイケルはまたしても顔をしかめた。「元帥――」

「頼むから、マイケル、今回はプライベートな訪問だろう。ジョンと呼んでくれ」

「わかりました、ジョン大伯父さん、本当のことを話します」マイケルは話す前に大きく息を吸った。「わたしは治療を受けたくありません。これ以上、自分の命令によって誰かの命を危険にさらしたくないし、指揮もとりたくない。わたしは充分に義務を果たし、誠実に職務を遂行してきた。もう終わりにしたいんです」最後の言葉を口にすると、大きな障害を乗り越えたかのように椅子に沈みこんだ。

ギアリーはうなずいた。なるほど、そういうわけか。こうなることをおれは予想しておくべきだった。

「ジェーンから、おまえたちは二人とも艦隊には入りたくなかったのだと聞いた」

「ほかに選択肢はなかった」マイケルは肩をすくめた。「ギアリーの呪いのせいです。父さんが生きていたら、別の道を選ばせてくれたかもしれない。でも母さんはギアリーの伝説を心から信じ、わたしとジェーンがブラック・ジャックの名誉を傷つけることを許さなかった。そのニックネームを使ってすみません」マイケルは悲しげに顔を曇らせ、過去の痛みを思い出したかのように苦渋の表情を浮かべた。「両親が死んだとき……わたしは十二歳、ジェーンは十歳だった。ディークおじさんとダイアナおばさんはすでに亡くなり、ダイアナおばさんの夫もその翌年に亡くなりました」

マイケルはふたたび顔を上げた。

「両親は別々の艦に乗っていました。ジェーンから聞きましたか？　二人は同じ週に、たがいに五十光年離れた星系での戦闘で亡くなったんです。そんなことが起こるとは、命ある星々の慈悲など本当にあるのでしょうか？」

「本当にすまない」と、ギアリー。「ディークのことは覚えている。最後に見たとき……まだほんの赤ん坊だった」

「わたしもディークおじさんのことはよく覚えていません」と、マイケル。「おじさんは戦闘に加わるために、よく家を留守にしていましたから。わたしは父さんが泣き崩れるのをいちどだけ、目にしました。おじさんが行方不明になり、死亡したとみられるという通知が届いたときのことです」またもや、ため息をついた。「だから、わたしとジェーンだけが残された。わたしは模範にならなければならなかった。最後に残った二人のうちの兄として。そして、わたしの行動のすべてがあなたと比較され、評価された。いいえ」マイケルは付け加えた。「本当のあなたではなく、伝説として作りあげられたあなた、ブラック・ジャックと。誰もそのレベルにはとうてい及ばなかったでしょう」

「わたしには絶対に無理だ」と、ギアリー。

「聞くところによると、あなたは努力し、成果をあげているそうですね」マイケルは重荷をおろしたかのような表情で、椅子の背にもたれた。「わたしは最善を尽くした。ジェーンのために、そして父さんと母さん、ディークおじさんとダイアナおばさんのために。それに慣れてきましたが、心から好きにはなれなかった。わたしが模範的な士官じゃなかったことは認めます。ターニャから、わたしの口が悪いことを聞いたでしょう。まあ、〈リパルス〉が破壊される前に、あなた自身がそれを目の当《ま》たりにしましたけどね。いまは……」

「おまえは艦隊を去るのだな」と、ギアリー。「それがおまえの望みなら、迷わず進むべきだ。おまえは充分に義務を果たし、誠実に職務を遂行してきた。艦隊……アライアンスが、それ以上のものをおまえに求める権利はない」自分を模範とする風潮のせいで、この一世紀のあいだに多くの親族が亡くなったことを思うと、悲しみの波が押し寄せてきたが、ギアリーは口には出さなかった。マイケルがようやく本心を打ち明けてくれたこの瞬間に、マイケルに慰めてもらう必要はない。

マイケルはギアリーの言葉にうなずき、ふいに微笑した。

「その言葉を聞く必要があったんですよ。あなたの口から。理由はわからない。あなたただけが、わたしに赦《ゆる》しを与え、運命から解き放てるような気がして。古いおとぎ話のように、わたしは呪いにかけられ、それを解く方法はひとつしかなかった」

「すまない」ギアリーはふたたび言った。自分にはマイケルのこんな言葉を聞く資格はないと感じ、自分を模範とする風潮が親族の人生を狂わせたことに依然として罪悪感を覚えていた。「艦隊を辞めたら、何がしたい？」

「わからないんです」マイケルは笑った。「考えたこともなかったので。考えても無駄でしょう？　ギアリー家の一員として、艦隊に入るしかなかったんだから」

「故郷へ帰れ」ギアリーはマイケルにすすめた。「グレンリオン星系へ。貯蔵室へ行って、リンと話をしろ」

マイケルはにやりと笑った。

「大伯父さんも同じことをしたんですか？　そこへおりていって、誰にも言えないことを話すためにＡＩを起動しようとしたんですよね？」

「ああ、そうだ」ギアリーは認めた。「多くのＡＩと接触してきたが、リンが大昔にプログラミングしたあのＡＩほど生身の人間に近いものには遭遇したことがない。あの女性は天才だ」

「あの秘密の部屋をターニャに見せたんですか？」と、マイケル。

「ああ」こんどはギアリー自身も笑いながら言った。「ターニャは壁にサインしたよ。わたしの古いサインの横にな」

「あの部屋は？」と、マイケル。「大伯父さんの昔の部屋ですよ。子どものころ、なかをのぞかせてもらいました。といっても、何歩か足を踏み入れただけで、手を触れることは許されなかった」

「わたしとターニャは、ええと、その部屋に泊まったんだ」と、ギアリー。「そこに置かれていたものに手を触れたよ」

マイケルの表情がやわらいだ。

「それでいいんです。あの部屋がずっと手つかずだったことで……ほかのものも変わらないような気がいつもしていた。時間も人生もそこで止まってしまったような。不思議な感じだった」

「たしかにわたしも気味が悪かった」と、ギアリー。「退職届を提出しろ、マイケル。きみはそれに値する。ジェーンはどうなんだ？　艦隊を去るつもりだとは聞いていないが、それはわれわれがきみを捜しているからだと思っていた」

「ジェーンか」マイケルは頭を振った。「おもしろいことに、ジェーンもわたしと同じく、ブラック・ジャックの伝説のせいで艦隊に縛《しば》りつけられているのを不満に思っていました。でも、それに慣れてきただけでなく、好むようになったみたいですよ。いまやジェーンは宇宙の申し子だ。彼女も結局、ギアリー家の一員なのだから。それも一族の呪いのように思えます。われわれの多くが家よりも宇宙を愛している。ジェーンは艦隊に必要とされるかぎり、勤務をつづけるでしょう。でも、わたしはまだ辞めるわけにはいかない。もうひとつ任務が残っています。〈リパルス〉のほかの生存者や、わたしといっしょに捕虜となった者たちとともに帰郷し、全員がきちんとケアを受けられるようにすることです」

ギアリーはもういちど、うなずいた。

「成果が得られなければ、遠慮なくギアリーの名を出せばいい。ティンバル提督がヴァランダル星系の指揮をとっている。おまえの顔を見たら喜ぶだろう」

マイケルは眉をひそめた。

「ティンバル提督とは口論になったことがあって……わたしがバカだったんです。謝罪すれば、許してもらえるかもしれません」

ギアリーは少し気まずく思いながら、あることを思い出した。

「昨日、ドレイコン将軍からメッセージが転送されてきた。カーネ星系から帰還したミッドウェイ星系の戦闘艦が、アラゴン大佐の状況報告書を運んできたのだ」

「アラゴン大佐？」マイケルは驚きの色を浮かべた。「アラゴン執行官のことですか？」

「ミッドウェイの人々は通常の軍の階級を使っている」と、ギアリー。「われわれがまだカーネ星系にいたとき、ロジェロ大佐がアラゴンに、執行官ではなく大佐を名乗るようにアドバイスしたんだ」

「アラゴンは元気にしているんですか？」

「そうでもない」と、ギアリー。「カーネ星系側は、アラゴンの兵士や彼らが護衛している民間人を惑星から連れ出すためにミッドウェイ星系の貨物船が戻ってくるまで、アラゴンたちを攻撃しないという協定をかろうじて守っている。だが、民間人の虐殺を目的とした全面的な攻撃の口実として、アラゴンの兵士たちを挑発して発砲をうながす試みが頻繁に行なわれている」

マイケルは顔をしかめた。

「戦争は多くの人々が秘めている野蛮な本能を浮き彫りにしますよね？　でも、デスティナ・アラゴンは厳しい秩序を維持して、兵士たちを管理していた。兵士たちの過剰反応を阻止できる者がいるとしたら、それはアラゴンです」

「おまえはアラゴンを高く評価しているようだな」

「もちろんです」マイケルはふたたび笑顔になった。「わたしがシンディックの執行官を称賛するなんて、信じられますか？　でも、ご存じのように、アラゴンはわたしの命の恩人だ。あの軌道施設にいたわれわれ捕虜全員がアラゴンに救われたんです」マイケルは探るような目でギアリーを見た。「その話をしたことはありましたっけ？　アラゴンは施設の備蓄がことごとく減少していたことから、内政保安局《ISS》局員――シンディックが〈ヘビ〉と呼ぶ者たち――が何かよからぬ計画を立てていることに気づいた。たとえば、いずれ食糧が底をつくというようなことです。それが動機となって調査をし、ドレイコン麾下《きか》の陸上軍と戦うよう自分の部隊が命令を受けることになっていると気づきました。アラゴンは強く確信しています。自分が部隊を反乱へと導き、われわれ捕虜を解放していなければ、あのシンディック巡航戦艦が現われたときに、アラゴンの部隊も施設にいる〈ヘビ〉ともども、その艦に乗せられていただろう。そして、その後、シンディックは施設のパワー・コアがオーバーロードするよう設定し、艦で出発したはずだ、と」

「おまえたちは置き去りにされ、塵《ちり》と化していたかもしれないのか？」ギアリーは驚愕《きょうがく》した。「だが……おまえは少なくとも重要な交渉材料だったはずだ」

「あるいは、非常に大きなデメリットだったのかもしれない」と、マイケル。「わたしの存在を明らかにすれば、シンディックがアライアンスの捕虜を解放すると約束したことは嘘だとバレてしまいますから。証拠を消そうとしたのも無理はありません」

「くそっ」二人はもう少し話をつづけたが、共有する経験のギャップがあまりにも大きかったため、結局、戦争の話に戻ってしまった。それでも、少なくとも戦争の話は絆《きずな》を深める方法のひとつだった。

「そろそろ行かなくては」マイケルは時刻を確認すると、ついに言った。「ターニャがわたしのために〈ドーントレス〉のシャトルを用意してくれるのはうれしいのですが、特別扱いはしてほしくなかったというのが本音です」マイケルは立ちあがり、片手を差し出した。「本当の大伯父さんを知ることができてよかった。やっと理解できましたよ」

ギアリーも立ちあがり、マイケルの手を握りしめた。

「わたしもだ。ずっと望んでいた人生を手に入れてほしい」

「そのための時間がまだあるといいのですが」マイケル・ギアリーはわずかに笑みを浮かべ、ハッチへと向かった。だが、それを開ける前に足を止め、悲しげな表情で振り返った。

「ふと思ったんです。わたしが生きてきた人生……途中でなんども抵抗したが、のがれられなかった人生が、実は自分が本当に望んでいた人生だったとしたら、どうだろう？　そして、そのことをほかの誰にも、自分自身にさえも打ち明けたくなかったとしたら？　命ある星々がそんなふうに人をもてあそぶと思いますか？」

「おまえは、命ある星々が人にどんなことをする可能性があるか、わたしにたずねているのか？　自分の知る者たちがみんな老いて死んでゆくあいだ、一世紀にわたり、人工冬眠状態で宇宙をただよっていたこのわたしに？」

「ええ」と、マイケル。「星々はそういうことをするんでしょう？　命ある星々がもたらすものへの対処は、われわれしだいなんだと思う」マイケルは眉をひそめながら、一瞬ためらった。「いまもペレアスが〈ギャラント〉の指揮をとり、バードックが〈エンクローチ〉の艦長をつとめていることは知っています」

「そのとおりだ」と、ギアリー。なぜマイケルは戦艦の艦長であるその二人を引き合いに出したのだろう？　「ペレアスは前回インドラス星系を通過したさいに、注目に値する活躍をした」

「そう、よかった」マイケルは肩をすくめた。「あなたが……指揮をとる前、あの二人はブロッホ提督を公然と支持するよう、なんどもうながしてきたんです。もちろん、当時、そんなことをしていたのは彼らだけではありませんでしたが」

「そうだったな」ギアリーは当時のことやファルコ艦長の反乱のような出来事を思い出しながら、言った。「バードックとペレアスがわたしに対してその種の問題を引き起こしたことはない。どうして、このタイミングで二人の話を持ち出したんだ？」

「昨日、ジナニ・バードックがわざわざ連絡してきたんです」と、マイケル。「故郷のアライアンス宙域での出来事、とくに政治問題について話したかったようです。アライアンスはまだギアリーのリーダーシップを必要としていると言っていた。わたしはブロッホ提督が艦隊の司令長官だったころと同じことを彼女に言いました。そのギアリーはわたしではないと」マイケルはゆがんだ笑みをギアリーに向けた。「バードックは、わたしが会話をリードするのを待っているようだった。彼女とペレアスはそういうタイプです。完璧なアライアンス戦艦の指揮官。極度に行動に一貫性があり、他者にとっては予測しやすいが、主体性や積極性にはやや欠ける」

「その言葉、ジェーンには聞かせるなよ」と、ギアリー。バードック艦長はマイケルにどんな言動を望んでいたのだろう？

「ああ、また！　ジェーンはすでになんども耳にしていますよ。ジェーンが巡航戦艦ではなく戦艦の指揮をまかされたのは、たんにブラック・ジャックがとったとされるような行動を拒否したせいです。ジェーンへの非難がこめられていたんですよ」マイケルは自嘲ぎみに鼻で笑った。「バードックやペレアスのように、わたしにそういう行動を求める者は、やっぱり失望することになるでしょう。ではまた、グレンリオンで」

「行く前にターニャにさよならを言うんだぞ！」つかのまギアリーは元帥としての立場を忘れた。ほとんど知らない弟の孫に大伯父として別れを告げ、最高の気分で会話を終わらせようとしていた。グレンリオンでマイケルとジェーンに出会っていたら、どんな感じだったのだろう？

そう思ったとき、長いあいだ埋もれていた記憶が急によみがえってきた。

「マイケル、おまえには子どもがいるのか？　いちどジェーンから聞いたことがあるんだが、実家にはその子たちの情報は何もなかった」

マイケルがギアリーに見せた顔は、さっきまでとは違って感情が抑制され、彫像のようにこわばっていた。

「わたしを待っている子どもたちはいません」マイケルは奇妙なほど感情のこもらない声で言った。

「何か事情があるのか……？」ギアリーは、自分が発した問いに対するマイケルの反応に驚きと心配を隠せなかった。

「いいえ。話すのが……つらいだけです」マイケルは見た目にもわかるほど努めて、表情と口調を落ち着かせた。「グレンリオンをふたたび見られるのはうれしい。そこで会えることを願っています。ご先祖様があなたを無事に故郷へ導いてくださいますように」

やがて、ギアリーがほかに何か言う間《ま》もなく、マイケルは部屋を出ていった。

ギアリーは閉じたハッチをしばし見つめた。ふたたびマイケルに会うことはあるのだろうか？　会えない可能性が少なからずあることはわかっていた。とくに外交レセプションであんなことが起こったあとでは。

そのとき、あることに気づいた。

マイケルはすでに立ち去ったが、注意をうながすメッセージを送ることはできる。ギアリーは椅子にすわり、ティンバル提督や〈チヌーク〉の艦長への新たな指示や要請をすばやく入力した。〈チヌーク〉はティンバル提督への命令をヴァランダル星系へ持ち帰り、光速通信で送信する。〈チヌーク〉がアンバルー宇宙ステーションに到着したときには、ティンバルは命令を受信したあとだろう。

おれをねらう者たちが、マイケルにも牙を剝く可能性がある。マイケルもギアリー家の一員なのだから。マイケルを守らなければならない。

くそっ。

ギアリー家の呪いは本当にあるのかもしれない。

翌日の早朝、侵攻輸送艦〈チヌーク〉は姿勢制御スラスターを噴射し、つづいてメイン推進装置を作動させると、アライアンス宙域への帰途につくため、ミッドウェイ星系のハイパーネット・ゲートへと加速した。〈ドーントレス〉のブリッジで、ギアリーはしばらく〈チヌーク〉を注視した。これまでミッドウェイ星系に到達するには、シンディック宙域ともとシンディック宙域を通る長く危険な旅をする必要があった。だが、いまや、たったいちどハイパーネット・ゲートに突入するだけでいいとは驚くべきことだ。

「われわれはその場で足踏みしているだけなんじゃないかと思うことがある」ギアリーはデシャーニに言った。「どこへも到達しないような気がして。だが、新たなハイパーネットのリンクは本当に事態を好転させるかもしれないな」

デシャーニは信じられないというようにギアリーをちらっと見た。

「元帥、いつか、その楽天主義がトラブルを招くことになりますよ」

「そうかもしれない。ロジェロ大佐とブラダモント代将を乗せたシャトルはどうなっている？」

「二分後に本艦に到着します。加速のための安全確保にさらに二分を要しますので、われわれは四分後に出発できます」

「よし」と、ギアリー。謎の種族がどんな行動に出るかと思うと恐ろしいが、ただ心配しながら待ちつづけることに心底うんざりしていた。ギアリーは再度ディスプレイを確認した。ミッドウェイ星系の遠い恒星を周回する軌道上にアライアンスの戦闘艦が整然と並んでいる。合計で二百六十隻以上の大群だ。マイケル・ギアリーは数多くの戦闘を見てきた目であの戦闘艦の群れを見て、いちどの戦闘であれと同規模の艦隊が失われたこともあると言った。アライアンスとシンディックの戦闘艦はどちらかが壊滅状態になるまで激しくぶつかり合い、双方合わせて数万人の犠牲者が出たという。その後、アライアンスとシンディックの膨大なリソース、つまり多くの惑星を持つ多くの星系は、新たな艦を量産し、亡くなった者たちの代わりに新たな兵士を見つけ出した。それは毎年のように、ほぼ一世紀にわたってつづいた。

　マイケルは、ギアリーの指揮する艦隊が現在アライアンス艦隊の大部分を占めていることを知って愕然《がくぜん》とした。驚きつつも、これまで戦争についやされてきた人的および物的資源が有効利用されることを期待していた。

　しかし……

「ゲート」

「え？」と、デシャーニ。

「ミッドウェイ星系のハイパーネット・ゲートだよ」と、ギアリー。「それがアライアンスのハイパーネットに接続された今、われわれは謎の種族に対する防衛の最前線にいる。もはや戦闘は遠い場所における問題ではない。人類宙域への脅威は目の前に迫っているのだ」

　それもまた変化のひとつだった。

　ギアリーはすでにペレ星系への移動と到着のために艦隊を配置していた。〈パスガード〉を破壊しかけた謎の種族の艦はもういないかもしれないし、増援を受け、ペレ星系のジャンプ点から次に現われる人類の艦を襲撃しようと待ち伏せしているかもしれない。いずれにしても、艦隊の準備は万全だろう。ギアリーの指揮下にある二十隻の戦艦は巨大で、重武装かつ重装甲をほどこされており、多数の重巡航艦および駆逐艦とともに、編隊の先頭で三次元の格子状防御陣形を形成していた。中央部には、艦隊の長期的な存続に欠かせない補助艦と、科学者や外交官からなる使節団を乗せた〈バウンドレス〉が、さらに多くの駆逐艦と軽巡航艦に囲まれている。その背後では、十一隻の巡航戦艦がもうひとつの格子状防御陣形を構成していた。ギアリーの艦隊に残された巡航戦艦はこれで全部だ。巡航戦艦はもっとも迅速に反応できるため、敵がどんな方向から攻撃を試みてきても迎撃が可能だろう。

謎の種族がペレ星系で待ち伏せしているとしたら、彼らにとって期待はずれな結果になるはずだ。

「〈ドーントレス〉のシャトルの安全が確保されました」ブリッジの監視ステーションからユオン大尉が報告した。

「よし。行くぞ」ギアリーはディスプレイ上にすでに用意されていたコマンドをタップした。

二百六十隻以上の戦闘艦の姿勢制御スラスターとメイン推進装置が作動し、アライアンス艦隊はペレ星系に通じるジャンプ点、そしてペレ星系で待ち受けるものへと加速した。

5

超空間は、そこでの滞在が長くなると人間の神経に負担をかけることや、艦外作業ができないことで知られている。理論的には、超空間のなかでロボットや人間が艦外作業をすることは可能だが、たとえ一瞬でも艦との物理的接触を失ったら、即座にかつ永遠に灰色の無の空間に取り残されることになる。そのようなリスクをおかす価値のある任務は非常にまれだ。だが、星はひとつも見えず、灰色の超空間が無限につづいているだけなので、艦の外を見ても閉塞感《へいそくかん》から解放されることはない。ときおり、不思議な明るい光が突如として不規則な間隔できらめいては消えるが、そのような光を目にする機会はきわめて少なく、見えたとしても、驚きと同程度の確率で恐怖をもたらす可能性がある。その結果、超空間では自分の内面と向き合わざるをえなくなり、心配しても無駄なことを考える時間が増えてしまう。

超空間にいるおかげでギアリーは、〈ドーントレス〉に乗艦したミッドウェイ星系の代表者たちを正式に歓迎する時間を持つことはできた。しかし、ペレ星系で謎の種族が何を計画しているのかと考えながら元帥の自室で正式な食事会を開くこと自体が、奇妙に感じられた。

ギアリーにとって、少なくとも礼装軍服の着心地はさほど悪くはなかった。それに、礼装軍服姿のターニャは非常にすばらしい。

「デシャーニ艦長、どうしていつもより念入りにわたしの軍服をチェックしているのだ？」ギアリーはデシャーニにたずねた。

「変更点を確認しているだけです」デシャーニは片方の襟《えり》をしげしげと見た。

「変更点？　クリーニングに出したんじゃなかったのか？」

「この軍服が手もとにあるあいだに、タルリーニ上級上等兵曹とわたくしはいくつかの機能を強化することにしたのです」と、デシャーニ。「惑星連合《シンディック》の司令官にはバカにされそうですが、こんど外交レセプションに出席する必要があるときには、もっとあなたの身を守ってくれるはずです」

「わたしの軍服に何をしたんだ？」

「落ち着いてください。武器はまだ作動可能な状態ではありませんから」

「〝武器〟だと？　この軍服に武器がしこまれているのか？」

「少しだけ。作業用の制服にも追加するつもりです」

「ターニャ――」

「ああ、ほら、お客様がお見えですよ」

アライアンス艦隊の制服ではなく、ミッドウェイ星系の制服を着たホノーレ・ブラダモントを見ると、いまだに違和感を覚える。

「ギアリー元帥」と、ブラダモント。「あたしの夫をご紹介いたします。自由独立ミッドウェイ星系陸上軍のドナル・ヒデキ・ロジェロ大佐です」

「お二人とも、またお会いできてうれしく思います。しかも、今回は対面で」と、ギアリー。元帥の自室の伸縮テーブルはもっと多くの人数に対応できるが、ギアリーは、テーブルの各辺に一人ずつ、合わせて四人が席につくこのスタイルが気に入っていた。それぞれの前にはすでに皿やカトラリーが並べられ、皿は自動で料理を適温に保つよう設定されている。上質な磁器やクリスタルのように見えるが、近距離ビームをのぞけば、どんな衝撃にも耐えうるほど丈夫な素材でできていた。艦隊の食器よりも硬いのは特別な日に出されるステーキだけだと、クルーたちはよく冗談を言う。

　全員が集まると、すわる前にギアリーは自分の席に置かれたワイングラスに手を伸ばした。ほかの三人も同じことをした。

「不在の友人たちに」ギアリーはそう言いながらグラスを掲げ、戦死者に敬意を示すために昔ながらの献杯を行なった。

ロジェロは無言で、アライアンスの古参兵二人の動きに合わせた。

「シンディックはそのような献杯を禁止しています」と、ロジェロ。「戦死者の存在をきわだたせたら士気がそこなわれると、主張していました。だから、われわれは心のなかで弔《とむら》いの言葉をとなえつつ、いつも無言で献杯するのです」

献杯が終わり、全員が着席した。ギアリーは、デシャーニから武器はまだ作動可能状態ではないと断言されたにもかかわらず、慎重な動きを心がけた。

「今夜、艦隊は元帥のためにどんなごちそうを用意したのですか？」と、ブラダモント。

「当ててみて」と、デシャーニ。

ブラダモントは皿の上の肉にフォークを刺し、ひときれ口へ運ぶと、考えこむ表情でしばらく噛《か》みしめた。

「チキンみたいな味がする。つまり、チキンじゃないってことよ」

「正解」デシャーニは自分のフォークを持ちあげながら言った。「これ、ガニメデの岩ロブスターなの。もちろん、人工培養だけど。ガニメデまでロブスターを食べにいくわけにはいかないから」

「なかなかいけますね」と、ロジェロ。「これは伝統的なレシピなんですか？」

「料理人たちは〝デルミドール〟と呼んでいるわ」と、デシャーニ。「チキン味の人工培養ステーキも考えたけど、すでに岩ロブスターを氷で冷やして保存していたし、冷蔵庫に長く入れておくのはよくないって、昔から言われてるでしょ？」

「それはただの伝説だと思っていたわ」と、ブラダモント。

「彼も伝説だったわ」デシャーニはギアリーを指さした。「ところで、お二人とも〈ドーントレス〉へようこそ」

「ありがとう」と、ロジェロ。「元帥、ホノーレ・ブラダモントをアライアンスの代表としてミッドウェイ星系に置いてくださったことに感謝しています。ずっとお礼を申しあげたかったのですが、なかなかその機会がなくて。わたしもブラダモントも、おたがい二度と会えないとあきらめていました。でも、あなたのおかげで会うことができた」

ギアリーは謙遜《けんそん》するように片手を振った。

「ブラダモントのような士官に恩を返すには、あれでも足りないくらいだ。実は、あれはビクトリア・リオーネのアイデアだったんだ」

「リオーネですって？」ブラダモントは信じられないというように言った。「あのくそ——

——」

「ちょっとちょっと」デシャーニが割って入った。「リオーネは代理ユニティ星系の英雄よ。今は亡き戦闘姉妹《バトル・シスター》なのよ」デシャーニはもういちどグラスを上げた。「彼女の思い出に敬意を表しましょう」

「それでも、くそ女だったことに変わりはないわ」ブラダモントは献杯のあとで、ぼそっとつぶやいた。

「ええ、そうだったわね」と、デシャーニ。「でも、リオーネは名誉の死を遂げた。それに、あなたをミッドウェイ星系に配置することを元帥に提案したのはリオーネよ」

「そういうことなら、わたし個人にとってリオーネは人間の美徳を体現した存在だと思います」ロジェロは笑みを浮かべた。

「お二人とも、この艦での生活はどう?」デシャーニは多少強引に話題を変えようとした。「あなたたちの制服はシンディックのものではないけど、アライアンスのものでもない。その制服を着ているせいで、何か問題に直面したりしてない?」

「自分の問題は自分で解決できるわ、ターニャ」ブラダモントは言葉のとげとげしさをやわらげるように、かすかな笑みを浮かべた。

デシャーニはもうひとくち飲むと、頭を振りながらグラスを置いた。

「ほかの場所なら、そうでしょう。でも、〈ドーントレス〉はわたくしの艦よ。つまり、

〈ドーントレス〉でどんな問題が起ころうと、わたくしに責任があるの」

「それは認めるわ」ブラダモントはかたわらに目を向け、わずかに眉をひそめた。「とくに大きな問題はないわ。大半のクルーがあたしに興味を示し、いまもアライアンス艦隊の艦長であるかのように接してくれる。ただ、敵意を持っていると思われるクルーも何人かいる。みんな下級のクルーよ。なぜ敵意を抱くのかわからないけど、そのうちの一人があたしを侮辱しようとしたから、言葉でやりこめてやったわ」ブラダモントはふたたび微笑し、付け加えた。

「わたくしがその場にいれば、もっとこてんぱんにしてやったのに」と、デシャーニ。

「もちろん言葉でね」デシャーニはギアリーをちらっと見た。「それは新兵たちよ」

「どういうこと？」と、ブラダモント。

「どの程度の割合かはわからないが、異星人やほかの外的脅威からアライアンスを守るために入隊してきた新兵が一定数いる。シンディックだけでなく、彼らが危険だと定義するあらゆる外的脅威に対抗するために入隊したのだ」と、ギアリー。

「ああ、やれやれ」ブラダモントは思いきり力をこめて、自分の皿の上の〝ロブスター〟にフォークを突き刺した。「戦争が終わった今、愛国者たちがどこからともなく現われてアライアンスを救おうとしているのですね」

「シンディックがいまだに支配している宙域でも、似たようなことが起こっています」と、ロジェロ。「志願して〈ヘビ〉になる者が増えているそうです」

「〈ヘビ〉とはシンディックの内政保安局《ISS》員のことです」と、ブラダモント。「シンディックに対する忠誠心が足りないと思われる人々を逮捕し、拷問し、殺害するひどい連中です。そんなことを進んでやろうとする者たちがいるなんて、信じられますか？」

「バレないと思えば、そのような暴虐を実行しようとする者は、アライアンス側にも何人かいるわ」と、デシャーニ。

「あまりにも多くの人々が、自分たちの知る世界が崩壊するのを目《ま》の当たりにし、それを阻止するためなら、なんでもやるつもりになっている」と、ギアリー。

ロジェロは料理を少しも味わっていないかのように咀嚼《そしゃく》しながら、陰鬱《いんうつ》な表情でうなずいた。

「ミッドウェイ星系や周囲の諸星系では、シンディックの崩壊を見て喜んでいました。自由を手に入れるには、それなりの代償を払いましたが」ロジェロは顔をしかめた。「わたしは、カーネ星系の人々が過去の経験から受けたトラウマを克服することを祈っています。われわれがその場で話した人たちは、敵への復讐心に燃えていましたから」

「わたしはカーネ星系でウェーク大統領に強く訴えかけた。アラゴン大佐には個人的な恩義があるから、アラゴンとその部下たちがひどい目にあうのは耐えられない、と。周辺宙域の新たな指導者はどうなんだ？　たしかイマリエと言ったか？」と、ギアリー。

ブラダモントとロジェロはちらりと視線を交わした。

「危険です」と、ロジェロ。「ものすごく危険というわけではありませんが、冷酷です。イマリエはシンディックをたくみにあやつり、自分の小さな帝国を築きあげた。すばらしいことだが、同時に心配の種《たね》でもある。イマリエの長期的な目標はわかりません」

「イマリエはイケニ大統領を憎んでいます」ブラダモントが付け加えた。「イマリエの父親にまつわる古い恨みがあるようです。イマリエ本人はその感情に突き動かされて行動することはないと主張しています。でも……イワ星系に対しては目を光らせておくつもりです」

「イワ星系では謎の種族とシンディックを相手に激しい戦闘があったのよね？」と、デシャーニ。

「そうなの。謎の種族、ミッドウェイ小艦隊、シンディック小艦隊、イマリエの小艦隊との四つ巴《どもえ》の戦いだったわ」ブラダモントは不機嫌そうに言った。「あたしはミッドウェイ星系を守っていたから、その戦闘をこの目で見ることができなかったのよ。地下に埋もれていた謎の種族の基地をどうやって破壊したか聞いた？」

デシャーニは微笑しながらうなずいた。

「宇宙空間から直径三十キロの隕石もどきを投下したんでしょ？　ドレイコン将軍が衝突の瞬間の映像を送ってくれたわ」

「それを直接見られなかったことが本当に悔しいの。あたしがそこにいたら、直径六十キロの隕石もどきを使ったはずなのに」

「たったの六十キロ？　わたくしなら軌道から直径百キロの隕石もどきを投下して、惑星全体を小惑星群に粉砕してやるわ」と、デシャーニ。

「それが唯一の確実な方法ね」と、ブラダモント。「何かを徹底的に破壊したいときには、女性にまかせるのがいちばんよ」

デシャーニはにやりと笑った。

「ねえ、そういえば、ドレイコン将軍の娘について何か知ってる？」

そのとき、ギアリーでさえ、テーブルの向こう側の空気が一変するのを感じ取った。

「なぜそんなことを訊くのですか？」ロジェロ大佐は急に、探る隙を与えない形式ばった口調で言った。

「外交レセプションのときに、元帥とわたくしが将軍から頼まれたからよ。いつか娘がアライアンスを訪ねたときに、個人的に娘を支援してほしい、と。それが実現するのは少なくとも数年は先だと思うけど……わたくしたちは将軍の娘についてちょっと興味を引かれたの」

「なるほど。将軍がそんなことを」ロジェロは考えこむ表情で、顔の下半分をさすった。

「で、あなたがたが知りたいのは母親が誰かということですよね」

「それが重要なら」ギアリーが言うと、デシャーニはうなずいて同意した。

「その母親を子どもから切り離すことはできません。たとえその母親が……願わくば……死んでいるとしても」

「彼女は埋葬された」と、ブラダモント。

「しかしロー・モルガンの場合、埋葬されることはほかの大半の人々と同じ意味を持たない」と、ロジェロ。「元帥、以前にミッドウェイ星系を訪れたさい、モルガン大佐にお会いになりましたよね？」

「ええ」と、ギアリー。

「どんな印象を持ちましたか？」

ギアリーはターニャ・デシャーニの意味深な視線に気づき、間《ま》を置いて考えこんだ。

「美しく、そして危険だった」

ロジェロはうなずいた。

「もうひとつ付け加える必要があります。〝狂気《サイコ》〟という言葉を」

「本気か？」

「誰かがモルガンの最初の心理検査を偽造し、その後、モルガンはシステムへの侵入方法を自学し、自分の心理評価を改竄《かいざん》しつづけました。彼女についてのほかの評価はともかく、非常にすぐれたハッカーであり、また暗殺者でもありました」ロジェロは顔をゆがめた。

「モルガンがドレイコン将軍に熱烈な忠誠心を抱いていることは、誰もが知っていた。しかし、文字どおりに狂気じみた忠誠を誓っているとは知りませんでした。しかも、モルガンはみずからの心理評価を偽りつづけていたので、治療を受けることもなかったのです」

「ドレイコン将軍はどうして――？」デシャーニがロジェロを見つめながら言いかけた。

「わかりません」と、ロジェロ。「将軍はそれについては話さない。将軍にとっては恥ずべきことだったのだと思います。将軍は性的強要に目をつぶるシンディックの慣習には決してしたがわなかった。モルガンがどうやって将軍と関係を持ったかはわからないが、日常的に行なわれていなかったことはたしかです。おそらく、いちどきりの関係でしょう」

「モルガンはもう亡くなったのか？」と、ギアリー。

「はい。モルガンとほかの二人は、将軍が大統領と結婚式を挙げている最中に死亡しました」

「結婚式の最中というと」と、デシャーニ。「結婚式と同じ時間帯にという意味の〝最中〟？　それとも、〝婚礼衣装に血がつく〟という意味での〝最中〟なの？」

「後者です」

「それを聞いたら」ギアリーはデシャーニを見ながら言った。「きみのお母さんは、われわれの結婚式のことで愚痴をこぼすのをやめるかもしれないな」

「あなたの夢のなかではね。コサトカ王室の半数以上を招待して正式な結婚式を挙げなかったことで、わたくしは絶対に許してもらえないでしょうけど。で、そのモルガン大佐は、忠誠心を超えた何かゆがんだ感情からドレイコン将軍の子どもをほしがっていたの？」

「それだけではありません」と、ロジェロ。「将軍がこの件について、いちどだけわたしに話してくれましたが、いつか将軍の娘を預かることになるかもしれないあなたがたには知っておいてもらいたいんです。モルガンの計画は、自分の娘を無敵の軍事指導者に育てあげ、人類のすべての宙域を支配させ、女帝にすることでした」

数秒間の沈黙のあと、デシャーニは頭を振った。

「わたくしは過剰な期待を寄せてくる母を非難していたけど、その話を聞いたら、たいしたことではなかった気がしてきたわ。だから、ドレイコン将軍は娘のことを心配しているの？　母親が非現実的な夢を追い求めていたから？」

「はい」と、ロジェロ。「将軍は娘を救うことを心に決めています」

「ふーん」デシャーニはしぶしぶながらも感心する表情を浮かべてうなずいた。「将軍がそれほど愛情深い父親だとは思わなかったけど、娘のために戦おうとする姿勢は尊敬に値するわ」

ロジェロはフォークの先で料理を軽くつつきながら、肩をすくめた。

「将軍は人民に対して非常に誠実ですが、非常に頑固でもあり、決してあきらめません。ロー・モルガンが精神的に完全に崩壊していたときでさえ、彼女を救おうとしました。だから、娘を救うために全力を尽くすのは当然です」

「今の時代、なんでも治せるわけではないのか？」と、ギアリー。「そういう精神的、感情的な問題も」

「一概には言えません」と、ブラダモント。「性格というものがありますから。モルガンのように、厳密に言うと精神的かつ感情的に健全であっても、修復不能な状態になることもあります。人間が理性を失ったり、過度に感情的になったり、強迫観念を抱いたり、悪い意味で衝動的になったりする要因をすべて排除したら、残ったものはもはや人間ではありません。ただの機械です」

デシャーニはにやりと笑った。

「あなたが少尉だったころに付き合ってたあの男みたいに？」

「その話はやめて」と、ブラダモント。

食事の残りの時間、話題はなごやかなものに変わった。ブラダモントはミッドウェイ星系の人々に温かく受け入れられたという励みになる話をし、デシャーニとたがいのエピソードを語り合った。

だが食事が終わりに近づくと、ロジェロがふたたび、あらたまった口調で言った。

「元帥、わたしはイワ星系の地上での遭遇戦の記録を持っているんです。あなたと共有していいと、ドレイコン将軍の許可を得ています」

「わたしだけということか？」と、ギアリー。

「ほかの人にも見せていいかたずねたら、かまわないと言われました。あなたの専門家たちに見てもらいたいそうです」

「では、宙兵隊にその情報を提供する用意があるのか？」

ロジェロはうなずいた。

「われわれには共通の敵がいます。その敵を倒すには、双方が持っているあらゆるものが必要になるでしょう」

「アライアンスには三千人の宙兵隊員がいるわ」と、デシャーニ。

「それでは足りない。その十倍でも足りないでしょう」ロジェロは考えこむ表情で目を伏せた。「イワ星系での戦闘以来、わたしと部下の兵士たちが経験したことについて考えつづけています。謎の種族がプライバシーに異常なほど執着しているのは、知ってのとおりです。あなたがたは謎の種族の支配宙域を通過したとき、謎の種族は明確な境界を持っていると言っていた。人類と同じように、謎の種族どうしも争いをつづけてきたようです。だから、自分のすべてを隠すことに執着している者の気持ちになって、想像してほしい。どんな地上戦闘システムを開発するだろうか、と?」

ギアリーはその意味を理解し、顔をしかめた。

「自分のことは隠しつつも、隠れようとする敵を見つけられるシステムだ」

「そう、それがもっとも重要なことです!」と、ロジェロ。「長年たがいに戦ってきた歴史があるにもかかわらず、謎の種族の最優先事項は戦って敵を殺すことではなく、身を隠したまま、見つかる前に敵を殺すことなんです。まさしく、われわれがイワ星系の地上で直面した状況です。敵の姿をいちどもとらえることなく、われわれの装備はすべて機能停止した。でも、相手にはわれわれが見えていた。われわれが水槽のなかにいるかのように」

「ステルス装甲服を着た偵察兵はどうだったの?」と、デシャーニ。

「〈ヘビ〉はわたしの部隊が上陸する前に、特殊部隊である〈毒ヘビ〉の偵察兵を何人か送りこんでいました」と、ロジェロ。「シンディックは利用可能な最新かつ最高のステルス技術を持っていた。だが、数秒もたたずに全員が死にましたよ」

「攻撃目標を見ずに射撃することはできなかったのか？」と、ギアリー。「敵の姿が見えなくても、運よく命中したかもしれない」

「やむをえず、そうするしかありませんでした」と、ロジェロ。「でも、その状況を想像してみてください。われわれが武器を発射するたびに、われわれの正確な位置を示す目印を敵に与えることになり、敵はそれを攻撃目標にすることができました。われわれはやみくもに発砲していたので、そのたびに自分たちの位置を正確に知られてしまうのです。しかし、敵は攻撃をしかけてきても、どこから発砲しているのかを示すものはほとんど残さなかった。その結果がどうなるかはおわかりでしょう。われわれは発砲してすぐに位置を変えていましたが、それでも劣勢をくつがえすことはできなかったのです」

「でも、あなたは部下の大半を惑星から脱出させることに成功したわ」ブラダモントがロジェロを擁護した。「シンディックの投降兵やその家族たちもね」

「わたしがあの惑星に降り立ったのは、撤退作戦を成功させるためではない」ロジェロは眉をひそめ、皿に目を落とした。「でも、多くの人々を惑星から救出できたのは幸運だった」

　ギアリーは頭を振った。

「きみが話していること、つまり謎の種族が敵に見つかる前に攻撃をしかけることは、シンディックやわれわれが艦隊のソフトウェアに量子コード化されたワームをしこまれたせいで最初に直面した状況と同じだ。謎の種族はわれわれのセンサー・ソフトウェアに妨害工作を行ない、すべてのセンサーを完全に無効化する方法を実際に見つけていた。連中がやすやすとシンディック艦隊を撃破できたのは、そのおかげだ」

「われわれは自分たちの地上戦闘システムをなんどもチェックしました」と、ロジェロ。

「あなたがたから警告を受ける前にそのようなワームに感染していましたが、イワ星系ではワームの兆候《ちょうこう》は何ひとつありませんでした。謎の種族は文字どおり、人類がまだ考えも及ばないようなことを実行しているのかもしれません」

「たとえば量子コード化されたワームのように」と、ギアリー。「〈バウンドレス〉には民間の科学者が何人か乗っている。きみたちの記録を彼らと共有してもかまわないか？」

「ドレイコン将軍は誰にでも見せていいと言いました」

「よかった」

「それで思い出したわ」デシャーニはブラダモントに言った。「発射制御システムがアップグレードされたの。きっとあなたは興味を持つと思う。元帥から全部見せてもいいと許可をもらっているわ」

「いいわね。明日でいい？」

「もちろん。朝は点検の予定がいくつかあるけど、十三時にわたくしの自室に来てくれる？」

「わかった」ブラダモントは約束すると、ロジェロとともに席を立った。「〝発射制御システムのアップグレード〟なんて、ぐっとくるわね」

ブラダモントとロジェロが退室した直後、ギアリーは自室のハッチをじっと見つめながら立っていた。

「首尾よくいきましたね」と、デシャーニ。「どうして急に憂鬱《ゆううつ》そうな顔をなさっているのですか？」

ギアリーは自分の気持ちを隠そうともせず、デシャーニを見た。

「謎の種族のことだよ。連中はわれわれと対話しようとせず、攻撃しつづける。プライバシーを守ることに固執するあまり、降伏するくらいなら集団自殺を選ぶ。連中の大半を捕虜にするために、圧倒的な軍事力で地上戦に持ちこむことさえできない。謎の種族について学んでいることや、連中との経験のすべてが、われわれを唯一の解決策へと向かわせているような気がする」

「大量虐殺」と、デシャーニ。

「共存は不可能ですから、やつらを殲滅《せんめつ》しなければなりません」

ギアリーがどう応じるべきか悩んでいると、デシャーニは別のことを言った。

「でも、われわれはそんなことをするつもりはありません」それは質問ではなかった。デシャーニは断固とした意志を示すと、ギアリーが驚いていることに、一瞬、笑みを浮かべた。「わたくしの口からこんな言葉を聞くとは思っていなかったんでしょう？　かつてシンディックの都市を爆撃した人間ですものね。あなたがまだ気づいていないかもしれないことを教えてあげましょう。そう、たしかにわたくしは、あの戦争に勝つためには、都市を爆撃し、市民を無差別に殺す必要があると思っていました。でも、本当はものすごくいやだった。シンディックの行動のせいで、そうせざるをえないのだと思っていた。わたくしが、シ、シンディックを憎んでいた理由のひとつでもあります。あなたが戻ってきて、われわれにあることを思い出させてくれたあと、わたくしは自分の胸に誓いました。これからは誰かに強制されるのではなく、みずからの意思で行動しよう、と。わたくしには選択の自由があるし、その権利を行使するつもりです」

「だが、選択肢がひとつしかなければ――」

「ジャック、この艦隊が窮地におちいったことが三回あります。わたくしはその瞬間を思い浮かべることができます。もはや絶体絶命でした。みんな死を覚悟しました。そのとき、ほかの誰も思いつかなかった別の選択肢を見つけた者がいた。そのうちの二回はあなたでした。代理ユニティ星系ではビクトリア・リオーネだった。いま謎の種族に対処するための選択肢がほかにないからといって、別の選択肢が存在しないわけではなく、今後見つからないともかぎりません。わたくしは強制されるのが好きではないのです。その選択肢を選ぶつもりはないし、あなたが選ばないだろうということもわかっています。そうでしょう？」

ギアリーはほほえんだ。

「きみはいつも正しい」

「あら、ちゃんと学習なさっているのですね。じゃあ、わたくしたちは大丈夫ですか？」

「もちろん」ほっとすると同時に、ギアリーは思わず口走った。「愛してるよ」

「勤務中ですよ、元帥」デシャーニは戒《いまし》めるように、ギアリーに向かって人差し指を振った。しかしその顔には笑みが浮かんでいた。やがてデシャーニは退室しようとして背を向けた。

だが、ドレイコンの娘についての会話をきっかけに、ギアリーはあることを思い出した。

「マイケルには子どもがいたのか？」

デシャーニは振り返り、笑みを消した顔をギアリーに向けた。

「それはジェーンに訊くべきことです」

「きみは知っているのか？」単純なはずの質問に誰も答えてくれないことに、ギアリーはいらだちを募《つの》らせた。

「わたくしはその件にはかかわりたくありません。あなたとジェーンの問題です。ジェーンに訊いてください」

艦隊が超空間にいるあいだはジェーンと通信ができないため、ギアリーはその問題を保留にするしかなかった。

こうしてアライアンス艦隊はペレ星系へ来た。

謎の種族はこのところ、失敗に終わったリフト連邦星系の遠征の影響で混乱しており、〈パスガード〉が故郷へ帰ることを確実に阻止しようと、この星系に大挙してとどまっていた。人類による報復攻撃に備えて、どれほどの戦闘艦がまだここにいるかを知るすべはなかった。

アライアンス艦隊が超空間を離脱すると、いつものように精神的な動揺にみまわれ、数秒間、頭がぼんやりとした状態がつづいた。だが、その状態でもギアリーは緊急警報が鳴っていないことに気づいた。近くに謎の種族の戦闘艦はいないということだ。自動武器システムが自衛のために発砲していることを示す警告音も聞こえない。

「星系内で探知された謎の種族の戦闘艦は二隻のみ」言葉を発することができるようになると同時に、ユオン大尉が報告した。「一隻はヒナ星系に通じるジャンプ点付近、もう一隻はラロタイ星系に通じるジャンプ点にいます」

「リフト連邦星系の艦が到着したときと、まったく同じです」デシャーニは非常に疑い深い口調で言った。

「前回はあれでうまくいったんだ」ギアリーはディスプレイを注視しながらつぶやき、謎の種族の戦闘艦の映像を拡大した。いずれも新たに到着した人類の艦隊から三十億キロ以上離れている。さえぎるもののない宇宙空間では艦の細部まではっきり見えた。ずんぐりしたカメのような形をしており、質量、体積ともに人類の駆逐艦とほぼ同じだ。光がその距離を移動するための時間を考慮すると、映像は三時間以上前のものだが、それでも、その後、謎の種族の艦が大きく位置を変えたとは思えない。

ギアリーはここでの戦闘を回避できたことに安堵《あんど》しつつも、謎の種族が何をたくらんでいるのか不安に思い、ラロタイ星系に通じるジャンプ点へ向かうよう、艦隊全体に命じた。

艦隊の速度を〇・一光速に保ち、補助艦や〈バウンドレス〉に過度な負荷がかからないようにした。

「現在のベクトルを進むと、ラロタイ星系に通じるジャンプ点まで三〇・二時間です」艦隊のベクトルが安定すると、キャストリーズ大尉が報告した。

「連中はラロタイ星系で待ち伏せしているでしょう」と、デシャーニ。

「そうだな」と、ギアリー。

超空間を離脱し、ふたたびほかの艦と自由に通信できるようになると、ギアリーは〈バウンドレス〉に通信した。

リーセルツ大使は寝不足のようだった。

「元帥、新たな問題が生じたのですか？　それとも、以前からの問題についてですか？」

「大半が既知の問題だと思います。ラロタイ星系へのジャンプ点に到達するまで一日以上かかり、ジャンプしてラロタイ星系に到着するまで五日かかります。ラロタイ星系に到着したら、ダンサー族の支配星系に通じるジャンプ点へ向かいます。ラロタイ星系を通過するさいに敵対勢力と遭遇することが充分に予想されます」

「つまり、戦闘は避けられないということですね」

「そうだと思います。謎の種族がわれわれを強敵とみなして戦うのを避け、ダンサー族の星系へ向かうわれわれをただ、つけねらってくる可能性もつねにあります」

「その可能性はどれくらいあるのですか？」リーセルツはギアリーを見つめながら言った。

「本当に判断がつかないんです」と、ギアリー。「謎の種族についてはよくわかっていないため、連中がいつ死闘をいどんでくるのか、そして、いつ戦闘を避けるのかを知ることはできません。しかし、われわれがめざしているのはあのジャンプ点であって、謎の種族が占領している惑星や軌道施設ではないことを明確にするつもりです。したがって、攻撃の意図があるとか、謎の種族について詳しく知ろうとしていると誤解されることはないでしょう」

リーセルツは眉をひそめたものの、うなずいた。

「〈バウンドレス〉はこの星系内にいる二隻の艦にメッセージを公開送信しています。対話を要求し、干渉し合わないという双方の合意を守ることを約束するといった内容です」

「〝出てゆけ、さもないと殺す〟以上の返事は期待しないほうがいいですよ」と、ギアリー。

「パンドラでさえ希望を捨てませんでした、元帥」リーセルツは微笑しながら言った。

「ミッドウェイ星系の代表たちの様子はどうですか？」

「とても協力的です」と、ギアリー。「ロジェロ大佐は詳細な戦闘記録を共有してくれています。宙兵隊にとって、きわめて貴重なもののはずです」

「きわめて貴重なもの」リーセルツはその言葉を味わうかのように繰り返した。「見返りは何も求めてこないのですか？」

「ブラダモント代将によると、ミッドウェイの指導者たちは非常に実利主義的だそうです」と、ギアリー。「自分たちに利益をもたらすものかどうか。それが重要なんです。謎の種族の場合、われわれが謎の種族に効果的に対処できるようになることが、自動的にミッドウェイの利益になります。ドレイコン将軍は、われわれが得た洞察を彼と共有することを期待しているでしょうが」

「わたしたちは謎の種族との戦争を望んでいません」と、リーセルツ大使。「戦争をしていることはわかっていますが、望んでいるわけではありません」

「わかります。同感です」と、ギアリー。「われわれは、謎の種族がいつ、どんな方法で攻撃してこようと、倒す力を持っているが、謎の種族を攻撃するためにその力を使うつもりはない。そのことを謎の種族に対して証明しなければならないでしょう。そうすれば、謎の種族は共存の方法について話し合う気になるかもしれません。〈バウンドレス〉で何かわたしが知っておくべきことはありますか？」

「いらいらするほど、ほとんど何もありません」リーセルッはそう言うとすぐに話題を変えた。「わたしは自分が受けた指示により、謎の種族との交流を……かなり制限されています。でも、あなたは制限を受けずに、謎の種族に何かを伝えることができる。ラロタイ星系にいるあいだ、あなたにメッセージを送ってもらうかもしれないし、送ってもらわないかもしれません」

「ご連絡を待っています」〈バウンドレス〉におれのスパイがいて、万事が順調であることを確認できればいいのに。ギアリーは一瞬、そう思った。大使がバウンドレスの状況について議論しようとしないので、少々不安だ。

通信が終わると、ギアリーは自室のディスプレイを確認した。その時点で謎の種族の戦闘艦二隻はアライアンス艦隊の到着に気づいていたはずだが、軌道を変えてはおらず、ジャンプ点を守るため、その周辺に静止していた。人類からの対話の要求には応えず、沈黙をつづけている。また、ギアリーは自分の直感に基づいて人間の感情を謎の種族にあてはめていることはわかっていたが、彼らが自信過剰であるようにも思えた。謎の種族はリフト連邦星系の艦隊を壊滅させたことを知っている。この人類の艦隊も撃破しようとたくらんでいるにちがいない。

撃破することはないだろう。それは確信している。だが、謎の種族がラロタイ星系でアライアンスの艦やクルーたちに与えるかもしれないダメージについては考えたくなかった。謎の種族について……連中がどんな能力を持っているのか、もっとわかっていればいいのだが。

そう考えたとき、ギアリーはあることを思い出した。

もういちど〈バウンドレス〉に通信し、物理学者たちとの話し合いを求めた。リーセルツ大使は艦隊に同行したいという彼らの要望を認めたのだ。

応答したのはドクター・ジャスミン・クレシダだった。無言でギアリーを見つめている。

「物理学者と話したかったのですが」ギアリーは言いかけた。

「この時間帯の通信対応はわたしの担当です」と、ドクター・クレシダ。「あなたはツイていますね」

そう、おれは実にツイている——ギアリーは思った。ドクター・クレシダは誰に対しても冷たい印象を与える人物のようだが、おれのこととなると、自分の妹が死んだことへの非難を隠そうともしない。

「物理学に詳しい人に相談したいことがあるんです」

「では、わたしが適任ですね」と、クレシダ。その声も表情も冷静そのものだ。

ギアリーは少し間《ま》を置き、気持ちを落ち着かせてから言葉をつづけた。

「謎の種族の支配宙域で重巡航艦〈パスガード〉に何が起こったのか、あなたは詳細をご存じないかもしれませんね」

「ええ、知りません」

「そのあいだに奇妙なことが起こったのです」ギアリーは、謎の種族が〈パスガード〉を追ってラロタイ星系からペレ星系へ向かう過程で四時間の遅れが生じたことを説明した。「これまでその種の遅れに気づいたことはありません。実際、謎の種族はいつも、できるだけ早く人類の艦を破壊しようとするようです。謎の種族が人類のものとは根本的に異なる種類のジャンプ・エンジンを使用しているため、超空間内の速度にわずかな違いが生じることが遅延の原因ではないかと言う者もいます」

ジャスミン・クレシダはギアリーを数秒間じっと見つめてから答えた。

「それは……興味深い考えかたですね」

「本当に？」

「あなたの提案をわたしがあざ笑うとでも思っていたのですか？」

「正直なところ、そう思ってました」

「では、ご期待にお応えしましょう、元帥。ハ、ハ、ハ」

ギアリーは、ひとつひとつの〝ハ〟に強烈な軽蔑がこもっていることを認めざるをえなかった。

「だが、この考えかたには実際に価値があるかもしれないと思いますか？」

「わたしは……」クレシダは話しはじめた。「その考えを完全に排除するのは間違いだと思います。人類のジャンプ・エンジンはどれも基本的に同じ原理で作動しています。超空間については、ほとんど何もわかっていません。したがって、この考えを検討する価値はあると思います。わたしが思うに、人類の従来のやりかたと違うからといって、さまざまな考えを拙速に排除するのはたいてい誤りです」クレシダは言葉を切った。「わたしがそんなことを言うなんて意外ですか？」

「いいえ」と、ギアリー。「妹さんのジェイレンもあなたと同じ哲学の持ち主でした。ジェイレンはその哲学にしたがって、われわれのソフトウェアに量子コード化されたワームがしこまれているのを見つけたのです」

ドクター・クレシダは一瞬、目をそらした。

「謎の種族のジャンプ・エンジンにアクセスできる可能性はどれくらいありますか？」

「ゼロと言っていいでしょう。これまで謎の種族に対処してきた経験からすると、連中は大きく損傷した艦を自爆させ、自分たちの情報を何も漏らさないようにしています」

「謎の種族のクルーが全員死んでいたら、どうなるんですか？」

「経験則によると、謎の種族のシステムにはデッドマン・スイッチ機能が組みこまれていると考えられます」と、ギアリー。「だから、たとえクルー全員が死ぬか機能不全におちいるかしても、艦は自爆するでしょう」

ジャスミン・クレシダは目を閉じた。

「理解できません」

「デッドマン・スイッチとは要するに――」

「デッドマン・スイッチがどんなものかは知っています」クレシダは目を開け、ギアリーを見つめた。「なぜそれを使うかが理解できないのです。重傷を負いながら生きているクルーが艦内に残っていたら、どうなりますか？」

ギアリーは首の後ろをさすりながら、顔をしかめた。

「わたしも完全に理解しているとは言えません。しかし謎の種族にとっては、プライバシー、すなわち自分たちのすべてを秘匿《ひとく》することが、なによりも重要なのでしょう。そして、かつては人類にも、プライバシーを守ることをもっとも重要視する文化が存在していました。過去には、兵士が降伏よりも自死を選ぶ社会もありました」

「本当に？」クレシダは頭を振った。「なるほど、だから、謎の種族のジャンプ・エンジンのことは何もわからないのですね」

「謎の種族が最近、みずからの支配宙域の星系から、もとシンディック宙域のイワ星系へジャンプできたことはわかっています。われわれのジャンプ・エンジンではそれほどの長距離ジャンプに対応できません」

「でも、謎の種族がどうやって〝長距離ジャンプに対応したのか〟はわからない。いいでしょう。ダンサー族はどうですか、元帥？　分析のためにジャンプ・エンジンをわたしたちに提供してはくれないでしょうか？」

ギアリーはその質問に驚き、ためらった。

「正直なところ、わかりません。こちらから特定の技術へのアクセスを求めたことはないと思います」

「あなたがそのような要求をすることは可能ですか？　ドクター・マカダムスはわたしたちとの接触を拒んでいますので」

ギアリーは同情をこめて眉をひそめた。ドクター・マカダムスは〈バウンドレス〉でチームの責任者として、ダンサー族についての詳細な調査を担当しているが、任務を妨害するために特別に選ばれた役人としか思えなかった。

「独自のルートでダンサー族に要求することはできます。ダンサー族の装備の性能を理解し把握することが、わたしの責任であり、アライアンスの任務を守るために重要だと考えています」

「ドクター・マカダムスは賛成しそうにありませんけど」

「彼がわたしの行動を気に入るかどうかは、どうでもいいことです」と、ギアリー。

「あなたとわたしには案外、共通点があるのかもしれませんね、元帥」と、クレシダ。

「謎の種族のジャンプ・エンジンについて、あの考えを提起したのは、どなたですか？」

「マルフィッサ代将です」

「シンディックの人間ですね」

「もとシンディックです」ギアリーはいぶかしげにクレシダを見た。「シンディック式の教育を受けたからこそマルフィッサがよりよい視点を持つことができたと、思っているのですか？」

「異なる視点です。シンディックの正式な教育を受けた者たちは、教えられたことの多くが嘘であったため、なんでも疑う傾向があります。数学と工学に関してはかなり正確なことを教わりましたが、それ以外のものは嘘でゆがめられていました。教えられたことを疑う習慣が身についた者は、進歩を妨げるものとして〝誰もが知っている〟という一般的な事柄さえも疑ってかかります。もちろん、シンディックの人間は真実さえも疑うので、それが妨げとなってしまいますが。その代将が、アライアンス式の教育を受けた人たちには考えもつかないアイデアを思いついたのは、意外ではありません。あなたがたには教えられたことを信じる根拠がありますが、シンディックの者たちにはないのです」

「実に興味深い」と、ギアリー。

「楽しんでいただけてよかった。ほかにご用はありますか？」

「はい」ギアリーはクレシダの言葉にいらだたないことを心に決めながら、言った。「ミッドウェイ星系のロジェロ大佐が、イワ星系で謎の種族と地上戦を行なったさいの戦闘システムの記録を持っているんです。あなたがたのなかにその記録を見たいかたはいらっしゃいませんか？」

「どうして、そんなことを訊くのです？」ジャスミン・クレシダは心から困惑しているようだ。

「謎の種族はわれわれよりも一世代進んだ技術、つまりわれわれがまだ開発しておらず、想像すらしていないものを使って地上戦を行なっているようです」

「ああ」ドクター・クレシダは、結局ギアリーの打診が理にかなっているとわかり、失望したように頭を振った。「わたしは見たいとは思いませんが、ドクター・ブロンとドクター・ラージプートは興味を持つかもしれないので伝えておきます」

「感謝します、ドクター」

「ご用件は以上ですか？」

「はい、ほかにはありません」

クレシダは通信操作パネルに手を伸ばし、一瞬ためらった。

「では、失礼します」

十二時間後、カラバリ少将が通信してきた。

「イワ星系での地上戦について、ロジェロ大佐が宙兵隊士官たちに行なった説明の概要をお伝えしようと思いました」

「それで？」

カラバリは顔をしかめた。

「最初は予想どおりでした。よけいなことを言ったらただではおかないとわたしが釘を刺しておいたので、公式の通信チャンネルでは礼儀正しい沈黙が保たれていました。その一方、裏チャンネルでは、シンディックは能なしだという罵詈《ばり》雑言《ぞうごん》が多く聞かれました。しかし、それからロジェロが戦闘記録を再生すると、われわれはロジェロの士官たちの装甲服を通した視点から戦闘を経験することができたのです。その瞬間、水を打ったように静まり返りました」

「ロジェロがその戦いにどんな評価をくだしたのかは知っている。きみはどう思う？」

「ロジェロの行動はすべて正しかったと思います。しかし、ロジェロたちは圧倒的に劣勢でした。どれほどの数の敵に対峙したのかはわかりませんが……」カラバリは頭を振った。「力ではかないませんでした」

「すべての宙兵隊員を同様の作戦目標に対して送りこんだら、どうなると思う？」

こんどばかりはカラバリも肩をすくめた。

「波状攻撃の最初の部隊が甚大な被害を受け、後続の部隊は足どめを食らって前進できず、最終的には銃火を浴びながら撤退することになるでしょう。ロジェロの部隊や、最初の攻撃をひきいたシンディック陸上軍に起こったことと同じです。ロジェロの見解は正しいと思います。謎の種族は地上戦において、人類とは異なる目的をおもに追求してきたからです。閣下、わたしは謎の種族との地上戦は推奨しません。明らかに孤立した小規模部隊を発見すれば、話は別ですが」

「われわれに対処できなければ、小規模部隊はみずからを犠牲にして、われわれの目標を爆破するだろう」

「敵の近くにいる宙兵隊員も巻きこまれるでしょう」カラバリは同意した。「謎の種族の能力をもっとよく理解する必要があります。そのうえで対策を講じるまでは、積極的な地上作戦は自殺行為に等しいと言えます。謎の種族が攻めてくる場合、守りに徹すれば勝機があるかもしれません。でも、現時点では、それさえもおすすめできません」

「ほかに選択肢がまったくない場合をのぞいて、宙兵隊を謎の種族と戦わせるつもりはない」ギアリーは、情報が増えるにつれて選択肢が減ってゆくのを感じていた。それでも新たな選択肢を探しつづけるつもりだった。


長い時間をかけて〈ドーントレス〉の通路を歩くと、気持ちがすっきりすることがある。少なくとも気を紛らせることはできる。ギアリーはつぎつぎと通路を通り抜け、当直ステーションに立ち寄ってはクルーたちと話をし、彼らとその仕事を大切に思っていることを伝えた。だが、どんなに歩きつづけても、どうにもならないような圧迫感は消えなかった。

アライアンス艦隊はラロタイ星系へと向かわなければならない。謎の種族がそこで待ち伏せしているだろう。独自の超光速通信能力を使って、この星系の哨戒艦《しょうかい》から警告を受け、アライアンス艦隊に対処するのに最適な罠《わな》をすでにしかけているにちがいない。そして、艦隊は超空間を離脱して数分以内に敵艦に包囲されることになる。何が待ち受けているにしても、もはや対応は不可能だ。

疲れは感じつつもまだ心は休まらず、ギアリーは先祖との対話の場へ向かった。インスピレーションは得られないとしても、慰めぐらいは見つかるだろう。ギアリーがそこに着くと、すでに小部屋のひとつの前でオービス一等軍曹が順番を待っていた。

「調子はどうだ、軍曹《ガニー》？」

「どん底よりはましです、元帥」オービスはにっこり笑った。「この歯を見てください。顎《あご》を撃たれたときに、もとの歯はほとんどなくしちまいました。顎を再生してもらうついでに、もっとかっこいい顎にしてくれと医者に頼んだんですが、DNAが決めることだからって断わられました。なんてこった。新しい顎さえ手に入らないなんて」

「新しい顎を作ることはできただろう」と、ギアリー。

「もちろん、顎を作ること自体はできます。でも、問題はその原則なんです。わたしは決してうぬぼれてるわけじゃありませんからね！　自分から望んで顎を作り変えてもらうようなことは絶対にしません。でも、顎がなくなってしまって、どうしても再生する必要があったのなら、少しぐらい見栄えのいい顎が手に入ってもかまわなかったのにと思います。お先に、閣下」部屋が空《あ》いたのを見て、オービスは付け加えた。

　まもなく別の部屋が空き、ギアリーの順番がまわってきた。ギアリーは二人までしか入れない小さな部屋に入った。片側の壁にはベンチが備えつけられ、その向かい側には少し燃えた形跡のあるろうそくが置かれていた。ギアリーは防音扉を閉めてベンチに腰かけると、ライターを使ってろうそくに火をつけた。

「このところ、あまりお話しすることができず、申しわけありません」ギアリーは先祖たちに語りかけた。「目の前にあるはずの大切なものが見えない気がします。ご先祖様のお導きがあれば、それが何かわかるかもしれません。ですから、どうかふたたびお導きをお願いいたします。わたしの決断に多くの命がかかっています。わたしが正しい決断をくだせるよう、お力を貸してください」自分の言葉が何かほかのことを暗示しているような気がして、ギアリーは一瞬、沈黙した。溶けた蠟《ろう》がろうそくの側面を流れ落ち、予想より早く固まった。わからない。そのしたたりを目で追いつつも、それがどこで止まるかを見きわめることができなかったのはなぜだろう？

予測できるはずだ。完璧すぎるほどに。なぜ……？　マイケルが戦艦の艦長たちのことを話していた。とくにペレアス艦長とバードック艦長について。問題の対処法を模索しているこの瞬間にその二人のことを思い出すとは、なんとも奇妙だ。

戦艦の指揮官たちの行動はさておき、ギアリーには予測不能なことが多々ある。それをなんと言ったっけ？　カオス理論のようなものか？　だが、確実なこともいくつかある。たとえばオービス軍曹の顎の形が変わらないこと。その顎を形成したオービスのＤＮＡがまた同じものを作り出そうとするからだ。謎の種族についても確実なことがある。連中は、アライアンス艦隊がジャンプを行なったさいの陣形を維持したまま超空間を離脱することを知っている。

ギアリーは新たな蠟の滴《しずく》ができるのを見つめた。それがすぐにろうそくの側面を転がり落ちることはわかっているが、途中でどうなるかは予測できない。

ああ、なるほど。

「わかりました。ありがとうございます」ギアリーは先祖に感謝しながら、炎をつまんで消そうと手を伸ばした。

自室に戻ったときには、ひとつのアイデアが浮かんでいた。ギアリーはブリッジに通信し、当直の通信士に指示を出した。

「ラロタイ星系へのジャンプ点に到達する三時間前に、艦長会議を行なう。その旨を全艦に通知せよ。わたしに連絡するよう、デシャーニ艦長とジャーメンソン大尉に伝えてくれ。われわれにはやるべきことがある」

謎の種族はすべてのカードを握っているつもりかもしれないが、ギアリーにはまだ残された一枚があった。

6

人類は依然として多くの課題や、適切な対処や解決が困難な問題に直面している。だが会議を開くとなると、好んで出席する者は少ないなか、それをサポートする驚くべきツールをいくつか持っていた。

ギアリーは〈ドーントレス〉の主会議室でテーブルの上座近くに立っていた。実際には数メートル四方の小さな部屋で、中央に長さ二メートル、幅一メートルのテーブルが置かれているだけだが、会議プログラムを作動させると、バーチャル映像技術により部屋（そして、テーブル）が出席者の数に応じて拡張される。この場合、それは、ギアリーがテーブルの両側に着席した何百人もの艦隊および宙兵隊の士官を見おろしていることを意味していた。すべての士官が、まるで近くにすわっているかのようにギアリーの声を聞き、姿を見ることができる。一方、どんなに離れた場所にいる士官でも、ギアリーが視線を向けるだけで、たちまちその士官がすぐ横にいるように見えた。だからといってギアリーが大規模な会議を好むようになったわけではないが、会議の運営は格段に楽になった。艦隊のすべての艦の指揮官がここにいた。軍人ではない〈バウンドレス〉のマトソン船長も含まれている。

ふと気づくと、ギアリーは〈ギャラント〉のペレアス艦長をじっと見つめていた。ペレアスはリラックスした表情で、ギアリーが口を開くのを待っており、その隣に〈エンクローチ〉のジナニ・バードック艦長のホロ映像がすわっている。艦長たちは所属する分艦隊や戦隊ごとに隣り合ってすわることが多いため、これはいささか奇妙だった。〈ギャラント〉は第一戦艦分艦隊に、〈エンクローチ〉は第四戦艦分艦隊に所属している。しかしマイケルが去りぎわにその二人の艦長について言及しなかったら、ギアリーは座席位置の違和感に気づかなかっただろう。

ウェッブ大佐や〈バウンドレス〉が抱える問題、レセプションでの暗殺未遂、ドクター・コトゥールが試みた妨害工作など、バカバカしい出来事の影響で、ギアリーは疑心暗鬼におちいっていた。このような心理状態になるのは無理もないが、集中を妨げる障害にもなっている。

ギアリーはこの会議の目的に意識を集中させた。

「われわれの状況は知ってのとおりだ」ギアリーは艦長たちに言った。「謎の種族は、この星系の哨戒艦からわれわれのジャンプ時の陣形を伝え聞き、ラロタイ星系でもっとも効果的にわれわれを迎え撃つための計画を安全に立てられるつもりでいる。リフト連邦星系艦隊に対しても同様の手口を使った。しかし、今回われわれは連中を出し抜くつもりだ。ペレ星系に到着すると同時に特別な陣形をとるよう、全艦の戦術システムをあらかじめプログラムしておく」

「謎の種族はそのようなことを予測するのではありませんか？」と、バダヤ艦長。

「何かを予測する可能性はある」ギアリーが操作パネルにタッチすると、艦隊が現在とっている陣形の3D映像がテーブルの上方に現われた。きれいな楕円形の編隊の中心に、〈バウンドレス〉、補助艦、侵攻輸送艦が位置し、前方に戦艦十二隻、後方に戦艦八隻が配置されている。十一隻の巡航戦艦が中心をぐるりと囲むベルト状に配置され、重巡航艦二十六隻、軽巡航艦五十一隻、駆逐艦百四十一隻が重装備の戦艦や巡航戦艦の側面を固め、あるいは外側の防御層を形成していた。「われわれは現在のこの陣形を維持してジャンプする。謎の種族は、守りの手薄なところを突破して中心部の艦船を攻撃するために、間違いなく待ち伏せしているだろう」

「到着と同時に陣形を変えると、時間がかかり、防御態勢が乱れます」と、アーマス艦長。「陣形変更の最中に攻撃されることになります」

「そうは思わない。これが陣形変更の手順だ」ギアリーは別のコマンドにタッチした。

整然とした艦隊の陣形が崩れ、数百隻の艦がそれぞれの軌道へと移行した。といっても、新たな陣形の新たな位置につくために安定した軌道を進むわけではない。分艦隊や戦隊ごとに動くのではなく、個々の艦が独自の軌道をたどり、最終的には僚艦とふたたび合流するまで軌道変更を繰り返しながら進んでゆく。そのさまは、蹴り倒されたアリ塚からいっせいに散らばってゆくアリのようだ。

だが、各艦がようやく新たな配置につくと、アライアンス艦隊は最終的にずんぐりした卵型の陣形に落ち着いた。四隻の戦艦が編隊を先導し、さらに四隻の戦艦が後方を固め、中心近くには二隻ずつペアになった八隻の戦艦が配置されている。中心部そのものには、もっとも脆弱《ぜいじゃく》な艦船がふたたび集まり、残る四隻の戦艦がぴたりと寄り添っていた。艦隊の残りの艦は群れをなして中心部を取り囲み、ずんぐりした卵型を形成している。それと同時に編隊全体のベクトルがほぼ九〇度〝下〟に変更されたため、艦隊はジャンプ点から直進せず、急降下した。

ギアリーがシミュレーションを見せたあと、長い沈黙が流れた。ふたたびアーマスが発言し、ようやく沈黙を破った。

「理解できません」

「なんですか、あの混乱状態は？」と、〈インクレディブル〉のパー艦長。「元帥、あなたが艦隊に戻られてから、われわれは迅速かつ効率的に機動することに重点を置いてきました。今のは新たな陣形に再編するためのもっとも非効率的かつもっとも無秩序な機動だと、わたしは思いますが、いかがですか？」

「まさしくそのとおりだ」と、ギアリー。

ジェーン・ギアリー艦長がテーブルを叩いた。

「わかりました。元帥、陣形変更のシミュレーションをもういちど見せてください。パー、攻撃目標を選んで」

パーは顔をしかめ、有効な攻撃目標を見つけようとして目をきょろきょろさせた。

「無理だ。艦のベクトルがつぎつぎと変わるうえに、どんな陣形に落ち着くのかわからないから、攻撃目標が現われる位置を予測できない――ああ、なるほど。ベクトルが不規則に変わることで最終的な陣形を予測できず、編隊が最後にどの方向に進むのか、ぼんやりとしか把握できない。そして、艦の動きが予測できないと、射撃時に目標位置を定める発射制御システムの精度が落ちる。それは、われわれのシステムも、謎の種族のシステムも同様だ」

「そのとおり」と、ギアリー。「謎の種族はわれわれの機動方法を知っている。整然としていて効率的かつ流れるように、ひとつの陣形から次の陣形へと、もっとも効果的なベクトルに移行する。だが、今回は違う。敵の裏をかくつもりだ」

重巡航艦〈テンシュ〉のオックス艦長が、巣をうろつくアリのように動きまわる艦隊を注視している。

「元帥、各艦のベクトルがたがいに接近しすぎているように見えますが、大丈夫ですか?」

デシャーニが笑みを浮かべた。

「このようなときこそ、われわれの自動操縦システムが真価を発揮するのです。どの動きも安全基準を守っています」

「いまにも逸脱しそうですが」と、オックス。

「たしかに。でも、実際には逸脱していません」

巡航戦艦〈デアリング〉のヴィターリ艦長が頭を振った。

「これだけ多くのニアミスが起こると、このごたごたがおさまったときにはほぼ全員が下着を濡らしているだろう。ターニャ、これはきみのアイデアか?」

「いいえ。わたくしはちょっとした改善を手伝っただけよ」と、デシャーニ。

「陣形変更を可能なかぎり複雑化させるスキルを持った人物がいるんでね」と、ギアリー。

「その人を惑星ユニティで見つけたわけじゃありませんよね？」と、ドゥエロス艦長。

「艦隊本部には、ものごとをややこしくする連中が多いようですから」

　バダヤが頭を振った。

「この陣形変更を思いついた人物と比べると、艦隊本部なんて素人同然です。元帥、その人物は重要な任務からはずされていますよね？」

「ノーコメント」ギアリーは、この機動計画の立案者として〝コメツブツメクサ《シャムロック》〟ことジャーメンソン大尉の功績を称《たた》える機密報告書をもう書きあげていた。ジャーメンソンは、技術的に見て正確なはずの事実を可能なかぎり複雑にするという、特異な才能を持っている。官僚的な視点から見れば疑わしいが、法的には問題のない方法で艦隊の資金操作をうまく行ない、艦の修理やオーバーホールの支払いを可能にしているという点で、すでにきわめて貴重な存在だ。官僚たちはその操作を正確に理解できないため、阻止するのは無理だ。だが、ジャーメンソンの手腕が広く知れわたれば、その効果は大きく減退するだろう。

〈バウンドレス〉のマトソン船長が艦隊士官ではなく民間人として、遠慮がちに口を開いた。

「元帥、この……ええと、興味深い機動が実行されるあいだ、わたしの船が適切に守られるのか、少々不安があります」

ギアリーは陣形図を指し示した。

「陣形変更中は、ほかの艦がずっと隣で護衛するわけではない。だが、主力部隊がつぎつぎに近くを通過してゆくため、きみの船はつねに手厚く守られることになる。つまり、複数の艦が行き交いながら交代で護衛の役目をになう。補助艦と侵攻輸送艦に対しても同様だ」

上級技術士官であり、大きくて動きの鈍い補助艦の部隊長でもあるスミス艦長は片手に顎《あご》をのせ、機動の様子を注視した。

「わたしのゾウたちがダンスをすることになるのですね？　すべての補助艦が、提案されたベクトル変更を実行できるという確信はありますか？」

「現在の質量が正確に報告されていればの話だけど」と、デシャーニ。補助艦には、交換用の部品や新しい燃料電池といった必要物資の製造に不可欠な原料の貯蔵庫があり、その充塡《じゅうてん》度に応じて質量が大きく変動する可能性がある。

「報告は正確です。わたしの補助艦部隊はこれほど複雑な機動には不慣れですが」と、スミス。

「自動操縦システムにまかせればいい。あとはのんびりとショーを楽しむだけ」

「ショーですって？」スミスは顔をしかめた。「一隻の艦のわずか一秒の操縦ミスが衝突を引き起こし、敵艦もろとも爆散してしまうショーのことですか？」

「こんな状況に直面すると、大昔の指揮官の言葉を引用したくなりますね」と、アーマス。

「この計画が謎の種族にどう影響するかはわかりませんが、少なくともわたしは不安です」

「楽しそうだ」と、パー。

「巡航戦艦の艦長にとってはね！」

「諸君全員を信じている」ギアリーは議論をやめさせるために言った。「謎の種族はわれわれを理解したつもりになっている。どんな状況でも、われわれの行動を予測できると思いこんでいるのだ。それが勘違いであることを思い知らせてやろう。われわれの行動を充分に予測できなければ不安になり、戦いよりも交渉を選ぶ気になるかもしれない」

「この計画に賛成です」と、ジェーン・ギアリー。

「それでいいかどうか、わたしにはわかりません」と、バダヤ。「でも、その瞬間をこの目で見たいとは思います」

「わたしもです」と、アーマス。「安全な距離、たとえば十光分離れた位置から。しかし、戦艦が引き下がったとは言わせたくありません」

「侵攻輸送艦はどうだ？」と、ギアリー。「何か不安はあるか？」

当然ながら、〈ミストラル〉のヤング中佐は首を横に振った。

「問題ありません、元帥」侵攻輸送艦の艦長たちは、いかに困難な場所でも宙兵隊を送り届け回収できると、いつも自信満々だ。〝どんなに難しい降下地点でも、おまかせあれ〟というのが彼らの非公式のモットーだった。「ただし、ラロタイ星系に到着した直後の半時間ほどは、宙兵隊には目を閉じておいてもらったほうがいいかもしれません」

「たしかに悪くない案です」カラバリ少将が淡々とした口調で同意した。

「〈バウンドレス〉の乗員乗客にとっても、いいかもしれませんね！」バダヤが笑いながら言った。

「実はわたしも乗り気になっています」と、マトソン船長。

「ジャンプ点に突入するまではこの件をクルーに伝えるな」と、ギアリー。「手順はシステムに組みこまれるが、艦隊内で計画の噂が広まるのは望ましくない。謎の種族によるわれわれのセンサーや通信システムへの侵入は、すべて遮断《しゃだん》できたと考えている。だが、確証はない」

「最後にひとつ質問があります」と、パー。「攻撃許可状態で突入するのですか？」

「そうだ」と、ギアリー。「経験則に基づくと、謎の種族がラロタイ星系のジャンプ点で待っているとすれば、それが平和的歓迎のためだとは考えにくい。超空間離脱時に謎の種族の艦がいたら武器が自動発射されるよう、設定する」リーセルッツ大使が異論をとなえるかもしれないと、ギアリーは思った。だが、リーセルッツは〈パスガード〉の惨状を目《ま》の当たりにし、攻撃準備に関して口にしようとしていた不安や指示を封印したようだ。

会議が終わり、艦長たちのホロ映像が消えてゆくにつれ、たちまち会議室がもとの大きさに縮小した。数秒とたたないうちに、ギアリーとデシャーニ、ホロ映像のドゥエロスだけが残された。ドゥエロスはデシャーニと話をしている。

デシャーニとの話がすむと、ドゥエロスはギアリーに向きなおり、かすかに笑みを浮かべて敬礼した。

「元帥、お待たせして申しわけありません」

「かまわんよ。調子はどうだ？」

「どん底よりましです」

「わたしもだ」と、ギアリー。「では、もういちど訊く。調子はどうだ？」

ドゥエロスは一瞬ためらった。

「頑張って前向きに進んでいます」

デシャーニがうなずいた。

「大丈夫みたいですよ」

「アルウェンはどうしてる?」と、ギアリー。

娘の話になると、ドゥエロスは満面の笑みを浮かべた。

「ドゥエロス少尉は、〈ウォースパイト〉で下級士官としての生活を楽しんでいるようです」

「最近は少尉たちに甘いのよね」と、デシャーニ。「わたくしたちが少尉だったころとは違うわ」

「昔はもっと厳しかったな」と、ドゥエロス。

「アルウェンは巡航戦艦への転属願を取り下げたぞ」ギアリーは言った。

「そうなんですか?」ドゥエロスは笑顔のまま、うなずいた。「よかった。アルウェンが〈ウォースパイト〉のクルーの一員であることを実感し、誇りを持っているという意味ですから。戦艦の装甲とシールドに守られているということでもある。わたしは……彼女まで失いたくありません」

「そして、わたくしたちもあなたを失いたくない」と、デシャーニ。「頑張って」

「もちろんだ」ドゥエロスが敬礼すると、ホロ映像は消えた。

「わかっているでしょうけど」二人きりになると、デシャーニはギアリーに言った。「わたくしはあなたを絶対に見捨てません。ロベルトの妻とは違います」

「わたしがきみに、とうてい許されないようなひどいことをしたらどうする?」

「その場合はあなたを痛めつけて殺すかもしれない。でも、黙って去ったりはしません」

「そうだろうと思っていた」

会議室を出ようとしたとき、ギアリーの携帯パッドから通知音がした。緊急の用件らしい。「これは無視できない」

デシャーニは迷わず、ギアリーの言葉にうなずき、ハッチを閉めて出ていった。

ギアリーが応答ボタンにタッチすると、カラバリ少将のホロ映像がふたたび現われた。

「元帥、〈バウンドレス〉に乗船している情報提供者から報告を受けましたので、個人的にご説明したいと思います」

「情報提供者?」ギアリーは眉をひそめた。艦隊内でたがいにスパイ活動が行なわれているとは思いたくない。

「もと宙兵隊員たちです。わたしは個人的なつながりを利用して、意見や感想を収集しているだけです。情報提供者は〈バウンドレス〉には不穏な空気がただよっていると言っています」

「わたしもそれは感じていた。具体的な情報はあるのか?」

「ウェッブ大佐はスペイン異端審問に等しい尋問を行ない、閣下を暗殺するために爆弾を製造し設置した者をつきとめようとしています。部下の特殊部隊員たちはウェッブを恐れ、士気はぼろぼろです。この時点で特殊部隊の有用性が疑問視されるのも無理はありません」

「やれやれ」ギアリーは怒りといらだちを隠すために片手で顔をおおい、表情を整えてからもういちどカラバリを見た。「ほかには？」

「科学者たちは公然と対立しています。少なくとも六つの派閥が争い合っているようです。ドクター・マカダムスが高圧的な指示を出しつづけているせいで、問題は悪化する一方です」

「リーセルッツ大使がウェッブあるいはマカダムスの問題に対して、なんらかの措置をとったという情報はあるか？」

「いいえ、閣下」カラバリは首を左右に振った。「大使が不機嫌そうだという情報はありますが。元帥、率直に申しあげると、大使はスタッフを管理する充分な権限がないと感じているようです」

「リーセルッツ大使もまた、失敗するようにしくまれていたのか」ギアリーはつぶやいた。

「この任務を承認したアライアンス議会のメンバーは反対派に出し抜かれたのだ」

「なぜ反対派がそのような行動をとるのか、わたしにはよくわかりません、元帥」

ギアリーはどう答えるべきか考えながら、ゆっくりと息を吐き出した。

「少将、議会には、保身のためにほかの議員の信用失墜《しっつい》をはかろうとしている勢力が存在すると、わたしは思う。この任務を大失敗に終わらせ、あわよくばその過程でアライアンスにとっての新たな外敵を生み出せれば、連中の目的はかなうだろう」

カラバリは不服げにうなずいた。

「どうなさるつもりですか、閣下？」

「失敗はしないつもりだ」

カラバリはにっこり笑った。

「わたしがついていますから」

「そうだな。艦隊と宙兵隊が誰のスケープゴートでもないことを見せつけてやろう」

艦隊がラロタイ星系に通じるジャンプ点へ向かうあいだ、ギアリーは〈ドーントレス〉のブリッジで司令長官席にすわっていた。目の前にあるバーチャル・ディスプレイを注視している。彼我の距離は縮まってゆくが、ジャンプ点近くを周回している謎の種族の戦闘艦はまだ動いていない。

「連中はわれわれよりも加速力が高いことを知っています」デシャーニが艦長席から言っ

た。「だから、ぎりぎりまで待ち、守りを固めると見せかけておいて、最大加速で逃げるつもりでしょう。謎の種族はわれわれとはかなり違うかもしれませんが、その種の挑発は人間どうしがやりそうなことです」

「だよな」ギアリーは謎の種族の思考パターンを理解するための重要な手がかりとして、そのことを頭のなかにメモした。

「われわれの先頭部隊が謎の種族の艦の射程内に入るまで、あと五分」と、ユオン大尉。

ギアリーは通信操作パネルにタッチした。

「アライアンス艦隊の全艦に告ぐ。こちらはギアリー元帥。一隻たりとも、あの敵艦を追跡するために編隊を離脱してはならない。敵のねらいは、ジャンプ直前にわれわれの陣形を乱すことだ。だが、このまま接近しても敵艦が攻撃可能な位置にとどまっているなら、砲撃を許可する」

「攻撃のチャンスがある軽巡航艦が二隻います」デシャーニは自分のディスプレイを指さした。「〈ガーネット〉と〈パッサータ〉です。ミサイル発射の準備を整えています」

「謎の種族の艦が射程内に入るまであと三分」と、ユオン。

「現在のベクトルを維持すると、ジャンプ点到達まであと十五分です」キャストリーズ大尉が付け加えた。

ギアリーはディスプレイを注視しながら、じっと待った。

「敵艦が先頭部隊の射程内に入るまであと一分」と、ユオン。

「われわれにミサイルを無駄遣いさせようとしています」と、デシャーニ。「どれくらい近づくまであの場所にとどまっていると思いますか？」

「わたしが思うに」と、ギアリー。「敵艦が射程内に入った直後ではなく、適切な瞬間まで発砲を待てば、あの二隻の軽巡航艦は命中率を高められるかもしれない」

「あなたには指示を出す権限があります」デシャーニはギアリーの操作パネルを身ぶりで示した。「発砲のタイミングを決めてください」

「そのつもりはない」と、ギアリー。「それはあの二隻の軽巡航艦の艦長たちにまかせる。決断をくだすチャンスを与えるべきだ」

「謎の種族の艦が〈パッサータ〉の最大射程内に入りました」ユオンが言い、数秒後に付け加えた。「たったいま、〈ガーネット〉のミサイルの最大射程内に入りました」

「あの艦は本気で怒っているようですね」デシャーニは顎を片手にのせ、自分のディスプレイを注視した。「われわれに無意味な追撃と武器の無駄遣いをさせようとしています。でも、その手には乗るものですか」

さらに数秒が経過し、アライアンス戦闘艦は着実に謎の種族の艦へと近づいていった。

「〈パッサータ〉および〈ガーネット〉がスペクター・ミサイルを発射」と、ユオン。

ギアリーは軽巡航艦から発射されたミサイルを目で追った。敵艦へと加速してゆく。謎の種族の艦は急旋回し、エンジン全開で最大加速を行なった。あの操艦はミサイルが発射される前のことか？　それとも発射されたあとか？　確信は持てないものの、ミサイルは絶好のタイミングで発射されたように見えた。

「命中の確率は？」

「五パーセントと七パーセントです」と、ユオン。

「ゼロよりはずっとましね」と、デシャーニ。

ほかにやるべきことは何もない。全員が、着実に速度を上げて遠ざかる謎の種族の艦を見つめた。その一方で、二発のスペクター・ミサイルは攻撃目標との距離を徐々に縮めていた。

「どちらかが命中するかもしれません」と、デシャーニ。

「同感だ」と、ギアリー。スペクター・ミサイルはほぼ最大速度に到達し、推進剤をほとんど使い果たしていた。推進力を失えば、一定の速度で進むことになるが、敵艦は加速をつづけ、ミサイルから離れてゆくだろう。

推進力を失うと同時に一発目のスペクター・ミサイルが爆発し、まもなく二発目が爆発した。

「手ごたえがありました！」ユオンが歓喜の声を上げた。「ミサイルの破片と衝撃波にともなうガスが敵艦を襲ったはずです」

謎の種族の艦はその一撃でよろめいた。だが、防御シールドは持ちこたえ、艦体に大きな損傷はない。

「プライドは傷ついたにちがいありません」デシャーニはにやりと笑った。

ギアリーも笑みを浮かべながら、通信操作パネルをタップした。

「〈ガーネット〉、〈パッサータ〉、こちらはギアリー元帥だ。両艦とも、見事な射撃だった。ラロタイ星系に到着したら、逃げない攻撃目標に遭遇し、撃破する機会もあるだろう。その調子で頑張ってくれ」

「それを聞いて、〈ガーネット〉と〈パッサータ〉のクルーたちは大喜びでしょうね」

「わたしの言葉がクルーを不快にさせることもあるから、バランスをとるために、褒《ほ》める機会があれば、それをのがしたくない」

六分後、艦隊はラロタイ星系へとジャンプした。

不安にさいなまれ準備に追われた五日間が過ぎ、ラロタイ星系で超空間を離脱した。

ギアリーは超空間離脱にともなう頭のなかの靄《もや》を振り払おうとしながら、近くに脅威が存在することを示す警報を耳にした。スラスターの推力により〈ドーントレス〉が向きを変えている。メイン推進システムが作動し、新たなベクトルへと艦を加速させると同時に、自動操縦システムがあらかじめ設定されたコマンドを実行した。

ギアリーの視界が晴れたとき、危険を知らせる衝突警報がけたたましく鳴り響いた。ディスプレイに意識を集中しようとすると、またしても衝突警報が鳴り、〈ドーントレス〉がふたたびスラスターを噴射して大きく傾いた。

一隻のアライアンス重巡航艦が猛スピードで近づいてくると、衝突警報が三度目の悲鳴を上げた。ギアリーが反応する間《ま》もなく、艦は去っていった。遅れてやってきた恐怖にギアリーは戦慄《せんりつ》した。と同時に、ブリッジ後方のオブザーバー席にいるブラダモント代将が息をのむ音が聞こえた。

「あれは安全基準の範囲内なのか?」ギアリーはデシャーニにたずねた。

「もちろんです!」と、デシャーニ。「これはあなたのアイデアなんですから、元帥!しかも、うまくいっています! ごらんください!」

〈ドーントレス〉の周囲には、非常に接近したベクトルが網の目のように張りめぐらされている。ギアリーはその光景からどうにか目を引きはがし、まさにハチの巣をつついたようにあわただしく動きまわるアライアンス艦の向こうを見た。アライアンス艦隊を囲んで三カ所に集結した謎の種族の戦闘艦の大群が攻撃をしかけようとしては中断し、いらだたしげに引き返してゆく。

「近くで七十七隻の敵艦を探知しました」いつもよりかんだかい声でキャストリーズ大尉が叫んだ。

「一隻が接近してきます！」ユオン大尉が付け加えた。

ギアリーは目を凝《こ》らした。アライアンスの重巡航艦よりやや小型の艦がアライアンス艦隊に向かって突進し、艦の迷路へとつっこんできた。ギアリーはたくみな操艦に思わず舌を巻いた。ベクトルを頻繁に変えながら、アライアンス艦のあいだを縫うように進んでいる。「編隊の中心へはたどりつけないだろう」

「はい、でも、この艦の近くを通ると思います」デシャーニは武器発射の指示を出すために、操作パネルに手を伸ばした。

謎の種族の艦がアライアンスの駆逐艦を避けようとして、左上方に急旋回すると同時に、〈ドーントレス〉は計画されていた機動にしたがい、右下方へ急旋回した。

一瞬、敵艦が接近し、〈ドーントレス〉は攻撃目標を捕捉した。

「ターニャ！　だめよ！」

ギアリーは信じられない思いで、ふたたび急旋回して去ってゆく謎の種族の艦を見つめた。アライアンスの陣形を突破することを断念し、ひたすらに逃げようとしている。

デシャーニはといえば、振り返ってブラダモントをにらみつけた。

「いったい、なぜ、わたくしを躊躇《ちゅうちょ》させたの？」たいていの者が震えあがるほど厳しい声でデシャーニは詰問した。

だが、ブラダモントはにらみ返した。

「アライアンス艦との衝突をかろうじて回避している敵艦の操縦能力を奪うことがいかに愚かなことか、間一髪で悟ったからよ！」

ギアリーはふいにその意味を理解した。

「一回は確実に衝突しただろう。ことによると多重衝突を引き起こしたかもしれない」

「ご先祖様、お助けください」これまでとは打って変わって、デシャーニは恐怖をにじませながら言った。「わたくしは数隻の僚艦を大破させたかもしれないのですね。いったいなぜ、あなたもわたくしもその危険性に気づき、この混乱がつづくうちは敵艦との交戦を避けるよう艦隊に指示を出さなかったのでしょう？」

「いい質問だ」ギアリーはすばやく通信操作パネルを叩いた。「全艦に告ぐ。現時点では、アライアンス艦隊に混在している敵艦に発砲するな。損傷させた場合、衝突の危険性が高すぎる」その言葉を強調するかのように、またも衝突警報が鳴り響き、一隻のアライアンス戦艦が接近してきた。こんどはユオン大尉が息をのむほど近かった。

「恩に着るわ」デシャーニはブラダモントに言うと、現在の状況にふたたび全神経を集中させた。

「敵艦の三つの集団が隙をうかがっているようです」と、キャストリーズ大尉。「早くも通過攻撃の準備を整えています」

「われわれの艦はすでに混乱状態を脱し、陣形内の指定された位置につきはじめている」ギアリーは誰にともなく言った。「守るべき価値のある艦船が中心部で安定した配置につき、編隊のほかの艦がそれを囲んで防御を固めるまで、空白の時間が生じるだろう」

だが、防御部隊は配置につきはじめていた。近距離防御システムを備えた侵攻輸送艦が〈バウンドレス〉を囲んで球状の防御陣形を形成し、その球体の外側に、第三戦艦分艦隊の戦艦四隻――〈ウォースパイト〉、〈ヴェンジャンス〉、〈レゾルーション〉、〈ガーディアン〉――が等間隔に配置されている。〈ウォースパイト〉に一瞬、目をとめたとき、ギアリーはその艦にロベルト・ドゥエロスの娘が乗っていることを思い出した。〈ウォースパイト〉を最後の防衛線として位置づけたのは、この陣形に移動するさいにほかの艦よりも配置しやすかったからであり、ほかに理由はない。だが、そのせいでアルウェン・ドゥエロスを危険な立場に置くことになった。

補助艦が〈バウンドレス〉の前後につこうとしており、混沌とした動きをしていた駆逐艦、軽巡航艦、重巡航艦、巡航戦艦、戦艦は、計画どおりの堅固な卵型の陣形をとりつつあった。軽量艦は三つないし四つのグループに、重量艦はふたつのグループにまとまっている。その結果、三次元の格子状陣形が形成され、護衛艦のグループどうしのあいだに通り道ができた。だが、何かがこの通り道を使おうとすれば、複数方向から繰り返し攻撃を受けることになる。

陣形とその進行方向が明らかになりはじめているが、まだすべての護衛艦が配置についたわけではない。今がもっとも危険なときだ。

「敵艦が接近しようとしています」と、キャストリーズ大尉。「二十九隻で構成されるグループがわれわれの左舷艦首上方から〈バウンドレス〉をねらっています。艦尾下方にも三十一隻からなる別のグループがいて、最後尾の補助艦をねらっているようです。戦闘システムは、〈ティターン〉と〈タヌキ〉が主要攻撃目標になるだろうと分析しています。十七隻からなる残りひとつのグループは右舷側の離れた位置から、やはり〈バウンドレス〉に接近中です」

通常、宇宙空間における戦闘は、双方が射程距離に入った瞬間に驚くべき速さで展開する。〇・二光速に近い合成速度で艦どうしが充分に接近したほんの一瞬に、自動システムが射撃を行なう。人間の反射神経ではとうてい対応できないスピードだ。

だが、今回、謎の種族の計画はアライアンスのアリ塚作戦によって完全に狂わされていた。謎の種族は撤退し、新たな配置につくことを余儀なくされた。大半がアライアンス艦を追跡する形で戦闘を再開したため、相対速度が低下し、どのタイミングでどの目標を攻撃するのか人間にも判断できるようになった。交戦速度の低下により、〈バウンドレス〉と補助艦をねらう敵艦がアライアンスの陣形内で集中砲火を浴びるリスクも高まった。

また、通常、宇宙で戦う者は剣《つるぎ》の刃のように戦力を駆使し、多くの艦が広範囲にわたって敵を攻撃するものだ。しかし、奇襲に失敗し、相対速度が低下したうえに、強力な武装を誇るアライアンスの陣形に対してそのような戦法を使ったら、たちまち撃破されただろう。そこで、謎の種族は可能性のある唯一の方法を選んだ。艦を縦に並べ、短剣の先端のように陣形の中心をねらったのだ。

二十九隻からなるグループは荷電子近距離ビームを浴び、スペクター・ミサイルに叩きのめされながら、アライアンスの護衛艦のあいだを縫うように進んだ。集団の端にいた敵艦は攻撃を受けてよろめき、つぎつぎに崩壊あるいは爆発した。スラスターと推進システムを破壊されてコントロールを失い、なすすべもなく回転して遠ざかってゆく敵艦もあった。

だが、巨大な戦闘艦五隻を先頭に、謎の種族の短剣は進みつづけた。防御シールドの保持にエネルギーの大半を消費していることは明らかだが、それでも、守りの盾となるアライアンス護衛艦のあいだを縫ってなんどか砲撃を行なった。不運にも、通過する敵の巨大戦闘艦二隻の射程内に、アライアンスの駆逐艦〈ボロ〉がいた。猛攻を受けた〈ボロ〉の防御シールドが崩壊し、二発の粒子ビームが艦体をつらぬいた。ギアリーは射程外への後退を〈ボロ〉に命じようとしたが、敵艦はすでに通過し、〈ボロ〉を攻撃する位置にはいなかった。

「先頭の五隻はこれまで遭遇した謎の種族の艦のなかでは最大です」と、ユオン。「戦闘システムの分析によると、前方部分に強力な防御シールドと重装甲を備えており、重火器も搭載しているようです」

「謎の種族は独自の戦艦を造ることにしたのでしょう」デシャーニは攻撃の様子を注視しながら言った。内心のいらだちを隠し、敵と交戦するほかのアライアンス艦を冷静に見守っている。「われわれの戦艦よりは小型で機動性は高いけど、基本的なコンセプトは同じです」

後方から迫る敵艦の大集団が、アライアンス戦闘艦群を追い抜こうとして集中砲撃を受けた。

最小の集団はアライアンス護衛艦のあいだをすり抜けようとしているが、すでに二隻を失っていた。

ギアリーは自分のディスプレイをじっくりながめ、敵艦の相対的な動きを把握した。アライアンス艦が固定軌道にとどまっていても、謎の種族から主導権を奪うことは可能だ。ギアリーが敵のもっとも大きな集団から順にグループA《アルファ》、グループB《ブラボー》、グループD《デルタ》と名づけると、その呼称は即座に艦隊のセンサー・ネットワーク全体で共有された。

そのときはじめてギアリーは通信操作パネルにタッチした。

「こちらはギアリー元帥だ。第一巡航戦艦分艦隊、陣形を離脱し、謎の種族のグループAを迎撃せよ。第二巡航戦艦分艦隊、陣形を離脱し、グループBを迎撃せよ。第三巡航戦艦分艦隊、陣形を離脱し、グループDを迎撃せよ。敵艦をしとめに行ってこい。ギアリーより、以上」

デシャーニは短い歓声を上げると、自分の通信操作パネルを叩いた。

「〈デアリング〉、〈ヴィクトリアス〉、〈インテンパリット〉、単独で行動し、やつらをしとめろ。陣形を維持している僚艦と安全な距離をとるよう、注意せよ」デシャーニは操縦制御装置に片手を伸ばし、ブリッジ・クルーに告げた。「わたくしが直接、操艦する」

ギアリーとほかのブリッジ・クルーは急いでハーネスを再確認した。デシャーニがコマンドを入力しスラスターを操作すると、〈ドーントレス〉は急旋回して下降した。つづいて、衝撃をともなってメイン推進装置が作動し、巡航戦艦は謎の種族との交戦位置へと加速した。もともと二十九隻で構成されていたグループBはすでに九隻を失っていたが、残存艦はなおも前進をつづけた。先導する五隻の巨大戦艦が動く盾となって、ほかの艦を守っている。

グループBを待ち受けていたのは、第三戦艦分艦隊だった。

プラント中佐はいかにも陽気でのんびりしているように見えるが、〈ウォースパイト〉の強大な火器をもちいて、完膚《かんぷ》なきまでに容赦なく敵を叩きのめすことで知られていた。〝〈ウォースパイト〉に道を譲れ〟とは、その艦の非公式なモットーであると同時に警告でもある。プラントは〈ウォースパイト〉の位置をわずかに変え、〈バウンドレス〉とそれを追撃する敵艦のあいだに自艦を配置し、敵と正面から対峙するように旋回させた。〈バウンドレス〉の〝上方〟にいる戦艦〈ヴェンジャンス〉は、敵との交戦をさらに有利にするために位置を微調整し、〈バウンドレス〉の〝下方〟にいる戦艦〈レゾルーション〉も同様の位置についていた。〈バウンドレス〉の近接防御をになう戦艦四隻のうち、〈ガーディアン〉だけは戦列に加わっていなかった。〈バウンドレス〉の反対側にとどまり、その方向から接近してくるはるかに小規模な敵艦のグループに対処しなければならないからだ。

短剣型陣形を形成する敵艦はアライアンス艦隊のあいだをすり抜けようとして、あらゆる方向から猛攻を受け、陣形の端に位置する艦が徐々に脱落していった。五隻の新しい戦艦は無傷のように見えた。防御シールドは攻撃を受けて閃光を発したものの、持ちこたえ、装甲は依然として損傷を受けていない。

「〈デアリング〉」デシャーニが通信した。「いちばん近い敵艦を倒しましょう。〈ヴィクトリアス〉と〈インテンパリット〉は反対側の敵艦をしとめて。分解フィールドに対する反応が見ものだわ」

巡航戦艦四隻が敵艦に向かってほぼまっすぐに〝下降〟してゆく。最適な射撃ベクトルに到達すると、メイン推進装置を停止させ、側面のスラスターを噴射して微調整を行ない、すべての武器の照準をさだめた。巡航戦艦が射撃コース上に安定すると同時に、編隊のほかのアライアンス艦が四方八方から猛スピードで通過していった。

巡航戦艦の突撃には数秒しかかからなかった。ギアリーはあれこれと考えた。謎の種族は巡航戦艦が迫っていることに気づいただろうか？　対応を考える時間はあったのか？　それとも、攻撃目標に到達することだけに集中し、目的達成から気をそらすことはいっさい無視すると決めたのだろうか？

〈ドーントレス〉は攻撃目標のすぐそばを高速で通過しながら、スペクター・ミサイルを発射して敵戦艦の防御シールドを強打し、つづいて近距離ビーム、さらにはもっとも近い攻撃目標のみに使うブドウ弾と呼ばれる固体のボールベアリングを発射した。最後に、敵艦に最接近したタイミングで、射程の短い分解フィールド発射装置から驚異的な破壊力を持つ雲がはなたれた。その雲に包まれると原子結合が崩れ、分子がばらばらになる。敵戦闘艦の側面が大きく消失し、巨大な怪物の嚙《か》み跡のように見えた。

防御シールドに複数の敵艦からの応射を受け、〈ドーントレス〉の艦体に振動が走った。その後、〈ドーントレス〉は敵艦を追い越し、二度目の通過攻撃に向けて上昇し、旋回を開始した。

一瞬後、〈デアリング〉も敵艦を追い越し、分解フィールドを発射してまたひとつ巨大な嚙み跡を残した。

謎の種族の戦艦は甚大な損傷を受け、ふらついた。分解フィールドによってスラスターの多くが破壊され、航路を調整できなくなったのだ。前部と側面の防御シールドが崩壊し、全方位からアライアンスの集中砲火を浴びることとなった。敵戦艦は片側に傾きながら上昇し、突如、爆発した。

敵の陣形の向こう側では、〈ヴィクトリアス〉と〈インテンパリット〉が敵戦艦を同様の混乱におとしいれていた。制御不能となった戦艦が僚艦の進路上に転がりこみ、両者は高速で激突し、塵《ちり》と化した。

結果として、残された三隻の敵戦艦が編隊を先導し、〈バウンドレス〉めがけて突き進んだ。主要な攻撃目標が減ったことで火力を集中させやすくなったアライアンス艦隊は、敵艦の防御シールドをつぎつぎに引き裂いた。ついに防御シールドが部分的に機能しなくなるなか、謎の種族の編隊はアライアンスの最終防衛線に到達した。そこで待ち受けていたのは〈ウォースパイト〉だった。

〈ウォースパイト〉はすべての武器が同時に命中するようタイミングを合わせ、中央の敵戦艦を集中攻撃した。

防御シールドが崩壊すると、アライアンスの集中砲火が装甲を貫通し、敵戦艦は爆散した。

それとほぼ同時に、残る二隻の敵戦艦のうち一隻が〈ヴェンジャンス〉と〈レゾルーション〉の斉射を浴び、大破した。

通常の戦闘においては、アライアンス戦艦が第二斉射を行なう時間はなかっただろう。だが、敵艦がアライアンス艦を追い越したことで相対速度が低下したため、それが可能となった。アライアンスの戦艦が計画していたとおりだ。三隻のアライアンス戦艦すべてが、最後の敵戦艦に怒りの猛攻撃をしかけた。

その艦が爆発すると、大破した三隻の戦艦の残骸がもうもうと広がり、後続の小型戦闘艦群がそのなかへまともにつっこんでいった。と同時に、射程内にいる全アライアンス艦からの砲撃を浴びた。危険地帯を避けようにも針路変更がまにあわず、縦隊を構成する残りの敵艦も数秒のうちに全滅した。

その背後では、敵のもうひとつの縦隊が大型の補助艦〈ティターン〉と〈タヌキ〉を攻撃するために、アライアンス編隊の後方にまわりこもうとしていた。そのグループをひきいているのはわずか三隻の敵の戦艦だ。第一巡航戦艦分艦隊の〈インスパイア〉、〈フォーミダブル〉、〈ドラゴン〉、〈ステッドファスト〉はデシャーニと同じ戦術を使い、敵の縦隊のそばをすばやく横切ると、外側の二隻の戦艦を機能不全におちいらせた。

すでに猛攻を受けてふらついていたが、それでも、生き残っている十二隻の敵戦闘艦は持ちこたえ、〈ティターン〉と〈タヌキ〉に対して自殺行為とも思える突撃を完遂しようとしていた。

だが、そこに到達するには、その角度から補助艦の後方を守っているさらに二隻のアライアンス戦艦をかわさなければならない。敵の編隊が下を通過すると、第二戦艦分艦隊の

〈ドレッドノート〉と〈フィアレス〉は旋回して艦首を向けつづけ、すでにずたずたになっている残存艦の上部と側面に強力な武器を発射した。

敵艦は一隻たりとも、その火力の壁を突破できなかった。

その編隊の向こう側には謎の種族の最小グループがいたが、もともと十七隻だった艦はすでに十一隻にまで減っていた。重装甲の戦艦を欠き、仲間のように勇敢かつ無意味に死ぬことには関心がないと思われる十一隻の残党は攻撃を中止し、各艦が狂ったようにアライアンス陣形のあいだを縫いながら撤退していった。第三巡航戦艦分艦隊の〈イラストリアス〉、〈インクレディブル〉、〈ヴァリアント〉は、〈バウンドレス〉への接近を試みる敵グループの先頭を攻撃しようとした。だが、戦闘に最適な位置にいなかったため転針がまにあわず、逃げる敵艦と交戦することはできなかった。

予測可能なベクトル上にいる艦をねらうのと、高速で予測不能な動きをする艦をねらうのとでは大違いだ。アライアンス艦隊はラロタイ星系到着時に不規則な動きをして、敵の攻撃目標になりにくくしたが、今はそれと同様の動きが、撤退する謎の種族の艦を守っていた。

十一隻すべての敵艦が攻撃を回避し、仲間の命を奪ったアライアンス陣形の死の罠《わな》からあっというまに離れていった。

ギアリーはいらだたしげに、うめいた。

「すべての巡航戦艦に告ぐ。陣形の所定の位置へ戻れ。絶対に……繰り返す、絶対に敵の残党を追おうとするな」

「ボブ・パーは喜ばないでしょうね」デシャーニは〈インクレディブル〉の艦長の名を口にした。

「〈イラストリアス〉のバダヤもそうだろうな」と、ギアリー。「だが、彼らは運が悪かっただけだ」謎の種族の残党を追うのは燃料電池の無駄遣いだ。連中の艦は人類の巡航戦艦にもまさる機動力を持ち、その気になれば広大な宇宙のどこへでも逃げることができるのだから。

不運な〈ボロ〉をのぞいて、人類の艦船はいずれも深刻な損傷を受けていなかった。謎の種族は人類の陣形を突っ切るさい、場当たり的に個別の艦をねらうことしかできず、もっとも強力な武器は〈バウンドレス〉と補助艦に使用するために温存されていた。だが、最終的にこれらの目標に到達することはなく、その武器を使う機会はなかった。

ギアリーは顔をしかめた。緊急メッセージの通知が自分のディスプレイに表示されている。なぜ駆逐艦がおれに直接通信してくるのだ？

「どうした、〈アトラトル〉？」

「元帥、謎の種族を一体つかまえました！　分解フィールドがやつらの巨大戦艦をかじったあと、そのうちの一隻から何かが飛び出してくるのが見えたので、捕獲しようと針路を変更したんです。それは謎の種族でした！」

ギアリーは息をのんだ。

「無傷の死体を手に入れたというのか？」

「いいえ、閣下、生け捕りにしたのです」

7

「もういちど言ってくれ、〈アトラトル〉。生きている謎の種族をつかまえたのか？」

「はい、閣下。今のところは、ですが。やつは意識不明か、そう見せかけているかのどちらかです。演技ではないと思います。一分近く、無防備な状態で真空にさらされていました。われわれの艦に乗っている医療専門家が、救命保護バッグに入れて密封し隔離したほうがいいと言うので、そのとおりにしました。まだエアロックのなかに置かれています。医療の助けが必要なことはたしかですが――」

「待て、〈アトラトル〉」ギアリーは艦内通話回線に切り替えた。「ドクター・ナスル！われわれの艦の一隻が謎の種族を生け捕りにした。意識不明で救命保護バッグに入れられている。どうすればいい？」

「〈ミストラル〉に送ってください」ナスルは即答した。「艦隊で最高の医療隔離施設がありますから」

「わかった。ありがとう。〈アトラトル〉、編隊を離脱し、最速で〈ミストラル〉と合流してくれ。きみたちがつかまえた……捕虜を一刻も早く輸送艦に移送せよ。〈ミストラル〉、救命保護バッグに入った謎の種族の生体を〈アトラトル〉が運んでゆく。隔離し、治療してほしい」

その直後、ギアリーは新たなメッセージを耳にした。

「〈アトラトル〉、こちらは〈ミストラル〉のドクター・ガレンです。謎の種族はケガをしていますか？」

「一分近く、衣服のほかに保護するもののない状態で真空にさらされていました」〈アトラトル〉が応答した。「われわれの知るかぎり、まだ意識は回復していません」

「身体的苦痛を感じている様子はありますか？」

「ドクター、われわれにはわかりませんよ。やつらにとってどんな状態が正常かなんて」

まだ通信回線がつながっているドクター・ナスルが、こんどはギアリーに話しかけた。

「ドクター・ガレンは非常に優秀です。あの謎の種族を救える者がいるとしたら、彼女です。しかし厳しい隔離手順を守らなければならず、それが一部の治療を遅延させ、妨げることになります」

「了解した」と、ギアリー。

「生きている謎の種族をつかまえたのですか？」デシャーニは操艦をふたたびブリッジの当直士官チームにまかせると、たずねた。

「今のところは。〈アトラトル〉が〈ミストラル〉の横についたら、〈ミストラル〉からの映像を送ってもらってくれ」

「はい、閣下」

デシャーニは当直士官チームに身ぶりで指示した。

「元帥」ブラダモント代将が席についたまま身を乗り出した。「あたしも——」

「もちろんだ」と、ギアリー。「きみにも見てもらいたい。回線をつないでくれ、ターニャ」

まもなく、ギアリーのディスプレイのそばにバーチャル・ウィンドウがぱっと現われた。侵攻輸送艦〈ミストラル〉のメイン・エアロックのひとつを映し出している。エアロックが面している宇宙空間では、流線形の駆逐艦〈アトラトル〉が〈ミストラル〉からわずか数メートルの位置にすべりこもうとしていた。救命服姿の人影がエアロックに集まり、そのときを待っている。〈アトラトル〉のメイン・エアロックが開くと、救命服を着たクルーたちが、密封された救命保護バッグを引きずりながら現われた。救命保護バッグは直方体に近い箱で、通常の救命服を着せられない重傷者のための救命服として機能する。そのなかに、ぼんやりとした形の何かが横たわっている。

バッグの移送に要した数秒間が永遠のように思えた。

バッグが〈ミストラル〉のエアロック内に入ると同時に、待ちかまえていた医務員たちがそれを取り囲み、内蔵されている健康診断装置をチェックした。

ギアリーは、期待に満ちた様子だった人々がぴたりと動きを止め、やがて肩を落とすのを見た。

「死んでいます」ドクター・ガレンが報告した。「生命兆候《ちょうこう》も脳活動も見られません」

〈アトラトル〉の指揮官の声が通信回線を介して聞こえてきた。

「ドクター、われわれはできるかぎりのことをしました」

「わかっています」と、ガレン。「あなたがたのせいではありません。この異星人が何を必要としていたのか、わたしたちにはわからない。謎の種族にとって健康とは何か、彼らが医療上の緊急事態をどんな形で訴えるのか、わからないのです。たとえ人間だったとしても、あれほど真空にさらされたら、救うことは難しかったでしょう。あなたがたは最善を尽くしました。感謝しています」

「われわれは生きている謎の種族を手に入れた」ギアリーはデシャーニに言った。「いまは死体がある」

「元帥」と、ドクター・ガレン。「死体を徹底的に調査させてください。万全な隔離プロトコルを維持しつつ、スキャン、解剖、遺伝子サンプリング、そのほか可能なかぎりの調査を行なうつもりです」

ギアリーが調査の開始を許可しようとしたとき、ドクター・ナスルが割りこんできた。

「元帥、おやめください」

「やめるって、何をだ?」ギアリーは邪魔されたことに驚きといらだちを覚えながら言った。

「謎の種族の死体を調査することとです。研究しないでください」

ガレンも邪魔が入ったことにいらいらしているようだ。

「一秒でも遅れると――」

「元帥」ナスルは断固とした口調で言った。「思い出してください。われわれが旧地球で訪れたあの場所のことを。カンザスです。ダンサー族がそこに何を持ち帰ったか、覚えていらっしゃいますか?」

ギアリーの怒りがやわらいだ。ダンサー族は、大昔に亡くなった地球人探検家の遺体を故郷に帰してくれた。それを知った瞬間のことを思い出したのだ。

「ダンサー族はわれわれにわかる形では遺体を損壊していなかった」と、ギアリー。

「おっしゃるとおりです」と、ナスル。「ダンサー族は人間――彼らにとっては異星人―

―の遺体を持っていた。しかし、まるで自分たちの仲間であるかのように敬意を持って扱いました。その行為がそこにいたわれわれ全員にどのような心理的影響をもたらしましたか？　元帥、われわれが謎の種族の死体を調査しなかったら、どうなるでしょう？　彼らが予想し恐れているような行動をわれわれがとらなければ、どうなりますか？」

「元帥！」ガレンは不信感と強い決意が入り混じった口調で言った。「この機会をのがすわけにはいきません！　生物学的システムが停止し、腐敗が進む前に、あの生物に関する重要なデータを明らかにして確定しなければなりません。ただちに死体を徹底的に調査することを強くおすすめします！」

「待て」ギアリーは考えようとした。本能的にはガレンの言うとおりにすべきだと感じていた。しかし……

それこそ謎の種族が予想していることではないのか？

ギアリーは深呼吸した。

「救命保護バッグには手を触れるな。そのバッグが見える場所には誰も近づけないでほしい。何人かの警備担当は例外だが、彼らも直接見ることができないようにしてくれ。バッグの端だけが映るよう、監視ビデオを設定することも忘れるな」

「元帥？」ガレンが懇願するような口調でたずねた。

「考慮すべきもっと重要な要素がある、ドクター」と、ギアリー。「待ってくれ」すべてのやりとりを見聞きしていたブラダモント代将が、困惑した表情でギアリーを見た。「元帥、ほかのどんな要素が重要だとおっしゃるのですか？　われわれはついに謎の種族をつかまえたのですよ」

「ドクター・ナスルの話を聞いていただろう」と、ギアリー。

「あたしは旧地球には行っていません」

「わたくしはその場にいました」デシャーニが静かな声で言った。「ドクター・ナスルの話を聞くべきだと思います、元帥」

その言葉を聞いてギアリーは心を決めた。もういちど深呼吸し、リーセルッツ大使に通信した。

リーセルッツはすぐに応答した。少し元気がないようだ。

「戦いに勝ったことは知っています、元帥。ですが、勝たなければならなかったことが残念です」

「謎の種族の無傷の死体を手に入れました」ギアリーがそう言うと、リーセルッツは驚きの色を浮かべた。「駆逐艦が回収したときには生きていたものの、すでに真空にさらされたあとでした。われわれの努力もむなしく、侵攻輸送艦〈ミストラル〉に運ぶ途中で死亡しました」

リーセルツはゆっくりとうなずいた。

「では、ようやく謎の種族の詳細が明らかになるのですね」

「ドクターの一人が指摘したように、謎の種族はまさに、われわれがそのような行動をとることを予想し恐れているのです。しかし、わたしは検査もサンプリングもスキャンも行なわずに死体を返そうと思っています」

リーセルツはまたしても驚きの表情を浮かべた。

「なぜです？」

「ダンサー族と出会ったあと、彼らは旧地球に艦を送りたいと言いました」と、ギアリー。「その理由は説明しなかった。あるいは説明できなかったのかもしれません。でも、旧地球に到着すると、密封されたカプセルをシャトルから持ち出してきました。そのなかには人間のパイロットの遺体がおさめられていた。数世紀前に初期のジャンプ・エンジンのプロトタイプをテストしていたパイロットで、乗っていた航宙船が最終的にダンサー族の宙域に出るまで、超空間に閉じこめられていたにちがいありません。しかしダンサー族はいかなる形でも遺体を損壊していなかった。検死解剖など侵襲《しんしゅう》的処置の兆候はなく、遺体を尊重していたことがうかがえました」

リーセルツは考えこむ表情でギアリーをじっと見た。

「その報告は見ました。ダンサー族がとった行動は非常に重要な意味を持っていました。今のわたしたちには、謎の種族に対してそれと同じことをする選択肢があると、あなたは思っているのですか？　でも、本当にそうするべきでしょうか？　これは謎の種族についての詳細な情報を得られるはじめてのチャンスなのですよ」

「われわれは謎の種族の詳細な情報がほしいのか？」と、ギアリー。「それとも、平和への道を模索するチャンスをつかみたいのか？　謎の種族のプライバシーに踏みこむ絶好の機会があったにもかかわらず、そのチャンスをひそかに封印したことを示せば、彼らの信頼を得られるかもしれない。言葉ではなく行動で示すのです。惑星連合《シンディック》の指導者たちとのやりとりを通して、謎の種族は人類の言葉がいかに無意味なものであるかを知っています。キックスはわれわれにつかまると自殺します。何をされるかを予想しているからです。異星人がもっとも恐れる行動をとるなど、もううんざりだ。これは、謎の種族がわれわれに抱いている最大の恐怖に、明確な行動で応える貴重なチャンスかもしれません」

「なるほど」リーセルツ大使は頭《こうべ》を垂れ、考えこんだ。「わたしとあなたがどのような決定をくだそうと、批判されることは間違いないのですね」

「そう思います」と、ギアリー。「それなら、正しいと思うことを実行すればいい。チャンスをつかめばいいんですよ」

「たしかに」リーセルツはふたたびうなずき、ギアリーに視線を戻した。「わかりました。賛成です。死体を返してください、元帥。検査は行なわずに」

「ありがとうございます」

「この提案をしたのはどのドクターですか？」

「〈ドーントレス〉の医務長、ドクター・ナスルです」

「わたしが感謝していると伝えてください」と、リーセルツ。

「わかりました」ギアリーはもういちど〈ミストラル〉に通信した。「ヤング中佐、きみに頼みたいことがある」


ドクター・ガレンは非常に不機嫌だった。彼女だけではない。だが、ヤング中佐はギアリーの命令に忠実にしたがった。

目隠しをした埋葬班は加圧されたエアロックに入ると、手探りで救命保護バッグを拾いあげ、宇宙葬用のチューブに入れた。なかが見えないよう、チューブは不透明な素材で裏打ちされている。チューブが密封されると、埋葬班のリーダーが世界共通の葬送の辞をとなえ、チューブは射出レールに積みこまれた。

チューブがラロタイの恒星に向けて射出されると、ギアリーはこの様子を記録した映像をメッセージに添付した。

「これを謎の種族たちに向けて公開送信してほしい」ギアリーはデシャーニに言った。デシャーニの通信士は難なく通信回線を設定した。

「この星系のみなさん」と、ギアリー。「こちらは星系同盟《アライアンス》のギアリー元帥です。われわれとあなたがたとの直近の戦闘中に、真空にさらされながらまだ息のあるお仲間の一人を回収しました。その直後に負傷のため亡くなり、救うことができなかったことを遺憾に思います。われわれの仲間と同様に、敬意をこめた埋葬式を行ない、宇宙葬用の容器に遺体をおさめ、われわれの編隊の外へ射出しました。その容器を見つけて回収することは難しくないでしょう。遺体に対してなんらかの検査や研究、スキャン、そのほかの情報収集はいっさい行なっていないことを保証します。サンプルも写真も持っていません。われわれは可能なかぎり、その個体とあなたがたの種《しゅ》としてのプライバシーを守りました。みなさんがそれを重視していることを知っているからです。繰り返しますが、遺体からは何ひとつ情報を得ていませんし、保持してもいません。隣人たちと平和に共存し、これ以上の犠牲を出さないことが、われわれの願いです。さらなる紛争を避け、あなたがたのプライバシーを守りつつ、このような星系を通過できる方法を話し合いたいと、心から思っています。どうかご理解ください。われらが先祖に名誉あれ。ギアリーより、以上」

メッセージを終えると、疑念にさいなまれ、ぐったりと椅子の背にもたれた。

「わたしは正しいことをしたと思うか？」ギアリーはデシャーニにたずねた。

デシャーニはギアリーをちらりと見た。

「簡単なことでしたか？」

「いや、とんでもない」

「では、きっと正しいことだったのでしょう。あのときドクター・ナスルが勇気を出して発言してくれたおかげです」

ギアリーはわずかに笑みを浮かべた。

「ナスルに感謝すべきかどうかはわからない。人類宙域の科学者は例外なく、今回の件でわたしを罵倒するはずだから」

「その可能性は大です」デシャーニはふたたびギアリーを見た。「謎の種族があんな形でつかまるなんて、話ができすぎています。わたくしは罠《わな》だと思います。あるいは、人類や謎の種族よりもはるかに大きな存在に試されたのかもしれません」

「たぶんきみの言うとおりだろう。命ある星々がわれわれを試したのだとしたら、合格だと思ってくれていると願いたい」ギアリーはようやくブラダモントを振り返った。ブラダモントは中立的な表情を慎重に保ち、ブリッジのオブザーバー席からギアリーをじっと見ている。「だが、イケニ大統領やドレイコン将軍が承認するとは思えない」

ブラダモント代将は頭を振った。

「正直、このことを聞いたら二人がどんな反応を示すのかわかりません。でも、二人とも、あなたは人類宙域においてもっとも狡猾《こうかつ》で先見の明がある人物だと確信しているので、あなたには非常に正当な理由があったのだと結論づけるでしょう。あなたにとっての正当な理由という意味ですが」

ギアリーはその言葉に警告を感じ取った。

「代将、きみに誓って言う。この行動はアライアンスとミッドウェイの双方に利益をもたらす。ドレイコン将軍は謎の種族が攻撃をやめることを望んでいた。わたしはそれを実現させようとしているのだ」

「成功すれば、ミッドウェイはあなたに大きな借りを作ることになります」

「で、失敗したら?」デシャーニがブラダモントをにらみつけながら、たずねた。

「では、あたしの目から見た真実をお話ししましょう。われわれはわずかな望みにかけて、謎の種族との膠着《こうちゃく》状態を打破しようとしましたが、結果的に報われなかったということです」

「その点は同感だ」と、ギアリー。

アライアンス艦隊はなおもジャンプ点に対して〝下方〟へ向かっていた。そろそろもとの軌道に戻ってもいいころだ。宇宙には上下も左右もないが、人類は艦船の位置や移動の方向をさだめるために共通の基準を必要としていた。昔から、宇宙空間に存在する数少ない物理的基準点を利用するという普遍的慣習がある。その基準点のひとつが軌道を周回する恒星だ。恒星に近づく方向を右舷側《スターボード》あるいは恒星側《スターワード》と呼び、恒星から離れる方向を左舷側《ポート》と呼ぶ。恒星を周回する惑星やそのほかの物体の公転軌道面の片側が上方で、もう片側が下方だ。

ギアリーは編隊を左上方へ移動させ、ダンサー族の宙域に通じるジャンプ点をめざした。そのジャンプ点までの距離はわずか一・七五光時なので、〇・一光速で進めば約十八時間で到達できる。

ギアリーは不安げにディスプレイを見た。火力の点で圧倒的に有利なアライアンス艦隊は、謎の種族が試みた奇襲をほぼ一掃したが、ほとんど損害を受けていない。アライアンスはラロタイ星系に到着すると同時に敵を攪乱《かくらん》する作戦をとった。それでも、謎の種族の戦艦が当初の計画どおりに攻撃を実行していたら、アライアンスがどれほどの被害を受けていたかなど考えたくもなかった。しかも、あれほどの損失を出したにもかかわらず、謎の種族は撤退していない。生き残った十一隻の艦はアライアンスの射程のすぐ外でゆるやかな編隊を組み、人類の艦隊と並行して移動している。

もっとも懸念すべきは、星系の反対側にある謎の種族のハイパーネット・ゲートだ。謎の種族がそのゲートを崩壊させ、この星系とそこにいるすべての仲間を犠牲にしてアライアンス艦隊を殲滅《せんめつ》することを選択すれば、ギアリーにできることはほとんどないだろう。だが、謎の種族がそのようなことをするとは思えない。ダンサー族と敵対関係にあるこの星系は、とくに重要視されているはずだから。

ギアリーは艦隊の完全戦闘可能態勢を解除し、クルーたちが部門ごとに交代で食事と休息をとれるようにした。しかし近くに謎の種族の戦闘艦がいるため、すべての艦がいつでも武器を発射できる状態を維持しなければならない。ようやく時間に少し余裕ができたので、ギアリーは二発の打撃を受けた駆逐艦に通信した。

「ローマー大尉、きみの艦で負傷者が出たようだな」

「上等兵曹の一人が片手を失いました」と、〈ボロ〉の艦長。「でも、コーヒーを持つほうの手ではなかったので、本人はあまり動揺していません」

「とにかく手を再生させよう。敵の武器が艦体の二カ所を貫通したのに、負傷者はその一人だけか？」

「ご先祖様が守ってくださったのです」と、ローマー大尉。「機材が深刻な被害を受けました。主任技術士官は、〈ボロ〉を補助艦に横づけして適切な修理を受けるべきだと言っています」

「そうだな。必要な修理や支援について、スミス艦長にしっかり理解してもらうといい。それから、クルーたちによくやったと伝えてくれ」

ギアリーはもうしばらくブリッジにとどまり、艦隊が適切な陣形を維持してジャンプ点へ向かっていることを確認した。謎の種族の残存艦がなんらかの行動に出るのではないかと心配だ。疲れきったギアリーはようやく自室へ戻り、眠ろうとした。次のジャンプ点まで十五時間あるが、到着時に休息不足でぐったりしていてはなんの意味もない。

どうにか眠りについたものの、自室の緊急警報が鳴り、ギアリーは目を覚ました。たった六時間しか眠っていない。

「謎の種族の艦の一隻がベクトルを変更しました、元帥。編隊を離脱しましたが、こちらへ向かっているわけではないようです。現時点では、われわれの編隊の数光分後方を通過すると推定されます」当直士官は言葉を切った。「元帥、たったいま艦のシステムから最新情報が入りました。謎の種族の艦は、われわれが射出した宇宙葬用のチューブを捕捉しようとしていると推定されます」

「いつ到達しそうだ?」ギアリーはつぶやき、いますぐ起きる必要があるのか判断しようとした。

「捕捉まで一時間です、元帥」

「わかった。ありがとう。三十分後にまた連絡してくれ」

優秀な船乗りはあと三十分眠れるチャンスを決してのがさないものだ。

謎の種族の艦が宇宙葬用チューブの近くに到達したときには、ギアリーは〈ドーントレス〉のブリッジに戻っていた。この時点で、アライアンス艦隊は謎の種族の艦およびチューブから約一光時の位置にいるため、いま見ているのは約一時間前の光景ということになる。だが、この場合、それはたいした問題ではなかった。

謎の種族の艦は宇宙葬用チューブに接近し、その動きに合わせたが、罠を警戒して充分な距離を保っている。艦は距離を維持し、艦体を回転させながらチューブのまわりを一周した。

「全方位からスキャンしています」と、デシャーニ。

ギアリーはただうなずきながら見守っていた。宇宙葬用チューブは大半のセンサーに対して透明性があるように作られていた。武器として、または人々や物品の密輸に利用されないようにするためだ。遺体を隠す目的で内側に張られた素材も、異なるスペクトルで作動するセンサーによる検出を妨げない。謎の種族は、チューブのなかには仲間の遺体といまだにそれを守っている救命保護バッグしかないことを、容易に判断できるはずだ。その遺体がすべての所持品を保有しており、アライアンスによって、いかなる形でも損壊されていないことも、わかるだろう。

二十分ほどかけてゆっくりとチューブを調査したあと、謎の種族の戦闘艦は突如、加速し、チューブの横をすばやく通過すると、約百キロ進んだところで旋回した。

「爆撃弾を発射しました」キャストリーズ大尉が驚いて言った。

爆撃弾の発射とチューブへの着弾がほぼ同時に探知された。チューブとその内容物は微細な塵《ちり》と化して消え、爆撃弾はいくつかの破片となり、転がりながら宇宙空間を遠ざかっていった。

「謎の種族が死者を尊重しないことがこれでわかりましたね」デシャーニは不満げに言った。だが、その直後、何かを思いついたかのように顔を輝かせた。「あれが彼らなりの埋葬でなければ、ですが」

「どういう意味だ？」と、ギアリー。

「どういう意味だとは、どういう意味ですか？」デシャーニは塵の雲と化したチューブが宇宙ゴミ《デブリ》のなかへ消えてゆく方向を指さした。「あれをごらんください。いいですか、考えてもみてくださいよ。謎の種族はプライバシーに執着しています。なぜその執着が死とともに終わると言えるのです？　死んだ父親をどこかの穴に埋める理由がありますか？　十年後か百年後にその場所を掘ったら、父親が左利きだったとわかるように？　死者の遺灰をさらに砕き、その結果として生じた塵をまき散らすことも、昔から謎の種族にとっての埋葬の形だったにちがいありません」

「だが……」ギアリーは躊躇《ちゅうちょ》し、考えこんだ。「ミッドウェイ星系でわれわれと謎の種族がはじめて戦ったとき、われわれが量子ワームを解読したことも、彼らに対抗する力を持っていることも、謎の種族はまだ知らなかった。しかし、彼らの艦はすでに自爆機能を備えていた。つまり、われわれを警戒して設置されたわけではなく、もともと備わっていたにちがいない」

「おっしゃるとおりです。謎の種族どうしが地上で戦っていると、ロジェロ大佐が話していたことを覚えていますか？　われわれに抱いているような猜疑《さいぎ》心を謎の種族がたがいに対しても抱いているはずだと、考えるべきだったのではありませんか？」

「しかし彼らの社会がそのような状態で機能するはずがない」ギアリーは反論した。「謎の種族は複数の都市を持ち、艦にはクルーたちがいることもわかっている。集団で行動できなければならない」

　デシャーニは肩をすくめた。

「それは一族間や広範な家族関係においてのことでしょう。自分の一族や集団に属するほかの謎の種族とたがいに会話し、協力し、交流できるようなシステムがあるのです。なぜなら、あなたの言うとおりだから。そうでなければ、彼らの社会は進化できなかったはずです」

「謎の種族は破壊するという方法で遺体を処理している」と、ギアリー。それは恐ろしい意味を持っていた。「ひょっとすると、死者にとってのいちばん大切なものまで破壊するという方法で。だとしたら――ご先祖様、お助けください」

「どうなさいました？」ギアリーの様子が急に変わったので、デシャーニは困惑した表情を向けた。

「ターニャ、謎の種族が制圧した惑星の人類居住地はどうなった？」

「跡形もなく破壊されました」一瞬後、デシャーニは目を見開いた。「人類の痕跡を消し去ったのは悪意に基づく行為ではなかったのですか？　人間の死者にも仲間と同じ扱いをしたということですか？」

「それが本当かどうかはわからない。だが、もし本当なら……謎の種族が自分たちの仲間に対処するように行動しているのだとしたら、われわれが彼らを見る目は大きく変わるかもしれない」

「連中が敵対的行動をとりつづけるかぎり、たいした違いはないでしょうけど」

「たしかに」ダンサー族の宙域に通じるジャンプ点まであと数時間しかないなか、ギアリーはふたたびリーセルッツ大使に通信した。

艦内時刻は朝なので、ギアリーが通信したとき、リーセルッツはコーヒーを飲んでいた。ギアリーが〈ドーントレス〉において得られた最新の推測について説明すると、リーセルッツは驚き、コーヒーを噴き出しそうになった。

「謎の種族が制圧した惑星の人類居住地を破壊するのは、悪意に基づいた暴力行為ではないというのですか？　本当は敬意の表われかもしれない、と？」

「本当かどうかはわかりません、大使。その可能性があるというだけです。しかし、これまでわれわれはかたよった考えかたしかしていませんでした。ほかにも説明のしようがあるかもしれません」

「もちろん、あるでしょう。でも、謎の種族が手の届く範囲の人間を殺しつづけるかぎり、彼らは誤解されているだけだという主張にはあまり信憑性《しんぴょうせい》がありません」

「デシャーニ艦長も同じことを指摘しました」と、ギアリー。

「いいでしょう。とにかく、次の行動を決めるのは謎の種族自身です。わたしたちは彼らに友好的な意図を示しました。彼らが重要な意図だと認識すべきものを。しかし、彼らが次の一歩を踏み出す必要があります」

「同感です。まもなくダンサー族の支配宙域へジャンプします。ジャンプ点に突入する前に話し合うべきことはありますか？　次の目的地ではダンサー族と対面できるはずですから」

リーセルッはためらった。言いたいことは山ほどあるのになぜか沈黙しているという印象だ。やがて、ようやくリーセルッは首を横に振った。

「現時点では何もありません。ダンサー族と対面したときにご自分から挨拶することをお忘れなく。あなたが重要だと思うことだけをダンサー族に伝え、とくに今回の任務の安全性にかかわる問題について彼らと直接コミュニケーションをとるさいには、ご自分の判断で命令を柔軟に解釈してかまいません。ダンサー族の宙域に到着してから、もっと詳しく話し合う必要があります、元帥。あなたの艦でじかに話しましょう。お会いできることを楽しみにしています」

リーセルッ大使との通信が終わると、ギアリーはデシャーニを見た。

「リーセルッは、最高レベルの暗号化通信システムの安全性を信用していないようだな」

デシャーニは平然とうなずいた。

「ビクトリア・リオーネはどんなに強力に暗号化されたシステムでも突破できましたよね？　でも、現在の敵にはビクトリア・リオーネほど悪賢い人間がいないことを祈ります」デシャーニは一瞬、間《ま》を置き、ギアリーをちらりと見た。「もちろん、最高にいい意味で悪賢いということですが」

「もちろんだ」

ギアリーはもうひとつのメッセージを全艦に送信した。

「こちらはギアリー元帥だ。ヴァランダル星系を離れて以来、われわれは戦時体制に置かれていた。ダンサー族の宙域に到着したら、その状況は変わる。全艦が平時の準備態勢に移行せよ。防御シールドの強度を標準レベルに戻し、武器システムの稼働を停止し、発射制御システムをオフにしろ。招待も受けずに現われたというだけで攻撃的に見えるだろう。われわれの行動やふるまいが、和平交渉以外の目的で来たという印象をもたらさないようにしたい。忘れるな、代理ユニティ星系やミッドウェイ星系でダンサー族に助けられたことを。この任務を成功させることはきわめて重要だ。その実現のために、艦隊の全員が最善を尽くしてくれると期待している。われらが先祖に名誉あれ。ギアリーより、以上」

一時間十五分後、艦隊はダンサー族の恒星へとジャンプした。

超空間での数日間は穏やかなはずだった。シンディックが支配する宙域や謎の種族の支配宙域の危険は去った。めざす先にいるのはダンサー族だ。アライアンス艦隊の知るかぎり、人類を攻撃したことはなく、実際になんども貴重な援助の手を差しのべてくれた。

だが、ダンサー族との橋渡し役となるはずの特使船〈バウンドレス〉の内部では、任務を妨害しようとするかのようにトラブルや陰謀が渦巻いていた。それに、人類艦隊の到着に対してダンサー族がどのような反応を示すのか、予測がつかない。これまで人類に敵意を見せたことはないが、到着した艦隊に対して退去を要求する可能性は大いにある。

超空間での初日にドクター・ナスルがギアリーの自室に立ち寄り、礼儀正しく会釈するとなかへ入ってきた。

「元帥、ジャンプ点突入前にわたしがドクター・ガレンと話をしたことをお伝えすべきだと思いまして」

ギアリーは自分の席にもたれかかり、ぎゅっと目をつぶった。

「彼女はわたしを解剖したがっているのか？」

「最初はそうでした」と、ナスル。ギアリーが目を開けると、ナスルがにっこり笑っていた。「ドクター・ガレンはわたしに対しても非常に不満げでした。でも、わたしは説明しました。元帥のとった行動がうまくいけば、この星系であったような戦いはもう起こらないかもしれないし、それが謎の種族との膠着状態を打破し、最終的には平和協定を結ぶきっかけになるかもしれない、と」

「きみの言ったことが約束倒れにならなければいいのだが。それがわたしの希望だ。そんなにうまくいくかどうか、わからない」

「それでも、希望にはちがいありません」と、ナスル。「以前は存在しなかったものですよ。それを踏まえて、ドクター・ガレンはしぶしぶではありますが、あなたの判断に同意したのです」

「ありがとう」ギアリーの声のトーンが下がった。「しかし、評価されるべきはわたしよりもきみのほうだ。きみが声を上げ粘り強く主張しなければ、わたしは通常のパターンから逸脱する行動などまったく思いつかなかったかもしれない」

「それがわたしの責務ですから、元帥」

「誰もがきみと同じことを考えたわけではないだろう」ギアリーはナスルに向かってうなずいた。「少しでもうまくいけば、戦闘が減る可能性がある。わたしはこれまで艦隊のドクターたちの仕事を増やしてばかりいたからな」

「元帥、あなたの前任の司令長官たちよりははるかにましです」

「どうぞすわってくれ。万事順調か？」

「ほぼ順調です」ナスルはギアリーの向かい側の席にすわった。「最近のおもな仕事は、士官やクルーたちが精神的ストレスから回復するのを手伝うことです。みんな過去の行動や出来事のいまわしい記憶にとりつかれて苦しんでいますから。この艦隊につきまとっている亡霊たちの姿が見えるなら、宇宙空間を埋めつくすほどの大艦隊になるでしょう」

「きみが亡霊を消し去る手段を持っていればいいのだが。苦痛や恐怖をやわらげるだけではなく」

「本当にそう願っているのですか、元帥？　本当に忘れたいのですか？」

ギアリーは考えた。〈マーロン〉のクルーたちのこと。自分が人工冬眠していた百年のあいだに老いて死んでいった人々のこと。この困難な未来で知り合ったが、二度と生きては会えない者たちのこと。その人たちを忘れるとはどういうことなのか。記憶は多くの痛みをもたらすが、それ以上のものももたらす。

「そうではないと思う」ギアリーはようやく言った。「わたしには彼らを記憶にとどめておく義務がある」

「はい、わたしもそう思います。われわれにできる最善のことは、人々が過去の亡霊に対処できるよう力を貸すことです。記憶が涙や怒りではなく、ほほえみを呼び起こすように。

完璧な方法ではないかもしれないし、正しいことだとも言えないかもしれない。それでも、これまでに試され、提案された方法よりははるかにいいと、わたしは思っています」ナスルは言葉を切り、ため息をついた。「わたしには特別な亡霊がとりついています。われわれが捕らえて救おうとしたキックスたちです」

もちろんギアリーはよく覚えていた。キックス――艦隊のクルーたちが狂った牛《クレイジー＝カウ》を略してそう呼んでいる――は抱きしめたくなるほどかわいらしい草食動物で、牛とテディベアをかけあわせたような見た目をしている。また、彼らは宇宙をふたつに分けて考えていた。ひとつは、自分たちの群れとその群れにとって必要なもの。もうひとつは、それ以外の全部だ。キックスにとって人類は肉食の捕食生物の一種にすぎず、対話をする意味のない存在だった。群れの誰かが食われる前に捕食生物を皆殺しにするしかない。

「きみに責任はなかった」と、ギアリー。「誰もキックスを救うことはできなかっただろう。捕らえられたと気づいたとき、キックスはみずからの意思で死を選ぶことができたのだから。今にして思えば、キックスが意識を失っているあいだに救命ポッドに乗せ、逃がしてやるべきだった」ギアリーは顔をしかめた。「だが、それもうまくはいかなかっただろう。そのためにはアライアンス艦隊はキックスの支配宙域へ戻る必要があったが、はじめてそこへ行ったとき命からがら逃げるはめになったからだ」

「わたしがもっと強く主張するべきでした」ナスルは苦渋の色を浮かべた。「キックスを覚醒させようとした〝人道主義者たち〟に、それがキックスの死につながることを理解してもらうよう、もっと努力するべきだったのです」

「その人道主義者たちが聞く耳を持たないのは、きみのせいではない」と、ギアリー。「きみがどんなに努力したか、わたしは知っている。キックスの死にきみが良心の呵責《かしやく》を感じる必要はない」

「あなたには、自分に責任がないにもかかわらず心に引っかかっている死はひとつもないのですか、元帥?」

「そういう質問はするべきじゃない。それに、きみは艦医として、わたしの気分をよくするためにいるのであって、悪くするためではない」

ナスルは笑みを浮かべた。

「気分がよくなることといえば、クルーの士気に関するわたしの報告書をお読みいただけたと思います。驚くほど士気が上がっています」

「艦隊全体から同様の報告書が届いている」と、ギアリー。唯一の例外は〈バウンドレス〉だ。「うれしいが、自分が正しいことをしたという確信はない」

「ラロタイ星系での一方的な勝利がよい影響をもたらしたことは否《いな》めません」と、ナスル。

「しかし、おもな原因は目的意識を持つようになったことだと思います。艦隊のほぼすべてのクルーが、価値のあることに貢献していると感じています。それは士気を高めるうえでつねに重要です。自分の行動に意味はあるのか？　意味があるとしたら、よいことなのか悪いことなのか？　クルーたちは自分の行動が長期的に重要な影響をもたらし、そこから全体としてよい結果につながってゆくと信じています」

「全員がそうとはかぎらない。医療倫理の観点から、きみがクルーから聞いた情報のすべてを明かすわけにはいかないことは知っているが……」

「しかし医療上の守秘義務は、個人や艦船に危険を及ぼす可能性のある事項には適用されません」ナスルは関連規則を引用して言った。「元帥、わたしはダンサー族の意図について、数人から不安や疑念を打ち明けられたことがあります。ですが、わたしの経験と診察中に得られた医療データに基づけば、規則に反するような行動をとる可能性を示唆する兆候はありません」

「わかった。ありがとう」二人はもう少し話をつづけ、さまざまな人や場所についての思い出を語り合った。ナスルが退室したあと、ギアリーは気分がかなり楽になったことに気づいた。あの医師には勲章を与えるべきだな。

翌日、ギアリーの自室に二人の訪問者が現われた。ロジェロ大佐もブラダモント代将もこれが非公式の目的ではないことを示すように、堅苦しい態度をとっている。「元帥」ブラダモントが言った。「ダンサー族の宙域に到着する前に確認したいことがあります。ロジェロ大佐とあたしがこの艦からダンサー族との対話を観察できるように、リンクの設定を許可していただけませんか？」

「無理だ」ギアリーは片手を上げ、抗議しようとするブラダモントをさえぎった。「いかなるシステムやデバイスとのリンクであろうと、許可するわけにはいかない。技術者たちが懸念しているからだ。その通信装置に接続することで、ダンサー族のソフトウェアがリンクを介してシステム間で伝播《でんぱ》するのではないか、と」

「伝播を止めることはできないのですか？」ロジェロが驚いてたずねた。「ダンサー族のソフトウェアに有効なファイアウォールはないのですか？」

「わからない」と、ギアリー。「わかっているのは、ダンサー族から提供されたソフトウェアを使うことにより、われわれの通信装置のひとつが翻訳機としても機能するようになったことだ。ほかのシステムから独立した通信装置にソフトウェアをロードしたところ、どうにかハードウェアに適合したのだ。ダンサー族のソフトウェアを分析する試みはことごとく失敗し、われわれの最高のプログラマーたちは自分の髪の毛を引っこ抜きかねないほどいらだっている。そのソフトウェアがどのように機能し、何ができるのか、まだわかっていない。だから、リンクを許可するわけにはいかない。だが」ギアリーは付け加えた。「きみたちのうち一人あるいは二人同時に、通信装置がある部屋に立ち入ることは許可してもいい。そうしよう。不便なことは承知している。しかし、わたしも含めてこの艦隊の誰もが同じルールにしたがわなければならない」

「それで充分です、元帥」ブラダモントは安堵《あんど》の笑みを浮かべた。「イケニ大統領とドレイコン将軍からダンサー族への挨拶を託されているので、そのメッセージを送信したいと思っていたんです」

「チャーバン将軍とその部下たちに相談してくれ」と、ギアリー。「ダンサー族とコミュニケーションをとるには……適切な形式にしたがう必要がある。チャーバン将軍たちが力になってくれるだろう」

「そのなかにアイガー大尉はいませんか？」と、ブラダモント。

「わたしの部下の情報士官のことか」と、ギアリー。「ああ、彼もその一員だよ。チームに加えられたのは監視のためではなく、特定の形式にしたがったメッセージを作成するためだ。アイガーは詩人なんだ」

「詩人？」

「偉大な詩人というわけではないが、俳句形式で言葉を表現するのが得意でね」ギアリーは言葉を切った。「きみたちのダンサー族へのメッセージをリーセルッ大使に見せてもかまわないか？」

「場合によります」と、ロジェロ。「情報としてということなら、異論はありません。しかし大使に承認を求めるために見せるのであれば……」

「きみたちがそんなことを望んでいないのはわかっている。ダンサー族の宙域に到着したら、大使と話をするつもりだ」

「大使が〈バウンドレス〉の通信装置を使ってわれわれのメッセージを送信する可能性はありますか？」と、ブラダモント。

ギアリーはいらだたしげに長く息を吐きながら、言葉を探した。

「それはないだろう。〈バウンドレス〉の通信装置には問題があるかもしれないから」

「ハードウェアの問題ですか？　それともソフトウェア？」

「官僚的な問題だ」

一瞬の間《ま》のあと、ロジェロはギアリーに意味深な視線を向けた。

「ご存じかと思いますが、シンディックでは、リーセルッ大使のような上司が部下との問題を抱えている場合、その部下は突如として命にかかわる健康上の問題にみまわれる可能性が高いんです」

「健康上の問題？」

ブラダモントが肩をすくめた。

「鉛中毒にまつわる古いジョークはご存じですよね」ブラダモントはそう言うと、片手で銃を撃つ真似をした。

ロジェロはうなずいた。

「心不全やショック、低血圧は、のどを切られて死んだ者について説明するさいに好んで使われた表向きの表現です。絞殺された場合には低酸素症と表現されることもありました。睡眠時無呼吸症候群の危険性があるようだと告げられることは、行動をあらためなければ眠っているあいだに死ぬぞという上司からの警告のひとつでした」

「そんなことをジョークのネタにしていたのか？」ギアリーは驚いて言った。

「閣下、ご存じのように、アライアンス艦隊はブラックユーモアをうまく利用して苦しい時期を乗り切っています」と、ブラダモント。「それはシンディックの支配下にあった者たちも同様です」

ギアリーはロジェロをよく観察しようとして、椅子の背にもたれた。

「あの時代をなつかしんでいるわけではないよな？」

ロジェロはその考えを一笑に付した。

「とんでもない！　なぜわたしがそんなことを？　理論上は効率的だと考えられていた行動が、逆の結果を招いてばかりいたのですよ。標的とされたのは、状況を是正しようとして出しゃばった者たちでした。平凡な連中は目立たないようにして、すべてが順調であるかのようにふるまった。上司はそれを喜び、自分の上司にも万事順調だと報告する」ユーモアをまじえて話していたロジェロの態度が一変した。「われわれはいつ死ぬとも逮捕されるともわからなかった。それは自分がとった行動のせいかもしれないし、自分にかけられていた疑いのせいかもしれない。誰かが自分のことを気に入らないと判断したのか、ノルマを達成する必要があったからかもしれない。あるいは、もう耐えられないと心に決めた仲間の一人にいつでも殺される可能性もあった。われわれがミッドウェイ星系でシンディックを倒したとき、報復としてもっと多くの人が殺されてもおかしくなかったのに、そうならなかったのは驚くべきことでした」

「あたしはイケニ大統領とドレイコン将軍が事態を抑えこめると思っていたわ」と、ブラダモント。

「抑えこんだのは事実だ。だが、不安定で非常に危うかった。もっと大勢の犠牲者が出ていた可能性がある。シンディックの兵員が突然暴力的になるとどうなるか、きみも見たことがあるはずだ」ロジェロは申しわけなさそうにギアリーに向かってうなずいた。「お許しください。当時の緊迫した状況を思い出すと気が滅入《めい》ってくるんです。ときどき過去に押しつぶされそうになります」ロジェロは言葉を切った。「でも、よりによってあなたにこんなことを話すべきではありませんでしたね」

「気にするな」と、ギアリー。「遠慮なくチャーバン将軍と話し合うといい。わたしがきみたち二人の立ち入りを全面的に承認したことを伝えておいてくれ」

一日後、アライアンス艦隊はダンサー族の宙域で超空間を離脱した。

8

　最後の数秒のカウントダウンが始まり、ギアリーは緊張した。惑星連合宙域《シンディック》、あるいは謎の種族の宙域への到着時並みに緊張している。たしかに、ダンサー族はつねに友好的だった。しかし星系同盟《アライアンス》艦隊は強力な武器を振りかざしながら、協力的だが密接な関係ではない隣人の玄関から押し入るような真似をしている。

　超空間離脱時に発生した頭のなかの靄《もや》が晴れると、ギアリーはまず警報が鳴っていないことに気づいた。

　やがて、ようやく目が焦点を結び、ディスプレイが見えた。艦隊センサーによってつぎつぎとデータが更新されてゆく。ダンサー族の見覚えのある軍事基地や、宇宙空間を往来する船舶を目にして、ギアリーは元気づけられた。

　もっとも近いダンサー族の艦は、ジャンプ点から約十光分の場所にいた。さまざまな大きさの六十隻の艦が、息をのむほど見事な三次元の風車《かざぐるま》を形づくっている。やはり、初期の推測どおり、ダンサー族がこのように見事な編隊をつくるのは、誰かを感嘆させるためではなく、たんに自己満足のためであるようだ。

これと比べれば、以前はなかなかのものだと自負していた人類の艦がつくるきちんと整った編隊も、幼児の作品のように思われた。意気ごみは充分だが、技術は劣っている。

このことに気づいたのはギアリーだけではなかったようだ。人類の編隊のあちこちで、〈バウンドレス〉に対してより正確な位置につこうと、艦が微調整している。

いま何かほかのことが起こっているはずだ。ギアリーは〈バウンドレス〉からの通信をチェックしたが、何も確認できず、艦内通信パネルをタップした。

「チャーバン将軍、〈バウンドレス〉にあるダンサー族の改造通信装置が送信したなんらかのメッセージを耳にしましたか？」

「いや、何も、元帥」と、チャーバン。

ギアリーが顔をしかめると、ブリッジの大尉たちは不安げな視線を交わした。

「星系に出現して、すぐさま挨拶を送らないことがどれほど無作法かは、承知しているはずです。このような武力を持つ者が現われてすぐにメッセージを送らないのであれば、それは完全に脅威です」

チャーバンは肩をすくめた。

「〈バウンドレス〉の一行が何を知っていて何を知らないのかは、わしにはまったくわからん」

これは安全上の問題だ。アライアンス艦隊は平和的な目的でここに来たのだと、ダンサー族に知ってもらう必要がある。

「もう、こちらからダンサー族に挨拶を送ってしまいましょう。平和的な意図で来たことと、イケニ大統領とドレイコン将軍からの挨拶を伝えてください。わたしはリーセルツ大使に通信し、われわれからそのように挨拶すると知らせます」

リーセルツは応答しなかった。〈バウンドレス〉から正式な挨拶を送ろうとしているところで、手が離せないのだと思いたい。ともかく、ギアリーはリーセルツにメッセージを残した。

艦隊全体には減速するよう指示が出ており、どの艦もメイン推進装置を使い、加速ではなく減速していた。ダンサー族の意思がわかるまでは、この星系にあまり深く入りこまないほうがいい。

約二十分後、チャーバンからギアリーに連絡が入った。

「両方の挨拶が送信されたぞ、元帥。おっと、これはまずいことになったかもしれない」

「どういうことです?」

「われわれは〈バウンドレス〉が通信しようとしていないかと様子をうかがっていたが、何も聞こえてはこなかった。しかし、われわれが二番目のメッセージを送信しおわったとたん、待ちかねていたかのように〈バウンドレス〉が通信しはじめたのだ。〈ドーントレス〉と〈バウンドレス〉の通信装置は、ダンサー族のソフトウェアによってリンクしているのかもしれない。そのせいで、両方同時には通信できないのではないか？　だとしたら、われわれが通信しているあいだ、ずっと〈バウンドレス〉は通信できなかったことになる」

「ああ、くそっ」ギアリーはもっと激しい悪態をつきそうになったが、我慢した。チャーバンは心から悔やんでいるようだが、この事態を事前に知る方法などあるはずがない。それでも、〈バウンドレス〉の者たちには、軍が民間を出し抜いて先にダンサー族に通信したかのように見えるだろう。「再度リーセルッ大使に通信し、謝罪したほうがよさそうですね」

「元帥、その連絡はわしがするべきだ」と、チャーバン。「わしが引き受けるべきことだ」

「いいえ」と、ギアリー。「第一に、将軍はわたしが頼んだことをしただけですし、第二に、あのまぬけなマカダムスが、ここに到着する前に通信装置のテストをわれわれとともにしていれば、この問題は明らかになっていたかもしれません。そして、第三に、誰かが通常通信回線でわれわれに通信して、その問題を伝えることもできたでしょう。しかし、誰もそうしなかった。わたしはわれわれが正しいことをしたと信じ、その立場を擁護するつもりです」

ギアリーはそう言うなりリーセルッツ大使にふたたび通信したものの、またしてもリーセルッツにはつながらなかった。適切な謝罪であることを願ってメッセージを残すと、ギアリーは司令長官席から立ちあがった。

「返信が来たときにその文字起こしを見ながら音声を聞けるよう、ダンサー族の通信装置がある部屋へ行く」

デシャーニがギアリーに向かってうなずいた。

「楽しんでください。このままの減速率で進めば……三十四分で安定軌道に到達します」

「わかった。そのあとは、ダンサー族がわれわれへの対処を決めるのを待つだけだ」

ギアリーがチャーバン将軍やアイガー大尉、そして〝ゴメツブツメクサ《シャムロック》〟ことジャーメンソン大尉に加わると、ダンサー族の改造通信装置のある部屋はいつもより混雑しているように感じられた。ブラダモント代将とロジェロ大佐も来ていたが、口出しはせずに見守っている。とはいえ、必要に応じて、まだ十人ほどなら余裕で部屋に入れるだろう。

「どんな様子ですか？」

チャーバンがため息をついて肩をすくめた。

「ダンサー族しだいだ。あちらの出かたを待つしかない。だが、ダンサー族は〈バウンドレス〉の通信が終わるのを待っているのかもしれん」

「〈バウンドレス〉はまだ通信中ですか？」

チャーバンは、無言でギアリーにプリントアウトを差し出した。

ギアリーはプリントアウトを読んでみたが、当惑するばかりだった。〈バウンドレス〉の学者たち、少なくとも学者たちを強権的に統率するドクター・マカダムスは、艦隊がダンサー族とのやりとりで苦労して得た知識にはなんの興味も示さなかった。重要なのは言葉のリズムと間合いであり、メッセージには格調ある構造が必要だ。そうでなければ、ダンサー族は、その話者を幼児であるかのように扱うだろう。

マカダムスがなおも送りつづけている長いメッセージは、大部分がごく単純な文構造と単語で構成されているように見えた。まるで人間の幼児を対象にしているかのようだ。だが、学術的理論とおぼしきものへの言及がところどころにあり、岩のように突出して目立っていた。

「これは、なんだ……反種差別における単一視点例外主義？」

ギアリーをのぞく全員が頭を振った。頭を振ると、まだ何も答えないうちから、いつものようにジャーメンソン大尉の明るい緑の髪がいちだんときわだった。

「それは何かに対立する概念なのでしょう。このメッセージを書いた人はダンサー族に、あなたたちはその概念にさからっていると言おうとしているように思えます。あるいは、ダンサー族がその概念に対抗していると元気づけているのかもしれません。どのような概念かはよくわかりませんが……」

ジャーメンソンを困惑させるのだから、これは人類の意味不明な言葉のなかでも最高傑作にちがいない。

「きみでも理解できないのか？」

「はい、元帥」

「ようやく終わりました」通信装置を見つめながらアイガー大尉が言った。「通信の終了を正式には告げていません。〈バウンドレス〉の通信装置が停止しただけです」

艦隊の安定軌道は、ジャンプ点にもっとも近いダンサー族の編隊から五光分ほどしか離れていない。そのため、〈バウンドレス〉の通信終了後、十一分で返信が届いても、とくに驚くことではなかった。ダンサー族の話し声――フルートのような美しい旋律が聞こえてくると、そのあとに、翻訳された人類の言葉がもっと平板な調子でつづいた。

「ようこそ、友人ギアリー。

驚いたよ、大勢でやってきて。

待っていてくれ、計画を確認する」

「これは間違いなく元帥への返事だ」と、チャーバン。

「しかし、あまり熱烈な歓迎ではないようです」と、ギアリー。「少なくとも、わたしを友人と呼んでくれてはいますが」

チャーバンはじっと動かずに、メッセージの文字起こしをじっくり読んだ。

「最後のところは、どうすればいいか指示をあおぐ必要があると言っているように思える。その考えが正しければ、数時間後にハイパーネット・ゲート付近の艦の一隻が、われわれの到着を知らせてその対応についての指示を得るために、動きはじめるだろう。また何か入ってきた。こちらはミッドウェイ星系のメッセージに対する返事のようだ」チャーバンは、腰をおろしているロジェロとブラダモントに向かってうなずいた。

「友人の友人、とのこと。

きみたちの平和的な言葉を歓迎する。

待っていてくれ、計画を確認する」

ブラダモントがわずかに眉をひそめた。

「これは好意的な態度なのですよね？」

「否定的な態度ではないな」と、ロジェロ。ブラダモントと同じように、眉をひそめている。「シンディックでは、言外の含みに気をつけることを学びます。この場合、ダンサー族はわれわれの言葉を歓迎しているが、われわれ自体を歓迎したわけではない、ということです」

「きみたちを友人の友人と呼んだ」と、ギアリー。

「きみたちの言葉を承認している」チャーバンはその部分の文字起こしをタップした。「無視してはいない。だが、そうだな、ダンサー族は、われわれに対するのと同様に、きみたちがここにいることとの判断を保留しているのは明らかだ。ダンサー族が上層部の者たちにわれわれに対応するための〝計画〟をたずねるあいだ、われわれ全員が待つ必要がある。当然の流れだ」

「また別の返信が入ってきました」と、ジャーメンソン。ダンサー族の話が始まったかと思うと、とたんに終わったので、驚いている。

「こんにちは、そのほかのみなさん」

一瞬、全員があっけにとられて静まり返り、やがてチャーバンが笑い声を上げた。

「これは〈バウンドレス〉への返事だ。覚えているか？　われわれも同じような返事をも

かべた。
ギアリーはこの簡潔な返答へのドクター・マカダムスの反応を想像し、思わず笑みを浮
「これぞまさに、反種差別における単一視点例外主義的話術というやつですね」
らったよな」

「そうかもしれない」チャーバンはにやりと笑った。「わしには、まったくわからん」

室内の通信パネルがぱっと光った。

「元帥、リーセルツ大使が〈ドーントレス〉に向かっていると連絡が入っています」

思ったより早かったな。

「ありがとう」と、ギアリー。「大使がシャトルを降りたら、完全な保安検査を行なって
くれ。大使もその理由を理解してくれるはずだ。大使とは第一保安会議室でお会いする」

ギアリーは部屋にいる全員に向きなおった。みな、ギアリーを見ないようにしているが、
チャーバンだけは例外で、けわしい表情で立ちあがった。

「通信装置の件で、大使みずから、これほど急いで雷を落としにここへ来るとなると――

――」チャーバンが話しはじめた。

ギアリーは手のひらでチャーバンを押しとどめた。

「そうではありません。大使が来ることはわかっていました。到着したばかりの、これほ

ど早いタイミングだとは思っていませんでしたが」ギアリーは言葉を切り、口にできる内容を吟味した。「大使とわたしが話し合うべき懸念がいくつかあります。しかし、言っておきますが、その懸念はわれわれのあいだにあるものではありません。相手も問題も……異なります」

こんどはブラダモント代将が立ちあがった。

「元帥、ロジェロ大佐とあたしに関して懸念があるのでしたら――」

「違う」と、ギアリー。「きみたちのことではない。きみたち二人とは同盟関係にあり、信頼できると思っている」ギアリーはふたたび言葉を切った。「〝同盟〟という言葉は使うべきではないかもしれないが」

ブラダモントは笑みを浮かべた。

「今回は聞き流すことにします、元帥。われわれにできることがあれば、おっしゃってください」

ギアリーはドレイコン将軍の助言を思い出しながら、ブラダモントとロジェロに向かってうなずいた。

「そうしよう。だが、まずはリーセルツ大使と話す必要がある」

ギアリーが会議室に着くと、リーセルッツ大使はすわって待っていた。リーセルッツは無言のまま片手を振って挨拶し、ハッチが閉まって完全な保安状態を示す上部のライトが点灯するのを待って、話しはじめた。

「ここの保安検査で何が発見されたと思いますか、元帥？」

「新たな〈ダニ《ティック》〉ですか？」すでに、あってはならない場所で、移動式超小型盗聴器が二度、発見されていた。

「一発で当たりましたね」リーセルッツは大きくため息をつき、視線をそらせた。「シャトル搭乗前に完璧な検査を行なったはずだったのですが」

「ひょっとすると〈ダニ〉はシャトル内にあり、移動中にあなたに付着したのでは？」

「シャトルも検査を受けていたはずです」リーセルッツがまっすぐにギアリーを見た。「元帥、わたしの手札をさらします。〈バウンドレス〉には信用できる者がいません。あの船でのわたしの発言も行動も、そのすべてが盗聴され記録されていると考える必要があります」リーセルッツは一瞬、間《ま》をあけた。「ですが、元帥のことは信用できると判断しています」

「なぜです？」ギアリーは心から驚いて言った。

「なぜ？」リーセルッツは片手を振った。「あなたは自分の昇進のために不正を行なったりせず、非常に清廉な経歴を保っているからです。百年前のグレンデル星系以前のあなたの経歴について、名前を伏せて、軍の専門家に調べてもらったのですが、誰もがあなたのことを愚か者だと言っていました。自分の昇進に注力しなければ、高い地位にはつけませんから。しかし、あなたは愚か者などではなく、非常に危険な存在です、元帥。あなたは嘘がつけない人なのです」

ギアリーは椅子の背にもたれ、リーセルッツをじっと見た。

「それは褒《ほ》め言葉でしょうか？　それとも……？」

リーセルッツ大使はテーブルをとんとん叩いた。叩くたびに指にこめる力が強まってゆく。

「アタリア星系で、わたしたちの関係は決裂しそうになりました」

「あなたは、わたしの主張の理由を理解しておられる」と、ギアリー。

「ええ。いまは理解しています。ですが、わたしは自分の立場をはっきり示すよう指示され、それが特別な問題を引き起こすことはないと聞いていました。あなたには断固とした態度で臨み、あなたが文民統治にしたがうことを明確にしなければなりません。しかし、あなたは最終的に考えを変えるでしょう。あなたの倫理観が、他者の指揮下で艦隊が危険にさらされることを許さないからです」

この会合のためにコーヒーを用意するべきだったと思いつつ、ギアリーは首を横に振った。

「わたしの倫理観はそのようには機能しません」

「たしかに！　つまり、わたしが言いたいのは」リーセルッツは本人にしか見えない誰か、あるいは何かをにらみつけている。「わたしは間違った方向に誘導されていたということです。わたしには、アタリア星系であなたに押しつけるはずだった別の問題、いわゆる調整問題がありました。あなたが抵抗するほどに、わたしは強く主張しました。あのままだったら、どうなっていたでしょう、元帥？　わたしたちの協力関係は崩れていたはずです」

「誰がそのような指示を出したのです？」ギアリーがたずねた。自分の感じている当惑が表情に表われていることはわかっていた。

「それは実にいい質問です」と、リーセルッツ大使。「最上層の役人が何に長《た》けているか、ご存じですか？　決定の責任者が誰かを隠すことです。指紋など残しません。どのような説明責任もありません。説明は下っ端の仕事です。自分の指示書をよく読んでみました。必要となる関係者全員によって完全に精査、承認されたことがわかるものでした。しかし、そこには、発案者たちを特定できるような名前はひとつもありません」

大使は怒りをこめてテーブルを叩いた。

「すぐにそのことに気づくべきでした。〈バウンドレス〉でユニティ星系を離れる前に気づいてもよかった。でも、それは巧妙にしくまれていたのです、元帥。わたしに、そのような指示を疑う理由はありませんでした」リーセルツは数秒黙りこむと、ふたたびギアリーを見た。「正直におっしゃってください、元帥。あなたはわたしに関して、何か秘密裏に指示を受けたのですか？」

口ごもる必要はなかった。

「いいえ。誓って、大使に関して秘密裏に指示など受けてはいません。特定の行動をとるようにという公式の手引きもありませんでした」

「あなたが正直な人だとわかっていたからでしょう。つまり、あなたは信用されていなかったのです」

「その発言はいろいろな点で不穏ですね」と、ギアリー。

「そう思います」リーセルツはゆがんだ笑みを浮かべた。「この任務の失敗を願う人々が、元帥とわたしの協力関係を望んでいなかったのは明らかなようですね。できるだけ早い段階でその可能性をつぶしておきたいと思ったのでしょう」

ギアリーはうなずいた。

「それで、あなたは〈バウンドレス〉で完全に孤立することになった」

「孤立し、実質的に無力です」と、リーセルッツ。「自分が与えられた指示をよく調べると、ドクター・マカダムスに指示できる権限は実際にはないのだと気づきました。ウェッブ大佐にも、実際のところ、何も命令できません。マトソン船長が受けた命令にさえ、船やクルーにとって危険だと判断した場合には、わたしの指示にしたがわなくてもいいという例外規定が含まれています」

最後のところは理にかなっていると、ギアリーは思った。だが、そのほかのことに加えて、大使の権限にはさらなる制限がかけられているようだ。

「あなたのスタッフについてはどうなのですか？」

「そこが興味深いところです」リーセルッツは言葉を切り、目をこすった。「元帥、すみません。ここにはコーヒーはありますか？」

「わたしも同じことを考えていました。待っていてください」ギアリーがセキュリティで守られたハッチを開くと、ハッチ上部のライトが赤に変わった。ハッチの外では、〈ドーントレス〉に分乗する宙兵隊員二人が見張りに立っていたが、驚くようなことではない。

「すぐに戻る」ギアリーは二人に告げた。

二十歩も進めば、その通路沿いに休憩室があるのは知っていた。コーヒーマシンは艦隊の標準仕様のものだ。そこには——理由は補給部隊しか知らないが——コーヒーの入った複数のカップが楽しげに行進しながら、やる気満々の船員たちによって消費されるという、よくある絵が描かれている。死に向かって楽しげに行進するコーヒーカップの絵を見るたびに、少々、落ち着かない気分になった。

ギアリーはふたつのカップに、これまた艦隊標準仕様の〝クリームと甘味料の混合物〟を手にすると、急いで保安会議室へ戻った。

「その最低な飲みものは目が覚めますよ、元帥」宙兵隊の伍長がにやりと笑って教えてくれた。

「らしいな」と、ギアリー。「この部屋にひどく興味を示した者はいたか？」

宙兵隊員はともに首を横に振った。

「人の動きは普段と変わりません、元帥」と、伍長。「ここに立っているせいで、なんどか視線を向けられただけです」

「よし」ギアリーは部屋に入ってふたたびハッチを閉めると、大使の前にコーヒーを置いた。

「上等とは言えませんが……とにかくコーヒーです」

「いただきます」大使はキューブ型の〝混合物〟をそのまま自分のコーヒーに入れると溶けるのを待ち、口をつけると同時に身体を震わせた。「間違いなくこれはコーヒーなのですよね？」

「艦隊のコーヒーはある種の評判を得ています」ギアリーは自分のコーヒーを飲みながら言った。「供給源については諸説ありますが、それがどのようなものであるにしろ、聞かないほうがいいでしょう」

リーセルツがにっこり笑った。

「その言葉にしたがいます。それで、わたしのスタッフについてですが、興味深い状況です。スタッフをある程度は管理できていたものの、スタッフの契約書を詳しく調べると、スタッフに対するわたしの権限がかなり制限されていることがわかりました。スタッフを追いつめないようにする必要があります。そんなことをすれば、反発してわたしの管理をのがれてしまう恐れがあるからです。信頼できるスタッフは一人もいないという印象をこの任務の関係者たちに与えたくはありません。わたしは大半のスタッフが信頼できると信じています。しかし、ダンサー族がわたしたちの外交的呼びかけに反応してくれるまで、するべきことはほとんどありません。そのため、わたしのスタッフは……こう言うのがぴったりだと思いますが――〝そわそわと落ち着かない〟のです」

「軍には」と、ギアリー。「無意味な仕事が最速で問題を発生させる、という警句があります。クルーの落ち着きがなくなるからです」

「それなりの仕事を用意するのは簡単ではありません」と、リーセルッ。「わたしたちはすでに、ダンサー族の発言や提案に対応するための多くの緊急計画を準備しています」

「謎の種族についてはどうです？」と、ギアリー。「謎の種族に対処するために、外交的側面における支援を要請することはできますか？　それにより、あなたのスタッフに価値のある仕事を提供できると思います」

リーセルッはコーヒーを置くと身を乗り出し、ギアリーを見た。

「具体的には、どのような支援になるのでしょう？」

「帰還するためには、艦隊は謎の種族の支配宙域を通過する必要があります。われわれは、回収した例の死体に対してなんの検査もせずにそのまま返すことで、謎の種族との関係を大きく前進させようとしました」

「しかし、謎の種族がどう反応するかはまったくわかりません」と、リーセルッ。「さまざまに予想される謎の種族の提案にこちらがどう反応するべきなのかも、わかりません。はっきりさせましょう。あなたは艦隊司令長官として、謎の種族がわたしたちの呼びかけにどのような反応を示す可能性があるのか、また、あなたがそれにどう応じるべきかを判断するために、わたしのスタッフの支援を求めているのですね」

「はい」と、ギアリー。「そういうことを考えるのは、ほかの誰かにまかせたいのです」

「ああ、これは願ってもないことです」リーセルツは椅子の背にもたれ、ふたたび笑みを浮かべた。「艦隊がわたしのスタッフの助力を正式に要請するなんて。意味のある仕事ですし、軍がわたしのスタッフの力量を認識して必要としてくれているとわかるのですから。おまけに、あなたとわたしがいがみ合っているのではなく、協力し合っているという明白な証拠にもなります」リーセルツは言葉を切り、コーヒーをひとくち飲んだ。「この任務の成功をはばもうとする者たちがどんな反応を示すのか見ものですね」

「あなたの身は安全なのですか？」ギアリーがたずねた。

「わたしですか？」リーセルツは笑い声を上げた。だが、そこには楽しげな響きはない。「あそこでは、たぶん、わたしがいちばん安全な立場にいるでしょう。わたしが生きているかぎりは、この任務の失敗はわたしの責任となり、わたしを罰すればいいのですから。しかし、わたしが死ねば、その報いを受ける別の犠牲者を探さなければならなくなるかもしれない。そうなれば、さまざまな調査が行なわれ、わたしたちの敵対者が隠しておきたい事実が白日のもとにさらされるかもしれません。まあ、とにかく、元帥、連中はこの任務が失敗したとき、わたしに生きていてもらいたいのですよ」

「失敗などしません」と、ギアリー。

「そのとおりです」リーセルツがカップを持ちあげた。二人はたがいのカップの縁《ふち》を一瞬、重ねると、任務の成功を誓ってコーヒーを飲んだ。

〈ドーントレス〉を離れようとシャトルに搭乗する前に、リーセルッツ大使はギアリーにデータ・ディスクを渡した。

「このデータにある〈バウンドレス〉の乗船者について、あなたがたに調べてもらえないかと、ウェッブ大佐に頼まれました。大佐の懸念が理にかなうものかどうかはわかりませんが、そこは好意的に判断するべきだと思いまして」

「調べるのはかまいません」と、ギアリー。「しかし、〈バウンドレス〉ですでに得られた情報以外のことが見つかるかは疑問です」

それから三十分ほどで、アイガー大尉がギアリーの自室へやってくると、ギアリーの予想は間違っていたと証明されることになった。部屋の中央に立つアイガーは、ギアリーがこれまで見たことがないほど気まずそうな様子をしていた。

「元帥、われわれのファイルには、このデータの人物たちに関する情報はありませんでした」

「だが、何か気がかりなことがあるようだな」

「はい、閣下」アイガーは自分の通信パッドに一人の男の写真を表示させた。「この人物、

〈バウンドレス〉のクルーであるジョゼフ・ポール大尉ですが、わたしはこの男を知っています。実際は艦隊情報部のクリストファー・ジョージ少佐です」

ギアリーは顎《あご》をなで、不機嫌な表情を見せないようにした。

「艦隊情報部は、わたしにもきみにも知らせずに、〈バウンドレス〉のクルーにスパイをもぐりこませたのか？」

「はい、閣下」と、アイガー。

「この人物がジョージ少佐だというのはたしかなのか？」

「四年前」アイガーが説明した。「わたしは命じられて研修を受けました。その研修を受けた士官たちのなかにジョージ少佐もいました。仮の士官宿舎で同じ部屋を割り当てられました」

「期間はどのくらいだ？」と、ギアリー。

「三週間です、閣下」

「三週間」何か引っかかる。「ジョージ少佐に命令を与えた者は、艦隊内にきみのように少佐の正体に気づく者がいないか、チェックはしなかったのだろうか？」

「したはずです」と、アイガー。「しかし、それはわれわれの個人記録においては目立たない事柄ですし、情報部の士官は大勢います。〈ドーントレス〉に乗艦しているわたしが、数週間ジョージ少佐の近くにいたという事実に誰も気づかなかったとしても、不思議ではありません。時間に余裕がなければ、なおさらです」アイガーは眉をひそめて写真を見おろした。「ウェッブ大佐は、〝ポール大尉〟の個人記録が持つある傾向が気になったのです。理由はわかります。一見しただけでは気づきにくいのですが、目を引くものが何もないという点が奇妙です。ほとんどの日常業務以外のことにおいてひとつも経験がなく、異例の評価もまったく持たない者がなぜ、〈バウンドレス〉のクルーに選ばれたのか、と」

「〈バウンドレス〉の乗船者に気づかれずに、きみがジョージ少佐と接触する方法はあるか？」

アイガーは首を横に振った。

「ありません、閣下。わたしが少佐と話をすれば、人の目は少佐に向きます。少佐を目立たせたいと思うなら、そうするべきでしょうが、そんなことは決してなさらないでください。何かわれわれが肯定できないことを少佐が行なっているかどうかは、わかりません。少佐は何も隠蔽されていないことを証明するために、日々の出来事を観察、記録しているだけかもしれません」

「何をしているにせよ」と、ギアリー。なんとか抑えようとしているが、怒りは募《つの》るばかりだ。「ウェッブ大佐がその事実を知らなければ、ジョージ少佐は危険な立場にある。現在、ウェッブ大佐は暗殺者やスパイを捜しており、少佐はすでに容疑者として大佐に目をつけられている。ジョージ少佐がウェッブ大佐やその部下から容赦のない取り調べを受けないようにするには、どうすればいいだろう？」

「わかりません、閣下」アイガーは緊張のあまり、唇を引き結んだ。

ビクトリア・リオーネなら、このような状況に対処する方法——どうやってスパイとスパイを対峙させて、なにごともなく穏便にすませるか——を知っていただろう。だがリオーネはもういない。リオーネのような狡知《こうち》に長けた海千山千の人物はここにはいないのだ。

いや、待てよ。

「ちょっと待っていてくれ、大尉」ギアリーはディスプレイの映像にアイガーが映りこまないことを確認してから、通信した。「ロジェロ大佐、少し助言をもらいたい」

ギアリーは人と場所を特定できないよう気をつけながら、この身動きの取れない状況を説明した。

ギアリーの話が終わると、ロジェロがうなずいた。

「似たような経験はあります、元帥。X大尉が危険な状態にあるのは、X大尉が何者で何をしているのかをZ少佐が知らないからです。答えはとてもシンプルです。Z少佐に事実を告げればいいのです。告げてしまえば、Z少佐は、X大尉について知るべきことを知ったと考えるでしょう。大尉は既知の人物となります。ある時点でX大尉はZ少佐に協力することになるかもしれません。X大尉は自分に命じられた仕事をつづけ、それがZ少佐に向けられたものでなければ、X大尉は脅威ではないと少佐に確信させるだけになります」

「なるほど」ギアリーはためらいがちに言った。「きみにはこの種の状況における経験があるのだな？」

「そう思われたからこそ、わたしに連絡されたのでは？」ロジェロは言葉を切ると、つかのま遠くを見る目つきになった。「〈ヘビ〉どもは、われわれの仲間の誰が密告者であるかがわからず、われわれが疑心暗鬼におちいるのを望んでいました。そのような状況に対処することで、われわれは多くの経験を得ました。そうでなければ、かなり若いうちに死んでしまうのです」

ギアリーは一瞬、間《ま》をとってから答えた。

「気の毒なことだ」

ロジェロは肩をすくめた。

「兵員たちが優勢になると、〈ヘビ〉どもがすぐに死ぬのはなぜだろうと、少しでも思いませんでしたか？　それが理由のひとつです」

通話が終わり、ギアリーはアイガー大尉を見た。ギアリーに不安げな表情を向けている。

「いまの助言にしたがうのですか、元帥？　ジョージ少佐の正体をウェッブ大佐に教えるのでしょうか？」

「ロジェロの推論を聞いただろう」と、ギアリー。「正しいと思わないか？」

「しかし……」アイガーは、つかめないものをつかもうとするかのように両手を動かした。「ジョージ少佐の任務がなんであれ、それは極秘のものです。われわれはその任務をそこなうことになります」

「大尉」ギアリーは椅子の背にもたれた。「〈バウンドレス〉にジョージ少佐が乗船していると、きみもわたしも知らされてはいなかった。われわれは少佐の任務について何も知らない。だが、その任務が〈バウンドレス〉やその乗船者に危険をもたらすと信じる理由はない。そうではないか？」

「はい、閣下」と、アイガー。「少佐やわたしは特別な情報士官ではありません。われわれは破壊に関与したり、人に危害を及ぼしたりはしません。情報を集めるだけです」

「では、われわれはウェッブ大佐に、ジョージ少佐が危険人物ではないと伝えることができる。少佐の任務がなんであろうと、ウェッブ大佐自身の任務と対立するものではない、と」

アイガー大尉はためらいながらも、うなずいた。

「はい、閣下。おっしゃるとおりです」

「きみには正直に話しておこう、大尉」ギアリーは話をつづけた。「耳にした〈バウンドレス〉の状況からすると、わたしを殺そうとした者の捜索に、少佐は巻きこまれて被害を受ける可能性があり、われわれはそこから少佐を守る必要があるのだ」

三十分後、ギアリーはアイガー大尉とともに保安会議室へ戻った。向かいにはウェッブ大佐のホロ映像がすわっていて、話を聞いている。過去の会議では、ウェッブは静かにすわっていたが、今回は、指がなんどもぴくぴくと動きそうになるのを抑えようとしているように見えた。だが、ギアリーとアイガーが説明を終えると、ウェッブは一瞬笑みを浮かべた。獲物を目にした狼のようだ。

「わかりました」と、ウェッブ。「艦隊の情報部は、わたしのこともあなたがたのことも信用していないのですね。自分たちで、ひそかにすべてを記録しようとしているとは。この情報は非常に役に立つかもしれません」

「どのような役に立つのだろう?」と、ギアリー。

「そのジョージ少佐が〈バウンドレス〉で諜報活動をしているのであれば、わたしの情報提供者が見のがしている何かを目にしているかもしれません。あるいは、これから発見するかもしれない。しかし、わたしはその少佐と話をする必要があります、元帥。少佐に協力してもらう必要があります」

　ギアリーはアイガーを見た。アイガーは、この件に対する感情をほのめかすようなものをおもてに出さないようにしているようだった。自分が返事をしたほうがいいだろうと、ギアリーは思った。

「そのとおりかもしれない、大佐」と、ギアリー。「ジョージ少佐がきみをサポートするという可能性は考えていなかった。わたしはただ、少佐が危険人物ではないと知らせたかったのだ」

「では、元帥は、わたしに協力するよう少佐に伝えてくださるのでしょうか？」

　アイガー大尉が慎重に話しはじめた。

「大佐、われわれはジョージ少佐が受けた命令について何も知りません。その命令の出どころもわからないのです。ギアリー元帥が協力するよう打診してくださったとしても、先行するその命令に縛《しば》られるかもしれません」

「それは少佐にとって賢明な態度ではないだろうな」ウェッブは右手の二本の指ですばやくとんとんと何かを叩いた。

「大佐」と、ギアリー。低いが力強い声だ。「わたしはジョージ少佐になにごとも起こってほしくない。少佐が協力せず、〈バウンドレス〉での少佐の存在がきみの仕事の邪魔になると感じるのであれば、別の艦に移るよう少佐に命じる。だが、まずは、きみが追究しているセキュリティ問題の手がかりとなりそうなものすべてに関し、きみに全面的に協力してほしいと伝えることにする。少佐の反応を見てみよう」

ウェッブはゆっくりと息を吸うと、うなずいた。

「わかりました、元帥」

ウェッブのホロ映像が消えた。アイガー大尉はさっきまでウェッブがいた場所をじっと見ている。

「元帥、ありがとうございました。いままでわかっていませんでしたが……クリストファー・ジョージは身体的に本当に危険なところにいるようですね」

「そうだな。こんなことになるとは、艦隊情報部はそのすばらしい計画を思いついたときには考えていなかったようだ」ギアリーはキーを押し、別の場所に通信した。「われわれの友人である秘密の情報士官に連絡しよう」

数分後、新たなホロ映像が現われた。〈バウンドレス〉の民間人クルーの制服を着ている。

「ジョゼフ・ポール大尉です」男が名乗った。不安と困惑が入り混じった口調だ。すばらしい役者ぶりだが、実際にそう感じているのかもしれない。「わたしと話をするのに保安会議室が必要だったのでしょうか、元帥？」

ギアリーは片側を身ぶりで示した。

「きみはアイガー大尉を知っているよな」

ポールは首を横に振った。

「え……知りません。わたしはこれまで――」

「クリス」アイガーが割って入った。「ギアリー元帥はきみが誰かご存じなんだ」

「もちろんご存じでしょう。ですが、わたしの名前はクリスではありません。わたしは――」

ギアリーは手を振って話をさえぎった。

「クリストファー・ジョージ少佐、正式に命じる。本当の名と任務を〈バウンドレス〉のウェッブ大佐に明かし、きみの能力を最大限に活《い》かして大佐に協力してほしい。きみがこの任務に送りこまれたときに与えられた命令は、さまざまな出来事によって拘束力が薄れてきている。わかるか？」

「いいえ」ポール大尉／ジョージ少佐は、悪夢で罠《わな》にはまって出口を探すかのように、アイガーとギアリーを交互に見た。「なんの話をされているのか、わかりません。わたしは〈バウンドレス〉のクルーの一人としてアライアンスに雇われたのであり、元帥の命令下にはありません」

「クリス」と、アイガー。「ポール大尉がなぜ、自分がギアリー元帥の命令下にはないと知っているんだ？」相手が口ごもると、アイガーは話をつづけた。「きみの命は危険にさらされている。ウェッブ大佐は、きみが先ごろの暗殺未遂とスパイ行為にかかわっているのではないかと疑っているんだ」

ポール／ジョージは首を横に振った。

「わたしはあなたの命令にはしたがいません、元帥。わたしはあなたが考えている人物ではありません」

こんどはギアリーが首を振った。断固とした表情だが、敵意はない。

「この艦隊に危険な人物を置いておくわけにはいかない。きみの上司たちはきみの身の安全のために、わたしと連携するべきだった。いま、きみにはふたつの選択肢がある。わたしの命令にしたがってウェッブ大佐と接触して大佐に協力するか、あるいは、とらわれの身となってわたしの旗艦に移動するかだ。後者の場合、拘禁室のベッドにいてもらうあいだ、ウェッブ大佐がきみの部屋や所持品のすべてを調べ、わたしの部下がきみについて完全なDNA分析を行なうことになる。DNA採取に対する拒否権を主張しても無駄だ。ここでは、わたしにはDNA採取を命じる権限がある。どちらにするか選びたまえ」

ジョージ少佐は一瞬、無言で立ちつくした。見るからに身体を震わせながら、不安定な呼吸を繰り返していたが、やがてギアリーを見た。

「元帥、わたしは優先区分命令を受けています」

「誰からの命令だ？」

「言えません、元帥」

「黙ってきみのことを信用すればいいということか？」と、ギアリー。ジョージ少佐は言葉に詰まっている。答えを探そうとしているのは明らかだ。ギアリーは身を乗り出した。

「いいか。わたしはきみにアライアンスを害することを頼んでいるのではない。きみはアライアンスに誓いを立てている、そうだろう？　わたしと同じように。われわれは味方どうしだ。ウェッブ大佐はきみの助けを必要としている。つまり、わたしがきみの助けを必要としているのだ」

「元帥……」ジョージ少佐は両手をかたく握りしめた。「わたしは命令を受けています」

「そうか。では、選びたまえ」と、ギアリー。「きみにその命令を出した者を立腹させるか、わたしを立腹させるか、どちらかだ。わたしを不機嫌にさせたらどうなるかは、すでに伝えた。わたしはきみに、その誓いにそむくような行為をするよう命じてはいない。実際には、わたしはきみの命を守ろうとしているのだ。アイガー大尉が指摘したとおりに」

「クリス」と、アイガー。「元帥は信用できる。きみが元帥の命令にしたがえば、元帥はきみの行動の責任をとってくださる」

「そのとおりだ」と、ギアリー。「わたしの命令できみが行なったことのすべてについて、わたしが責任をとる。証拠としていまの言葉を記録してほしいか、ジョージ少佐？」

少佐は再度ためらったのち、結局は首を横に振った。

「いいえ、元帥。あなたの名声はよく知られています。強要されてですが、あなたの命令にしたがいます」

ギアリーは小さく笑みを漏らした。得意げな笑みではない。満足したことの表われだ。

「よし。だが、もうひとつある。ウェッブ大佐から、わたしの命令やきみの誓いと対立すると感じられることをするよう命じられた場合は、アイガー大尉に連絡してほしい。きみが使える緊急時の合言葉で、ウェッブ大佐が聞き流しそうなものはあるか？」

「ええと……〝主帆桁索を組み継げ《スプライス・ザ・メイン・ブレース》〟（頑張った褒美に今日は飲んでよしという意味がある）でしょうか」と、少佐。「大佐はその意味がわかるでしょうが、普通の艦隊用語なので、この言葉を耳にしても不審には思わないはずです」

「よし」と、ギアリー。「もし状況が悪くなったら、アイガー大尉に連絡してくれ。大尉がわたしに知らせ、わたしがきみをそこから助け出す」

まだ不安げだが、少佐はうなずいた。

「ウェッブ大佐は、その……本当に恐ろしい人です」

「わたしには三千人の宙兵隊員がついている」と、ギアリー。「必要ならすべての宙兵隊員を動員して、きみを〈バウンドレス〉から安全に連れ出す。きみはもうわたしの部下だ。その責任を重く受け止める」

ジョージ少佐はギアリーを見つめた。

「あ、ありがとうございます、閣下。ウェッブ大佐と話をします」

ジョージ少佐のホロ映像が消えると、アイガー大尉が頭を振った。

「大丈夫でしょうか、閣下？」

「最善を尽くしてくれるだろう」と、ギアリー。「われわれも最善を尽くす」多少ずれた答えだったが、アイガーは満足したようだった。「そうだ、チャーバン将軍にたずねたいことがあった。われわれあてではないダンサー族の通信を傍受できただろうか？」

「いいえ、閣下」と、アイガー。「将軍は、あの翻訳機兼通信装置の機能がソフトウェア制御により特定の周波数に限定されていると考えています。ダンサー族のソフトウェア制御システムを注意深く調べてみましたが、周波数や伝送タイプは変更できませんでした」

「つまり、ダンサー族は自分たちについての知られたくない情報をわれわれに与えないようにしているのだ」と、ギアリー。「種族が違えば考えかたも違ってくるが、われわれはみな、自分たちが知られたくないことはほかの種族に隠しておきたがるようだ」

アイガーは顔をしかめた。

「元帥、ダンサー族は、すでに人類のことを非常によく知っています。その強力な証拠があります」

「ああ。謎の種族やダンサー族のようなわれわれの隣に住む異星人たちは、人類どうしが殺し合っているあいだに多くの調査を行なったと思われる」ギアリーは目をこすった。考えると憂鬱《ゆううつ》な気分になる。これはどうにもならない。「それなのに、われわれはいまだに人類どうしで反目し合っている。この任務にかかわる半数の者が、この任務を妨害すると決めたようだ」

アイガーの眉間《みけん》のしわがさらに深くなった。

「元帥、〈ドーントレス〉では危険な活動は見つかっていません」

「それなのに、きみはうれしくはないのだな？」

「はい、閣下」アイガーは少しためらうと、話しはじめた。「ミッドウェイ星系での元帥に対する暗殺未遂という出来事から、われわれは自分たちのなかに元帥の死を望む集団がいると知りました。今のところ、その集団は、この艦では元帥を襲撃してはいませんが……

…」

「何か行動を起こそうと画策しているが、まだ発見されていないのかもしれない」と、ギアリー。「あのアヒルのように」

「そうです、閣下。あのアヒルと同じです」アイガーは同意した。「ですが、われわれは最終的にはアヒルを見つけました」

「アヒルを隠していた宙兵隊員たちが、へまをしでかしたせいでな」ギアリーはこぶしを握りしめると、その手を見おろした。「わたしはこれまでに、自分の敵が何かバカげたことをやるかもしれないと仮定して計画を立てるのは無謀だと学んだ。現時点で、そのような出来事の多くにかかわっている者は非常に賢く立ちまわっている」

「集団はひとつではないでしょう」と、アイガー。「複数の動きが進行していると思います」

ギアリーはアイガーに問うような視線を向けた。

「証拠はあるのか？」

「第六感です」アイガーは正直に言った。「わたしはパターンを探そうと、自分がダンサー族になったつもりで、あらゆるものを見ようとしました。そうするうちに複数のパターンがあるような気がしてきました。これまでに得たあいまいな情報を合わせてみると、どこかちぐはぐなのです」

「ジャーメンソン大尉はどう考えている？　人をあざむくパターンを見つけられる者がいるとすれば、ジャーメンソン大尉だろう」

「ジャーメンソン大尉には多くの情報にアクセスする権限がありません。しかし、わたしは彼女と広範で一般的なレベルで、その状況について話し合っています。人々は自分の意図する特定のパターンに合わせて情報を提示する傾向があると、大尉は警告してくれました。つまり欺瞞《ぎまん》ということです」

「ジョニンニ最先任上等兵曹なら、誤導と呼ぶだろうな」と、ギアリー。「わかった。あちこちに目を光らせろ。ジョージ少佐から連絡があったときは知らせてくれ」

今日は、これが〈バウンドレス〉の者や出来事についての最後の対応になるといいのだが。

しかし数時間後、ギアリーの自室でハッチのチャイムが鳴った。入ってきたのはドクター・ナスルだ。ギアリーの記憶にないほど陰気な顔をしている。

「どうしたんだ？」

「ウェッブ大佐のことです」ナスルは重い口調で言った。「とても深刻な事態です」

9

ドクター・ナスルはデータ・コインを差し出した。

「ここにその報告が入っています。通常回線で送るのは賢明ではないと考えました」

ギアリーは爆弾を扱うかのように、用心しながらデータ・コインを受け取った。ドクター・ナスルの行動は、そのコインに入っている情報が爆発物に等しいほど危険であることを示唆していた。不穏なニュースを伝えようとしているようなナスルの様子が、いっそうの懸念をもたらした。

「どんなことだ？」

「かいつまんで説明しますと」ナスルはため息をついた。「ウェッブ大佐は星系同盟《アライアンス》宙域を離れる前に、義務づけられている心理検査を受けることになっていました。ところが、何者かが艦隊の医療ファイルに不正にアクセスし、大佐の記録に手を加えて、その検査データを消去したのです。そのため、検査は実施されなかったことになっています。われわれのプログラマーたちは、その実行者がウェッブ大佐本人であるという、ほんのわずかですが明らかな痕跡を発見しました」

データ・コインを見つめるギアリーの頭には、さまざまな考えが飛びかっていた。なかでも、ある記憶が強く思い出された――〝モルガンはシステムへの侵入方法を自学し、自分の心理評価を改竄《かいざん》しつづけました〟。これはロジェロ大佐から聞いた話だ。まさか、自分が同じ状況に直面するとはな。

だが、突き詰めて考えるうちに、ギアリーの頭には別の考えが浮かんだ。

ロジェロ大佐によれば、モルガンはシステムに侵入しているところを目撃されたことはない。モルガンが完全に制御を失うまでは。

ウェッブのような技能と経験を持つ者が、自分がやったとわかる明らかな痕跡を、わずかでも残すだろうか？

まだアライアンス宙域を離れてもいないうちに？

それが今、発覚した？

「これはどのようにして発見されたんだ？」と、ギアリー。

ナスルはデータ・コインを身ぶりで示した。

「技術的な説明はその報告に書かれています。プログラマーたちの簡単な説明によれば、システムのプログラムは異常を探してつねにスキャニングしており、ウェッブ大佐のファイルで異常を検出したとのことでした」

「最近の話か？」

「昨日です」

「昨日」と、ギアリー。昨日だと？　どうも奇妙だ。アイガーはなんと言っていた？　ジャーメンソンは、周囲に間違った情報を与えようとする者たちのことをどのように警告した？　リーセルッツ大使の話にしても、その多くが、この任務の成功にとって重要となる人物のあいだに問題を引き起こすことに集中しているように思える。

「ありがとう、ドクター。きみがこの件をわたしのところへ持ってきたのは、わたしに対処してもらいたいと思ったからだよな？」

「そうです、元帥」と、ナスル。「そうするのが、もっとも賢明なやりかたのように思えました」

「ありがとう」ギアリーはもういちど礼を言った。「この件をよく調べてから、どう対処するか決めよう」

ナスルが退室すると、ギアリーは添付資料を参照しながら報告書を読んだ。艦隊のプログラマーたちが、その結論に至るのに利用した正確な方法を説明する技術資料だ。その報告すべてが、ウェッブ大佐にとって非常に不利なもののように感じられた。

もはや保安強化会議室での話し合いの安全性も完全には信頼できないため、ギアリーは〈ドーントレス〉の通信士を呼び出した。

「わたしの部屋と〈バウンドレス〉のウェッブ大佐とのあいだに、最高保安レベルのバーチャル回線を設定してくれ」

およそ五分後、ギアリーの部屋にウェッブ大佐の映像が現われた。懸念と好奇が混じる表情を浮かべて立っている。

「何かありましたか、元帥？」

「ああ」と、ギアリー。「アライアンス宙域を離れる前に心理検査の予定が入っていたのを覚えているか？」

ウェッブは即座にうなずいた。

「出発の数週間前に予定されていました。問題なしとのことでした。古参兵が行なういつもの義務です。誰かが問題があると言ったのですか？」

「きみはその評価を受けたのか？」

「はい、もちろんです」

「きみの医療記録は改竄されていた」と、ギアリー。「何者かが、検査は行なわれなかったかのように見せかけたのだ。その予定はきみのファイルから消されており、やったのはきみだということになっている」

ウェッブはギアリーの背後の隔壁を見つめながら、非常に大きくゆっくりと深呼吸した。

「あなたはそれを信じていらっしゃるのですか、閣下？」

「不審に思っている」と、ギアリー。「きみがすぐさま率直に検査について認めたから、という理由だけではない。きみのしわざだとすれば、あまりにも話が単純すぎるのだ」ギアリーは報告書の入ったデータ・コインを持ちあげた。「きみの重大な不正行為ならびに違法行為の証拠が、ダンサー族の宙域に到着した直後のタイミングでわれわれの手に入った。教えてくれ、大佐。きみが自分の医療記録を改竄するなら、どんな痕跡を残すだろうか？」

「何も残しません」と、ウェッブ。「これは自慢ではありません、元帥。自分のところまでたどりつけるような痕跡を残さずに、そうしたことをする方法を知っているという事実を述べているだけです」

「その検査が予定どおり実施されたことを示す証拠はあるか？」

ウェッブは唇を広げて犬歯を見せ、狼のような笑みを浮かべた。

「通常、正式には、持っているべきではありませんが、自分の医療ファイルのコピーを持っています」

　ギアリーは両眉を上げた。

「そんなことが可能なのか？」

「これは……認められてはいません、閣下。しかし、可能です」ウェッブは腹立たしげに頭を振った。「政府の医師たちと、なんどかもめた過去があります、元帥。そのようなことが二度と起こらないよう、自分の医療ファイルのコピーをダウンロードし、保存しているのです」

「では、それは公認されていない行為なのだな」ギアリーは質問というよりも、断定する口調で言った。

「はい、閣下。コピーをダウンロードするために自分の医療ファイルになんども不正アクセスしたことは、率直に認めます。それ以外のことは何もやっていません」と、ウェッブ。確固とした口調だ。

　厳密に言うと、ほとんどのシステムへの不正アクセスは軽微な違反だ。それを重大なものにするのは、公式ファイルの〝窃取《せっしゅ》〟のような、実際に何が行なわれたかという点になる。艦隊の多くの者と同様にギアリーも、なぜ自分の医療ファイルが自分ではなく政府に属しているのか、理解できなかった。だが、それは法律が決めることだ。

「大佐、きみがそう認めたことで、わたしはきみの責任を問うことができる」

「それは承知しています、元帥」ウェッブは最初から緊張していたが、さらに力が入り、堅苦しい気をつけの姿勢になった。

「だが、そんなことはしない」ギアリーはデータ・コインを置いた。「わたしがはるかに危惧するのは、きみを罠《わな》にはめた者、問題を引き起こして、この任務を妨害しようとしている者のほうだ。きみはわたしの指揮系統の外にいる。だが、わたしのために、ふたつのことをやってもらいたい。ひとつ目は、手を加えていないきみの医療記録のコピーの提出だ。わたしはそれをドクター・ナスルに渡す。そうすれば、ドクターはそのデータを使って、システムのきみのファイルを修正できる。ふたつ目は、このような問題を起こしている人物の発見のために、わたしに手を貸すことだ」

ウェッブ大佐は一瞬ギアリーを凝視したが、やがてうなずくと緊張をゆるめた。

「ありがとうございます、閣下。わたしはすでに、元帥殺害を実行しようとした者の発見に着手しています。犯人は、わたしの活動を妨害しようとした者たちと同じではないかとにらんでいます」

「必ずしも同一集団であるとはかぎらない」と、ギアリー。「アイガー大尉は、妨害活動を行なう複数の集団が内部にいるのではないかと考えている。わたしもそう思う。きみのファイルを改竄した手口の技術データを見れば、その集団の発見に役立つのではないか?」

「それは難しいでしょう」と、ウェッブ。「システムに侵入し、わたしのしわざに見せかけることができるほどの腕前なら、自分たちの痕跡を残すとは思えませんので」ウェッブは痛みを感じているかのように、顔をしかめた。「わたしの部隊にも、このようなことができる者が何人かいます。ひょっとすると、わたしが認識できるハッキング手法が見つかるかもしれません」

どことなく腑に落ちない発言だ。

「きみの部下たちは、きみが彼らのハッキング手法やスタイルを見分けることができると知っているはずではないのか?」

「知っていると思います」ウェッブは認めた。

ギアリーは椅子の背にもたれた。

「リラックスしてくれ、大佐。ずっと考えていたんだ。元帥が口にすれば、その発言が人々に警告を与えることになるのは承知している。ジョージ少佐の一件だ。たしかに、少佐を〈バウンドレス〉に乗せた者たちは不注意だったかもしれない。だが、少佐には、きみに少佐を疑わせるようなマークがついていたし、わたしの情報士官も少佐の存在に気づいた。ひょっとすると、われわれが少佐を発見するよう意図されていたのかもしれない」

「その可能性はあります」と、ウェッブ。慎重な口調だ。「疑念の種《たね》を蒔《ま》くため、ですか？」

「あるいは、われわれを誤導するため、だな」と、ギアリー。「そして、こんどは、きみに関するこの一件だ。きみは、自分の部隊にはそういった行為の実行に必要な技能を持った者がいると認めた。そのほかの活動——たとえば暗殺未遂——も実行可能だ」

ウェッブの顔がゆがみ、その目に怒りが宿った。

「はい。それは痛いほど認識しています、元帥」

「主として、きみはそこに目を向けてきた」

ウェッブは、ふたたびギアリーと目を合わせた。怒りの目つきが弱まり、眉をひそめて当惑の表情を浮かべている。

「はい、閣下。もちろんです」

「大佐、ジョージ少佐は発見されるようにしくまれていたのかもしれない。組織内で混乱を起こし、われわれの注意を引くために。ここにいなかった者についてはどうだ？」

「たとえば？」

「きみたちのような独自の技能を持つ特殊部隊の隊員とは、みな顔見知りなのか？」

「いいえ、閣下」ウェッブは迷わず答えた。「われわれの小規模部隊は安全上の理由により、つねに別々の場所へ配置される傾向にありました。自分たちに類する部隊から事後報告をもらいますが、そこからは個人が特定できるようなデータは削られます。ある部隊が別の部隊を期せずして危機におちいらせるような状況は、誰も望みません」ウェッブは言葉を切った。「元帥は、そのような者がわれわれの本当の敵対者だとおっしゃるのですか？　わたしの部下と同じ技能と経験を持った、われわれには知られていない者が敵だと？」

「ひょっとするとな」と、ギアリー。「とにかく、われわれの敵対者の一部かもしれない。そういうことはありうるだろうか？　それとも、わたしは影におびえているだけなのか？」

ウェッブ大佐はうつむくと、数秒間、沈思した。

「そう考えるのは非常に理にかなっています、元帥。恐ろしいほど理にかなっている」ウェッブはこぶしをもう片方の手のひらに思いきり打ちつけた。ここにいるのはホロ映像のウェッブだが、その衝撃で床が振動するのではないかと思えた。「わたしとその部下を、どのように無力化するのか……どうやれば、われわれの部隊の有用な働きをつぶすことができるのか……たがいに対する信頼を失わせればいいのです」

「わたしの考えが正しく」と、ギアリー。「きみの医療ファイルに偽の証拠を埋めこんだ者がわれわれの反応を目にしなければ、連中は、きみやきみの部隊の誰かのしわざだと思わせるようなことを、またしかけてくるだろう」

　ウェッブは暗い目をしてうなずいた。

「わたしは、そういう新たな問題が起こるのを、ただじっと待っていたくはありません。ですが、それしか選択肢はないかもしれません」ウェッブはためらい、ギアリーの意図を探るように見た。「元帥、ひょっとすると、それはわたしの部隊に類する部隊ではないのかもしれません。われわれに匹敵する別のレベルの部隊があります。本来なら、わたしが知っているはずのない部隊ですが、周囲の噂や観察を通じてその存在を知ることになりました。元帥は、わたしの部下が代理ユニティ星系でのあの騒動になんらかの形でかかわっていたのではないかと考えたのではありませんか？　それは違います。わたしの知るかぎり、われわれがアライアンス市民を標的にしたことはありません。惑星連合《シンディック》を積極的に支援している裏切り者の市民をのぞいては。しかし、わたしの部隊とは別に、反逆罪などの容疑をかけられただけの人々を追跡する部隊があるという噂は聞いています」

「くそっ、秘密が多すぎる」ギアリーは低くつぶやいた。

「秘密は必要です」と、ウェッブ。

「わかっている。だが、起こるべきではないことを隠すために、秘密が悪用されているのだ」戦争がもたらした過度の秘密主義に対する不満をぶちまけてしまいそうになり、ギアリーは言葉を切った。「何か提案はあるか、大佐？　われわれはどう反応すればいい？」

ウェッブはわずかに笑みを浮かべた。

「わたし自身は侮辱を受けたようにふるまいます。不当な罪に問われ、否定しても撥《は》ねつけられると、人の耳に入るように言います。しかし現時点では、わたしに何かが起こる様子はありません。これで、われわれの敵対者は自分たちの計画がうまくいっていると考え、元帥や大使がわたしを排除するように別の何かをしかけてくるかもしれません」

「つまり」と、ギアリー。「きみやきみの部下を巻きこむ事件をもういちど実行するよう連中をうながす、ということだな」

「そのとおりです」ウェッブはしばらく黙りこんでいたが、やがてふたたび話しはじめた。「連中の目的はなんでしょう？　それがわかれば、これから何が起こるかを、もっと正確に予想できます」

「はっきりしたことはわからない」ギアリーは自室の片方の壁に映る星々の風景に向かって手を振った。「ドクター・コトゥールのように、われわれがダンサー族とより緊密な関係を築くのをはばもうとする者もいる。だが、リーセルツ大使の話から、わたしは、ほかの者たちは、たんにこの任務を失敗させたがっているだけなのではないかと思いはじめた。われわれが失敗すれば、あちこちの星系の人々や団体が送る代表者たちがわれわれの代わりとなり、ダンサー族の主要な接触者として地位を確立できるからだ」

「これだけは言っておきます、元帥」と、ウェッブ大佐。「わたしは敵対者が行動を起こすのをじっと待っていたくはありません。そうする必要がある理由は理解しています。ですが、そんなことはしたくないのです」

「わたしもだ」と、ギアリー。

だが実際には、それほど長く待たずに次の事件が起こることになった。

ギアリーは自室の通信パネルの警告音で目を覚ますことには慣れていた。それに比べ、自室のハッチの緊迫した緊急警報の音で飛び起きた経験は、はるかに少ない。ギアリーは急いで制服を身につけると、ハッチを開けた。

部屋のすぐ外には、六人の憤《いきどお》る宙兵隊員と、石のように無表情なオービス一等軍曹、そして激怒したターニャ・デシャーニ艦長が立っていた。宙兵隊員たちのあいだには一人の下級兵士がいた。表情は反抗的だが、目には恐怖の色がある。

「なにごとだ？」ギアリーがたずねた。

「話は室内でしたほうがいいでしょう」と、デシャーニ。その声には冷ややかな断固とした意志があるだけで、怒りはまったく感じられない。

宙兵隊員たちの表情は多くを語ってはいないが、そのようなデシャーニの様子が、この件がいかに重大であるかを告げていた。ギアリーが後ろへ下がり、部屋に入るよう手を振ってうながすと、全員がぞろぞろとなかに入った。下級兵士が動くと、背中にまわされた両手が拘束されているのがわかった。その両隣にいる宙兵隊員がそれぞれ兵士の腕をつかんで、兵士を前へ進ませている。

ハッチが閉まると、ようやくデシャーニがふたたび話しはじめた。その口調は鉄のように硬い。

「元帥、ロジェロ大佐とブラダモント代将に対する暗殺未遂があったことを、ご報告しなければなりません」

ギアリーは驚いて下級兵士を見た。兵士は落ち着きなく唇をなめたが、何も言わなかった。

「ロジェロとブラダモントは無事なのか？」

「はい、閣下。ロジェロ大佐は、自室のハッチに予備の警報装置を設置していました」デシャーニは顔をしかめた。「シンディック軍にいたときの習慣が抜けないと、言っていました。手に余る〝兵員たち〟や、昇進のためには手段を選ばないほかの士官たちに備える必要があったそうです。ハッチが開いたとき警報は鳴りませんでしたが、その予備の装置がロジェロ大佐に知らせました。大佐とブラダモントは入ってきた兵士と対峙し、拘束したところへ、警備、巡回を行なう宙兵隊員がちょうど通りかかったのです」

「デシャーニ艦長、きみは〝暗殺未遂〟と言ったよな」と、ギアリー。デシャーニと同様に、形式的で冷ややかな口調になっている。「この兵士は武器を持っていたのか？」

オービス一等軍曹が密封された袋を差し出しながら答えた。袋のなかに、いくつかチューブが入っているのが見えた。

「化学薬品です、閣下。二種混合型ガス兵器で、合成によって神経剤が生成されます。数秒のうちに部屋にいる全員が死亡したでしょう」

「神経剤か」ギアリーは信じられない様子で兵士を見た。兵士は精いっぱい勇敢に見せようとしているが、ギアリーに視線を向けられると、ひるんだのが見てとれた。「ロジェロ大佐とブラダモント代将を殺して、自分も死ぬつもりだったのか？」

兵士は口ごもった。

「あれは……すぐには反応しない。二分あれば逃げられる」

オービス一等軍曹が軽蔑するようにフンと鼻を鳴らした。

「そう言われたのか？　まったくまぬけな新兵だ。おまえもいっしょに死んでいたぞ」

「おまえに化学薬品を渡したのは誰？」デシャーニがたずねた。

「ぼくは……知りません、艦長！　ぼくたちは化学薬品の受け渡しの手配をしただけです。コードネームを使って」

デシャーニがギアリーに目を向けた。

「元帥、あなたはこの兵士を銃殺する前に充分な尋問をお望みだと思います」

兵士は愕然《がくぜん》として、びくっと身体を震わせた。

「そ……そんなことはでき――」

オービスが振り返り、威嚇《いかく》する目を向けると、兵士は言葉を切った。

「艦隊規則を教わったときに、もっと注意して聞いておくべきだったな。ここでは、元帥がわれわれの報告に基づいておまえを裁き、銃殺隊に刑の執行を命令できるのだ。銃殺隊に志願する者はすぐに見つかる」

「なぜだ？」ギアリーは兵士にたずねた。「おまえの名前は？　なぜロジェロとブラダモントを殺そうとした？」

「イングリスです。名前はイングリスといいます」兵士の声は震えている。最初の反抗心は崩れてきていた。「あの男がシンディックの人間だからです！　それに、あの女はシンディックに寝返ったんです！　裏切り者のメス――！」

　兵士の声がとぎれた。兵士を両側からはさむ宙兵隊員の一人が、肘《ひじ》でその腹を突いたからだ。

「申しわけありません、軍曹《ガニー》」と、宙兵隊員。「一瞬、バランスを崩してしまいました」

「おまえが艦隊に加わったのは戦争終結後でしょう」デシャーニがイングリス兵曹に言った。イングリスは、なんとか必死に背筋を伸ばそうとしていた。デシャーニの片手がぴくぴく動いている。まるで銃を撃とうとしているかのようだ。

「ぼくの父と姉はシンディックと戦って死んだんです！」

「どうやら」と、ギアリー。「おまえは忘れているようだ。父上たちが、なんのために戦って亡くなったのかを。尋問員に洗いざらい話せば、わたしがいくらかの慈悲を示すチャンスがあるかもしれない。連れてゆけ」

「完全隔離独房へ入れなさい」デシャーニが指示した。「監視を怠《おこた》るな」

「はい、艦長」オービスが宙兵隊の伍長に向かって、身ぶりでうながした。「安全を確保しつつ独房へ連れてゆけ。わたしもすぐに行く」

　ほかの宙兵隊員たちがイングリスを強く引っ張り、部屋から連れ出すと、オービスがデシャーニとギアリーに向かって頭を振った。

「あの兵士は、あの化学薬品を使えば自分もいっしょに死ぬことになるとは本当に知らなかったのでしょう。関係者の名前をひとつも知らないというのも、本当だと思います。わたしは対テロリスト作戦をいくつか経験しています。テロの計画者たちはつねに、実行者には引き金を引いたり爆弾をしかけたりする賢さを求めつつ、ボスが安全な場にいる一方でなぜ自分たちが命を投げ出すのかを疑問に思わない愚か者を選びます。あの兵士からは有益な情報は何も得られないでしょう」

「確かめてみるしかないな」と、ギアリー。

「この件については他言無用だとして、徹底させなさい」と、デシャーニ。「周知する準備が整うまで、何も言わないように」

「了解しました、艦長」オービスが敬礼し、急いでほかの者を追った。デシャーニはハッチに鋭い視線を向けている。

「まさか、本気で慈悲を示そうと思っているわけではありませんよね？」と、デシャーニ。怒りで声が震えそうになるのを、なんとか抑えようとしている。「わたくしの艦で人を殺そうとしたのですよ」

その結果が死につながることを命令するのと、裁判官や陪審員や死刑執行人のようにふるまうことは、別ものだ。だが、このときは、怒りのせいで、ギアリーは即座にデシャーニに同意した。それに、イングリスが艦隊のクルー全員の名誉を傷つけても極刑にならないのであれば、ほぼすべてのクルーが不満を覚えるだろう。

「もしもイングリスが生きていたほうがわれわれにとって有益であるようなら、極刑にはしないかもしれない」と、ギアリー。「だが、そのような場合だけだ」

「生かしておいて、どんな益がありますか？」と、デシャーニ。

「イングリスの口を封じようとする者がいるかもしれない。そうなれば、そいつを確保するチャンスがやってくる」

「なるほど……」デシャーニは自分をなだめながらうなずいた。「もしそうした可能性がありそうなら、納得します。しかし長くは待てません」

「ああ。長くは待たない」以前なら、自分がこれほど冷静にこんなことを口にするとは想像できなかっただろう。だが、それは百年前の話だ。あのころの自分の世界はもっとずっと単純だった。


その残りの夜は、あまりよく眠れなかった。イングリスの処刑が執行されるなら、艦隊規則にしたがい、その公表を行なう必要があると気づいたあとでは、なおさらだ。公表すれば、まず間違いなく、ダンサー族はその知らせを傍受し、その場面を目にすることができるだろう。あの異星人はどんな反応をするだろうか？

むっつりしながら携帯食とコーヒーの朝食をとったギアリーは、リーセルツ大使に通信したが、またしても現われたのは大使のメッセージ・ボックスだった。ギアリーは昨夜の出来事のごく簡単な説明を残すと、ロジェロとブラダモントを捜しにいった。

暗殺未遂に対するロジェロの平然とした態度は、事件そのものと同じくらい不安をもたらした。いろいろなことを見聞きしてきてはいたものの、ギアリーはもとシンディックの者たちが語るシンディック支配星系での過酷な生活は誇張にすぎないのだろうと考えていた。だが、今回の襲撃にロジェロはまったく動じておらず、いかにも危険に慣れた古参兵として対処している。

それに対してブラダモントは、落ち着きからはほど遠かった。

「元帥、あたしは銃殺隊のメンバーとなる権利を主張します」

「わかった」と、ギアリー。ほかに答えようがない。艦隊規則は、ギアリーが死亡したとされた〝最後の抵抗〟から二十年ほどたったときに、死刑の判決がくだされた犯罪の被害者に、その権利を与えていた。そして、百年にわたる戦争がもたらした考えかたの変化により、そのような被害者は復讐の権利をしばしば主張するようになっていた。

ギアリーは気分を変えようと、ダンサー族の通信装置がある部屋へ向かった。部屋に近づいたとき、ギアリーは一瞬ぎょっとした。大きなアヒルがよちよちと通路を歩いてきたからだ。すぐ後ろから、二人の宙兵隊員がついてくる。

「ダック《アヒル》少尉の調子はどうだ？」と、ギアリー。重苦しい気分が少しだけ軽くなった。

「ダック少尉は朝食をすませ、巡回中です」宙兵隊員の一人が答えた。口調も表情も真剣そのものだ。

「では、つづけてくれ」ギアリーはアヒルと宙兵隊員が通路を進んでゆく様子をながめてから、自分も先へ進み、ダンサー族の通信装置のある部屋へ入った。そのとき部屋にいたのはチャーバン将軍だけだった。けわしい表情で装置をじっと見ている。

「何か進展はありましたか？」と、ギアリー。答えはわかっていた。何か新たに報告するべきことがあれば、すでに連絡が入っているはずだからだ。

「残念だが、何もない」チャーバンはもう少し深く椅子にもたれた。

「マカダムスとそのチームは、ダンサー族にまた新たな長いメッセージを送っている」

「やりかたを変えましたか？」ギアリーはチャーバンの向かいの席にどさりと腰をおろした。

「同じようなものだ」チャーバンは考えこむように顔をしかめた。「あれだよ、相手が理解していないと、もっと大きな声を出してみるだろう？　まるで声を大きくすれば、相手がもっとよく理解できるかのようにな。マカダムスとその優秀な仲間がやっているのは、まさにそういうことだ。連中は同じことを言いつづけている。変えているのは声の大きさだけだ。たとえて言えば、そういうことになる」

「ダンサー族も感心しているでしょう」

「ずっと〝やあ、もしもし〟と返事をしている。まるで聞き取りにくい相手の声を聞こうとしているかのように」と、チャーバン。いままで暗かった表情に、ゆっくりと笑みが広がった。「ダンサー族の返事がやってきたときの、マカダムスとそのチームの映像と音声を入手できないものかな？」

「やってみましょうか」と、ギアリー。「ダンサー族の返事といえば、ダンサー族のジャンプ・エンジン・システムを見せてほしいという、こちらの要請に返事はありましたか？」

「何もない」チャーバンは両手を広げた。「指揮系統の上の者へおうかがいを立てないと返答できないのかもしれんな。その場合は、しばらくここの軌道上で返事を待つことになるだろう。しかし、もういちど警告しておくが、ダンサー族は答えたくない質問を完全に無視することがある。ノーとは言わず、そんな質問は聞いていないというふりをするのだ」

「無視されがちな質問というのがあるのですか？」ギアリーは通信装置をちらっと見て、たずねた。

この質問にチャーバン将軍は肩をすくめた。

「もしあるとしても、われわれはまだ、ダンサー族が返事をしない質問の傾向について、これといった仮説を作りあげてはいない。ひょっとすると、非常に大きな文化的相違のせいかもしれない。こちらにはその関連はまったくわからないが、向こうの文化では、ある種の質問はなんらかのカテゴリーに属しているのかもしれん」

「ドクター・マカダムスとその仲間たちに話しかけようとするようなものか」と、ギアリー。

チャーバンがにやりと笑った。

「わしは何も言ってはおらんからな」通信装置から低い音が聞こえてきて、チャーバンは目を向けた。「おっと、マカダムスとその仲間たちはついに話を終えたようだ」また別の音が聞こえた。「こいつはずいぶんと早い返信だな」

「ダンサー族はなんと言っていますか？」

チャーバンの笑みが広がった。

「やあ、もしもし」

ギアリーは短く笑ったものの、すぐに愉快な気分は消えた。

「ダンサー族はマカダムスの呼びかけにいらだっているのではないでしょうか？　すぐに返事をしていますし、おまけにたったひとことしか返していませんから」

「可能性はあるな」チャーバンは肩をすくめた。「たしかに、撥ねつけているように感じる。だが、それはあくまで人間だったらそうだ、という話だ。ダンサー族は、〝つづけてくれ。聞いているから〟と言っているつもりなのかもしれない」

「わたしはほかの人間を理解するのにも苦労していますよ」と、ギアリー。

「わしもだ」チャーバンは片目を細めてギアリーを見た。「この艦で殺人未遂があったという話を聞いたが。たんなる噂だろうか？」

ギアリーは片手で額《ひたい》を叩いた。

「他言無用のはずなのに」

「そう言われるとしゃべりたくなるものだ。では、本当なのか？」

「ええ」ギアリーは言葉を切り、考えた。ついでに、この悩みについても聞いてもらったほうがいいのかもしれない。「われわれが自分たちの兵士の一人を処刑したとダンサー族が気づいたら、どう反応するでしょうか？」

チャーバンは頭を振った。

「正直なところ、まるでわからない。ダンサー族は自分たちの若い者を食べる、ということはわかっているが。そんなことは信じられないが、われわれのダンサー族についての知識は、まだとても表面的なものだ」

　ギアリーが返事をしようとしたとき、ギアリーの通信パッドが鳴った。パッドを確認すると、ギアリーは気分が重くなるのを感じた。

「その心配はなくなりました。ダンサー族が処刑を見ることはありません」

「なぜだ？」

「その兵士は死亡しました」


「いったい、どうしてこんなことになったのだ？」

　ギアリーは〈ドーントレス〉の隔離独房で立ちつくしていた。そばにはデシャーニ艦長、ドクター・ナスル、オービス一等軍曹がいる。ナスルとオービスはうつむき、デシャーニはギアリー以上に激怒しているように見える。床には、イングリスがぐったりと横たわっていた。

「イングリスは完全な医療スキャンを受けたあと、この独房に入れられました」と、ドクター・ナスル。「問題がありそうなものは何も検知されませんでした。埋めこみ式機器《インプラント》も、血液中の疑わしい薬物も、微小ロボットも、何もありません」

「では、死因はなんだ？　なぜ蘇生できなかった？」

「神経系がやられたのです」デシャーニがごく簡潔に答えた。

「自然にか？」と、ギアリー。

「投げ矢《ダーツ》によって神経剤を注入されました」と、ナスル。「そのダーツは取りのぞいていません」

「わたしの宙兵隊員たちは、この独房に誰も近づけないようにしていました」と、オービス。「セキュリティ・システムの記録がそのことを立証してくれます。何者も探知されていません」

ひとつの言葉がギアリーの注意を引いた。

「探知」

「そうです、元帥」と、オービス。「こんなことを可能にする方法はひとつしかありません。ステルス装甲服を身につけていたのです」

デシャーニがオービスに鋭い視線を向けた。

「宙兵隊偵察員のステルス装甲服が使われたということ？　この件にはまた別の宙兵隊員がかかわっていると？」

「違います、艦長。高度なセキュリティ・システムは、近くでステルス装甲服が利用されていれば、そのわずかなサインも発見できます。それに、宙兵隊の装甲服に関しては、すべての技術的仕様が既知であるため、システムはそれらを特定しやすく、少なくともなんらかの異常を検知して警告することが可能です」オービスは揺るぎない断固とした表情でギアリーとデシャーニを見た。「宙兵隊のものよりさらにすぐれたステルス装甲服を持つ部隊は、この艦隊にはひとつしか存在しません」

「ウェッブ大佐の部隊だな」と、ギアリー。

「おっしゃるとおりです、元帥」

デシャーニがイングリスの死体を見おろして言った。

「独房とこの周辺と死体を完全に記録してから死体を移動させ、完全な医療検査を行ないなさい。警衛隊をこの件に専心させてちょうだい」

「はい、艦長」オービスとドクター・ナスルが答えた。

「少し話せますか、元帥？」と、デシャーニ。

「もちろんだ」ギアリーはデシャーニと並んで歩きはじめた。デシャーニはギアリーの自室へ来るまで、ずっと無言だった。

部屋まで来ると、立ったままデシャーニが言った。まだ怒りはおさまっていない。

「オービス一等軍曹の言うことには一理あります」

「そうだな」と、ギアリー。「だが、ほかの要因についても二、三、考慮する必要がある」

「たとえば？」

「宙兵隊員たちはウェッブ大佐の部隊をよく思っていない。精鋭特殊部隊《ウェンディゴ》は予測不能なことをしでかす特別な連中だ、と考えている」

「充分な理由がありますから、そう考えるのも無理はありません」と、デシャーニ。

「まあな」ギアリーも腰をおろさず、部屋のかぎられた空間を落ち着きなく歩きまわった。

「わたしは、大佐の部下がやったと思わせる新たな動きがあるのではないかと予想していたが、これほど早くことが起こるとは思わなかった」

「予想していた？」と、デシャーニ。説明を求めるような口調だ。デシャーニは腹を立ててはいても、思考停止におちいってはいない。

「ウェッブの部下たちがイングリスの口を封じようとしたのなら」と、ギアリー。「ブラダモントとロジェロの暗殺未遂にかかわっているということだ」

「はい」

「ウェッブの部下たちはなぜ自分たちでやらずに、イングリスのような捨て駒を使ったのか？　ブラダモントとロジェロをイングリスと同じ方法で殺そうとしなかったのは、なぜだ？」

デシャーニは答えなかった。眉をひそめて考えこんでいる。

「大佐の部下たちの関与が否定されたわけではありませんが、その可能性はいくらか薄れてきました。ステルス装甲服が必要となる状況でダーツを使うのではなく、イングリスが持っていた二種類の薬剤を使ったのですから、なおさらです」

「そのとおりだ」と、ギアリー。「イングリス殺害にウェッブの部下の一人が関与していることは明らかだ。実行犯がウェッブの部下だとしたら、その人間は、賢くて有能で実行力がある一方、イングリス自身により犯人として特定されなかったにもかかわらず、自分にとって不利な証拠を残す愚かな面もあるということだ」

「そもそも、イングリスを使う意味がありますか？」

「別の集団がやったということなのかもしれない。イングリスによる暗殺未遂とイングリス殺害は、まったく別の動きなのではないか？　何者かがウェッブの部下のしわざに見せかけようと、イングリスの一件を利用したのかもしれない」

デシャーニがギアリーの目を探るように見た。

「何者かがウェッブとその部隊をはめようとしていると考える理由が、ほかにもあるのですか？」

「ああ」ギアリーはまっすぐにデシャーニの視線を受け止めた。「ほかの集団のしわざだとしても、この件はウェッブに伝えるし、リーセルツ大使にも報告する。とにかく、われわれに探知されずに艦隊内のあらゆる場所へ行ける敵対者がいるのは間違いないな」

「あなたがまだ死んでいないのはなぜでしょう？」デシャーニは懸念する目つきになった。

「いい質問だ。アイガー大尉の第六感によれば、この任務を失敗させようとしている集団は複数いるらしい。わたしもそう思う。イングリスを殺害した者は同じやりかたでわたしを殺そうと思っているのではなく、この任務において問題を発生させたがっている」

「ミッドウェイ星系のレセプションでの暗殺未遂事件は、もとシンディックのせいにされていたかもしれません。というより、実際にそういうことにされていたでしょう」と、デシャーニ。「ひょっとすると、もっと多くの問題を引き起こす形で殺される必要があるのかも」

「もちろんその可能性はある」と、ギアリー。おれはなぜ、こんなに落ち着いた気分で議論しているんだろう？　もっと恐怖を感じていてもいいはずだ。あまりリアルに感じないせいかもしれない。たんに、そんなことは起こらないと考えているせいなのか？「敵対者たちはわれわれをあやつろうとし、たがいに不信感を持たせることでこの任務を台なしにしようとしているのだ。ウェッブやその部隊ばかりでなく、われわれのクルーに対しても、不信感を抱かせようとしている。この前きみが言ったように、わたしも強制されるのは好きじゃない」

デシャーニが腕組みをしてうなずいた。怒っているように見えるが、先ほどとは少し様子が変わってきている。

「では、この件にミッドウェイ星系のもとシンディックの者たちがかかわっているという考えを、除外することはできませんね。そのような目的で、ミッドウェイ星系はロジェロをこの艦に乗せたがったのかもしれません。あのレセプションでの暗殺未遂も、ドレイコンが元帥を救ったという事実を作るためにしくまれたものだったのかもしれません。わたくしはブラダモントが好きですが、ブラダモントが選び取った星系は、みずから認めているように、汚れ仕事を安くかたづけることに慣れている人々によって運営されています」

ギアリーはその考えを否定したかったが、できなかった。

「ドレイコンのことは信用したい。ミッドウェイ星系には友人がいると思いたい。だが、きみの言うとおりだ。もとシンディックの者たちの動きに注意する必要がある」

「ロジェロ自身は思慮深くふるまっていますが、絶えず注意を欠かしません」と、デシャーニ。「たしかに、ロジェロはまだ怪しげな動きをしたことはありません。また、それとは別に考えるべきことがあります。敵対者のなかには、ダンサー族に対する不信の種を蒔こうとする、あるいはわれわれとダンサー族との関係を混乱させるために何かをしようとする者もいるようです」

「そうだな」これもまた気にかけておく必要がある。「だが、事態を悪化させることにかけては、マカダムスやそのチームのほうが腕は上だな」

そのとき、ギアリーの通信パネルが警報を発した。

「元帥！　この星系に新たな複数の艦が到着しました！」

デシャーニが応答ボタンを叩いた。

「こちらは艦長。落ち着きなさい、大尉。謎の種族の艦なの？」

「違います、艦長。謎の種族のものではありません。人類でもダンサー族の艦でもありません。われわれのシステムでは特定不能です」

10

それから一分もしないうちに、ギアリーとデシャーニはともにブリッジのそれぞれの席におさまり、自分のディスプレイを見つめていた。

「新たな艦がジャンプ点に到着しました。ダンサー族が支配する別の星系から来たものと思われます」キャストリーズ大尉が報告した。「われわれの知るどの種族の艦のデザインとも一致しません」

約十五億キロもの距離があるにもかかわらず、その新たな航宙艦は艦隊のセンサーで簡単にとらえることができた。ギアリーは何かわかることがないかと、映像に目を凝《こ》らした。艦は二隻で、一隻はもう一隻よりもずっと大きい。航宙艦船のデザインの一部の特徴は物理学と工学によって規定されるため、人類や謎の種族やダンサー族のものとそれほど大きな違いはない。メイン推進装置は後部にあり、艦にかかる圧力を分散させるために主艦体は流線形になっている。だが、二隻とも人類の艦船よりも丸みを帯びていた。もちろん、それ以外にも、外観のデザインの細部にはいろいろと相違がある。

「あれが人類の艦なら、大きいほうが輸送艦の類《たぐい》で、小さいほうが護衛艦だと思うだろう。しかし、たしかにあれは人類の艦のデザインではないな」

「可能性はありますー」と、デシャーニ。「ほかの人類から隔絶された場所から来た艦だとすれば」

「それはどうかな」と、ギアリー。「あの艦体の外装パーツを見てみろ。人類が設計した艦にあんなものが使われているか?」

デシャーニは椅子の背にもたれ、頭を振った。

「わたくしが知るかぎりでは、ありませんね。あれは間違いなく、謎の種族の艦でもキックスの艦でもありません。ダンサー族のものでもない。とすると、何者でしょう?」

「ダンサー族は二隻の到着になんの反応も示していないようだ」ギアリーは、そのジャンプ点にもっとも近い位置にいるダンサー族の艦を見た。到着から一時間半がたとうとしているが、その場所にいるダンサー族の艦のあいだに、二隻の到着に即応する動きは見られない。「あの新参者は惑星のひとつをめざして、星系内部へ向かっているようだ。ダンサー族が知る相手なのだろう」

「じきに、あちらからも、われわれの姿が見えるようになります」と、デシャーニ。「接触してみるべきでしょうか？」

ギアリーは反射的に答えそうになったが、思いとどまり、よく考えてみた。

「実にいい質問だ。異星種族が支配する星系にいるときに、また別の異星種族が現われた場合、どのような作法にのっとればいいのだ？」

「外交の問題のようですね」

「そうだな」ギアリーは通信操作パネルのボタンを強く押し、今回の送信メッセージが最優先に設定されていることを確認した。

このときは、リーセルッツ大使から応答があった。何かやっていたことを中断させられたときのような表情だ。

「ご用件はなんでしょう、元帥？」

「この星系に先ほど到着した艦と直接、接触する許可を求めます。新たな異星種族のようです」

「新たな種族？」リーセルッツは目を閉じた。「どのような種族ですか？」

「わかりません」

「わたしたちが意思疎通することに、ダンサー族は抗議していませんか？」

「抗議？」ギアリーがデシャーニをちらっと見ると、デシャーニは首を横に振った。「していないと思いますが」

「では、ぜひともその新たな艦と接触するべきだと思います。そうすれば、その種族について多少なりとも知ることができますから」と、リーセルッツ。「それに、もしダンサー族が新たな艦との接触についてわたしたちに抗議したとしても、ダンサー族について何か新しいことを学べるでしょう」

「メッセージはわたしが送りますか？　それとも大使から？」と、ギアリー。

「ああ……」リーセルッツ大使はうなずいた。「わたしが送るべきでしょう。通常通信を使うのですね？」

「はい。〈バウンドレス〉で通常使われる通信装置でいいでしょう」〈バウンドレス〉の通信装置は、ドクター・コトゥールの一件で強制的に使用できない状態にされていたが、きちんと調整され、ふたたび使用可能になっていた。「こちらにも同じメッセージを送ってもらえますか？」

「もちろんです」

リーセルッツ大使が通信を切ってから数分後、ギアリーは新たなメッセージが〈バウンドレス〉から送信されたという知らせを受け取った。ギアリーはメッセージを受信する前に、デシャーニにも見えるようにした。

「新たにこの星系に到着した航宙艦へ」と、リーセルツ。はっきりした口調でゆっくりと話している。「こちらは人類の支配星系からなる星系同盟《アライアンス》を代表するリーセルツ大使です。わたしたちは平和的かつ相互の利益となる関係を構築するため、すべての異星種族との接触を望んでいます。返信をお待ちします。われらが先祖に名誉あれ。リーセルツより、以上」

「悪くありません」と、デシャーニ。しぶしぶ認めたといった感じだ。「返事が来ると思いますか?」

「わからんな」と、ギアリー。「だが、メッセージが向こうに届いて返事がこちらに来るまで、最低でも三時間はかかる。それまでのんびり待てばいい」

「われわれが接触しようとしているのが気に入らなければ、ダンサー族はそれよりずっと早く何か言ってくるでしょうね」

「たしかにそのとおりだ」ギアリーはチャーバン将軍に連絡すると、現在の状況を説明し、新たに到着した艦に関するダンサー族からのメッセージに備えるよう、注意をうながした。

「監視をつづけて」デシャーニがブリッジ・クルーに指示した。「何か変化があったときは、ただちに元帥とわたくしに知らせるように」

たまには、さらなる質問ではなく答えをもらいたいものだ——ギアリーはそう思いながら立ちあがった。だが今日は、ずっと避けてきた艦隊司令長官としての日常業務をかたづけなければならない。

「わたしはしばらく自室にいる」


管理業務はまったく気が乗らない仕事だ。しかしギアリーは自室に入ると腰をおろして、たまっていたメッセージを呼び出して読み、適宜《てきぎ》、必要な処理を行なった。予想どおり、ほとんどがいつもの決まりきった内容だ。それでも、どれもギアリーが目を通し、コメントする必要があった。

だが、そのなかに見慣れない送信元からのメッセージがひとつあるのが目にとまった。ジョン・セン？〈バウンドレス〉に乗っている者か？誰だろう？

ああ。おれとターニャが外交レセプションで出会ったあの歴史家だ。

好奇心に駆られて――ほかの仕事を避けようとしているのは、自分でもわかっていた――そのメッセージを呼び出すと、疲れきった表情のジョン・センがこちらを見つめていた。

「ギアリー元帥、お邪魔して、大変申しわけありません。レセプションで直接お会いした縁を利用するのは気が引けましたが、もう限界です。わたしにはすることがありません。ドクター・マカダムスは、わたしの話を聞いてもくれなければ、指示もくれません。それどころか、会ってさえくれないのです。マカダムスの下で働くドクターたちも、わたしのことを認めてくれません。わたしが博士号を持っていないからです。船の士官やクルーのみなさんは親切ですが、こちらもわたしに何かするべきことを与えてはくれません。そのうえ、わたしは、ウェッブ大佐に、ことのほか怪しいと思われているようです。というのも、あの自動給酒装置《オート・バー》が爆発したときに、わたしがあなたのそばにいたせいです。どうしていいのかわかりません。物理学者のかたがたとも話をしようとしたのですが、たいていは無視されてしまいます。例外はドクター・クレシダで、口調はそっけなかったのですが、元帥に話をしてみてはどうかと言ってくれました。いっぷう変わったことに興味をお持ちだから、と。これは褒《ほ》め言葉なのでしょうか？　よくわかりません。あのかたは、そのう、少々、何を考えているのかわからなくて。とにかく、助けてもらえないでしょうか？　わたしは自分の仕事をしたいだけです。あるいは、何か有益なことをしたいのです。では、どうも失礼しました」

そこでメッセージは終わった。

これはまったく些末な問題だ。これよりずっと重要で取り組むべき問題はほかにいくらでもある。

だが、センに対しギアリーは、礼儀正しく興味深い人物だという印象を持っていた。艦隊司令長官の力で解決できる問題はあまり多くないように思える。だが、この件ならなんとかなりそうだ。

ギアリーはセンに通信した。メッセージの内容からすれば驚くことではないが、歴史家はすぐに応答した。

「ギアリー元帥！ ご連絡くださり、ありがとうございます！」

「あなたのことを大使に話してみてもいいのではないかと思っています」と、ギアリー。「ですが、まず、あなたの希望と、大使があなたのために尽力するべき理由を、もっとよく把握する必要があります」

「それはあまり重要ではないと思います」と、セン。見るからにしょげかえっている。「わたしはダンサー族と話をしなければなりません。でも、ドクター・マカダムスはまったく聞く耳を持ってくれないのです」

「ダンサー族と話ができるのはドクター・マカダムスだけではありません」と、ギアリー。オーバーワーク気味なチャーバン将軍のチームのことが頭に浮かんだ。「ひょっとすると、あなたはわたしの助けになってくれるかもしれません。異なる視点を持つ人を必要としていますので」

センの表情が明るくなった。

「わたしは変わり者だとよく責められます」

「たいていは、あなたの専門とは直接的には関係のない仕事になりそうですが、かまいませんか？」

「もちろんです。問題ありません」何か意味のあることをしたいというセンの明らかな熱意が、痛いほど伝わってきた。「実は、わたしはただの歴史家ではありません。作詞作曲もしています」

「作詞作曲？」ギアリーは耳を疑った。

「はい」と、ジョン・セン。「ローゼン星系では、プロのかたがたと何曲かレコーディングしました。自分で言うのもなんですが、その歌はなかなかのものです！　ほかの星系でも、それなりにヒットした歌もありました。おわかりでしょうが、歌をヒットさせるのは非常に大変です」

「実のところ、よくわかりません」と、ギアリー。歌も詩のようなものだよな？　「〈ドーントレス〉にあなたのベッドを確保できたら、こちらの艦に移乗して、ダンサー族との対話を担当しているわたしのチームを手伝ってもらえませんか？　このチームのすべてのメッセージの表現形式を整えることに手を貸してくれるのなら、われわれはあなたの質問のいくつかもダンサー族に届けることができるはずです」

「わたしが手伝う――？　ああ、いえ、もちろんです！　いますぐにでも！　連絡をお待ちしています！」

通信が終わると、ギアリーはチャーバン将軍を呼び出した。チャーバンはあくびをしている。

「失礼した、元帥」と、チャーバン。「夜のあいだほぼずっと待機状態だったのだ。仮眠をとっていたのだが、アイガー大尉が例の新たに到着した航宙艦の件で呼び出されて行ってしまってな。それで、わしがまたここにいることになった。何かご用かな？」

「ひょっとすると、将軍たちのお役に立てるかもしれません。プロのソングライターが必要ではありませんか？」

チャーバンが一瞬、固まった。

「それがたんなる仮定的な質問でないといいのだが」ようやくチャーバンは言葉を発した。「ああ。ソングライターがいてくれれば、実にありがたい。われわれの言葉と音楽を一体化する方法がわかれば、われわれとダンサー族との関係はまた大きく前進するだろう」

「わかりました。実は〈バウンドレス〉に一人いるんです。〈ドーントレス〉に移乗してもらいましょう。正確には歴史家ですが、ダンサー族に個人的な質問をすることを望んでおり、自作したいくつかの曲が彼のいた星系でヒットしたそうです」

「もっと別の奇跡を望む気持ちもあるが、それでよしとしよう」チャーバンが笑みを浮かべた。「すぐにでも来てもらったほうがいいな」

「すると、ダンサー族は、新しく来た艦やその艦に対するわれわれの反応について何も言ってきてはいないのですね？」

「言葉もなければ、詩もない」と、チャーバン。

新たに到着した未知と思われる種族が人類の艦隊を目にしてすぐに送ったのなら、そのメッセージは、二隻の到着を告げる光にわずかに遅れて届くだろう。リーセルッ大使が送った挨拶に返信したのであれば、人類のメッセージが送信されてから三時間ほどで届くはずだ。

艦隊運営のための退屈だが必要な仕事に忙殺されていたギアリーが、ようやく時刻を確認したとき、リーセルッ大使がメッセージを送ってから四時間が経過していた。

ディスプレイを切り替えて宇宙空間の状況を映してみると、新たに到着した艦は、その軌道にあるダンサー族が支配する惑星のひとつに接近するベクトルにしたがい、いまもなお進みつづけていた。新たな艦をダンサー族が出迎えるといったような動きは、まだなかった。

「きみたちの友人はどのような種族なのかと、ダンサー族にたずねてみた」まもなくチャーバンから報告があった。「今のところ返事はない」

翌朝までに起こった変化は、一機のシャトルが〈バウンドレス〉からジョン・センを運んできたことだけだった。ギアリーは、下級士官の共有部屋にセンのベッドを確保するようデシャーニに頼み、シャトルの出迎えにはいかなかった。〈ドーントレス〉の下級士官の一人が、食事などの決まりごとの説明とともに応対することになっているからだ。

だが、昼近くになって、ダンサー族から返事がないことについてチャーバン将軍と話をするという理由で、ギアリーはジョン・センを連れて異星人の通信装置がある部屋へ行き、みずからジョン・センを士官たちに紹介した。

「あなたは、ダンサー族、あるいはダンサー族が知るほかの種族が旧地球を訪れたことがあるかどうかを、確かめようとしているのですか？」通常の昼食時間の直前でひどく混み合う通路を歩きながら、ギアリーがたずねた。

「そのとおりです」センは艦内の装備やクルーたちを好奇の目でながめまわしながら、言った。「この艦は、〈バウンドレス〉とはまったく違いますね。デザインを見ると、それぞれ異なる遺産を受け継いでいるのがわかります」

「遺産ですか？」

「伝統のようなものです」センが説明した。「ものごとには、それぞれのやりかたがありますが、そのやりかたは時とともに変化し、背後にある基本的な概念も新たな形に進化することがあります」

「たとえば？」ギアリーは自分がセンとの会話を楽しんでいることに気づき、驚いた。

「ええと、そうですね、最近のことから例をとるなら、勝利です」センはギアリー全体を示すように、ひらひらと手を動かした。「勝利の構成要素とは何か？　種族や文化が違えば、解釈も違ってきます。ある時代のある場所では、勝利とは敗者の絶滅を意味しました。また別の時代と場所では、ほとんどスポーツイベントのようなものでした。ゲームが終了したと両者が判断するまで、意味があると思える目標物を敵から獲得する、といったようなゲームでした。勝利が意味するものについて、人類のあいだで普遍的な合意はありません。しかし、まったく異なる歴史と思考を持つダンサー族はどうでしょう？　ダンサー族は勝利をどのように定義していますか？」

「正直なところ、わかりません」と、ギアリー。「ダンサー族が見ているパターンに関係しているのではないかと思っています。たとえば、そのようなパターンを完成させることが勝利なのかもしれない」

「パターン？　パターンを完成させる？」センはうれしそうに、にっこり笑った。「それはすばらしい。ダンサー族は技術者のような思考スタイルを持っていると、誰かが言っていました。そうなんですか？　だとすれば、そのように勝利を具体的に定義していたとしても、おかしくありません。われわれが勝利するのは、さっき話していたように、具体的なことをやりおえたときです。しかしダンサー族は自分たちの望みを正確に知っていて、動いているのでしょう。人類は違いますよね。歴史は戦争であふれています。自分が何を達成したいのかよくわかっていない者たちによって始まった戦争で」

「先ごろの戦争を始めた惑星連合《シンディック》の指導者たちもそうでしょうね」と、ギアリー。「あの戦争はまさに不意打ちから始まりました。誰も予想していなかった。シンディックが達成できる理性的なゴールなど、ないように思えましたから」

「あの最初のシンディックの攻撃がどの程度まで奇襲だったのかについては、歴史家のなかでも意見が分かれています」センはギアリーを見ながら慎重に言った。

「わたしは本当に驚きました」と、ギアリー。

「元帥がグレンデル星系であのシンディックの攻撃部隊に遭遇したのは偶然ではないと考える学者もいます。元帥がシンディックと出くわすことを予期して、そのタイミングに合わせて、そこに送りこまれたのだという考えです」

「まさか？」ギアリーは自分が笑っていることに驚いた。グレンデル星系のことを考えるとき、痛み以外の感情が湧いてくることはめったにない。だが、これは……。「わかっているのは、あのようなことが起こる可能性を誰も予想していなかったことだけです」

「本当ですか？」ジョン・センは微笑しながら頭を振った。「その新たな話は、先ごろの戦争を研究する歴史家のあいだで物議を醸すでしょう。つまり、アライアンスはひそかに戦争の準備をしていたと考える者がいますから」

「準備などしていませんでした」ギアリーは、自分の重巡航艦が戦力でまさるシンディック艦隊から攻撃を受けたときの困惑と混沌、そして取り乱したクルーたちによる英雄的行為を思い出していた。センはそのギアリーの口調から何かを感じとり、笑みを消した。

「すみません。わたしにとってこれは……学問であり、過去の出来事なのです。元帥の気持ちは想像できません」センはそばを通り過ぎてゆくクルーを見まわした。「クルーのみなさんの気持ちも」

「あの戦争で誰か亡くされましたか？」ギアリーがたずねた。

「みな誰かを失っています。直近では、おじを二人、大おばを一人、いとこを一人、亡くしました。姉は重傷を負ったものの、生き延びました。故郷に帰ってきましたが、その話はしません」

「では、あなたにもどんな気持ちかわかるでしょう」部屋に到着し、ギアリーは先に立ってなかへ入った。

チャーバン将軍は、奥の隔壁に面する椅子でぐったりしていた。頭をのけぞらせて目を閉じ、口を開けて眠っている。ジャーメンソン大尉はすわったまま自分の通信パッドで何か作業をしていたが、二人が入ってゆくと顔を上げた。

「元帥」ジャーメンソンがすばやく立ちあがった。

「楽にしてくれ」ギアリーは手を振り、着席をうながした。「この人は新たな助《すけ》っ人《と》だ。ダンサー族に個人的に訊きたいことがあって、なんとかその質問を伝えたい」

「ジョン・センといいます」センは軽く会釈した。「あなたはエール星系のご出身ですか？」

「すぐにわかってしまいますか？」ジャーメンソンは笑みを浮かべ、明るい緑色の髪を片手でぱっと払った。ある時期のエール星系の多くの住民は、子孫が緑の髪になるよう遺伝子操作を行なっており、その独自の遺伝子操作は何世代にもわたって受け継がれるとわかっていた。

「このあとは二人で話をしてくれ」と、ギアリー。「大尉、チャーバン将軍が充分な休憩をとっていないようなら、知らせてほしい。きみたちには、想定外のことが起こったときも全力を尽くせる状態でいてもらう必要があるからな」

「はい、閣下！」

ギアリーはブリッジに向かいながら、センの話をずっと考えていた。予想どおり、ブリッジの艦長席にはターニャ・デシャーニがいて、ギアリーはその隣の艦隊司令長官席に腰をおろした。

「新たにやってきたわれわれの歴史家と興味深い話をした」

「それはそれは」デシャーニはギアリーを見た。そう言うからには何か理由があるのでしょうねと言いたげな目つきだ。

「あの歴史家はこう考えている――工学的スキルとパターンへの興味を持つダンサー族は、おそらく、どのような状況においても、自分たちが望む結果を正確に知っている、と」

デシャーニはその意見について考え、うなずいた。

「理にかなっていますね。それはまた、われわれに対するダンサー族の言動のすべてが自分たちの明確な目的を達成するためのものだった、ということも意味します」

「ああ。ダンサー族は場当たり的な行動はとらない。ダンサー族が答えようとしない事柄が何と関係しているのかよくわからない、とチャーバン将軍は言っていたが、ひょっとすると、そこに関係しているのかもしれない。ダンサー族がわれわれに告げていることはどれも、われわれを自分たちの明確な結果に向かわせるためのもので、われわれに言わないことも、すべてねらいは同じなのではないか」

「そう考えると、気味が悪いくらいつじつまが合いますね」と、デシャーニ。「ダンサー族はわれわれの友人とは呼べないのではないか、と思っていました。その行動は自分たちの利益を考えてのものだろう、とつねに思っていたのです。それは必ずしも、われわれにとって悪いことではありません。黒い艦隊の殲滅《せんめつ》に力を貸してくれましたから。しかし、ダンサー族の最終目的が、ダンサー族が望むもので、かつわれわれがあまり望んではいないものだとしたら、どうなりますか？　ダンサー族のすべての行動が、理由を告げずにわれわれをどこかに追いこむものだとすれば、温かく穏やかな気持ちではいられません」デシャーニは横目でギアリーを見た。「どこかリオーネに似ています」

「そうだな」認めないわけにはいかない。ビクトリア・リオーネは、おれに何も気づかせないで、自分が望む方向におれをいちどならず動かした。「だが、リオーネの最終目的はわれわれのものとほぼ同じだった」

「われわれにできることは何かありますか？」

ギアリーは肩をすくめた。不快だが、現実に向き合わなければならない。

「すでにやっていることをする。前進しつづけるが、地雷を踏まないよう足もとに注意しながら一歩一歩進む」

「宇宙にある機雷と同じように、地面にある地雷もたいていは隠されています。目に見えるようになるのは踏んだときです」と、デシャーニ。

軌道上でさらに一日が過ぎ、チャーバン将軍とそのアシスタントたちはジョン・センの助けを得て、さらなる質問を送っていた。だが返事はもらえず、もらったとしても、あいまいな言葉で安心感を与えようとするもので、具体性には欠けていた。

ギアリーは、ダンサー族の宙域に来れば、ことは自然に運ぶだろうと思っていた。だが、これでは何かが起こるのをただ待っているように思える。それは艦隊内の新たな問題か、あるいはダンサー族が意図していることかもしれない。

〈バウンドレス〉へ通信してほしいという依頼はちょうどいい気分転換だった。応答したのがドクター・クレシダだったため、ギアリーは驚いた。

「あなたがわたしに通信の依頼を?」と、ギアリー。

「世界は驚きに満ちているのですよ、元帥」ドクター・クレシダはうつむくと、ふたたびギアリーを見た。「わたしは知らぬまに難しい立場に置かれていて、あなたにお願いをしなければならなくなったのです」

「お願い？　ドクター、わたしはすでにあなたには借りがあります。どのようなことでしょう？」

「同僚とわたしは、ダンサー族の科学的発見について知ることができると期待してここに来ました。ですが、それは不可能だということが判明しました。というのも、この船にある異星人と対話できる唯一の通信装置が、自己中心的な無能者の独占的管理下にあるからです」

「それはドクター・マカダムスのことでしょうか？」ギアリーは笑みを浮かべないようにした。

「言うまでもありません」クレシダは気を引き締めるかのように、ふたたびじっと動かなくなった。「元帥の艦にも同じような通信装置があるとうかがいました」

「デシャーニ艦長の艦であり、わたしの旗艦ですが、そのとおりです。ダンサー族が送ってくれたソフトウェアをロードした、もともとの通信装置です。その装置を利用したいのですか？」

「可能であれば」ドクター・クレシダは顔をしかめた。「その装置の利用時間がきわめて貴重であることはわかっています。しかし、わたしはその時間と引き換えに提供できる具体的なものを持ち合わせていません」

「ドクター」と、ギアリー。「あなたはアライアンスを代表して仕事をしているのです。われわれは通信装置を利用するという理由で、あなたに何かを、ええと、請求したりはしません。先に言っておいたほうがいいでしょう。その仕事に直接取り組んでいるわたしの部下たちは、メッセージをダンサー族が注意を向けるような形式に変えるべく、非常に忙しくしています。そのため、あなたの質問を適切な形式に落としこむのに、どのくらい時間がかかるか、わかりません」

「形式？　どのような種類の形式ですか？」

「ダンサー族は、話しかけるときの形式を、話し手の、そのう、教養レベルと同一視しているようなのです。チャーバン将軍は、われわれがふだんどおりに話しかけると、ダンサー族は赤ん坊に話しかけられているように感じるようだと考えています。ジャーメンソン大尉は、ダンサー族のメッセージをもとの形式で聞くと音楽のように聞こえる、と鋭い指摘をしてくれました。正確には歌とは言えないでしょうが、その音にはリズムと抑揚があります。言葉を詩のような形式にして送ってみると、ダンサー族はより明確な答えを返してくれるようになりました」

　ドクター・クレシダは数秒間、ギアリーをじっと見た。その表情から、何を考えているのかを読み取ることはできない。

「あの異星人が歌を洗練された形式として受け入れるだろうと、あなたは思っていらっしゃるのですか？」

「そうです。現在、ダンサー族にいくつか歌を送っているところですが、結果はまちまちです」どこまで話すべきだろう？　「われわれがここに到着してからというもの、ダンサー族はあまり話をしてくれなくなってしまったため、どのくらいうまくいっているのか、いないのか、よくわからないのです」

「わたしが自分で考えた形式で試すことは可能でしょうか？」

「ぜひ、やってみてください」と、ギアリー。「ドクター・マカダムスが送っているものを見ましたか？　あれはやらないほうがいいという見本です」

クレシダは見るからにためらっていた。

「どうしても自分自身でメッセージを送りたいのです」

「〈ドーントレス〉に乗艦したいということでしょうか？」ギアリーはその要請に驚いた。このあいだこの艦に来たときのジャスミン・クレシダの反応を見ていると、巡航戦艦を妹の死と同一視しているようだったが。

「それはかまいません」

「そちらの艦のあの……艦長は、わたしのことが気に入らないようですが」

ターニャが気に入らないのは、あなたの態度だ。ギアリーはそう思ったが、自分のうちにとどめておいた。

「ターニャ・デシャーニはあなたの妹さんとは親しい友人でした。プロ意識がありますから、個人的な感情は別ものとして、あなたに接するはずです」

「では、わたしがあなたの艦に行っても問題はないのですね？」

「はい。デシャーニ艦長の艦、わたしの旗艦です。どんな違いがあるのかと思われるかもしれませんが、艦の指揮官にとっては、このような区別が非常に重要なのです」

クレシダとの通信が終わると、ギアリーは気を引き締め、ブリッジのデシャーニを呼び出した。

「艦長」と、ギアリー。こう呼びかけたのは、この会話を完全に正式なものにするためだ。「知らせることがある。〈バウンドレス〉からまた一人、訪問者が移乗してくる」

デシャーニが、あからさまに怪しむ目つきでギアリーを見た。

「その訪問者というのは、ほかでもないジェイレンの姉なのでしょう？」

「訪問者はジェイレンの姉上であるドクター・クレシダだ」

デシャーニはゆっくりと息を吸い、唇を引き結んだ。

「自分は本当は死んでいて地獄にいるのではないかと思う瞬間があります。なぜ、わたくしの艦に来るのですか？」

「ダンサー族の通信装置を使うためだ」

「けっこうです。ありがとうございます、元帥」

その〝けっこうです〟という言葉から、すぐにこの会話を終えたほうがいいと思ったギアリーは、うなずくと同時に通話を終了させた。


ギアリーはシャトルドックにドクター・クレシダを迎えにいくことにした。前回来たときのクレシダの態度を快く思っていないクルーたちとのやりとりを最小限にするためだ。クレシダは保安要員によって厳重な受け入れ検査を受けていた。イングリスの一件以来、保安要員たちは、より効率よく、より厳格にと、完全をめざしていた。

「何も問題はありません、閣下」タルリーニ上級上等兵曹が報告した。

ドクター・クレシダはギアリーのあとを追い、〈ドーントレス〉の通路を無言で進んだ。無表情だが、目だけをきょろきょろと動かし、周囲を注意深く観察している。通り過ぎるクルーたちが、好奇心に満ちた目をクレシダに向けた。だが、誰も何者であるかはわかっていないようだ。

ダンサー族の通信装置がある部屋の手前に来たとき、通路の向こうからダック少尉がのんきそうに、よたよたと歩いてきた。そのすぐ後ろからいつものように、二人の〈ドーントレス〉の宙兵隊員がついてきている。どうやらこの通路は、アヒルのお気に入りの通り道らしい。ギアリーの前方で二人の宙兵隊員が敬礼し、満面の笑みを浮かべた。

「ごきげんよう、ダック少尉!」

「ダック少尉?」と、ドクター・クレシダ。

「話せば長くなります」と、ギアリー。

部屋にはチャーバン将軍、アイガー大尉、ジャーメンソン大尉、そしてジョン・センがいて、ギアリーが入ってゆくと、全員が立ちあがった。

「こちらがドクター・クレシダだ」ギアリーは四人に紹介した。

チャーバン将軍がにっこり笑った。心から歓迎しているようだ。ドクター・クレシダとの最初の交流は愉快なものではなかった。とはいえ、クレシダはドクター・マカダムスのチームの一員ではなかったし、そのチームとは多くの点で意見を異にしている。それだけで、チャーバンの目に映るクレシダからは、悪い印象が払拭《ふっしょく》されていた。

「すでにしたい質問が決まっているのなら、われわれはその質問をダンサー族から返事をもらう確率が非常に高い形に変える手伝いができる」

ドクター・クレシダはかぶりを振った。

「お気持ちはありがたいのですが、わたしの質問はすでに適切な形式になっていると思います」

チャーバンは両手を広げ、ギアリーにあきれたような目を向けると、身ぶりで装置を示した。

「いまは誰も使っていない。そこにタッチすれば送信できる」

ドクター・クレシダは腰をおろすと装置を見つめ、目を向けたままハミングしはじめた。同時に通信パッドをチェックしている。やがて送信コマンドにタッチした。

一瞬後、クレシダは歌いはじめた。美しい歌声が部屋じゅうに響きわたった。その場にいるほかの者たちは驚いて目を見張っている。クレシダの言葉は旋律に合わせて躍動した。〝正規化波動関数〟とか〝時間非依存シュレーディンガー方程式〟といった言葉が詩的な音の流れと化している。全員が無言で見守るうち、その歌は悲しげとも言えそうな音とともに終わった。

ドクター・クレシダはコマンドにタッチし、通信を終わらせた。まるで特別なことなど何も起こらなかったかのように、すわったまま装置を見ている。

「ああ、ご先祖様」と、ジョン・セン。「いまのは詠唱《アリア》です。旋律的な独唱曲です」

クレシダがセンをちらっと見た。

「そのとおりです」

「あなたが作ったのですか？」

「はい。音楽を学んだことが？」

「ええ」と、セン。「趣味程度ですが」

「あなたは歴史家なのでしょう？」と、クレシダ。

「はい、そのとおりです」

「興味深いことです。ダンサー族から返事が来るまで、どのくらいかかりますか？」クレシダはチャーバンにたずねた。

「予想するのは難しい」と、チャーバン。「あるときは――」

そのとき通信装置から音楽が聞こえてきて、チャーバンの声をさえぎった。複数のフルートが多声音楽を演奏しているように聞こえる。

「どうか……われわれの返答をお待ちください……最年長のおかた！」

そのあと沈黙がつづき、やがてアイガー大尉が声を発した。

「これは興味深い！」

「最年長のおかた？」チャーバンがクレシダに向かってうなずいた。「どうやらダンサー族は感銘を受けたようだ。これ以降は、ほかの者も、自分のゲームの腕を相当に上げなければならなくなったな」

「これはゲームではありません」と、ドクター・クレシダ。「わたしは理論物理学に関するまじめな質問をしたのです」

「ええ、もちろん」と、チャーバン。「ううむ……正直なところ、回答が来るのがいつか、あるいは来るのかどうかについては、なんとも申しあげられない」

「待ちます」ドクター・クレシダは部屋の隅の座席に移動すると自分の通信パッドに向かい、すぐに何かに没頭しはじめた。


ギアリーが自室に戻ってみると、ドクター・マカダムスから最優先メッセージが届いていた。マカダムスからの知らせにさほど興味はなかったが、重大な緊急事態のためにのみ利用されるはずのメッセージ優先タグが指定されていたため、ギアリーはメッセージを呼び出した。

少し視聴しただけで、マカダムスがダンサー族にあてたドクター・クレシダのメッセージを耳にして、激怒しているのがわかった。殺気だったその動きを見て、ギアリーはふと、マカダムスは脳卒中を起こすのではないか——起こしてほしい——と思った。だが、そんなことになったとしても、メッセージにそのすべてを聞くような価値はなかった。

ギアリーは返信コマンドを強く押した。

「ドクター・マカダムス、繰り返しになりますが、ダンサー族との直接の対話についても、わたしは責任を負っています」マカダムスはダンサー族という言葉を使うのを拒否し、さまざまな反証にもかかわらず、その名前はダンサー族を不快にさせると主張している。
「ダンサー族との対話でこれといった結果が出ないようでしたら、成功している人たちに文句を言うのではなく、その経験と実例から学んだほうがいいのではないかと思います。また、いちどしか警告しませんが、最高緊急度のメッセージ優先タグの乱用は、将来的にその優先タグの利用を禁止される結果となります。もう二度とその優先タグを、命にかかわる緊急時以外で使用しないでください。ギアリーより、以上」

〈ドーントレス〉のクルーは、元帥が夕方遅い時刻に通路を歩いていることに慣れていた。この習慣はギアリーの思索を助け、ときにはクルーたちとの、あまり緊張をともなわないやりとりを可能にしてくれた。一隻の巡航艦の艦長から、一足飛《いっそく》びで数百隻の艦隊の司令長官となったギアリーは、自分の指揮下にいるすべての者を個人的に知ることはもはや不可能なのだという考えに頭を切り替えるのに苦労した。だが、少なくとも、自分の旗艦にいるクルー全員を知ることはできる。そのため、ギアリーはクルーと知り合えるそうした機会を喜んだ。それに、歩いているうちにうまく頭が働いて、艦の一日の忙しい時間帯にはつかめないでいた答えを思いつくことができたなら、最高だろう。

だが最近、イングリスの殺害以来、ギアリーは、誰の姿も見えない区画を通っていても自分がおびえていることに気づいていた。これは過剰反応だ、おれを殺したいのなら、イングリスを殺した連中はとっくにそうしているはずだ――自分にそう言い聞かせてみるが、それでも、見えない監視者の存在が明らかになるのではないかと、突然振り返ってしまう。

そういうとき、ギアリーはふと思うのだった――ターニャがおれの勤務時の制服に取り付けるようクルーに指示していた防御装置は、どのくらい効果があるんだ？　ターニャは、実際に攻撃が探知されたときにのみ作動すると言っていたが、どうも心配だ。誰かと普通にやりとりしているときに、いきなり作動するのではないか？

ほとんど無人の通路を歩いていたとき、ギアリーは休憩室にドクター・クレシダの姿を認めて足を止めた。クレシダは両目を閉じ、椅子でぐったりしている。ギアリーは、クレシダがダンサー族へメッセージを送ったら〈バウンドレス〉に戻るのだろうと思ってはいたが、実際にそうしたかを確かめようとは考えていなかった。ダンサー族の返事を待つつもりだと言ったときのクレシダは、文字どおり誠実だったということらしい。

「ドクター・クレシダ？　寝場所が必要ですか？」

クレシダがため息をつき、片目を開けた。

「ここが寝場所です。ちゃんと眠っていました」

ギアリーは頭を振り、近くにある通信パネルに近づいた。

「この艦にとどまるおつもりなら、われわれはあなたに居場所を用意しなければなりません」

「〝余《よ》〟（weには王族などが使う一人称「余」の意味がある）？　そんな一国の主《あるじ》のような話しかたをよくするのですか？」

ギアリーはクレシダをちらっと見た。なぜか腹は立たなかった。むしろ愉快な気分だった。

「〝われわれ〟というのは、艦隊のクルーや宙兵隊員のあいだで使う言葉です」

クレシダがふたたびため息をついた。

「安心してください。特別な配慮など期待していませんでしたし、要求もしませんから」

「あなたがわれわれに何を期待するかは問題ではありません」と、ギアリー。「われわれが自分たちに何を期待するかが問題なのです。当直士官？　ドクター・ジャスミン・クレシダのために、部屋にベッドをひとつ確保してくれ。ああ、いますぐに。わたしといっしょに休憩室にいる。ここで待つ」

椅子にもたれていたクレシダはなんとか姿勢を正し、ギアリーを一瞥《いちべつ》した。

「この艦ではもうだいぶ遅い時刻なのに、なぜクルーを叩き起こすのですか？」

「それがわたしの仕事なのです」と、ギアリー。「そして、何かが起こったときに引っ張り出されるのが、クルーの仕事です。わたしがなぜ、こんな時間にここにいるのかとお思いですか？　それはどうにも落ち着かなくて、寝ていられなくなることがときどきあるからです。艦内を歩いていると思考がはかどりますし、クルーとも交流でき、その様子がわかります。このところ、あなたはどんな調子ですか？」

「わたしは先ほど、一人でいたいという望みを無視する独裁的な人物に、大いなる眠りから叩き起こされました。あなたはどうですか？」と、クレシダ。

ギアリーは、クレシダとは率直に向き合うことにした。

「ダンサー族の意図は何かと考えています。答えてくれる質問と無視される質問があるのはなぜか、われわれがここに来てから、ほとんど対話しなくなったのはなぜなのか、と考えています」

クレシダはもうギアリーにいやみは言わず、向かいの隔壁を見た。

「わたしたちはダンサー族について、ほとんど何も知りません。わたしの問いかけに答えてくれれば、もう少し学べるかもしれません」

「物理についてですか？」

「あの異星人についてです」と、クレシダ。視線をギアリーに移した。「量子の世界は、マクロ世界で人間が経験するものとは根本的に異なります。人間の感覚はマクロ世界に適応して進化しました。量子の世界の理解も、人間の感覚と自分たちの思考法というフィルターを通して観察するしかありません。そのため、量子のことを説明するのに比喩がよくもちいられます。比喩を使わないと、あまりにも奇妙で理解できないのです。もっともよく知られた例は、シュレーディンガーのネコです。あの異星人がわたしの質問に答えてくれるのなら、その答えがどのように形づくられているかを見れば、あの異星人が世界をどのように見ているのかについて、多くのことがわかるでしょう。あの異星人も比喩を使うようなら、その比喩はあの異星人のものごとの理解のしかたについて何かを教えてくれるでしょう」

「それは非常に重要だ」ギアリーは驚いてクレシダを見つめた。

「もちろんです。これまで、そのように考えたことはなかったのですか？」

「ありません」ギアリーはあいまいな身ぶりで周囲を示した。「自分の思考が及ばない事柄が多くあることは充分承知しています。だからこそ、わたしは人々のあいだにいるようにしているのです。わたしが考えていないことを考えてくれる人々のあいだに」そのときなぜかギアリーは、自分に向けたビクトリア・リオーネの最後の助言を思い出した。「わたしが聞きたくないことも言ってくれる人々です」

ドクター・クレシダはわずかに笑みを浮かべた。

「あなたのことをあまり好きにはなりたくありません。ですが、あなたからはときどき称賛すべき資質がうかがえます。ところで、もうそろそろ、ふたたび眠りにつきたいのですが」

そのとき、一人の大尉が通路を急いでやってきた。

「元帥」大尉が呼びかけた。「どこにいらっしゃいますか？　ドクター……」

「クレシダだ」と、ギアリー。「アマリン大尉、こちらがドクター・クレシダだ」

「どうも、ドクター！　相部屋でよろしければ、空《あ》いているベッドがひとつあるのですが」

クレシダは三度目のため息をつきながら立ちあがった。

「ありがとう」クレシダはそう言うと、ギアリーにはもう言葉をかけることなく、アマリンについていった。

だが、それはたいしたことではない。ドクター・クレシダは考えるべき重要なことを教えてくれたのだから。

翌朝、ギアリーは艦隊の最新の状況を確認した。当然ながら、ほとんどのことに関して変化はなかった。何隻かは、部品の不具合のためにシステムをいくつか停止し、修理にかかる予想時間を提示していた。これはつねに懸案事項だが、避けがたい人生の現実でもある。だが、これは、数年持ちこたえればいいという考えで設計された艦が、予定の耐久年数よりも長く使用された結果、艦隊が過去に耐えなければならなかった問題と比べれば、たいしたことではない。そのような艦のほぼすべてが、基幹システムの大規模な修理や交換を終えていた。

その一方で、規律上の問題——たいていは、ささいなことだ——の発生頻度は増加していた。あまり動きのない時期には、つねに起こる現象だ。その多くはクルーと宙兵隊員のいさかいで、これは家族と似ている。外部の者に対しては一致団結するものの、艦隊内においては、宙兵隊員とクルーはときどき、つまらないことでケンカを起こす。

いつ何が起こるかもわからないまま待機するしかないのだから、この軌道上にとどまる時間が長引くほど、士気も低下してゆくだろう。

そのうえ、いまはイングリスの一件によるストレスも加わっている。他言無用になってはいたが、ほかの艦からの報告によれば、イングリス殺害と本人の行動についての話はさまざまに形を変えて、艦隊内に広まっているらしい。姿の見えない、人の命をねらう内なる敵という考えは、心の平和を乱すだけだった。

ありがたいことに、そこにターニャ・デシャーニが現われ、ギアリーは気分を変えることができた。

「昨日やってきた訪問者はこの艦にとどまるようですね」

「ダンサー族からの返事を待っているのだ」と、ギアリー。「そういうところはジェイレンに似ているな。とにかく仕事に突き動かされている」

「ほかの点で似ていないのは残念です。あのドクターをルームメイトに迎えたかわいそうな大尉たちの様子を見にいくところでした」

「それで、わたしにも、ぞっとする話をじかに聞いてもらいたいというわけか」

デシャーニが両手を広げた。

「問題があるようなら、元帥にも認識していただきたいのです」

「きみはずいぶんと高潔な人間だな」ギアリーは立ちあがると身体を伸ばした。「わかった。アマリン大尉に話を聞きにいこう」

アマリンは勤務中で、機関中央制御室で装置の保守点検を行なっていた。デシャーニとギアリーが到着すると、アマリンをはじめとして部屋にいた者たちは、はじかれたように立ちあがった。

「楽にしてくれ」ギアリーは全員に向かってそう言うと、アマリンに目を向けた。「昨晩、ドクター・クレシダといっしょで、どんな具合だったかと確かめたくてね」

「なんの問題もありません、閣下」と、アマリン大尉。「たしかに、あのドクターはいっぷう……変わっていますが。でも、かまいません。邪悪《エビル》な・エスターとはまったく違います。そうよね、カリ？」

「ご先祖様に誓って、違います！」カリ・イプジアンが同意した。「エビル・エスターとは全然違います」

「エビル・エスターというのは、わたしの知る人物か？」ギアリーはデシャーニに小声でたずねた。

「いいえ」と、デシャーニ。「エスターは、閣下が発見される数カ月前に艦を移動しました。ある、ええと、個人的な問題がありまして。それで、アマリン大尉、ドクター・クレシダとはなんの問題もなかったのね？　遠慮しないで言ってみて」

「ありません、艦長。問題はひとつもありませんでした」と、アマリン。「あのかたは、いわゆる悪意で人を傷つける《ブラック・マジック》・ドクターなのでしょう？　物理学をやっているんですよね？　そのほうが医学のドクターよりいいです。医師はときどき自分の専門の話をしてくるので、ランチを食べそこなうことがあるんです」

「わたくしも経験があるわ」と、デシャーニ。感情のこもらない口調だ。「わかりました。

何か問題があったら、知らせて」

「残念だったな」機関制御室を出たあとでギアリーが言った。

「ええ、まったく」と、デシャーニ。

「わたしは通信装置がある部屋へ行って、チャーバン将軍と話をしようと思う」

「わたくしも少し立ち寄ります。すべて順調か、確かめる必要がありますので」と、デシャーニ。「例の歴史屋さんのことで何か問題がありましたか？」

「あの歴史屋はけっこううまくやっているようだ」と、ギアリー。「ダンサー族に対する視点は多ければ多いほどいいと思ってね」

「たいていのことはいろいろな視点があったほうがうまくいきます」と、デシャーニ。

「ドクター・クレシダにもそのチームに入ってもらうのですか？」

「そうだ。ドクター・クレシダは昨日、興味深いことを言っていた」

「どのブラックホールにも事象の地平線（ブラックホールにはこう呼ばれる境界線が存在し、ここを越えると光を含むあらゆる情報が脱出できない）があるのだと思っていましたが」と、デシャーニ。

「おっと、また別のわたしの下級士官がやってきたぞ」

ギアリーは向きを変え、威厳を持ってよたよたと通路を進んでくるダック少尉を見た。その数歩後ろから、いつもの宙兵隊員の護衛二人がついてくる。ダック少尉の散歩はすでに日課になっていたが、いまだに誰もがこの一行を見て、大いに楽しんでいた。

この散歩もそうした日課のようだった。だが、ギアリーとデシャーニが立っている場所から二メートルほどのところまで来たとき、ダック少尉はふいに足を止めた。大きく羽を広げると、前方の何もない空間に向かって、鋭く大きな鳴き声を発した。

「え、何?」と、宙兵隊員の一人。「こんなことは、これまで――」

宙兵隊員の言葉をかき消したのは艦長だった。デシャーニは制服の下から武器を取り出すと、ダック少尉の目の前の何もない空間に向かって、エネルギー弾が尽きるまで撃ちつづけた。

11

武器から発射されたエネルギー弾は隔壁ではなく、その手前で何かにぶつかった。と思うと、さらに何発かのエネルギー弾が閃光を発し、何者かの姿の一部が現われた。ステルス装甲服の機能の一部が停止したのだ。

ダック少尉が戦いの場から急いで離れると、護衛の宙兵隊員二人はその不可思議な姿の相手に飛びかかった。ギアリーの目で追えないほどすばやい殴打の応酬が始まったが、気づくと宙兵隊員は二人とも通路に倒されていた。

だが、そのあいだ、デシャーニは武器にエネルギー弾を再充塡《じゅうてん》していた。

「〈ドーントレス〉！」デシャーニが叫んだ。「集合せよ！」

ステルス装甲服を着た人物が片手でさっと何かの動作をすると、ギアリーは片腕の毛が逆立つのを感じた。ギアリーの制服の防御装置が脅威を感知し、起動したのだ。ギアリーをねらったダーツが制服の一センチ手前で見えないシールドに当たり、撥《は》ね返った。

侵入者が攻撃の結果を確認することなく逃走しようと踵《きびす》を返すと、デシャーニは武器を侵入者に向け、再充塡したエネルギー弾が尽きるまで撃ちつづけた。侵入者が二歩も進まないうちに、〈ドーントレス〉のクルーは艦長の声に応じた。ギアリーが、目的を果たせなかったダーツを蹴って近くの隔壁に寄せると同時に、通路の両方向からクルーたちが駆けつけてきた。最初に到着したクルーたちは先ほどの宙兵隊員と同じように叩きのめされたが、さらに多くのクルーがやってくると通路の両側は人で埋まり、侵入者は押しつぶされた。手足を磔《はりつけ》にされたように、身動きが取れなくなっている。

大勢のクルーのあいだを縫って警衛隊がやってきた。コイル状に巻かれた拘束具とスタンガンをちらつかせている。そこには、激怒したオービス一等軍曹もいた。

「少し楽にしてやりなさい」ステルス装甲服を着た侵入者の手足が拘束されると、デシャーニが命じた。格闘によって装甲服のステルス機能の一部が破壊されたか、あるいは故障したために、ところどころが欠けた3Dジグソーパズルのように見える。クルーたちが後退した。自分たちの艦に侵入した人物を、殺すぞと言いたげな目で見ている。デシャーニはオービスに身ぶりで合図した。「ステルス機能を解除せよ」

オービスが自分のベルトから何か装置を引き出して侵入者に強く押しあてると、ステルス装甲服の回路に過大な電流が流れて過負荷状態になり、侵入者が痙攣《けいれん》した。侵入者の姿が完全に現われると同時に、オービスはその頭部をおおっていたマスクをつかんではぎとった。現われたのは、これといった特徴のない男の顔だ。なんの表情も浮かんでいない。

「写真を撮れ」オービスは警衛隊に命じた。

「写真を〈バウンドレス〉へ送れ」と、ギアリー。「ここにダーツがある。おそらく毒がしこまれているだろう。証拠品として安全に保管する必要がある」

ギアリーの近くに集まってきていたクルーたちは、それを聞くとじりじりとあとずさり、床と隔壁の接合部に転がるダーツを不安げに見つめた。

「すぐにドクター・ナスルを呼びなさい」デシャーニが、駆けつけてきたばかりのタルリーニ上級上等兵曹に命じた。「スロネイカー隊長」デシャーニは警衛隊の隊長に呼びかけた。「捕らえた侵入者を裸にして、装甲服のすべての繊維を検査し、全身の穴という穴をチェックせよ。あるはずのないものを分子レベルで見つけられるよう、体内を詳細にスキャンしてほしい」

「了解しました、艦長」と、スロネイカー隊長。「完全隔離独房へ連行します」

「ちょっと待ってください」と、オービス一等軍曹。「ホッチ、フランシス、状態を報告せよ」

ダック少尉を護衛し、侵入者に最初に向かっていった二人の宙兵隊員は、ともにひどくやられていた。ホッチは、顔の片側がみるみる紫色に変わって大きなあざができており、片腕をつかみながらも、なんとか立っている。

「骨折しました、軍曹《ガニー》」

フランシスは息を吸うと、縮みあがった。

「あばらが何本か折れたようです、軍曹《ガニー》」

「医務室へ連れていってやれ！」何人かのクルーが進み出て、負傷した宙兵隊員に手を貸した。

オービスがかがみこむようにして、つかまった侵入者に顔を近づけた。凶暴な怒りの表情を浮かべているが声は落ち着いており、そのせいでかえって、すごみが増していた。

「よくもわたしの隊員を傷つけてくれたな。理由を言え。そうすれば、痛みがどんなものか教えてやる。わかったか？　理由を言ってみろ」

オービスとスロネイカーにともなわれながら、警衛隊が引きずるようにして侵入者を連行してゆくと、デシャーニ艦長が片腕を高く上げた。

「よくやった、〈ドーントレス〉！　今夜は飲んでよし《スプライス・ザ・メイン・ブレース》！」

夕食にアルコールの配給が約束されると、通路に歓声が響きわたった。

「オービスはあの侵入者を痛めつけるつもりだろうか？」ギアリーがたずねた。

「オービス一等軍曹が？」と、デシャーニ。「あの侵入者が正当な理由を与えないかぎり、そんなことはしません。オービス一等軍曹はプロです。ええ、もちろん、あの男に手荒い真似ができる口実を大歓迎するでしょう。でも、そのような脅しをした目的は、独房に入れる前に侵入者が妙な動きをしないようにするためでもあることは、たしかです」

「きみはいつから武器を携帯しているんだ？」

「とある外交レセプションのときからです」デシャーニは通路の先を指さした。「あそこにはダンサー族の通信装置があります」

「ああ」と、ギアリー。「いかにもねらわれそうな場所だ」

「あそこにあの部屋があり、閣下がここにいた。侵入者は見つかると、あなたを殺そうとしました。とするとあの行動はあらかじめ指示されたものだったのです。気づいていましたか？」

「気づいていた」と、ギアリー。

「ここはわたくしに礼を言うべき場面ですよ。あなたの作業用の制服に自動防御装置をしこんでおいた礼です」デシャーニは付け加えた。

「わたしの作業用制服に自動防御装置をしこんでおいてくれて、礼を言う」ギアリーはつかまった侵入者が連れていかれた方向を見た。「あいつはクルーではないのか？」

「違います。絶対に」

「どうやって乗艦したんだ？」

「わかりません。調べます」デシャーニはまだその場にいるクルーたちの尽力を認めるように手を振りながら、独房が並ぶ艦の拘禁施設へ向かった。

ギアリーもついていきそうになったが、ダンサー族の通信装置のある部屋を確認することにした。

部屋にいたのはチャーバン将軍だけだった。チャーバンは会釈した。

「わしもあの騒動の一部を見聞きした。少し腰をおろしたほうがいい」

「なぜです？」と、ギアリー。すわると同時に両脚が震えているのに気づき、驚いた。

「何者かに殺されそうになったのだ。きみの頭がようやく身体の動きに追いついたのだよ」チャーバンは悲しげにほほえんだ。「わかっている。きみは多くの戦いを経験したベテランだ。だが、至近距離から直接ねらわれるのには慣れていない。時間がたって頭で何があったかを理解すると、とたんにひどく動揺を感じるものだ」

「ユニティ星系では二度、わたしに対する暗殺未遂がありました」と、ギアリー。今回の襲撃にこれほど動揺するとは、なんとも情けない。

「あのときは公衆の面前だったのだろう？　攻撃を受けたあとも、きみは理想のイメージを保とうとしたのだ。しかし、ここは公《おおやけ》の場ではない。自然な反応を妨げるものはない」

「直接、攻撃を受けた経験は、将軍のほうが多いのでしょうね」と、ギアリー。「陸上軍はまったく別の世界です」ギアリーはゆっくりと深呼吸した。「とはいえ、わたしも艦隊戦を経験してきています」

「だが、きみの宇宙での初戦は、終わったあとが大変だったのだろう？」と、チャーバン。その記憶に愉快なものなど感じなかったが、ギアリーはわずかに笑みを浮かべた。

「わたしのはじめての戦闘は、グレンデル星系で〈マーロン〉の指揮をとっていたときでした。そのあとは……約百年後に人工冬眠状態から目覚めたときのことです」

「それはさぞ大変な状況だっただろうな」と、チャーバン。「わしの理解が及ばないほどだろう。いまはもう大丈夫なのか？」

「ええ、かなり」ギアリーは周囲を見まわした。「ほかの者はどこに？」

「アイガー大尉は、侵入者の尋問に手を貸せるかもしれないと、急いで行ってしまった。ジャーメンソン大尉は少し前から、ドクター・クレシダとあの歴史家を連れて、艦の売店へ行っている。持ってこなかった必需品を買いにいったのだ。それで、三人とも、お楽しみを見のがすことになった」チャーバンも部屋を見まわした。「この部屋の近くで侵入者がつかまったというのは、何か意味がありそうだ」

「わたしも同じことを考えていました」と、ギアリー。

「この場所には特別なセキュリティ・システムが備わっているそうだな。盗聴器が作動し、情報を外部に送信しようとしたら、検出されるはずだ」

「そのとおりです」と、ギアリー。「そのおかげで、ここにしこまれた盗聴器は、録音はできても送信はできなかったでしょう。データを取得すれば、ダウンロードできます。最後にこの部屋のセキュリティ・チェックを行なったのはいつですか？」

「約二週間前だ」と、チャーバン。

「できるだけ早く、もういちど実施します。何者かが、ダンサー族とやりとりしたメッセージの内容を把握しようとしているのかどうか、知る必要があります」

チャーバンは顔をしかめた。

「マカダムスのもとにある通信装置でのやりとりを傍受すれば、簡単に判断できたことだろう」チャーバンの表情が明るくなった。「だが、マカダムスはほかの者を近寄らせないはずだ。実のところ、あの道化はわれわれに手を貸してくれたのだ。内部のスパイの仕事をやりにくくしてくれたのだから。ああ、そうだ。ついにダンサー族が新たな種族の艦とおぼしきあの二隻について、われわれの質問に回答してくれた。全部聞きたいかね？」

「どのくらい長いのでしょう?」と、ギアリー。

「三語だよ。〝艦　は　タオン〟」

「三——?」ギアリーは、ダンサー族に対する三語からなる返事を口にしそうになり、その衝動を抑えた。いらだちを伝える非外交的な言葉だ。「意味らしきものがあるのでしょうか?」

「たしかに」チャーバンはふたたび疲れた表情になった。「われわれの質問への回答だと思えなくもない。あの二隻は誰に属しているのか? その者たちは別の知的異星種族の代表なのか? そのような質問にダンサー族はこう答えた——〝艦　は　タオン〟。つまり、タオンというのが、その新たな種族の名前なのだろう」

「それなりに正しいと言えそうな答えが教えてくれるのは、新たな種族の名前だけですか」ギアリーは額《ひたい》をさすった。また頭痛が始まりそうだ。「ダンサー族はわれわれを怒らせようとしているのでは?」

チャーバンは片手の指で、通信装置の近くのテーブルの上をとんとん叩いた。

「ダンサー族の動きに関するセンの考えが正しいとすれば、ダンサー族が自分たちの望む結果にわれわれを追いこもうとしているという考えは、非常に理にかなっていると思う。だとしたら、われわれがここに来たのは、ダンサー族にとって不意打ちだったのではないだろうか。自分たちの望みどおりに追いこむために何をわれわれに言えばいいのか、わからないのだ。だから、こまかな指示を待つあいだ、われわれとの対話をできるだけ減らしているのではないか？　つまり、ダンサー族が必要だと言っていたあの計画だ」

「ありそうですね」ギアリーは立ちあがった。ふたたび両足でしっかりと立つことができ、安堵《あんど》した。「残念ながら、それもまた推測にすぎません」

「われわれにできることは推測だけだよ、元帥」

反論はできなかった。チャーバン将軍の言うことは、まったくもって正しい。


ギアリーの自室のハッチ前で立っていたのは、ターニャ・デシャーニだった。

「ウェッブ大佐が元帥と話をしたがっています。大佐と話をする前に、伝えておきたいことがあります。あの侵入者が最初に確認されたのは艦隊シャトルの定期便の一機である可能性が高く、まず〈バウンドレス〉に寄り、それから〈ドーントレス〉に来たようです」

「侵入者が〈バウンドレス〉から来たというのはたしかなのか？」

「はい、閣下。間違いありません。クルーの一員です。あの侵入者や、元帥が話しておられたジョージ少佐のような者がいるとなると、〈バウンドレス〉のクルーのうち何人が何者かの指示で暗躍しているのだろうと、考えずにはいられません」

「そのクルーのセキュリティ・チェックを行なったのは誰だったのかと、気になってくるな」と、ギアリー。「わかった。では、ウェッブの話を聞いてみるとしよう」

ディスプレイに映るウェッブ大佐は、ギアリーがこれまで見たことがないほど楽しげだった。

「例のステルス装甲服を着たスパイはマクスウェル・カリファーといい、〈バウンドレス〉の接客の区画責任者でした。とにかく、そう名乗っています。隠れ蓑《みの》としては完璧です。誰それのところへこれこれを運んでいると言えば、船内のどこへでも行けますから。姿が見えなかったぞと言われても、何かを届ける仕事をしていたと言えばすみますし、中間レベルの接客係になど誰も注意を払いません」

「カリファーにはルームメイトはいるのか？」

「残念ながら、いません」ウェッブは苦々しげに首を横に振った。「〈バウンドレス〉には多くの船室があり、クルーの多くが個室を使っています。接客の区画責任者は、個室を使えるもっとも低い階級でした。現在、カリファーの部屋を調べているところです。今のところ何も見つかっていません。見つかるとやっかいなものを安全に隠せるほかの場所を、船内のどこかに確保しているのでしょう」

「われわれは本人とそのステルス装甲服と所持品をまだ調べている最中だ」と、ギアリー。

「わたしの知るかぎりでは、誰のためにどのような理由で活動していたのかを特定するものはまだ見つかっていない」

「しかし、あの男は見つかったとき、元帥を殺そうとしたのでしょう？」

「ああ、そうだ」質問の重さのわりに答えが単純で短すぎるのは奇妙に感じられた。「神経剤の入ったダーツは、イングリス殺害に使われたのと同じタイプであることがわかった」

「だとしても、そのクルーを殺《や》ったのがカリファーだとは言えません」ウェッブが忠告した。「そのような武器を用意できる部隊の名前を三つ四つ、すぐに挙げられます」

ギアリーは映像のウェッブを凝視した。

「この艦隊に、ステルス装甲服を着て暗躍しているスパイがほかにもいるかもしれないと言っているのか？」

「その可能性は排除できません、元帥。カリファーが身につけていた装甲服や所持品などのすべてを拝借する許可を求めます」

「許可しよう」ギアリーはウェッブのもっともな忠告に不快な気分になった。「カリファーがつかまったことで、きみの部下たちへの疑いは晴れたと思うか？」

「そう思いはじめています。しかし、わたしはそのカリファーという人物と話をしたいと思っています」と、ウェッブ。「その独房とリンクを張ってもらえれば充分です。よろしければ、わたしの軍曹の一人をそちらへ送り、じかに相手を見ながら尋問の手伝いをさせたいのですが」

その最後のところにギアリーは引っかかるものを感じた。

「大佐……」

ウェッブが頭を振った。

「痛めつけようというわけではありません、元帥。われわれもバカではありません。わたしがほしいのは本当の答えであって、拷問によって引き出された虚偽の情報ではないのです。カリファーがわれわれと同様に、尋問に対する訓練を受けているのなら、わたしの部下の軍曹はそのことに気づくかもしれません」

「そういうことなら、きみの軍曹をこちらへよこしてくれ」と、ギアリー。

「非常に気になることがひとつあるのですが、教えていただけないでしょうか？ どのようにしてカリファーを発見できたのですか？」と、ウェッブ。「あのステルス装甲服に関するわたしが目にした予備資料には、最新の公式モデルの一歩先を行くものであると書かれていました。人類の技術で可能な最高レベルで姿を消していたはずです。貴艦の内部センサーは、それほどすぐれているのですか？」

「発見したのはわたしの少尉の一人だ」と、ギアリー。

「少尉？」

「その少尉というのはアヒルだ」

「アヒル」ウェッブ大佐は声を立てて笑った。この男もこんなふうに笑うのかと、ギアリーは意外に思った。「アヒルに警備の巡回をさせているのですか？」

「そういうことになるかな」と、ギアリー。

「それが賢いやりかただったと証明されましたね！　わかりました。ティミンスカ軍曹をそちらへ送ります。カリファーから何かわかることがあれば、彼女が気づくでしょう。ちなみに、そのアヒルはどこで手に入れたんですか？」

「それは宙兵隊員に訊くしかない。宙兵隊員がヴァランダル星系でこっそり持ちこんだのだ」

「なるほど、宙兵隊員ですか。気づいてしかるべきでしたね」ウェッブはふたたび微笑した。「とにかくご無事でなによりです、元帥」

「まったくだ」通信が終わると、ギアリーは無言で会話を聞いていたデシャーニを見た。

「われわれの精鋭特殊部隊《ウェンディゴ》の隊長さんは上機嫌だな。もう安心していいのか？　それとも心配するべきなのか？」

「さあ、わかりません」と、デシャーニ。「でも、われわれは、大佐が何かおかしなことをしているところを実際に見てはいません。ウェッブ大佐が表と裏の両方で動いているとすれば、非常にうまく両立させていますね。ああ、そうでした。別件があります。ダンサー族の艦とは異なるデザインのあの二隻は、ダンサー族の軌道施設のドックを出て、到着したジャンプ点へ引き返しています」

ギアリーはうなずいた。

「あの二隻はタオンだと、ダンサー族は言っている」

「タオンとはなんですか？　どんな意味があるのでしょう？」

「知るものか。チャーバン将軍は、新たな異なる知的種族の名前なのではないかと考えている」

「そうだとしても」と、デシャーニ。「あまりおしゃべりな種族ではありませんね。ひょっとすると、ジャンプしてこの星系を離れる前に、われわれに接触してくるかもしれません」

そういうことは起こらなかった。

翌日、ギアリーは新たな艦のジャンプ予想時刻の二十分前から自分のディスプレイを見ていた。ここで何か動きがあったとしても、それは一時間半前に起こったことだ。たとえそうであっても、タオンからメッセージがやってくるのか、やってくるとしたらいつなのかを、自分の目で見ていたい。だが、なにごとも起こらなかった。二隻は一時間半前に超空間へ突入し、姿を消していた。

こちらは何か結果を出さなければならないな——ギアリーはそう思うと、立ちあがって拘禁室へ向かった。

カリファーが収容された完全隔離独房へ来てみて、驚いた。ウェッブ大佐の部隊のティミンスカ軍曹とロジェロ大佐が、親密な様子で会話していたからだ。

ロジェロが会釈した。

「元帥、こちらがティミンスカ軍曹です」

「わかっている。きみたち二人が仲よく議論しているのを見て、少々驚いた」

「軍曹は、わたしがもう惑星連合《シンディック》のために働いてはいないことを充分に認識しています」

「あなたがシンディックと戦ったことも認識していますよ、大佐」と、ティミンスカ。「そして、あの謎の種族との戦いについても。われわれはイワ星系でのあなたがたの軍事作戦の記録を拝見しました」

そう言われるとロジェロはティミンスカのほうに頭を傾け、その言葉を無言で承認した。

「軍曹はこの四人の様子を見て、尋問に対処するための訓練を受けているが、軍曹たちの部隊が受けた訓練とは多少異なるようだと考えています」

「この四人はまだ何もしゃべってはいません、閣下」と、ティミンスカ。「しかし、何も言わないでいるその様子から、わかることもあります。ちょっとした身体的反応やわずかな動き、姿勢といったことから、いろいろ読み取れます」

「わたしはシンディックの尋問と反尋問訓練の両方に精通しています。そのため軍曹は、わたしが独自の解釈を提供できるのではないかと思ったのです」ロジェロは笑みを浮かべた。「もちろん、暗殺者たちとかかわった経験も豊富です」

「何かわかったことはあるか？」ギアリーは独房内を映すディスプレイを見ながらたずねた。カリファーは簡易ベッドで横になっていた。両目は閉じられ、その顔にはなんの表情も浮かんでいない。暗殺未遂を起こした犯人がくつろいでいるように見え、ギアリーは怒りを覚えたが、なんとか抑えこんだ。腹を立てればカリファーの思うつぼだろう。人は怒りのせいで急いで結論を出してしまう。

「この男はわたしのような特殊部隊の人間ではありません」ティミンスカはギアリーの視線を追い、簡易ベッドの上の四人を見た。

「軍以外で訓練を受けたのだろうと、われわれは考えています」ロジェロが付け加えた。

「あの装甲服に、その出どころを示すものはいっさいありません」と、ティミンスカ。

「所持品も同じです。不思議なことではありません。貴艦の監視映像で、男がつかまったときの格闘の様子を見ました。男は高度な接近戦の動きをしていましたが、どこで習得したかがわかるような独特な動きではありません」

「間違いなく、シンディックの訓練で習うようなものでもありません」と、ロジェロ。

「神経剤入りのダーツのほうは？」と、ギアリー。「そこから何かわかることがあったか？　イングリスを殺したのはカリファーだったのかどうか、わかったか？」

ティミンスカが顔をしかめた。

「どちらもわかりません、閣下。あのダーツは出どころがわからないように作られていました。それに、よくあるタイプのものなので、似たようなダーツをほかの誰かが使ったのかもしれません」

どれも驚くようなことではないが、それでもやはり残念に思える。

「すると、きみたちは、艦隊内にカリファーのような者がほかにもいると思っているのか？　それとも、その可能性は低いのだろうか？」

「私見ですが、〈バウンドレス〉にもう一人いる確率は高いでしょう」と、ティミンスカ。「乗船するとき、われわれの荷物はすべてスキャンされます。運びこまれる貨物も同様です。そのようなスキャンを受けていれば、あのステルス装甲服は発見されていたでしょう。つまり、セキュリティ・スキャンを受けずにカリファーがあの装甲服を持ちこめるよう、誰かほかの者が手を貸したにちがいないのです」

「〈バウンドレス〉のセキュリティ・レベルがどの程度のものかはよく知らないが」と、ロジェロ。「わたしの経験からすると、一人であの装甲服を船に持ちこむのは不可能ではないと思う。ただ、非常に難しいでしょう。確実に成功させたいなら、そのアイテムがスキャンされる瞬間に、セキュリティ・スキャンの焦点を別の対象に向けたり、妨害したりする協力者を用意するでしょうね」

「わたしが聞きたかったのとは違う答えだな」と、ギアリー。「だが、きみたちがともにそれが正しい答えだと考えるのなら、きみたちが正しいと思うべきだろう。第二のスパイ、あるいは何かほかのことについて、カリファーからなんらかの情報が得られる可能性はどのくらいだろう？」

「率直な意見をということであれば、まったくのゼロです、閣下」と、ティミンスカ。

「わたしも同じ意見です」と、ロジェロ。

ギアリーは怒りとともに息を吐いた。

「あの男の処遇について何か意見はあるか？」

「われわれは戦争状態にあります」と、ティミンスカ。「あなたは戦場での処刑を命じることができます、閣下。あの男が死ねば、もう問題を起こすことはできません」

「実際のところ、それが唯一の選択肢です」と、ロジェロ。「誰かほかの者にあの男を引きわたすまでここに収容するか、処刑するしかありません」

ギアリーは顔をしかめた。

「死亡すれば、たしかに潜在的な脅威はゼロになる。だが、生かしておけば、わずかだが、なんらかの情報を得られるチャンスがある。それもたしかだ。艦隊内に協力するスパイ仲間がいるとすれば、脱獄を手助けしようとするのではないか？　あるいは、口封じのために殺害しようとするのではないだろうか？」

ロジェロが首を横に振った。

「やつに価値はありません。あなたに顔を知られましたから。われわれは星系同盟《アライアンス》から遠い場所にいます。脱走したとしても、行く場所はありませんし、仮定的ではあるが存在すると思われるスパイ仲間にとっては、ずっと危険なお荷物でいつづけるでしょう」

ティミンスカがうなずいた。

「そうです、閣下。その考えに同意します。仲間が何か行動を起こすとすれば、カリファーの始末です。もちろん、閣下が先に処刑すれば、連中の手間《てま》を省くことになりますが」

「そんなことは――」ギアリーはそう言いかけて、押しとどまった。たしかにそのとおりだ。人類宙域の境界を越えたこの場所では、おれには一方的にカリファーに有罪を宣告して処刑する権限がある。だが、そうすると、ことを単純にするためだけに処刑することになってしまう。面倒な相手と向き合いたくないという理由で、誰かに死を宣告することはできない。「わかった」

ティミンスカ軍曹が独房に向かって顔をしかめた。

「危険をいとわないのでしたら、閣下、囚人がなんらかの形でこちらに協力しているという情報を流すという手もあります。そうすれば、まだ自由に活動している仲間のスパイが、カリファーを殺すために動くでしょう」

「それはうまくいくかもしれないな」ロジェロが同意した。「ですが、カリファーがまだ何もしゃべってないことを明確に伝えてください。アライアンス宙域に帰還したら自由の身になれることを交換条件として、カリファーが情報提供のための交渉に応じていることにしましょう。そうすれば、敵対者は急いでカリファーの口を封じようとするかもしれません。しかし、この方法は巧妙に行なう必要があります。ただ噂を広めるだけでは、誰かを誘い出すための餌《えさ》のように見えてしまいます。本当に情報が漏れたように見せかけねばなりません。当然ながら、そのようなことをすれば、仲間のスパイがカリファー殺害を成功させる可能性もあります。あのクルーが殺されたように」

「わかった」ギアリーは隠れている別のスパイを誘い出す可能性と引き換えに、カリファーの命を危険にさらすことの道義について考えた。これ以上、心配せずにすむという理由でカリファーを処刑するよりは、ずっと正当であるように思える。とくに、まだ自由に活動しているスパイが別の暗殺を実行する可能性があるときには。「この場に来てくれたことに感謝する、軍曹。それから、この囚人から情報を引き出すために手を貸してくれた大佐にも、礼を言う」

「元帥」と、ティミンスカ軍曹。「ウェッブ大佐は、その囚人のステルス装甲服をわれわれの部隊が調べられるよう、わたしが持ち帰ることを要請しています」

ギアリーは一瞬考えてからうなずいた。

「許可しよう。その装甲服のステルス機能の弱点を特定するには、この艦の内部センサーをどう調整すればいいか、どんな情報でも提供してもらいたいからな。あとは、その装甲服が貸与されたものだという点をしっかり認識してくれていればいい。証拠としての装甲服の所有権は、依然として〈ドーントレス〉の警衛隊にあることを忘れるな」

「わかりました、元帥。装甲服の利用可能な弱点を発見できるかどうか保証はできませんが、全力を尽くします。それから、わたしからも個人的なお願いがあるのですが、よろしいでしょうか？」

「どんなことだろう？」

「あの例のアヒルに会えるチャンスはありますか？」

どういうわけか、ユーモアのおかげで、とても奇妙な状況になることがある。

「それなら手配できると思う、軍曹」と、ギアリー。「その装甲服について、スロネイカ一警衛隊長と話をしよう。ダック少尉に会うために、きみに付き添ってくれるかどうかも」

その件がかたづくと、ギアリーはターニャ・デシャーニを捜しに彼女の自室へ行った。

「偽の情報を本物らしく見せかけて広める方法は知っています」と、デシャーニ。「というか、その手のことに長《た》けた人物を知っています」デシャーニは自分の通信パッドにタッチした。「ブリッジ、すぐにわたくしのところへ来るよう、ジョニンニ最先任上等兵曹に伝えなさい」

「あの独房の潜在的脅威が高まっていると、警備兵に知らせる必要がある」と、ギアリー。

「一人のクルーが仲間全員に言ってしまうかもしれないぞ。どうやるんだ？」

「クルー全員を黙らせることはできません」と、デシャーニ。「その情報は一瞬で艦隊全体に広まるでしょう。われわれにできるのは、頻繁に命令を出すことと、クルーが気をゆるめないよう無作為にチェックすること、そしてイングリスと同じ手口であの囚人を殺そうとする者は警備兵もねらうかもしれないと、ときどき思い出させることです。また、完全武装させた宙兵隊員たちを警備にあたらせることもできます。通常以上の武器や個人用センサーの必要性は、イングリス殺害を理由に正当化できます」

「それはいい」と、ギアリー。「宙兵隊員や警備兵は、上の人間による過剰反応だと考えるだろうが、緊張してしっかり武装しているかぎりは、それでうまくいくはずだ」

デシャーニはいたずらっぽい目つきでギアリーを見た。

「ダック少尉に警備してもらうのはどうでしょう？」

たしかに理にかなっていると、ギアリーは思った。ついこのあいだまでなら、アヒルに警備をさせるとはひどいジョークだと思っただろう。だがいまでは賢明な考えに思える。ただ……。

「二十四時間、ダック少尉をあそこに置くわけにはいかない。それに、つねにダック少尉が見張っていたら、仲間のスパイは何もしかけてはこないだろう。ダック少尉がカリファーを見つけたことを隠しておければよかったのだろうが、あまりにも多くの者が目撃しているからな。不定期に立ち寄らせるのはどうだ？　毎日の散歩に組みこめばいい。その都度、時間を変えて」

「そうしましょう」ジョニンニが部屋のハッチの前に到着すると、デシャーニは視線を移した。「ちょっと失礼します、元帥。最先任上等兵曹にやってもらう特殊任務がありますので」

「わたしはジョニンニ最先任上等兵曹には全幅の信頼を置いている」ギアリーはそう言うと、ジョニンニから、うれしそうだが、わずかな警戒と懸念を帯びた視線を向けられながら、その場をあとにした。


その計画がうまくいくかどうかはわからなかった。別のスパイは餌に食いつくだろうか？　艦隊内にはどれだけスパイがいるんだ？　そのスパイに依頼したのはアライアンス軍のどこかの部署だろうか？　それとも政府？　ほかの人類の政府や軍なのか？　あるいは、たんに道具として使われるどこにも属さない個人で、イングリスのようなまぬけなのだろうか？

ダンサー族にしても、いつになったらより多くの明確な答えをくれるのだろう？　人類の常任大使などいらないから、アライアンス艦隊はここから出ていってくれと言うつもりなのか？

軍事的格言のひとつは、おそらく数千年前から、〝急いで、待つ〟ことの必要性に対する不満を表わしている。苦労してダンサー族宙域までやってきたギアリーは、着いてしまえばあとは自然にことが運ぶのだろうと思っていた。だが実際には、何かが起こったのは艦隊内だけであり、今のところ、いいことではない。

自室にいたギアリーは、もっとも苦手とする仕事、管理上の事務処理に取り組みはじめた。複雑怪奇な艦隊規則を扱っているときは、ほかの問題のことは考えられない。

ある程度は予想されたことかもしれないが、仕事を始めてすぐにアイガー大尉が現われた。〝悪い知らせを伝える使者〟の顔つきだ。

「こんどはなんだ?」ギアリーはたずねた。

「異星人が改造した通信装置がある部屋のセキュリティ・チェックを行なったところ、盗聴器が見つかりました」と、アイガー。

「残念だが、驚くことではない。そして、その出どころはわからない、というわけだな?」

「いえ、閣下」と、アイガー。「そのデザインは明らかにシンディック由来のものでした。古いデザインで、約十年前のものです」

「シンディック? シンディックが、どうやったら、あの部屋に盗聴器をしかけられるのだ?」

アイガーはいっそう居心地が悪そうな表情になり、口ごもった。

「元帥、この艦には二人の――」

「ブラダモント代将とロジェロ大佐か？」ギアリーはため息をついて頭を振った。「それは理屈に合わない。人となりという点においてブラダモントもと大佐は、非の打ちどころがない評判を得ている」

アイガーがこわばった口調で答えた。

「思い出していただきたいのですが、あのシンディックとの戦争のあいだ、ブラダモントもと大佐は最高機密の計画にかかわっており、シンディックに情報を流していました」

「ブラダモントはあのとき、われわれの情報部のために働いていたのだ」と、ギアリー。「最後まで言わせてくれ。それに比べると、ロジェロ大佐のことはほとんど知らない。たしかに大佐にはいくらかシンディック的思考が残っているだろうが、わたしには知的で有能な士官だと思える。敵にまわしたら手ごわそうだが、そう思うか？」

「はい、元帥。そう思います」と、アイガー。

「知的で有能な士官が、まっさきに自分が疑われるような盗聴器をしかけるだろうか？大佐もブラダモントも、あの通信装置がある部屋への自由な出入《でい》りを許されているんだぞ。わたしには、そこに盗聴器をしかけるというその手段も動機も謎だ」

アイガーは数秒間、押し黙った。

「たしかにうまく説明はできません」ようやくアイガーが認めた。「ですが、われわれには証拠があります」

「さらなる内部問題を引き起こす証拠だ」と、ギアリー。「容疑者は一人しか考えられないが、その人物は非常に賢いので、製造元が簡単に特定されるような盗聴器を使ったとは思えない。あの盗聴器はカリファーがしこんだもので、発見されたらわれわれを誤導するように、すぐに製造元のわかるものを使ったのだという考えのほうが、よほどありそうではないか？」

「閣下、あの盗聴器がカリファー——偽名でしょうが——によってしこまれたものではないことはわかっています」と、アイガー。「盗聴器のデータは二十四時間以内に記録されたものです。それ以前のものはありません」

「これまでに発見されたほかの盗聴器は、製造元がまったくわからなかった。だが今回は、もとはシンディックの製品だと簡単に特定することができた。その点について理由を説明できるか？」

「人はときどきずさんなことをします、閣下」

ギアリーは頭を振った。

「大尉、きみの言い分を完全否定したくはない。きみは理由があってそのような発言をしている。だが、何者かがウェッブ大佐をはめようとしたことがわかっている。大佐は、本人がやったと見せかけるような形で医療データを改竄《かいざん》された。外交レセプションでわたしをねらった爆発騒ぎでは、ウェッブ大佐の部隊が疑われた。そして今、この盗聴器はロジェロ大佐が犯人だとはっきり示している。ここでは事件はふたつに分けられる。直接、誰かを指し示す証拠がある事件と、イングリスやカリファーの場合のように、まったく証拠がない事件だ。われわれはまだ、イングリスに指示した者、あるいはあの二種混合型神経剤を提供した者について、何も発見していないのではないか？」

「はい、閣下」アイガーは悔しそうに口をぎゅっと閉じた。「しかしイングリスの場合、われわれのクルーが怪しいと思わせるような状況だったと考えることもできます。イングリスはブラダモントもと大佐やロジェロ大佐といっしょに死ぬはずでした。死んだ場合、また別のケースになり、ここで疑われるのはさらなる内紛をもくろむ集団です。カリファーが〈バウンドレス〉のクルーだったことはわかっていますが、証拠がなかった唯一のケースはカリファーの事件で、あのときカリファーは、つかまったり探知されたりするとは、明らかに予想も意図もされていませんでした」

「そのとおりだ」ギアリーはアイガーを鋭い目で見た。「その点については、わたしに同意するのだな？」

　アイガーは顔をしかめた。

「元帥、ご指摘のように、ここにはあるパターンがあります。スパイ活動は明らかに行なわれていますが、内部問題を引き起こすために計画された形での妨害工作も行なわれています。この最新の盗聴器の明白な特徴には驚きましたが、賢い者も、ときには愚かなミスを犯すものです」

「そこにはわたしも含まれる」と、ギアリー。「ロジェロ大佐のしわざのように見せかけているのではないかとわたしが言ったからという理由で、きみに同意してもらいたくはない」

「そのような理由で同意はしません、元帥」アイガーはちらっと笑みを浮かべた。「使われている戦術には一貫性があります。ですが、引きつづき、ロジェロ大佐の態度や活動の監視を行ないたいと思いますので、許可を求めます」

　それは当然のことだ。ロジェロも、アライアンスは自分を監視していると確信しているはずだ。ギアリーはうなずいた。

「許可する。大尉、これがまったくの見当違いなら、そう言ってくれ。われわれはどうにかカリファーをつかまえることができた。だが、それは予想外の不確定要素のおかげ――

この艦にダック少尉がいたおかげだ。われわれを混乱させている者たちの人数も正体も不明だが、それを明らかにするために、この複雑な状況に加えることができる新たな不確定要素はあるか？」

アイガーはわずかに頭を下げて思案した。

「わかりません、元帥。この詳細についてジャーメンソン大尉と話し合う許可を求めます。ジャーメンソン大尉には、予想外の結論を思いつくユニークな能力がありますから」

「そちらも許可しよう」妻にはアクセスの権限がない情報を共有していないとは、いかにもアイガーらしい。「どうせなら、ジョニンニ最先任上等兵曹とも話し合ったほうがいいだろう」

「最先任上等兵曹ですか？」アイガーはびっくりしてギアリーを見つめた。「上等兵曹と話を？」

「大尉、するべきではないことをしてうまく逃げおおせる達人がいるとすれば、それはジョニンニ最先任上等兵曹だ。ジョニンニが自分の足跡《そくせき》を隠す方法を知っているのなら、誰かほかの者の足跡を見つける方法について、役立つ知見を持っているかもしれない」

「それは……そうかもしれません」アイガーは頭を振った。「本部の艦隊情報部の心証を悪くしそうですが」

「われわれだけの秘密にしておけばいい」と、ギアリー。「あるいは、ジョニンニとその件について話し合うよう、わたしがきみに書面による命令を出すこともできる。そうすれば、きみもうるさいことを言われずにすむ。どちらにしても、艦隊情報部はすでにわたしのことを、きわめてやっかいな危険人物だとみなしているはずだ」

「情報の開示には書面による記録が必要です」と、アイガー。申しわけなさそうな口調だ。

「では、そういったことを含めた命令を書いて、きみに渡すとしよう」と、ギアリー。

「それでいいか？」

「はい、元帥」そう言いながらもアイガーは退室前にためらった。「この件をウェッブ大佐に説明するべきでしょうか？」

〝もちろんだ〟とギアリーはすぐに思ったものの、これまでの問題に対するウェッブの反応について考えた。

「いまはまだいい。ウェッブ大佐に説明する前に、何をするべきかについてのアイデアをさらに発展させられないか、考えよう」そうすれば名案が浮かんで、ウェッブが何か極端に思える方法を提案してきても却下できるかもしれない。

アイガーが退室すると、ギアリーは退屈な管理業務を少しでもかたづけようと、ディスプレイに表示された事務仕事に戻った。

仕事を始めようとディスプレイに不満げな目を向けたとたん、警告メッセージが表示された。

ギアリーはメッセージにカーソルを移動させた。見ると、ハイパーネット・ゲートに四隻のダンサー族の艦が到着していた。

とくに何かが起こったわけではないだろう。ダンサー族の艦船の活動に変化はない。アライアンス艦隊など存在せず、この星系の軌道の宇宙空間に開いたつまらない穴だと思っているかのように、行き来している。そろそろダンサー族に動いてもらいたいのですが——ギアリーは先祖に短く願いながら仕事を再開した。

わずか数分後、別の警告が現われた。先ほどの新たなダンサー族の四隻はハイパーネット・ゲートから現われると同時に動きはじめていた。

ご先祖様へ思いが通じたのかもしれない。新たなダンサー族の艦は、軌道上にいるアライアンス艦隊を迎えるベクトルへと移動していた。

12

ギアリーのディスプレイにウィンドウがぱっと開き、ターニャ・デシャーニが映し出された。

「こちらに訪問者が向かってきています。ごらんになりましたか？」

「ああ」と、ギアリー。「ついにダンサー族の計画がここへ到着したのかもしれないな」

実際にそうだったのかもしれない。数時間のうちに、ダンサー族から複数のメッセージが入りはじめたからだ。そこには、どんどん長く単純になってゆくマカダムスのメッセージに対する返事も含まれていた。短いとはいえ、少なくともダンサー族の望みが示されていた——〝明瞭に話してください〟。〈ドーントレス〉からダンサー族と交信している者なら、マカダムスにそのメッセージの意味を正確に教えられただろう。だが、マカダムスが教えを請うことはいちどもなかったし、すでにマカダムスは〈ドーントレス〉からのメッセージの受信を拒否していた。ギアリーからのものは例外だったが、それはマカダムスが通信にどのような設定をしていたとしても、ギアリーはそれを無効にできたからだ。

さらに詳細な返事がブラダモント代将とロジェロ大佐あてに届くと、ギアリーは異星人が改造した通信装置のある部屋に立ち寄った。

「ようこそここへ、話し手たち
異なる人間たちのために
一人と話すことを望む」

ロジェロは手もとのプリントアウトを見ながら顔をしかめた。

「これは言葉どおりの意味なのでしょうか？」

「撥《は》ねつけているように感じるな」と、チャーバン将軍。残念そうな表情だ。「この艦を統括している者とだけ話をしたいと思っているようだ」

「ダンサー族は元帥とじかに会っています」アイガーが指摘した。「旧地球で」

ブラダモント代将が首を横に振った。腹を立てているのではなく、断固として認めることはできないと思っているようだ。

「ギアリー元帥がミッドウェイ星系を代表して話をすることはできません。イケニ大統領は決して認めないでしょう」

「ドレイコン将軍も同じです」と、ロジェロ大佐。

「そのことをダンサー族に伝える必要があります」ギアリーがチャーバンに言った。「できるかぎりしっかりと伝えなければなりません。ミッドウェイ星系は個別に発言する必要があります。わたしにはミッドウェイ星系を代表して話をする権限はありません。

チャーバンは両手を広げた。

「とにかく、やってみることはできる。聞いてもらえるか保証はできないが」

ジャーメンソン大尉が口を開いた。とまどう口調だ。

「話すのは一人だけだと言いながら、〈バウンドレス〉のほうとも話をしているのはなぜでしょう？」

一瞬の間《ま》のあと、ブラダモントが沈黙を破った。

「〈バウンドレス〉も元帥が統括していると考えているのかもしれません。別の場所から元帥が話しているのだと」

「元帥が〈ドーントレス〉から通信するときは効果的なコミュニケーション方法をとるのに、〈バウンドレス〉からだと〝赤ちゃん言葉〟を使うと思われているのは、なぜだ？」と、チャーバン。

「われわれは、ダンサー族が若者や未熟な者たちをどのように訓練しているのかを知りません」と、ブラダモント。「泳げなければ沈むしかない状況に投げこむような方法をとっているとすれば、〈バウンドレス〉は正しい話しかたを学んでいる新人ばかりだと思っているのかもしれません」

「だとしても」と、ロジェロ。「ミッドウェイが自分の意見を表現する能力を持っていることを、ダンサー族に理解してもらわなければなりません」

「それを伝えることはできるが」と、チャーバン。「理解させることはできない。そして、われわれ同様、きみたちの発言にも耳を傾けてほしいという要望が無視された場合も、われわれにはどうすることもできない」まだ申しわけなさそうな口調だが、自分の手に負えない状況について非難されることを予想しているように、予防線を張っている。

「試してみる必要がある」ロジェロとブラダモントがさらに異議を申し立てる前に、ギアリーが言った。「遅かれ早かれ、ほかの人類の政治団体や民間企業、そして得体の知れない連中が、ダンサー族宙域へやってくるだろう。ダンサー族は、そのすべてに対応する用意をしておかなければならない」

「ただし」と、アイガー大尉。ゆっくりとした慎重な口調だ。「ダンサー族がそのすべてに対応しないと決めた場合は違います。チャーバン将軍がおっしゃったように、ダンサー族はこちらの要望をあまり聞き入れてくれません」

「それでも、言うだけ言ってみることはできます」と、ジャーメンソン大尉。「いろいろと新しいやりかたを試してみてはどうでしょう？　伝えかたを変えてみては？　例のパターンというアイデアを生かせないでしょうか？」

「タペストリーですね」と、ジョン・セン。「ダンサー族のものの見かたを、ひとつの絵を浮かびあがらせるタペストリーのようなものと対比した人がいると聞きました。こう言えるかもしれません――人類という複数の糸はタペストリーを形づくりますが、それぞれの糸はその個性を持っていて……そして……」

「その絵のなかで、自分たちにぴったり合う場所を決めることができる？」と、ジャーメンソン。

「なかなか有意義な議論だ」と、チャーバン。「元帥、この話を大使にしてみる必要があるのではないか？」

「いまの状況を知らせてみましょう」と、ギアリー。「しかし、あちら側から問題が起こらないといいのですが。リーセルツ大使はわたしにいちどならず言っています。星系同盟《アライアンス》はミッドウェイ星系の政府に頼ろうとしているとか、支配しようとしているなどと少しでも思われるような動きはいっさいするなと指示されている、と」

「閣下」と、ジャーメンソン。「大使はなぜ、われわれを介してもっと多くのメッセージをダンサー族へ送らないのでしょう？」

リーセルッツ大使には自分の仕事を邪魔する障害があちこちにあり、そのせいで一時的に気弱になっていて、気持ちに余裕がないからだろうと、ギアリーは考えていた。

「わからない」とりあえず、ギアリーはそう答えた。「この新たなダンサー族の艦の到来とそのメッセージの数からすると、まもなく大使は、より多くのメッセージを送りたいと思うはずだ」

「とにかく、ミッドウェイ星系の問題に取りかかるとしよう」と、チャーバン。

ブラダモントがロジェロをちらっと見た。

「元帥、個人的に話がしたいのですが」

なにやら不穏だ。ダンサー族のあいだでのミッドウェイ星系の立場について、同じ議論を繰り返したくはない。その件に関して、ここで自分にできることなどほとんどないのだから。だが、ブラダモントは過去においてアライアンスのために従軍し、それ以降もずっと密接にわれわれを支援してくれている。

「もちろんだ」

近くの保安強化会議室が使われていなかったため、ギアリーは先に立ってその部屋に入った。

「どういったことだろう？」

話がすぐに終わることを期待して、ギアリーは腰をおろさずにいた。そのせいで、ブラダモントとロジェロも立ったままだ。

「元帥」と、ブラダモント。相手が聞きたくない議論をするときの重苦しい口調だ。「この状況が解決されず、ダンサー族にミッドウェイ星系の代表の話を聞いてもらえないまま戻ることになれば、ミッドウェイ星系の指導者のあいだには、元帥がご自身の理由によってその種の状況を作り出すために巧妙な策を弄《ろう》したという疑念が生じるでしょう」

なんだと？　腹は立たなかったが、ギアリーは一瞬、当惑した。

「どうやって、わたしにそんなことができると言うのだ？」

「あなたはブラック・ジャックです、閣下」

「それとこれとはなんの関係もない」

ブラダモントは大きくため息をついた。

「元帥、イケニ大統領は、あなたが人類のなかでもっとも狡猾《こうかつ》な政治的戦略家であると確信しています」

「なんだと？」と、ギアリー。理屈に合わない言葉をなんとか理解しようとして、このときは思わず大きな声が出ていた。以前にもブラダモントは似たようなことを言っていたが、だからといって理解が容易になるわけではない。

「ドレイコン将軍も同様です」と、ロジェロ。「わたしは感服しています。閣下はなんども惑星連合《シンディック》の裏をかき、出し抜いてきました。軍事的にも、外交的にも」

「わたしは……」その瞬間、ギアリーの頭に浮かんだのはビクトリア・リオーネだった。リオーネは、おれのことを嘘が下手《へた》だと軽蔑するように言った。それなのに、ミッドウェイ星系のもとシンディックの者たちは、おれのことを敏腕政治家だと思っているのか？

「ブラダモント大佐……いや、代将、きみは、わたしがまっとうな軍の指揮官だとよくわかっているはずだ。わたしは分不相応なほどの幸運に恵まれてきた。だが、わたしの政治的能力といえば、自分とは比べものにならないほどの技能を持つ人々の助言には耳を傾けるべきだと認識していることぐらいだ」

ブラダモントはロジェロをちらっと見た。

「閣下、あたしはこの瞬間に自分の夫が何を考えているか、正確に言うことができます。それこそまさに、手ごわく抜け目のない政治的戦略家が口にするセリフだ、と考えているはずです。ミッドウェイ星系の誰もがシンディックでの経験を通して閣下を見ていることを、閣下は理解する必要があります。そのようにして閣下の言葉や行動、そして成功は解釈されているのです」

ギアリーはようやく腰をおろすと、片手で額《ひたい》をなでた。ロジェロはブラダモントの発言に異議をとなえていない――ギアリーはいやでも気づいた。どう答えればいいんだ？　リオーネの言うとおり、おれは嘘が下手だ。では、本当のことを言えばいいのではないか？

「わたしが危機的状況にあったアライアンス艦隊の指揮を引き継いだとき」ギアリーはようやく言葉を発した。「わたしは自分がブラック・ジャックなどではないとわかっていた。だが、自分が最善を尽くさなければ、わたしを信頼する者全員が死ぬということもわかっていた。その考えが、いまだにわたしを突き動かしている。自分が指揮した戦いにおいて、わたしは非常に幸運だった。部下に恵まれたのだ。部下たちは能力が高く優秀で、必要な支援や助言、それ以上のものを与えてくれた。だが、政治的駆け引きとなると、わたしはミッドウェイ星系の人々が見ているような人物を演じることさえできない。わたしの政治的な試みの失敗が、どういうわけか、なんらかの戦略の一部であり意図的なものだと誤解されているとしたら、どう対処していいのか見当もつかない」

ロジェロ大佐が当惑して顔をしかめた。

「元帥の行動や判断は――」

「大佐、ホノーレ・ブラダモントをミッドウェイ星系に置くことをはじめとして、正しい結果が出たことはすべて、リオーネの提案だ。リオーネは狡猾で知恵深く、わたしの政治的判断に大きな影響を与えた女神だ。だが、もういない。代理ユニティ星系で命を落としたのだ。それ以来、わたしは状況に応じて何が正しいかを自分で判断しようとするしかなかった」

ブラダモントがロジェロに身ぶりでうながし、二人はギアリーの向かいに着席した。

「ですが、元帥」と、ブラダモント。「リオーネが亡くなってからのあなたの行動は、あたしたちの知るかぎりでは、それ以前と大きく変わったようには見えません」

「おそらく」ロジェロはまだ納得していない様子だ。「あなたはリオーネから教わったことを体得し、引きつづきそれを実践されてきたのでしょう」

「そう言われると恐ろしいな」ギアリーはつぶやいた。「聞いてくれ」少し声を大きくした。「ダンサー族にきみたちの存在を認めさせて話をさせるためにわたしができることなら、なんでもするつもりだ。それが成功しなかったとしても、誠実な努力が欠けていたせいではない。わたしもアライアンスも、ミッドウェイ星系およびその、ええと、協力関係にある星系に自由を維持してもらう必要がある。わたしには、きみたちとダンサー族が良好な関係を結ぶために全力を尽くす充分な理由がある」

「ミッドウェイ星系が自由を維持することを望んでいらっしゃるのですね」ブラダモントはロジェロに意味深な視線を向けながら、繰り返した。

ロジェロ自身は何かを深く考えているような表情をしていた。

「あなたは、ドレイコン将軍とイケニ大統領を信頼できるパートナーだとみなしているのですね？」

「そうだ」と、ギアリー。これは本心だろうか？　おそらくそうだ。

「そうですよね」と、ロジェロ。正しい答えを見つけた者の満足げな口調だ。「あなたがミッドウェイ星系を乗っ取ったとしても、二人の代わりに誰か信用できる者を置かなくてはならない。つまり、できるかぎり長く現在の取り決めを維持することが、あなたにとっては有利となる、そういうことでしょうか？」

「ああ」と、ギアリー。ロジェロの言外の含みに同意していなければいいのだが。

「そうですよね」ロジェロは笑みを浮かべて繰り返した。

「つまり」ブラダモントはまだ用心しながらロジェロを見ている。「閣下には、ダンサー族にはイケニ大統領とドレイコン将軍に対しても支援を行なってもらいたいと考える充分な理由がある、ということですね」

「そうだ」と、ギアリー。ここは最低限のことしか言わないほうがいいだろう。

「では、われわれの利害は一致しているようです」ロジェロが結論づけた。

「ああ」実際はよくわからないが、そうであってほしい。

六時間もしないうちに、ギアリーはふたたび同じ会議室で、リーセルツ大使と向かい合っていた。〈ドーントレス〉のシャトルドックから大使を会議室まで案内してきたのは、ギアリー自身だ。

「ダンサー族がついに送ってきた返事についての話ですね？」

「いちばん重要なことから始めましょう」リーセルツは艦隊のコーヒーが入ったカップを憂鬱《ゆううつ》そうに見ながら言った。「マトソン船長がジョージ少佐を〈バウンドレス〉から降ろしたがっています」

ギアリーはコーヒーを飲みこもうとして、むせそうになった。

「〈バウンドレス〉の船長が、どのようにしてジョージ少佐の正体を知ったのですか？」

「艦隊士官のジョゼフ・ポールが実は艦隊情報士官のクリストファー・ジョージ少佐だったという情報を、ウェッブ大佐がマトソン船長に漏らしたのでしょう。そう信じるに足る理由は充分にあります」リーセルツはそう言うと、ためらいつつも、ようやく自分のコーヒーに口をつけた。「そう、この味だわ。記憶どおりひどい味」

「なぜです？」と、ギアリー。ロジェロに疑いをかけるあの盗聴器についてウェッブに説明しなくていいとアイガーに言ったのは、正解だったな。「ウェッブ大佐はなぜ、そんなことを？」

　リーセルツは驚いてギアリーを見た。

「わかりませんか？　ウェッブ大佐に協力するよう、あなたはジョージ少佐に命じました。しかし、〈バウンドレス〉のクルーでありつづける少佐が第一に応じるのは、あなたからの命令であって、ウェッブの命令ではありません。ウェッブ大佐は、少佐が〈バウンドレス〉からあなたに独自に情報を提供することが気に入らないのです」

　つまり、ディスプレイに映っていたウェッブの協力的で前向きな姿勢は、少なくとも部分的には本物ではなく、偽りだったということか。

「その件における最終決定権はあなたが持っているのではありませんか？」

　リーセルツは鋭く短い笑い声を上げた。

「やはり、そう思いますか？　しかし、当然ながら、これはセキュリティ上の問題であり、船の問題です。わたしの命令書には、セキュリティ問題についてはウェッブ大佐に、〈バウンドレス〉関連の問題についてはマトソン船長に権限があると明記されています。ジョージ少佐は架空の人物になりすましてクルーにまぎれこんでいた――この一件でマトソンは激怒しています。うまい演技なのかもしれませんが」

「ああ……なるほど」と、ギアリー。「マトソン船長に関しては理解しました。しかし、ジョージ少佐は〈バウンドレス〉の安全を維持するために尽力しています。とにかく、現在はそうです。わたしがマトソン船長と話をすれば、彼の考えを変えられるはずです」

リーセルツはかぶりを振った。

「マトソンはすでに、ジョージ少佐が〈バウンドレス〉を離れることを公《おおやけ》にしました。〈バウンドレス〉の乗員全員に彼の本当の名を明かして」

「ったく、あの……」ギアリーは口にしようとした言葉をのみこんだ。礼儀とはほど遠い言葉だ。

「あなたはこのことを充分に認識していないのかもしれませんね」と、リーセルツ大使。「あなたの人生についてわたしが知るかぎり、あなたはこのところ民間人とあまり接触されていませんから。例外は議員ですが、あの人たちは特別な存在です。しかし長い戦争の結果として、アライアンスには、軍が民間部門において大きな権限を持つようになったことにずっと不満を抱きつづけている人々もいます。自分たちの代わりに軍が多くの決定をするのを見ながら成長した者たちです。みな、そのことを疎《うと》ましく思っています。経験豊富な民間船船長であるマトソンは、軍から多くの指図や制限を受けながら宇宙で過ごしてきたのです」

「なるほど」ギアリーは椅子の背にもたれ、怒りにまかせて話すのではなく、肩の力を抜いて考えようとした。「つまり、船長は自分の権限を主張するだろう、ということですね」

リーセルツはもうひとくちコーヒーを飲もうとしながら、うなずいた。

「この件では、軍がスパイを自分の船にもぐりこませていますから、なおさらです」リーセルツはギアリーに率直な視線を向けた。「もはやジョージ少佐の本当の名前も役割も〈バウンドレス〉の乗員全員に知られていますので、少佐は隠れた観察者としての役割は果たせなくなっています。元帥が少佐の身柄を引き受け、何か別の任務を与えたほうがいいのではないでしょうか」

もっともな助言だと、ギアリーは思った。しかし、それでもまだ、その状況には引っかかるものがある。

「そうすれば、ウェッブ大佐の思うつぼです」

「この件に関して、わたしたち二人にできることはありません」

「ウェッブはまだわたしを信用していないのでしょう?」

「ウェッブは誰も信用していません」リーセルツは言葉を切った。「そこにはわたしも含まれていると思います。大佐がどのような密命を受けているのか、ぜひとも知りたいものです」

「非常にまずい状況です」と、ギアリー。これまでの怒りがいらだちに取って代わった。

「同感です。以前も言いましたが、これは意図的なものだと思います。誰か、おそらくさまざまな人々が、わたしたちの失敗を望んでいるのでしょう」リーセルッは片手であいまいなしぐさをした。「ダンサー族の話をしましょう。これまで、ダンサー族からの返信をすべて転送してくださり、ありがとうございました。それがなければ、ドクター・マカダムスに頼ることになりましたから。もちろん、マカダムスが何かを転送することなどありません。あの新たな艦が到着してから受け取ったメッセージから、どのような印象を受けましたか？」

「以前よりも言葉数が増えました」と、ギアリー。「しかし、ミッドウェイ星系の代表者たちに関するメッセージのようないくつかの例外は別として、あまり多くを語ってはいないようです」

「わたしのスタッフもわたしも、同じように感じています」リーセルッは一瞬、笑みを浮かべた。「言葉数は増えましたが、情報量はそれほどでもありません。ダンサー族は、彼らのジャンプ・エンジンへのアクセスを望むあなたの要求にようやく返事をくれたのですか？」

「いいえ、ひとことも」と、ギアリー。「ダンサー族は答えたくないことには返事をしないようだと、チャーバン将軍は言っています。そのような場合もあるようです」

「わたしたちのなんらかのテクノロジーにアクセスしたいという要望はありましたか？」

「ダクト・テープ以外で、ですか？」ギアリーは思案した。「ないと思います。通信装置にロードされたダンサー族のソフトウェアが、通信装置に含まれるテクノロジーについてどの程度の情報をダンサー族に提供したかはわかりませんが。すべての情報が伝わった可能性があると考えるべきです」

リーセルツがためらいながら、もうひとくちコーヒーを飲んだ。

「ウェッブ大佐、あるいは大佐の部下が、〈バウンドレス〉にあるダンサー族のソフトウェアがロードされた通信装置にアクセスしているのは、間違いないと思います。メッセージを送るばかりでなく、ソフトウェアをひそかにコピーするために」

ギアリーは穏やかな口調で話そうと、時間をかけてゆっくりと息を吸った。

「そのソフトウェアのコピーを持ち出すのは無謀な行為です。ウェッブ大佐が別の通信装置にソフトウェアをロードした場合、装置をほかの機器と適切に切り離していなければ、われわれが対処するより早く、ダンサー族のソフトウェアが〈バウンドレス〉の各システムを介して拡散する可能性があります」

「そうなった場合、何が起こりますか？」と、リーセルツ。不安になるほど落ち着いた口調だ。

「まったくわかりません」と、ギアリー。「そんな危険をおかしたがる者はいませんでした。われわれは知っています――謎の種族は、量子ワームで自分たちの艦に対するわれわれのセンサーを無効化し、われわれの通信と動きを監視しました。ダンサー族は代理ユニティ星系で、クルーのいないアライアンスの曳航船《ひきふね》と、拿捕《だほ》したベア＝カウ族のスーパー戦艦のシステムを、遠距離から起動して操作する能力を見せつけました。あのとき、艦船のシステムにはダンサー族のソフトウェアはロードされていませんでした。少なくとも、われわれはそうだったと考えています。ダンサー族のソフトウェアがみずからに修正を加えてわれわれの機器に適合することができるのなら、われわれのどのセキュリティ・システムもその存在を発見できないかもしれません」

もっとも恐れていたことが確認されたと言われたかのように、リーセルルツ大使はうなずいた。

「では、最悪の場合、ダンサー族が〈バウンドレス〉の全システムを掌握し、おまけにわれわれはそのことに気づいてさえいないという事態になるかもしれないのですね」

「そのとおりです」ギアリーは、〈ドーントレス〉と並ぶ位置にいる〈バウンドレス〉に向かって手をひらひらさせた。「あのソフトウェアを拡散させることがどれほど危険かをウェッブ大佐に直接知らせるのは、実にうれしいですね」

リーセルッツは自分のカップを少しもてあそんでから答えた。

「実際、最悪なケースは、ウェッブがすでにそれを実行した可能性があることです。ウェッブがスパイを捜すために自分の部隊で魔女狩りをしているあいだに、その行動を大いに危惧したウェッブの部下の二人に、なんとか情報提供者になってもらうことができました。二人によると、ウェッブは自分の部下で腕の立つ三人のプログラマーとともに、部屋のひとつにしばらく閉じこもっていたそうです。ようやく出てきたときには、いつになく恐ろしい形相をしていたと言っていました」

「ご先祖様、お守りください」ギアリーはゆっくりと頭を振った。「大使、それが本当なら、実際の最悪なケースは、ダンサー族のソフトウェアがすでに艦隊のネットを使い、われわれのすべての艦とシステムに広がっていることです」

リーセルッツ大使は一瞬、固まると、不自然なほど慎重にカップを置いた。

「一掃できないのでしょうか？」

「わたしのもっとも優秀なプログラマーに訊く必要があります」と、ギアリー。「まず思いつくのは、艦どうしの通信やデータのやりとりを停止し、艦のあらゆるシステムを完全に消去してから、すべてのソフトウェアを再度ロードすることです。それがどの程度まで可能なのか、ましてや、どれだけ時間がかかるのかなど、わかりません」言葉を切ると、また別の考えが浮かんだ。「ですが、もしダンサー族のソフトウェアがすでにわれわれのシステムすべてに侵入しているのなら、バックアップ・ファイルも同様の状態でしょう。この件について部下と話をしなければなりません」

「そのようなことが起こっていた場合」と、リーセルッツ大使。「それはダンサー族による悪意を意味するのでしょうか？　それとも、ダンサー族はその行為を、自分たちを守るための賢明な策だとみなしているのでしょうか？」

「どちらも可能性はあります」と、ギアリー。「繰り返しになりますが、ダンサー族がわれわれに対して敵意を見せたことはありませんし、実際、いちどならずわれわれを積極的に助けてくれました。ダンサー族のソフトウェアがわれわれのシステムすべてに侵入していたとしたら、わたしはひどく動揺するでしょう。われわれに害を与える目的で実行したと考える理由がありませんから。しかし、そのようなことが起こったかもしれないと考えると、愉快な気持ちにはなりません」

リーセルッツはうなずき、残っていたコーヒーのほとんどをひと息で飲んだ。

「最悪のケースに対するあなたの評価も含めて、この件についてウェッブと直接話し合い、どのような反応をするか確かめるつもりです。ウェッブが納得のいく説明で否定してくれるといいのですが。ウェッブがまだそのソフトウェアで愚かなことをしていなければ、あなたの見解を伝え、ソフトウェアをもてあそぶことの危険性を理解してほしいと思います」リーセルツは力をこめてカップを置いた。「ダンサー族が自分たちの意図をはっきりと示し、こちらの質問に答えてくれていれば、話はもっと簡単だというのに！」

「われわれはあまりにも多くの不明点に向き合っており、そのせいでつねにびくついています」と、ギアリー。「新たに到着したダンサー族の艦がこちらに合流しようと向かってきています。われわれが受信しはじめたメッセージは、それらの艦が送ってきたもののようです。もっと詳細なメッセージを伝えるために、リアルタイムで会話できるまで接近するのを待っているのかもしれません」

「その考えが正しいといいのですが」リーセルツは椅子の背にもたれ、ほとんど装飾のない周囲の壁を見た。「ダンサー族はわたしたちに何を言わないようにしているのでしょう？　あなたの歴史家の例の仮説は正しいように思えますが、ダンサー族の目的がわたしたちをうんざりさせたり落胆させたりすることでないのなら、何をさせようとしているのでしょう？　見当がつきません。なぜダンサー族は代理ユニティ星系でわたしたちに手を貸したのでしょうか？」

「あのときは――わたしは今でも、それ以上に納得できる推測はないと思っていますが――自分たちが防衛艦隊から攻撃される危険を避けるためだろうと考えていました」と、ギアリー。いつからジョン・センは〝おれ〟の歴史家になったんだ？　「ダンサー族はみずからの利益において行動したのです。逆上して暴走するＡＩ制御のアライアンス艦による将来的問題を避けるために」

「たしかにありえそうですが、それもまた推測にすぎません」と、リーセルッツ大使。「ドクター・クレシダはそちらで何か問題を起こしていませんか？」

「まったく」

「本当に？　ドクターがあなたに好意を持っていないのはご存じですよね」

「それは気づいていました」と、ギアリー。「その同僚である〈バウンドレス〉の物理学者たちは、ドクター・マカダムスとなんとかうまく折り合えましたか？」

「まるでだめです」と、リーセルッツ。「センサーへのアクセス権を利用し、あらゆる探知方法でダンサー族の科学技術を発見、評価しようとしています。これといった成果は出ていないものの、データは集まっていますし、学者たちはその仕事で忙しく、満足しています。現時点では、わたしが管理するべき人たちを忙しくさせ、満足させる活動であれば、なんでも歓迎します」

ギアリーはうなずいたものの、まだ最初にした話について考えていた。

「ご自身の安全に関して、ウェッブ大佐は信用できますか？」

「わたしに次善策などありません、元帥」リーセルツはぼんやりした様子で少し残っていたコーヒーをひとくち飲むと、その味に顔をしかめた。「ウェッブ大佐の仕事のやりかたに口出しすることはできません。しかし、それで思い出しました」リーセルツはギアリーを見た。「昨日ウェッブが言っていました。あなたとあなたがつかまえたスパイとの取引がまもなく成立しそうだという確実な情報を入手した、と」

「大佐がそんなことを？」ティミンスカ軍曹は自分の指揮官に、おそらく存在するであろう仲間のスパイをおびき出す件について説明していないのか？　そんなことがあるだろうか？　それとも、ウェッブ大佐とその部下のあいだには亀裂があり、部隊内のコミュニケーションがずっとうまくいっていないのだろうか？　「大佐はその情報を信用に足るとみなしたのですか？」

「はい。通常の噂話ではなく、信憑性《しんぴょうせい》の高い情報源を通じて得られたものだと判断したようです」

明らかに、ジョニンニ最先任上等兵曹は本人が示唆した以上に誤導が得意だ。ウェッブ大佐がなんらかの理由で情報をリークすることにしたとなると、なおさらこの話がでっちあげだと仲間のスパイに感づかれないようにしなければならない。

「その件については何も申しあげられません」

リーセルツは両手を広げた。

「元帥、あのスパイがあなたに話したことをすべて教えてくれるとありがたいのですが」

「それは保証します」と、ギアリー。「しかし大佐はなぜ、あなたにその情報を教えたのでしょう?」

「わたしが元帥に、スパイの発言をすべて教えてほしいと頼んだことを確かめるためです」

たしかにそれは理にかなっているし、ウェッブがギアリーを信用していないことを裏づけている。

「スパイといえば、わたしの要請に対してマトソン船長から返事はありましたか? ほかのステルス装甲服や不正な荷物を見つけるために、徹底的な捜索をしてもらいたいと頼んだ件です」

「マトソン船長はその要請を非現実的だとみなしました」と、リーセルツ。「〈バウンドレス〉は数年にわたる航行に備えて充分な物資を積んでいますから、恐ろしいほどの数の品を点検することになります。船室の捜索は実施されましたが、ウェッブ大佐も認めたように、スパイ活動に関する正しい技術や手順にしたがう者は、罪に問われるようなものを自室に隠したりはしないでしょう」

会話はつづいたものの、それ以上、なんらかの答えが出てくることはなかった。だが——ギアリーは思った——おれも大使も、情報を共有する協力関係にあることを再確認できた。

大使を乗せたシャトルが〈ドーントレス〉を離れると、ギアリーはすぐにアイガー大尉に連絡した。

「きみのもっとも優秀なプログラマーに、わたしの自室へ来るよう言ってくれ。きわめて重大な問題が発生したかもしれない。しかも、実際にその問題が生じたかどうかを確かめるすべもないかもしれんのだ」

最近の会合のほとんどがそう思えるが、今回の会合も結論が出ない腹立たしいものとなった。いつものことながら、不明点が多すぎるせいだ。ギアリーはアイガー大尉に対して、大尉の部下のプログラマーたちが通信装置内にあるダンサー族のソフトウェアを調査することを許可した。ほかのシステムにも拡散していないかどうかを確かめるためだ。もっとも、以前にも同様の試みを行ない、なんの結果も出せなかったことは全員が知っていた。

会合が終わったとたん、デシャーニが困惑した表情でやってきた。

「ジョージ少佐のこの一件はどうなっているのですか？」

「少佐は〈バウンドレス〉を離れることになった」と、ギアリー。

「少佐の苦境には同情しますが、〈ドーントレス〉は〈バウンドレス〉から逃げてくる人々の難民キャンプではありません」と、デシャーニ。「空《あ》いている簡易ベッドにもかぎりがあります。あとどのくらいの人を新たに受け入れることになるのでしょうか？」

「ジョージ少佐は艦隊の情報士官だぞ」と、ギアリー。

「この艦にはすでに艦隊情報士官が一人います。閣下がジョージ少佐を受け入れれば、少佐が閣下の第一情報士官となります。しかし同時にアイガー大尉が少佐の部下となり、少佐の下で働くことになります」

ギアリーはそこまでは考えていなかった。そう言われてみると、少々まずいかもしれない。

「鋭い指摘だ」と、ギアリー。「わたしとアイガー大尉の付き合いは長い。大尉はわたしに何が必要か知っているし、わたしはその仕事ぶりを評価している。だが、ジョージ少佐を〈バウンドレス〉に置いておくことはできない」

「元帥、〈ドーントレス〉以外にも、ここにはあなたが指揮する数百隻の艦がいます。もう一人情報士官が配属されることで、艦隊のほかの艦が恩恵を受けるかもしれません」と、デシャーニ。

となると答えは簡単に出そうだ。

「〈ツナミ〉だな」と、ギアリー。「あの艦にはカラバリ少将がいる。艦隊本部にカラバリのサポートをする人物を追加で頼んだが、音沙汰《おとさた》がない」

「ジョージ少佐はカラバリ少将を適切にサポートできるでしょうか？」

「少佐はすぐれた士官だとアイガーは言っている」

「では、少佐を宙兵隊に渡すしかありませんね。われわれは少佐のやっかい払いができ、少佐は有益な仕事をもらえ、艦隊の支援に対する宙兵隊の愚痴もひとつ減ります。少佐のおかげで、カラバリ少将の負担も少しは軽減されるかもしれませんし。何か問題がありますか？」

「驚いているだけだ。ひとつの問題がこれほどあっさり見事に解決されるとはな」と、ギアリー。

「めったにないことです」と、デシャーニ。「次回もこんなにうまくいくとは思わないほうがいいでしょうね」


どこか寂しげなジョージ少佐とその荷物を運んできたシャトルがシャトルドックに到着したとき、ギアリーはアイガー大尉にも出迎えに来てもらっていた。誰にも負けないほどうまく仕事をやりとげていたとしても、少佐は今、失敗したように感じているだろう。

「〈ドーントレス〉へようこそ」ギアリーは少佐に声をかけた。「少し話をしよう」

自室に入るとギアリーは手を振って情報士官たちに着席をうながし、二人の向かいに腰をおろした。ギアリーが何か言おうとする前に、まだ立ったままでいたジョージ少佐が話しはじめた。準備してきたセリフであるのは明らかだ。

「元帥、与えられた仕事を適切に実行できなかったことをお詫びします。わたしの正体がどのようにして〈バウンドレス〉で明らかになったのかはわかりませんが、起こったことの全責任は引き受けます」

ギアリーは片手を上げて話をさえぎった。

「きみの正体が明らかになった経緯はだいたい察しがつく。だが、それはきみになんらかの落ち度があったからではない。わたしが判断できるかぎりでは、きみは自分の仕事をきちんとやりとげている。ついては、きみにやってもらいたい仕事がある」

「閣下?」ジョージ少佐は言葉を失った。叱責を覚悟していたのは明らかだ。

「以前から、艦隊の侵攻輸送艦〈ツナミ〉に一人、情報士官を配置しようとしていたのだ」と、ギアリー。「この艦隊の宙兵隊を統括するカラバリ少将が情報に関するサポートを必要としている。きみが自分の仕事を熟知しており、その仕事を問題なく遂行できると、アイガー大尉は言っている。まだ聞いていないかもしれないが、とくに謎の種族は陸上軍と宙兵隊にとって圧倒的脅威だ。そのため、宙兵隊には適切な情報関連の支援が欠かせないのだ」

ギアリーはわずかに身を乗り出し、その本気度を表情に出そうとした。

「アイガー大尉によれば、艦隊情報部の一部では、宙兵隊を支援する仕事にまわされるのは艦隊内での左遷だとみなされるらしいな。わたしはこの人事をそんなふうには考えていない。カラバリ少将にはしっかりしたバックアップが必要だ。きみにまかせられるか？」

「はい、閣下！」と、ジョージ少佐。その顔には困惑と感謝が同程度、浮かんでいる。「元帥、わたしは〈バウンドレス〉ではへまをやりましたが、〈ツナミ〉ではもっとうまくやるつもりです」

ギアリーはかぶりを振った。

「きみは、はめられたのだ。そう考える根拠はいくらもある。きみは遅かれ早かれアイガー大尉に発見されただろう。この艦隊内の不信をあおるために。この最新の出来事からわかるのは、これはおそらくきみ、あるいはわたしを信用していない者のしわざだということだ。繰り返すが、きみに落ち度はない。きみは二度も板挟みになった。現時点で、きみにたずねたい。〈バウンドレス〉でのきみのもともとの任務には、活動の監視や記録以外のことが含まれていたのか？」

このとき少佐はすぐには答えず、その質問を思案した。

「閣下、これはお話ししてもいいと思いますが、ほかのことは含まれていませんでした。ウェッブ大佐の部下がわたしの持ちものすべてを調べあげましたから、監視と記録以上の任務を可能にする道具は見つからなかったと断言してくれるはずです」

「その言葉だけで充分だ」と、ギアリー。その調査結果をウェッブ大佐が知らせてくれていれば、よかったんだが。「アイガー大尉は、きみがわたしの信頼に足る人物だと言っており、わたしはアイガー大尉の判断と知識を完全に信用している。きみを追い立てるわけではないが、〈ドーントレス〉にはきみにいてもらう部屋がない。だから、できるだけ早く〈ツナミ〉に移ったほうがいいだろう。だが、ここを離れる前に、きみとアイガー大尉に二人で話す時間を与えたい。そうすれば、大尉は現在の状況に関して重要だと判断した情報をきみに提供できる。ああ、そうだ、アイガー大尉、異星人が改造した通信装置を少佐に見てもらい、チャーバン将軍に少佐を紹介してもらいたい」

「了解しました、閣下」と、アイガー。「元帥、ジョージ少佐に状況説明を行なう前に確認しておきたいのですが、少佐が〈ツナミ〉に移るにあたり、わたしが少佐に伝えられる情報について、なんらかの制約が発生するのでしょうか？　当然ながら、通信回線のセキュリティ対策にはしたがいますが」

「制約が必要だろうか？」逆にギアリーがたずねた。

「いいえ、閣下。必要だとは思いません」

「では、とくにないな」ギアリーはアイガーに指を向けた。「きみはわたしが何を必要としているか知っている。引きつづき、わたしが知るべきことを知らせてくれ。そして少佐に──」こんどはジョージに指を向けた。「──わたしの要求を理解してもらい、たとえ、わたしにとって望ましくない情報を伝えても、わたしは少佐を責めないと、安心させてほしい。質問は？　ないか？　では、自分たちの仕事に戻ってくれ」


半時間ほどが経過し、新たに到着したダンサー族の艦がギアリーの艦隊に接近すると、そこからまた別のメッセージが送られてきた。複数の声が奇妙なハーモニーを奏《かな》でているように聞こえるそのメッセージは、人間の耳に不思議なほど魅惑的に響いた。

「これはドクター・クレシダへの返事だ」と、チャーバン将軍。翻訳の最初の個所をじっくり読んでいる。「これが理解できないのは、ダンサー族が意図的にあいまい、または混乱させるような言葉を使っているからではなく、実に不可思議な物理学のせいなのだとわかっているので、安心感がある」

そのメッセージはしばらくつづいたが、その後すぐに次のメッセージが入ってきた。

「いまからわたしたちのあとについてきてくれ
ジャンプして新たな星系へ向かう
そこで指導者／統治者／長老があなたがたに挨拶する」
「とうとう動きだしました」と、ジャーメンソン大尉。笑みを浮かべている。「同じ意味を持つ複数の異なる言葉が使われているのは興味深いですね。ダンサー族には、すべての意味を併《あわ》せ持つ、指導者を示す単語があるのかもしれません」
「ついに明らかになるのかもしれない」と、ギアリー。「大使に知らせ、それから艦隊全体に知らせよう。それが終わったら、こちらの出発準備ができたとダンサー族に知らせてほしいと、きみたちに連絡する」
よくも悪くも、事態はようやく動きはじめたのだ。

13

ダンサー族の護衛艦四隻のベクトルにしたがうと、目的地がハイパーネット・ゲートであることはすぐにわかった。

「われわれをどこへ連れてゆくつもりでしょう?」と、デシャーニ。ギアリーもデシャーニもブリッジにいて、それぞれのディスプレイを注視していた。とはいえ、星系同盟艦隊《アライアンス》がダンサー族の設定した経路を移動していること以外に、とくに注意を払うべきことは何も起こっていない。「ダンサー族の支配する星系がいくつあるのか、まだわかりません」

「チャーバン将軍からダンサー族にたずねてもらった。彼らのハイパーネットでの滞在期間がどのくらいになるのか、と」ギアリーはデシャーニに言った。「返答があれば、どれくらい遠くへ行くのか、おおよその見当がつくだろう」

ダンサー族の護衛艦とアライアンス艦隊がハイパーネット・ゲートに近づくなか、案の定、ダンサー族から応答がないまま十時間が過ぎた。ダンサー族はドクター・クレシダにさらにふたつのメロディアスな返答を送ってきたが、今のところ、ほかに話したいことはないようだ。

だが、いったん事態が動きはじめると、雪崩《なだれ》が山の斜面を転がり落ちるように、さまざまなことがつづいて起こった。

ハイパーネット・ゲートまでの移動中にギアリーが少し眠ろうとしていると、〈ウォースパイト〉のプラント艦長から優先度の高いメッセージが届いた。最高のセキュリティ・レベルの緊急会議を要請する内容だ。

「ナナミ・プラントはふざけた真似をするタイプではありません」デシャーニはギアリーに言った。「そのような会議を必要としているなら、正当な理由があるはずです」

「わたしと二人きりの会議を要求している」と、ギアリー。

「それにも正当な理由があるのでしょう」

こうしてギアリーはふたたび、最高のセキュリティ・システムを備えた〈ドーントレス〉の会議室にいた。最近ここで過ごすことが多いため、第二の自室になりつつある気がした。自分好みに飾りつけたほうがいいのだろうか？

高セキュリティのリンクが確立され、すべてが同期されていることを示す緑のランプが点灯した。まもなくプラント艦長のホロ映像が現われた。〝休め〞の姿勢で立っている。

会うたびに、プラントは警戒心が強く、自分の意図を容易に明かさないタイプに見えた（ギアリーの目には）。今回もそれは変わらなかった。

プラントの隣にアルウェン・ドゥエロス少尉がいた。堅苦しい〝気をつけ〟の姿勢で立ち、最悪の事態を覚悟しているような表情を浮かべている。

「これはどういうことだ？」ギアリーは懸念が口調に表われないよう心がけた。ロベルト・ドゥエロスの娘が、この会議に出席しなければならないようなことをしたのだろうか？

プラントは日常的な出来事を報告するかのように、職業的な口調を慎重に保ちながら話しはじめた。

「ドゥエロス少尉から個人的な相談を受け、その内容から、ただちにお知らせする必要があると判断しました、元帥」プラントはアルウェン・ドゥエロスを一瞥《いちべつ》した。「元帥にお話ししなさい」

堰《せき》を切ったようにドゥエロス少尉の口から言葉があふれ出た。声をわずかに震わせ、まっすぐ前を見すえている。

「わたしはみずからの名誉と義務感にしたがい、艦隊の指揮系統を乱す行動に関与したことを報告する義務があると思います」

ギアリーはもう何があっても驚かないと思っていた。しかし、これは……監視をつづけるべきだった新兵たちの問題だ。そして、ドゥエロス少尉もその新兵の一人だった。だが、彼女が不適切なことに関与するとは思いもよらなかった。ロベルト・ドゥエロスが知ったら、打ちひしがれるだろう。

それでも、ギアリーは自分に言い聞かせた。いまは個人的な問題を考えている場合ではない。もっとも重要な問題に集中するべきだ。

「どんな行動だ？　艦や兵士たちに差し迫った危険があるというのか？」

「いいえ、ありません、閣下！　わたしの……知るかぎりでは」アルウェンは緊張のあまり唇をなめ、それから言葉をつづけた。「可能性はあります。長期的には。わたしはアライアンスの安全を守るための行動だという言葉を信じてしまいました。でも、命が……閣下、あなたのお命がねらわれたとき……自分が聞かされていたこととの不自然さに気づいたのです。その後、指示が出されました。それは……」アルウェンは一瞬、言葉に詰まり、怒りの色を浮かべた。「〈ウォースパイト〉の仲間の士官たちや艦長を裏切る行動をとることでした。プラント艦長に報告するべきであることも、どんな結果になっても受け入れなければならないことも、わかっていました。アライアンスの安全を守るための行動ではなかったからです。戦友を裏切ることを求められているのだとしたら、アライアンスの安全など守れるはずがありません」

ギアリーは落胆しながら、プラントをちらりと見た。プラントはギアリーを見つめていた。彼女は、ギアリーがたずねる必要のあること、アルウェン以外の士官の問題なら確実にたずねるはずのことを知っているのだ。

「誰の指図だ？　ドゥエロス大佐がかかわっているのか？」

「いいえ、閣下！」アルウェンは動揺を抑えようとした。「まったく関与していません！　父はわたしの行動を認めてくれるだろうと思いましたが、わたしたちは中核グループ、つまり最小単位の秘密グループ以外の者との接触を禁じられていました」

「ドゥエロス大佐がきみの行動を認めるだろうと思ったのは、なぜだ？」と、ギアリー。返事を聞くのが怖い。

「父はアライアンスを守ることに人生を捧げてきたからです！」アルウェンは苦渋の表情を浮かべた。「でも、父はいつも言っていました。状況が悪化したときにこそ、仲間や同僚の士官、クルーたちに頼りにされる人間であれ、と。だけど……これはその逆です。いまはそのことがわかります。わたしの行動は……父の名誉を穢《けが》すことになるでしょう。おそらく、わたしが死んだら――」

「きみが死ぬ？」ギアリーはアルウェンの言葉にショックを受け、思わず口をはさんだ。

「自分のとった行動がどんな罰に値するかはわかっています」アルウェンはわずかに声を

震わせながら言った。「銃殺隊による名誉ある処刑を求めます」

ギアリーはまだそこまで考えていなかった。アルウェン・ドゥエロス少尉が結果的にどうなるかなど、予想もしていなかった。だが、アルウェンの言うとおりだ。指揮系統を乱す陰謀には死刑をもって対処するしかない。

ギアリーはプラントを見た。プラントはやや異なる見解を持っているようだ。

「わたしには確信があります」と、プラント。「ドゥエロス少尉の行動はこれまでのところ、共謀者たちとの連絡や情報交換に限定されています」

「名乗り出ようと思った具体的なきっかけはなんだ？」ギアリーはアルウェンにたずねた。

「ふたつあります、閣下。ひとつは、わたしたちが通常使用している通信チャンネルを介してメッセージを受け取ったときです。〈ドーントレス〉の拘禁室にいるスパイにどうやって接触し、口を封じるかについての提案を求める内容でした」アルウェンはふたたび怒りをあらわにした。声を荒らげないようにするのがやっとのようだ。「そのとき、自分が……艦隊司令長官を……殺害しようとする陰謀にかかわっていることに気づきました」

アルウェンは大きく息を吸い、落ち着こうとした。

「もうひとつは……新たなダンサー族の星系に到着したあとで、ある行動が実行に移されると耳にしたことです。おそらく任務の平和的な成果を妨げる行為でしょう。プラント艦長は陰謀にかかわっていないため、システム・アップデートに見せかけたマルウェアのパッケージをわたしが受け取ることになっています。そのマルウェアの目的は、〈ウォースパイト〉の発射制御システムや武器システム、さらには通信システムや戦術システムの制御を奪うことです」

アルウェン・ドゥエロスの目に光が宿った。一瞬、強い決意を固めたときの父親そっくりに見えた。

「わたしの父……ドゥエロス大佐がなんと言うかはわかっていました。わたしはそのようなことはしません、元帥。絶対に仲間やプラント艦長を裏切ったりしません。アライアンスへの誓いにそむくことは断じてありません」

プラントが自艦の通信操作パネルに手を伸ばすと、個人回線に切り替わったことを表わす警告がギアリーのディスプレイに表示された。ギアリーとプラントはアルウェンの姿を見ることもその声を聞くこともできるが、アルウェンには二人の声は聞こえず、顔もぼんやりとしか見えない。

「元帥、わたしはドゥエロス少尉がわたしと閣下に対して正直に話してくれたと確信しています。しかし、ドゥエロス少尉からこれ以上の情報は得られないでしょう。陰謀者たちの秘密グループはアバターを使って通信しているため、ドゥエロス少尉は黒幕の正体どころか、もっとも身近な陰謀者が誰なのかということさえ知らないのです。ドゥエロス少尉から提供された通信内容をざっと分析したところ、この活動に関与している者は〈ウォースパイト〉を含む戦艦の新兵たちに集中しており、指導的立場にあるのは戦艦の上級士官たちだと思われます」プラントは衝撃的な情報を冷静かつ正確に伝えた。その声にはなんの感情もこもっていなかった。

ギアリーは一瞬、考えこみ、すべてを理解しようとした。

「その指導者たちに心当たりはあるのか？」

「戦艦の上級士官たちです」プラントは繰り返した。「少なくとも一人の艦長が関与しています」

「誰を信用すればいいのだ？」

「わたしです」プラントはちらりと獰猛《どうもう》な笑みを浮かべた。「アーマス艦長も信用できます。艦隊にはアーマスほど堅実な士官はほかにいません。それに、率直に言って、その種のリーダーシップを発揮するタイプではありませんので」

その言葉を聞いたギアリーはマイケル・ギアリーが言ったことを思い出し、いやな気分になった。

「ほかには？」

「〈コンカラー〉のカシア艦長も非常に堅実です。それから、〈リプライザル〉のハイエンはアライアンスの人間ではないため、この件に巻きこまれているとも、陰謀者たちに信頼されているとも思えません。〈ドレッドノート〉のジェーン・ギアリー艦長と話すことを強くおすすめします」

「きみは彼女がこの件に関与していると思うのか？」ギアリーは感情を抑えこもうとしながら、たずねた。

「いいえ、閣下」プラントは言葉をつづけた。ギアリー自身が隠しきれなかった安堵《あんど》の思いには気づいていないかのようだ。「もしそうなら、すでに何かが起こっているはずです。ドゥエロス少尉が提供した通信内容からは、行動の実行に向けて計画がゆっくりと進められている様子がうかがえます」プラントはちらっと笑みを浮かべた。「戦艦の動きにとてもよく似ています。それが、この陰謀の黒幕は戦艦の士官なのではないかとわたしが考えている理由のひとつです。巡航戦艦の艦長なら、拙速な行動に出て、とっくに何かをしでかしているでしょう。ジェーン・ギアリーにはそのような巡航戦艦と同じ血が流れています。ギアリー家の一員でもあります。黒幕が誰であれ、ジェーンに承認や関与を求めた可能性は高いと思います。ジェーン自身は陰謀の一部だとは気づかないでしょうけど」

「ギアリー家の誰かに自分たちの行動を支持してもらいたいのだな」ギアリーはまたして

もマイケルの言葉を思い出した。「バードック艦長。マイケル・ギアリー大佐は艦隊を去る前に言っていた。彼女が自分に探りを入れているようだ、と」

「バードック？」プラントは考えこむように顔をしかめた。「その可能性は大です。バードックはそう簡単に他人に心を開くことはありませんが、彼女がブロッホ提督の熱心な支持者だったことは誰もが記憶しています」

「ペレアスはどうだ？」マイケルはペレアスのことにも言及していた。

「ペレアスですか」プラントはふたたび笑みを浮かべた。こんどは、以前からの問題についてようやくひとつの結論に至ったというような表情だ。「ペレアスはここ数カ月、われわれのあいだで議論の主導権を握りつづけています。しかも、インドラス星系であれほど華々しい活躍をしたのですよ」

では、ペレアスも陰謀にかかわっている可能性が高いが、確実ではない。

「きみはドゥエロス少尉の問題にどう対処すればいいと思う？」

「ドゥエロス少尉には〈ウォースパイト〉にとどまり、現在の任務をつづけてもらいたいと思っています」プラントは迷わず言った。「この陰謀の発動準備が整ったときに知らせてもらえますから」

「黒幕たちは、秘密を守るためなら殺人も辞さないことをすでに証明している」と、ギアリー。

「はい、閣下」

もちろんだ。当然だろう。ギアリーにとって唯一の正しい選択は、冷酷にも親友の娘の命を危険にさらすことだ。だが、ほかに選択肢があるのか？

「陰謀者たちの意図について、きみの考えを聞かせてくれ」

「ダンサー族の第二星系に到着したら、一、二隻の戦艦がダンサー族への砲撃を開始するでしょう。ほかの戦艦や巡航戦艦はマルウェアによってシステムを無効化され、対処できません。陰謀者たちの目的は、敵対行為を引き起こし、艦隊をアライアンス宙域へと撤退させることとです」プラントはわずかに目を細め、考えこんだ。「これまでの経験に基づいて、わたしならそうします、閣下」

その計画が本当なら、狡猾《こうかつ》な戦術と言える。アライアンス艦隊の一部の艦がダンサー族を攻撃する一方、ほかの艦は手をこまねいて見ていることしかできない。陰謀に関与している戦艦の士官やクルーたちは、合法的と思われる艦長命令にしたがうことになる。その後、ギアリーはダンサー族の惨状と、どの艦長と艦を信用すればいいかわからない指揮系統の混乱に直面するだろう。

マルウェアが〈ドーントレス〉に問題を引き起こし、ギアリーが恒久的に戦列離脱するか、別の暗殺者が現われてギアリーの命をねらわなければ、の話だが。

「きみの考えに賛成だ、艦長」と、ギアリー。「できるだけ慎重に新たな情報の収集につとめてくれ。陰謀者たちが意図を明らかにするまで、こちらの動きを察知されたくない。アーマス艦長やジェーン・ギアリー艦長とも話をするつもりだ。では、ドゥエロス少尉との会話を再開できるよう、個人回線の接続を解除してくれ。彼女の処遇についてのきみの推奨案を聞かせてやりたい」

「はい、閣下」だが、プラントは通信操作パネルに伸ばしかけた手を止めた。「閣下、ドゥエロス少尉は自分の責務を果たしました。そして、いま、贖罪《しょくざい》のために自分の身を危険にさらすつもりであることは間違いありません。それにより、もっとも重い罰はまぬがれるはずだと、わたしは信じています」

「承知した」ギアリーは言った。この時点では何も約束できないからだ。

当然ながら、アルウェン・ドゥエロス少尉は、陰謀をくわだてる集団のなかで内通者としての役割を果たすことに躊躇《ちゅうちょ》なく同意した。ギアリーは、翻意に気づかれないためにくれぐれも慎重に行動するよう忠告し、アルウェンを危険な立場に置くことをしぶしぶ承認した。

「誰かに、ドゥエロス少尉がわたしと会っていた目的をたずねられたら、ダンサー族の意図に懸念を抱いていたからだと説明します」と、プラント。

「わかった」プラント艦長とアルウェンのホロ映像が消えると、ギアリーは数秒間、絶望に打ちひしがれた。一世紀に及ぶ戦争で崩壊寸前だった艦隊を何年もかけて修復しようとしてきたのに、またしてもこのような問題に直面するとは。なぜ、おれはいまだに頑張っているのだろう？

しかしギアリーはその答えを知っていた。自分を信頼してくれる人々との誓いを破るわけにはいかない。アルウェン・ドゥエロス少尉が仲間を裏切れないのと同じだ。

アルウェンはいつか、りっぱな士官になるだろう。この困難を乗り切れば、だが。

ギアリーは保安会議室にとどまり、ジェーン・ギアリーに通信した。艦内時刻は夜遅かったが、思ったとおり、ジェーンは即座に応答した。

「ギアリー艦長」ギアリーはこれが純粋に職務上の問題であることを明確にするために、そう呼びかけた。「誰かが……とくにほかの戦艦の艦長の誰かが、きみに接触してきたかどうか、知る必要がある。つまり……」どのように表現すればいいのだ？　「われわれの現在の任務に対する不満について、何か言っていなかったか？」

ジェーンが答える前に一瞬の間《ま》があった。

「バードック艦長が艦隊を去る前のマイケルにしたようなことという意味ですか？　マイケルから聞きました」

「バードックはきみと話をしたのか？」

「いいえ、閣下」ジェーンの毅然《きぜん》とした誠実な返答は心地よい安堵をもたらした。「でも……艦隊がラロタイ星系を通過しているあいだに、アダム・ペレアスがわたしに探りを入れているような気がしました。政府に対するよくある不満を聞かされ、ギアリー家の一員がそれを是正するべきだとほのめかすのです」ジェーンはいらだたしげにため息をついた。「わたしが生まれてからずっと耳にしてきたようなことばかりです。最近はあまり言われなくなりましたけど。わたしはペレアスに、ギアリー家の一人が事態を是正していると言い、ギアリー元帥とのあいだに問題があるのかとたずねました。ペレアスはあっさり引き下がり、それっきりでした」

パズルのピースがつぎつぎとはまりはじめた。

「アーマス艦長と通信を接続するから、少し待ってくれ」

アーマスはめったに怒りを見せない。アーマスが怒ったときには、突然、激しく爆発するのではなく、噴火に向けてゆっくりとエネルギーを蓄積してゆく火山を思わせる。しかし、ギアリーがアルウェン・ドゥエロスの名を伏せたうえで、新たに得た情報を説明すると、アーマスはいまにも大爆発を起こしそうに見えた。それでも、ひとことこう言っただけだった。

「許せません」

「やつらはいつダンサー族への攻撃を試みると思う?」

アーマスは過度の圧力を避けようとするエンジンのように、なんどか深呼吸してから答えた。

「成功すると確信が持てる場合にかぎられます。ダンサー族との関係を修復不能にするために、確実にダンサー族の艦を攻撃し、あわよくば撃破したいと考えているでしょうから」

ジェーン・ギアリーがうなずいた。

「同感です。絶対に失敗はしたくないはず。われわれがダンサー族の艦から充分な距離を保てば、さらなる好機が訪れるまで攻撃を控えるでしょう」

「その状況がつづくのは、われわれがふたたびアライアンス宙域へ出発するまでのことです」アーマスが警告した。「出発しようとする瞬間をねらって、なんらかの行動を起こす恐れがあります」

ジェーンもアーマスも確信があるようだが、もちろんそれを確かめるすべはない。

「陰謀者たちに行動の余地を与えるようなリスクはおかしたくないが、さらなる証拠を手に入れなければ逮捕することはできない」と、ギアリー。

「連中に対処するための正当な理由が得られるまで待つべきです」ジェーン・ギアリーが同意した。「ブラック・ジャックが潜在的な敵に対して、根拠がないと思われる行動をとれば、あなたに対する既存の懸念を強める可能性があります。さらに、それは、あなたが艦隊の指揮を引き継ぐ前にアライアンスがたどった悲惨な経過を彷彿《ほうふつ》とさせるかもしれません」

「異論はありません」アーマスは不満げに言った。「ペレアスはわたしに対抗する地位を得ようとして、このところ、わざとらしい行動が目立ちます。われわれはどの艦長が信頼に値しないのかを、非常に慎重に見きわめようとしています。しかし、複数の戦艦に分乗している宙兵隊分遣隊に警告することも検討すべきです。裏切り者たちは、われわれ全員の名誉を穢《けが》し、アライアンスに害を及ぼそうとするでしょう。それを未然に防げるかどうかは宙兵隊しだいかもしれません」

「検討しよう」と、ギアリー。アーマスの助言はもっともだが、密告者が増えれば増えるほど、陰謀の指導者たちの耳に入る可能性も高くなる。

もう一人だけ、話をしなければならない人物がいる。結局のところ、ギアリーの身に最悪の事態が起こったら、ターニャ・デシャーニが任務を遂行し、陰謀者たちに対処しなければならないのだ。

デシャーニは黙って聞いていたが、ギアリーが話しおえると言った。

「ただちに逮捕してください」

「そのための根拠がない」ギアリーはデシャーニにも同じことを言った。「疑いがあるというだけで、やつらの正体すらわからないんだ」

「あなたは戦闘地帯にいるし、艦隊司令長官なのですから――」

「なにより、わたしはブラック・ジャックだ」ギアリーはきっぱりと首を横に振った。「わたしのすべての行動が、可能なかぎり多くの人々にとって正当なものでなければならない。さもないと、アライアンスに対して、最悪の敵以上に大きなダメージを与えることになる」

「わかりました。少なくとも、新米の下級兵士たちが上層部の計画や指示をどこから得ているのかが明らかになります」デシャーニは目をそらした。「ロベルト・ドゥエロスにはどのように話すおつもりですか?」

「まだ何も話せない。それはきみもわかるだろう」

デシャーニはうつむき、しばらく言葉を失った。

「すみません。アルウェンの身に何かあっても……アルウェンが死んでも、ロベルトはきっと理解してくれます。正しいことをしたアルウェンを誇りに思うでしょう。でも、あなたを許すことはできないはず。たとえアルウェンが無事であっても、アルウェンの命が危険にさらされたことを知れば、それだけであなたを許さないかもしれません」

「わかっている」

「でも、正直なところ、あなたにほかに何ができるのかわかりません。アルウェン自身の選択が彼女を困難な状況に追いこんだのだという事実を、ロベルト・ドゥエロスも理解してくれるといいのですが」デシャーニは頭を振り、ようやくギアリーに視線を戻した。

「大使のことはどうします？　リーセルッツ大使に話すおつもりですか？」

「無理だ。〈バウンドレス〉との通信の安全性について、大使自身が懸念を口にしていた。ダンサー族のハイパーネットに入る前に、大使と通信する確実な手段はない」

「大使は不満に思うでしょうね」

「今日のわたしは何をやっても、人を不機嫌にさせるようだな」

十時間の休息が予定されていたが、現実は厳しく、高セキュリティ会議や急ぎの計画立案のための時間にあてられた。一方、艦隊の内部妨害工作を陰であやつる者の正体が、ぼんやりとではあるものの、ようやくつかめたことに対する安堵もあった。だが、また一方で、ギアリーがこの問題を適切に処理できなかった場合（あるいは、適切に処理しても人命を犠牲にした場合）のリスクは格段に高まった。

もう心配ごとは充分だというのに、ダンサー族のハイパーネット・ゲートに到達する一時間前にウェッブ大佐から通信があった。

「〈バウンドレス〉にあるダンサー族の改造通信装置が無効化されています。理由は誰にもわかりません。受信はできますが、送信ができないのです」ウェッブはいどむような目でギアリーを見た。関与を疑われて非難されても受けて立つという覚悟がうかがえる。

だが、ギアリーが確信していることのひとつは、ウェッブとその部下たちはダンサー族のソフトウェアに関する知識があまりないため、手を加えられないということだ。

「最後に送信できたのはいつだ？」

「数時間前です。マカダムスがメッセージを送ろうとしましたが、途中で送信が停止しました。とにかく、マカダムス本人はそう主張しています」

「そのメッセージの長さはどれくらいだ？」ギアリーはリーセルッツ大使が前に話していたことを思い出した。

「わかりません。大使いわく、マカダムスがしつこくメッセージを送るのでダンサー族がうるさがっているのではないか、と。ダンサー族に耳はあるんですよね？」ウェッブはハッとした。「ダンサー族がマカダムスを遮断《しゃだん》したというのですか？」

「その可能性は高い」と、ギアリー。「ダンサー族が閉口して〈ドーントレス〉の通信装置まで遮断する前に、大使が通信装置を管理する必要がある」

「大使にその権限は――」ウェッブは言いかけて、ゆっくりと笑みを浮かべた。「任務の安全性にかかわる問題でないかぎりは。ただ、いまのやりかたがダンサー族の気にさわる危険があるのなら……」

「わたしもそう思う。だが、どう対処するかは大使が判断することだ」その行動をうながすためにギアリーはできるかぎりのことをした。あとは大使の判断にゆだねるしかない。

「安全上の問題であれば話は別です、元帥」ウェッブはひとり、うなずいた。「リーセルツ大使が事後に知ったとしても、アライアンスにおいて非難の対象にはなりえません。マカダムスがどんなに抗議しようとも。わたしもマカダムスの抗議など気にしません。これで望む結果が得られるでしょう。元帥、あなたは解決法を見つけるのが本当にお上手ですね」

ギアリーは実際にはそのような結果を得ようとしていたわけではなく、自分が意図していないことまでウェッブに深読みされたくはなかった。

「大佐、わたしはマカダムスから通信装置を取りあげろと言っているわけではない」

「もちろんです」ウェッブはにやりと笑った。「あなたにその権限はありませんから。わたしはあなたの指揮系統には属していない。この会話はなかったことにしましょう」

「その通信装置には注意が必要だ」ギアリーは警告し、話題を部分的に変えることにした。「ダンサー族のソフトウェアがほかのシステムに、いとも簡単に、あるいは広範に伝播《でんぱ》する可能性がある」

「承知しています」ウェッブはわかりきったことを言うなというように、片手を振った。「心配ご無用です、元帥。あの通信装置を誰がどのように使おうと、ダンサー族を挑発しないかぎり、わたしは一義的責任を負いたくありません。通信装置の管理と、アクセス権を誰に与えるかの判断は、リーセルツ大使にまかせるつもりです」

これならうまくいくかもしれない。ウェッブ大佐とリーセルツ大使がたがいに異なる役割をになうことで、〈バウンドレス〉でのリーセルツの影響力が徐々に高まってゆく可能性がある。それを最大限に利用できるかどうかはリーセルツしだいだが、おれの見たところ、その種の駆け引きはおれよりもリーセルツのほうが得意なようだ。いままでリーセルツには、優位に立つための適切な手段がなかっただけだ。それに、おれが艦隊内の陰謀に対処するあいだ、リーセルッツとウェッブを両方とも忙しくさせておける。おれがもっとも避けたいのは、そのことを知ったウェッブが〝安全上の問題〟というあいまいな命令を隠れ蓑《みの》にして介入してくることだ。

「それはきみが判断することだ、大佐」

ハイパーネット・ゲートに到達する直前、艦隊のセンサーは三隻のタオン艦船が五時間前にジャンプ点のひとつに到着したことを探知した。

「この前のタオン艦が使っていたのとは別のジャンプ点です」と、デシャーニ。「貨物船と見られる大型船が二隻。もう一隻は護衛艦です」

「タオンは交易のためにダンサー族の宙域を自由に航行できるということだ」と、ギアリー。「残念ながら、われわれと対話するつもりはないようだ」

「この星系にジャンプしてきてわれわれに気づくと同時にメッセージを送信していれば、われわれがそれを確認するための時間はまだあります。メッセージを受信する可能性は低いと思いますが」

案の定、ギアリーの艦隊を未知の目的地へと導くダンサー族の護衛艦がハイパーネットに入る前に、新たに到着したタオン艦船からのメッセージが届くことはなかった。

ギアリー自身は艦隊の全艦にメッセージを送信していた。

「ダンサー族は友好的だ。どこへ向かっているかはわからないが、目的地に到着したとき、われわれも友好的な態度を示したい。防御シールドの強度は通常の運用レベルに設定せよ。攻撃準備は行なわず、平時よりやや高めの警戒態勢を保て」到着先のハイパーネット・ゲートの出口周辺にダンサー族の艦がいたとしても、平和を乱そうともくろむいずれかの戦艦の艦長が戦闘準備を整え、ダンサー族と戦争を始められる状態になるまでには、多大な労力が必要となるだろう。だが、マルウェアを受け取ったというドゥエロス少尉からの報告はないため、人類の艦隊が新たな星系に到着するまで、その計画が実行される意図がないことは明らかだ。それまでギアリーは、アルウェン・ドゥエロスから聞いた情報については公然と疑いを示さず、何も知らないふりをしなければならない。「さらに、言うまでもないことだが、われわれの最善の姿を見せようではないか」

人類の艦隊がダンサー族のように優雅な編隊を組むことは容易ではないので、ギアリーは今のところ、球状に艦隊を配置していた。戦闘向きの編隊とは言いがたいが、見栄えがよく、維持しやすい。

ハイパーネットに入る直前、ダンサー族が〈ドーントレス〉に短いメッセージを送ってきた。

「あなたがたの時間単位で九十八時間」チャーバン将軍が報告した。「それがなんのことなのか、説明はない」

「ダンサー族のハイパーネットでの滞在時間でしょう」ギアリーは説明した。

「九十八時間ですか？」と、デシャーニ。「中距離ということですね。四十光年から六十光年といったところでしょうか？」

ダンサー族の支配宙域がどれほど広いのかを理解するヒントにはなった。といっても、少しだけだが。ギアリーたちはダンサー族の宙域の中心へ向かっているのかもしれないし、端へ向かっているのかもしれない。


ハイパーネットは超空間とは違う。超空間は具体的な定義がはっきりせず、部分的にしか理解されていないものの、なんらかの場所として存在している。それに対し、ハイパーネット内にいる艦船にとって、そこは（宇宙が理解できる意味において）どこでもない場所なのだ。ギアリーはハイパーネットが量子もつれやトンネル効果などの量子力学的現象を利用していることは知っていたが、その詳細な説明はとうてい理解しがたかった。ドクター・クレシダなら説明できるはずだが、ギアリーにわかるように説明するなど時間の無駄だと思うだろう。とにかく、実際にはギアリーがハイパーネットのしくみを理解する必要はなかった。重要なのは、ハイパーネットが機能することであり、あとは、利用したいハイパーネットに対応するキーの使いかたを知っていればいい。〈ドーントレス〉にはアライアンスと惑星連合《シンディック》のハイパーネット（あるいは、少なくともシンディックのハイパーネットの残された一部）に対応するキーはあるが、ダンサー族のハイパーネットに対応するキーはない。当然ながら、ダンサー族は自分たちのハイパーネットを機能させるキーを持っている。したがって、人類の艦隊がダンサー族のハイパーネットを介して移動するには、彼らの存在が不可欠だ。

　確実に言えるのは、ハイパーネット内を移動中の艦はたがいに隔絶され、通信できない状態にあるため、ドゥエロス少尉から得た情報について調査を進める手段がないということだ。ドゥエロス少尉のとった行動が〈ウォースパイト〉に乗艦しているほかの陰謀者に見つかっていないか、その結果、彼女が大きな危険にさらされていないかを知る手段もない。

　そのような重要な問題に取り組むことができず、問題から注意をそらす外部からの通信もない。そこで、ギアリーは手ごわい事務処理を終わらせることに全力を注いだ。

　さらに、艦隊の現状を知ることにもつとめた。一世紀前、ギアリーは艦長として、一隻の艦に関する重要な情報のすべてを把握しつづけることがいかに難しいかを学んだ。いまやギアリー麾下《きか》の艦は数百隻に及び、その苦労も数百倍にふくれあがった。

それに、戦艦——とくにペレアス艦長の〈ギャラント〉とバードック艦長の〈エンクローチ〉——の状況を確認しなければならない特別な理由があった。ギアリーは、二人がダンサー族との開戦をたくらむ陰謀に関与していないか、最新情報をチェックしたが、明確な証拠は見つからなかった。計画を実行に移す妨げとなる問題がないかどうかも調べた。だが、〈ギャラント〉も〈エンクローチ〉もコンディションは万全だった。マイケル・ギアリーが言ったとおり、ペレアスとバードックはアライアンスが理想とする戦艦の艦長だ。

ほかの艦に問題があるわけではない。ダンサー族の宙域に到達するために燃料電池を消費したにもかかわらず、燃料の状態は依然として良好だった。補助艦に積まれていた予備の燃料電池が全艦に補給され、補助艦は待機を余儀なくされていたあいだに原材料から新たに燃料電池を製造した。

食料の備蓄も充実していた。補助艦は新たな食料(艦隊内の噂によると、実は、ひどい味の携帯食〈ダナカ・ヨルク〉は、有害物質をもちいた製造過程で生じる残滓《ざんし》を圧縮して固めたものだという)を製造することはできないものの、艦隊には食料不足におちいらないだけの充分な量が確保されている。予備部品の在庫も充分にあり、さまざまな艦がさまざまな機器の避けられない問題を抱えていたが、どの艦にも深刻な故障はなかった。

ダンサー族にひきいられてハイパーネット・ゲートへと向かいはじめると、艦隊の士気は上がった。規律上の問題はまもなく減ってきたが、ゼロにはならなかった。暴行、傷害、窃盗により有罪となった宙兵隊員の一人を〈ミストラル〉の拘禁室に入れ、重労働および〝パンと水だけ〟の刑に処したと、カラバリ少将から報告があった。重大な事件は多くなかったが、まずいコーヒーと同様に、たまにいるろくでなしは艦隊にはつきものだ。

バランスをとるために、謎の種族との交戦中に顕著な功績を挙げた個人に対して推薦や昇進が推奨された。それを確認することも、ギアリーがいつも楽しみにしている仕事の一部だ。

だが、ギアリーの頭には、自分の決断のせいで親友ロベルト・ドゥエロスの娘が死んだことを、ロベルトに知らせることになるのではないかという恐ろしい予感がつねにあった。

ほぼ四日間で、とどこおっていた仕事の大半がかたづいたが、もはやギアリーはその達成感に浸《ひた》ることでしか気を紛らわせなくなっていた。艦隊がダンサー族のハイパーネットを離脱するまで、一時間か二時間、リラックスしているふりをして過ごすことになるだろう。

自室のディスプレイが警告音を発した。

「会議を開く必要がある」チャーバン将軍が言った。「ハイパーネットを離脱する前に。非常に重要な問題だ」

どうやら命ある星々は、また気晴らしができますようにというギアリーの暗黙の祈りを聞き入れてくれたようだ。

ハイパーネット離脱まで残りわずか二時間。ギアリーは急いで保安会議室での会議を招集し、ターニャ・デシャーニ艦長を同行させた。チャーバン将軍がこれほど緊急の話し合いを要している件について、デシャーニの見解を聞きたかったからだ。

会議室には、アイガー大尉、ジャーメンソン大尉、歴史家のジョン・セン、ドクター・クレシダもいた。デシャーニは自艦がハイパーネットを離脱する直前に呼び出されたことにいらだっており、ドクター・クレシダの存在を無視するのがやっとだった。クレシダはといえば、何かを夢中で読んでいるようだ。

「将軍？」ギアリーは先をうながした。「もうあまり時間がないんです。重要な問題とはなんですか？」

チャーバンは物理学者を身ぶりで示した。

「ドクター・クレシダがダンサー族の思考パターンについて重要な洞察を得た」

クレシダはようやく顔を上げた。

「あくまで仮説です。それを裏づける証拠はありますが、まだ確たる証明には至っていません」

「それでも」と、チャーバン。「ハイパーネットを離脱してダンサー族との通信が再開する前に、元帥の耳に入れておきたいのだ」

「わたしがまだこれをまとめている途中だということをお忘れなく」クレシダは通信パッドをタップしながら言った。「簡単に言うと、ダンサー族は宇宙を純粋に機械論的な観点からとらえている可能性があります」

「どういう意味ですか？」と、ギアリー。

「ダンサー族は不確実性を否定しているということです」クレシダは言葉を切り、考えこむようにわずかに首をかしげた。「サイコロの引用句を聞いたことはありますか？　大昔、アインシュタインという物理学者兼数学者が、宇宙を支配する力はサイコロを振らないと言って、量子力学の概念を否定しました。アインシュタインは、いまも相対性理論と呼ばれているものを公式化しました。宇宙のすべてが予測可能であり、すべての物理学的事象が既知の法則にしたがい、すべての結果が正確に計算できる、という仮定に基づいています。いかなる状況も詳細に説明すれば、次に起こることを絶対的かつ数学的な精度で予測することができるのです」

「わかりました」と、ギアリー。「しかし、量子力学とは不確実性の理論ではないのですか？」

「そのとおりです」ドクター・クレシダはギアリーがそれを知っていたことに少し驚いたようだ。「量子力学における宇宙は相対性理論とは異なり、不確実性と確率に満ちています。われわれには知りえないこともあります。われわれにできるのは、特定の事象が起こる確率を計算することだけです。アインシュタインは否定しましたが、量子力学の理論は実験により、予測が正確であることが確認されているため、理論の誤りを完全に証明することはできませんでした。物理学者にとっては残念なことに、アインシュタインの相対性理論もまた有効性が確認されています。量子力学も相対性理論も有効性が裏づけられているにもかかわらず、たがいに矛盾する原理に基づいているのです。それ以来ずっと、われわれは異なるそのふたつの宇宙を調和させられないままです。われわれ、つまり人類は、ふたつの理論を状況に応じて使い分けています」

ギアリーはふたたび、こんどはもっと慎重にうなずいた。

「ダンサー族は人類とは違う方法でその問題にアプローチしているというのですか？」

「わたしが言いたいのは」クレシダは通信パッドをさらになんどかタップした。「量子力学についての質問に対するダンサー族の反応からすると、彼らはアインシュタインの哲学的アプローチにしたがっているようだということです。ダンサー族の解釈や比喩を正しく理解しているならば、ダンサー族は量子力学という四角い杭を相対性理論という丸い穴に打ちこみ、量子力学の不確実性や確率を絶対的な要因に変えてしまったことになります」

　このときばかりはギアリーは顔をしかめた。デシャーニも同じ表情を浮かべている。

「相対性理論と量子力学は違うとおっしゃいましたよね？　それなのに、ダンサー族はそのふたつを同じものとして見ている、と？　どうして、そんなことができるのですか？」

　ドクター・クレシダはうんざりしたように、長いため息をついた。

「元帥、人類もダンサー族と同じ方法で、過去になんども別の問題を解決してきました。ダンサー族は自分たちが持っている概念に基づいて、観測された事象を解釈し理解しているのです」

「でも、どうやって？」デシャーニは敵意ではなく好奇心をこめた口調でたずねた。「物理的事実は……厳然とした事実ではないのですか？」

　クレシダはさらに大きなため息をついた。

「すべてが解釈可能であり、解釈されなければなりません。われわれが見て、観察して、理解することはすべて、さまざまな感覚器官や脳によって処理され、解釈されます。特定の概念を正しいと信じる場合、観察して得られた情報をその概念に合わせて解釈しようとします。はるか昔、旧地球は宇宙の中心と信じられていました。大昔の科学者は愚か者だったわけではなく、詳細な天文観測データを利用することもできた。しかし、自分たちの概念を正しいと思いこみ、その概念に合わせて観測データを解釈した。概念はどんどん複雑になりましたが、それが誤った概念であるにもかかわらず、有効性があるように見せかけることはできました」

「それが量子力学に対するダンサー族の解釈ですか？　ダンサー族は量子力学を絶対的で予測可能なものとして見ているのですか？」と、ギアリー。

「はい」クレシダは手もとの通信パッドを見ながら答えた。「まだ仮説にすぎませんが、わたしはダンサー族が意図的にそのような観点から見ているわけではないと考えています。彼らがわれわれに自分たちの思考パターンを説明しようとした方法に基づけば、彼らにとっては量子力学をそのように解釈することしかでき
ないのかもしれません」

「まさに生まれながらの技術者です」と、デシャーニ。「ダンサー族は宇宙を既知の事実や原則に基づいて解釈しているのですね」

「本質的にはそうです」と、クレシダ。

「だが、それがわれわれとの関係にどんな影響をもたらすというのです？」と、ギアリー。

「わからないのか、元帥？」チャーバンはまずジョン・センを、次にドクター・クレシダを指さした。「われわれに同行している歴史家の推測では、ダンサー族は具体的な目標を持ち、明確な結果を求めている。それゆえ、その目的を達成するために、われわれ人類の

行動を操作しようとしている可能性がある。ダンサー族が宇宙に不確実性はないと信じているなら、われわれの行動も含めてすべてが予測可能であり、われわれを特定の方向へ導くための手段も正確に計算できると考えているはずだ」

ジョン・センが申しわけなさそうに口を開いた。

「わたしが理解しようとしているのは、歴史を振り返ると、どんな理論もつねになんらかの問題に直面するということです。とすると、この特定の理論は……ダンサー族の予測どおりにはなりませんよね？ ダンサー族が正確な結果を計算しようとしても、実際には不確定要素があるので、予測と一致するとはかぎらないのではありませんか？」

「もちろん、そうでしょう」クレシダは薄ら笑いを浮かべた。「当然、これまでもそのような状況に直面したことがあるはずです。わたしがダンサー族から受けた説明のなかに、その証拠を見つけました。ダンサー族は人類と同じ方法で問題を解決しようとしているようです。結果が計算どおりではないとしたら、概念に問題があるわけではありません。計算が間違っていたのです。実際の結果に合わせて計算をやりなおせば、概念の有効性は保たれます」

「なんて恐ろしい」と、デシャーニ。

「人類がよく使ってきた方法ですよ」クレシダは理解できない生徒に説明する教師のよう

な口調で言った。「今のところ、この点においては人類とダンサー族というふたつの例しかありませんが、すべての知的種族がみずからの思考パターンにしたがって、宇宙を都合よく解釈している可能性があることを示唆しています」

「では、人類は生まれながらの技術者である種族以上に、無秩序や不確実性を積極的に受け入れているのですか？」と、ギアリー。「ジャーメンソン大尉、きみはものごとのパターンを見分けるのが得意だ。この件についてのきみの考えかたをドクター・クレシダの見解と比較する機会はあったか？」

ジャーメンソンはうなずいた。

「ドクター・クレシダとともに詳しく検討してはどうかと、チャーバン将軍から提案を受けました。あたしの持つ物理学の知識では理解できないことが多々ありますが、ドクター・クレシダと同じ見解を持ちました。ダンサー族は宇宙のすべてがちょうどよく機能することを想定しています」

「われわれがひとつ前の星系で経験したことについて、わしはずっと考えていた」と、チャーバン。「何をたずねても、ダンサー族からは、なしのつぶてか、最小限の返事しかもらえなかった日々のことだ。ところが、新たな艦が現われたとたん、多くの返事をもらえるようになった。われわれがあの星系に到着したことが、たんに予想外だったのではなく、予測不能でもあったのだとしたら、どうだろう？　だから、あの星系のダンサー族は、われわれを正しい方向へ導き、望ましい結果を得るために、何を正確に伝えるべきかわからなかったのではないか？　一般的な情報ではなく、詳細で正確な情報をわれわれに提供する必要があったのだ。一時しのぎの行動をとるわけにはいかないから、新たな艦が運んでくる詳細な指示を待たねばならなかった。彼らが必要だと言っていた〝計画〟がそれだ」

「なるほど」ギアリーは言い、デシャーニに視線を向けた。デシャーニは顔をしかめつつも、同意してうなずいている。「これで多くのことが説明できます。ダンサー族はしばしば、われわれがあいまいな発言にも特定の方法で理解や反応を示すことを期待しているようです。しかし、長年、本当に人類を観察していたのだとしたら、人類が個人としても集団としても予測可能だなどと考えるでしょうか？　自分たちの理論的枠組みに人類をあてはめようとするでしょうか？」

意外にも、答えたのはデシャーニだった。デシャーニはしぶしぶ話しはじめた。

「ビクトリア・リオーネがここにいたら、人々は予測可能だと言うでしょう。それが彼女のやりかたでした、元帥。彼女の言動はすべて、自分の望む方向へ人々を導くよう計画されていた。そして最後まで、みずからの予測や期待に基づいて起こるはずの結果に対処する準備を整えていました」

「すべてがそうだったわけではない」ギアリーは、夫がまだ生きているとわかったときのリオーネの苦悩を思い出した。リオーネの行動は夫への裏切りとみなされかねなかった。

「だが全体として見れば、おおむねデシャーニ艦長の言うとおりだ」

「外から観察すると、内部の人間には見えないものが見える」と、チャーバン。「ダンサー族にとって、われわれは充分に予測可能なのかもしれない」

「謎の種族にとっても、予測可能なのかもしれません」アイガー大尉がようやく口を開いた。「アライアンスとシンディックにハイパーネットの技術を漏らしたのは、謎の種族だと考えられています。ハイパーネット・ゲートが強力な武器になりうると知ったら、人類はそれを使って滅ぼし合うだろうと、期待していたはずですから」

「残念ながら、謎の種族がそう予測したのはもっともなことだ」と、チャーバン。「わしだって、われわれがそのとおりの行動をとると予測しただろう」

「われわれは謎の種族の予測どおりの行動をとっていたでしょう」と、デシャーニ。「ジェイレン・クレシダがハイパーネット・ゲートを無力化する方法を見つけなければ。そして、指導者が――」デシャーニはギアリーをちらっと見て、付け加えた。「ゲートを武器として使うことを拒否しなければ」

「予測不能な要因がふたつあったというわけだ」と、チャーバン。

「予測されなかったふたつの要因です」クレシダがきっぱり言った。デシャーニが亡き妹ジェイレンに言及したさいにわずかに身をこわばらせたが、それ以外の反応は示さなかった。「事後にその要因を計算に加えれば、方法の有効性は保たれているように見えます」

「何かを組み立てるようなものです」と、アイガー大尉。「組み立てた通信装置が作動しない場合、組み立てる過程に誤りがあっただけで、通信装置そのものが作動しないという意味ではありません」

「技術者なら、そう考えるだろう」と、チャーバン。

ギアリーは椅子の背にもたれ、考えこむ表情で片方のこぶしに顎《あご》をのせた。

「この仮説が正しいとしたら、ダンサー族は、目標達成のための……望みどおりのパターンを完成させるための自分たちの行動を正確に理解している可能性がさらに高くなります。しかし、ダンサー族の目標が何なのか、そして彼らがわれわれにどのような行動をとらせようとしているのかは、まだわかりません。ダンサー族の考えがわからないということは、われわれがダンサー族にとって予測不能な行動をとる余地があるということです。その行動が悲惨な事態を招くこともありえます」

会議テーブルを囲んでいるほかの者たちがうなずいた。

「ダンサー族の目標が何か、もっと知る必要がある」と、チャーバン将軍。「だが、ひとつだけはっきりしているのは、ダンサー族にはそれをわれわれに教えるつもりがないということだ」

「教えれば、結果が変わるからです」と、ジャーメンソン大尉。「ダンサー族の目標を知れば、われわれは違う行動をとるでしょう」

「しかし」と、ギアリー。「ドクター・クレシダの質問に答えたとき、ダンサー族はうっかり重要な情報をいくつか漏らしました。ダンサー族の目標や、とくに種《しゅ》としてのダンサー族に関することでなければ、さらに質問することにより、彼らとその望みを理解するための間接的なヒントを得られるかもしれません」

「実にすばらしい提案です」と、ドクター・クレシダ。

「どういたしまして」と、ギアリー。「あなたこそ、非常に貴重な貢献をしてくださいました、ドクター。ダンサー族の思考パターンについての重要な洞察に、心から感謝しています」

「まだ仮説にすぎません」と、ドクター・クレシダ。「でも、まあ……どういたしまして」

「次に何をすべきか、提案はありますか?」チャーバンがクレシダにたずねた。

「もっとも重要なのは、ドクター・マカダムスを致命的事故に巻きこむことでしょう」と、ます」

クレシダ。「マカダムスはイデオロギーに固執し、ダンサー族との交渉の進展を妨げています」

「致命的事故？」ギアリーはショックの表情も浮かべられないほど驚いた。

「その選択肢が頭に浮かんだことはありませんか？」

「正直言って、なんどかありましたが、あなたの口から聞かされたことに少々驚いています」

「わたしは学問の世界において豊富な経験があります。教授間の競争は非常に熾烈《しれつ》です。事故をお膳立てすることはできないとおっしゃるのですか？」

「ええと……」

「冗談です」クレシダはまたしても、かすかな笑みを浮かべた。

「冗談かどうかはさておき」と、ギアリー。「わたしは、ドクター・マカダムスがすでに個人的な問題に直面していると確信しています。マカダムスはもうそれほど大きな障害ではないのかもしれません」

「だが、死んではいないのだよな？」チャーバンががっかりしたように言った。

「はい、たぶん」と、ギアリー。「ドクター・クレシダ、ここにいるほかの人たちと協力して、ダンサー族を理解するための研究をつづけていただけますか？」厳密には、ドクター・クレシダはギアリーの指揮下にない。他者の安全にかかわる問題でないかぎり、ギアリーはクレシダに指示を出すことはできない。

クレシダがうなずいたので、ギアリーはほっとした。

「この問題には興味があります」と、クレシダ。「仲間と協力し、ダンサー族についての間接的情報を引き出せる質問をもっとたくさん考えるつもりです」

「仲間？」ジョン・センがにっこり笑った。「わたしにとっては聞き慣れない言葉です。本当にわたしも仲間なのですか？」

「はい」クレシダは言った。「たとえ、あなたがただの歴史家だとしても。〝友の欠点は大目に見るべきだ〟（『ジュリアス・シーザー』第四幕第三場より）」

ジャーメンソンが驚きの表情でクレシダを見つめた。

「シェークスピアの引用ですか？」

「〝わたしは多義的な存在である〟（ウォルト・ホイットマンの詩『わたし自身の歌』Song of Myself の一節）」クレシダは大まじめな顔で言った。

ハイパーネットを離脱する時間が近づいているため、ギアリーとデシャーニは議論のつづきをほかの者たちにまかせて会議室を出た。二人で通路を歩いていると、デシャーニが突然、悲しげに話しはじめた。

「さっき会議室で、ドクター・クレシダが妹のジェイレンに似ていると、なんどか感じました。そんなときはドクター・クレシダを好ましく思えるのですが」

「わたしにはジェイレン・クレシダをよく知る機会がなかった」と、ギアリー。

「それはあなたにとってマイナスですよ、本当に。ジェイレンは何に対しても好奇心旺盛でした。ジェイレンのそばにいると感化されて、旧地球の先住民族の神話のようなものを調べたくなったりするんです。少女時代のジェイレンとドクター・クレシダはどんな感じだったのでしょう？　シェークスピアや……あと、なんでしたっけ……アインシュタインについて議論していたのかもしれませんね」デシャーニは会議室のほうを振り返った。

「クレシダはどうやってダンサー族のことを理解したのだと思いますか？　だって、すごいですよね。それは素直に認めます。でも、なぜ、われわれの専門家以上に知的異星種族のことを理解できるのでしょうか？」

「専門家じゃないからかもしれないな」ギアリーは通路を歩きながら、隔壁の一部を横目で見た。ステルス装甲服を着た侵入者に向けてデシャーニが発射したエネルギー弾の痕《あと》はきれいに修復され、あの事件の痕跡は何も残っていない。暗殺者がギアリーをねらうという事前情報はなかったと、アルウェン・ドゥエロス少尉は言っていた。ギアリーとしては、どうしてもその言葉を信じたかった。「異星人の存在を確認してから数年しかたっていないのに、人類がどうやって専門家を育成したのか、わたしも不思議に思っている。だが、ドクター・クレシダはその分野の訓練を受けていないから、既成の理論、あるいは理論的枠組みにとらわれずにこの問題に取り組めた。彼女なら、そう言うだろう。ドクター・クレシダが望んでいたのは、量子力学についてのいくつかの質問にダンサー族が答えてくれることだけ。しかし、その才覚ゆえに、ダンサー族が意図した以上の情報をその回答から見つけることができたのだ」

「マカダムスのことも、ドクター・クレシダの言ったとおりです」と、デシャーニ。「マカダムスが影響力を失いつつあるとあなたが認識していることは、うれしく思います。どうやってそのような状況に追いこんだのか、知りたいところです。何も知らないとは言わせませんよ。でも、マカダムスはまだ脅威として存在しているので、マカダムスに対して致命的事故をもたらしたいのであれば、協力を申し出る者はいくらでも見つかるでしょう」

「へえ、おもしろいな。ハイパーネットを離脱ししだい、この件をリーセルッツ大使に話す必要がある」

「いい考えです」デシャーニは通路を歩いてくるジョニンニ最先任上等兵曹にうなずくと、二本の指を自分の両目にあて、つづいてジョニンニに向けた。すれ違いざま、ジョニンニは濡れ衣だと言いたげな表情を浮かべた。「リーセルッ大使は、マカダムスに致命的事故をもたらすという案を積極的に承認してくださるかもしれません」

「ターニャ……」

「わかっています、元帥。ハイパーネットを離脱したらすぐに保安回線で〈バウンドレス〉と通信できるようにします。あ、上等兵曹！」

ジョニンニは振り返り、すばやく敬礼した。

「はい、艦長？」

「何か隠したいものがある場合、艦隊のどの艦でも選べるとしたら、どんなタイプの艦に隠す？」

「艦長！」ジョニンニはその質問に困惑したふりをした。「どうして、わたしがそんな——？」

「あくまで仮定の話よ、上等兵曹」と、デシャーニ。「どのタイプの艦を選ぶ？」

「もちろん戦艦です」と、ジョニンニ。「とにかく大きい。区画も貯蔵スペースもたっぷりあります。おわかりかと思いますが、純粋に理論上は、ということですよ、艦長」

「わかってる」と、デシャーニ。「ありがとう、上等兵曹」ジョニンニがほっとした表情で遠ざかると、デシャーニはギアリーを見た。「われわれは〈バウンドレス〉を捜索するようにと全員に言いつづけています」

「〈バウンドレス〉も大きく、区画や貯蔵スペースが豊富だからな」と、ギアリー。「戦艦を捜索するなど、思いもよらなかった」ギアリーは頭を振った。「だが、気づかれてはならない連中に気づかれずに、どうやって捜索すればいいのかわからない」

「はい」と、デシャーニ。「不適切なものは……何も……定期検査では見つからないでしょう。でも、閣下がおっしゃったように、〈バウンドレス〉に注目することが間違いだとは思いもよりませんでした」デシャーニは顔をしかめ、言葉を切った。「だとしたら、もうひとつ気になることがあります」デシャーニは、ダンサー族が改造した通信装置がある部屋をもういちどちらっと振り返った。「ダンサー族は誤った方法で宇宙を見ていると指摘したとき、ドクター・クレシダは彼らには選択の余地がないのかもしれないと言いました。そのような見かたを余儀なくされているのではないか、と」

「そのとおりだ。それで？」

「つまり、われわれも同じことをしているということです。たとえば、〈バウンドレス〉に気をとられて、戦艦に目を向けることを忘れていたり。人類が宇宙に対して無意識に持つ観点とは、どんなものでしょう？　人類にとっては正しくても、異星種族には理解しがたいこととは、なんでしょう？　人類は、ダンサー族が否定する量子の不確実性を受け入れていますが、ダンサー族にも、われわれには見えないものが見えているのではありませんか？」

ギアリーはその意味を理解し、大きく息を吸った。

「非常にいい質問だが、非常に悩ましい問題でもある。なぜドクター・クレシダはその問題を見落としたのだろう？」

「見落としたわけではないと思います」と、デシャーニ。「でも、そのことを口にすれば、自分のほかの考えに批判的な態度をとられると思い、あえて話題にしなかったのでしょう。ドクター・クレシダは他人の心情を理解していないように見えるかもしれませんが、人々に思考をうながす方法はよく知っています」デシャーニは唇をゆがめ、自嘲的な笑みを浮かべた。「それもまた知的種族の特性なのかもしれません。われわれは、自分の望むことを他者に行なわせるすべを自然に身につけているのです」

「わたしはずっと、その種のことがあまり得意ではなかった」と、ギアリー。

「そう思っていらっしゃるのですか？」デシャーニは笑みを浮かべたまま、頭を振った。「では、少なくとも、ご自分よりすぐれた人たちの話に耳を傾けることはできるのですね」

一時間後、艦隊はダンサー族のハイパーネットを離脱した。ジャンプ航法の超空間を離脱するときと違って、頭が一時的に混乱することはなかった。痛みがないばかりか、心身ともに何も変化を感じなかった。文字どおり、艦外の何もない空間が映っていたディスプレイは、次の瞬間、明るく輝く星々で満たされた。

「どこへ連れてこられたのかはわかりませんが、とても広そうですね」と、デシャーニ。ディスプレイを注視している。

ギアリーもすばやく表示されるデータを凝視しながら、無言でうなずいた。まず注目したのは、ハイパーネット・ゲート周辺、つまりアライアンス艦隊の周辺にいるダンサー族の艦の数だ。今後は、アライアンス戦艦の射程内にいるダンサー族の艦に特別な注意を払わなければならないだろう。だが、もっとも近くにいるのは、ハイパーネットを通ってここまで護衛してきた四隻で、すでに新たなベクトルへと加速していた。思いがけず、人類の艦隊との距離は開きつつある。

次に注目したのは、通常、新たな星系への到着時には優先度の低いことだった。移動中に艦隊内で何か起こらなかったか、各艦から入ってくる最新情報を確認したのだ。〈ウォースパイト〉から重要な出来事の報告がないことに、ギアリーは安堵した。アルウェン・ドゥエロス少尉はまだ無事でいるということだ。

この二点を確認し安心したギアリーは、この星系に注意を向けた。艦隊センサーからの情報は、この星系がダンサー族にとって重要な拠点である可能性が高いことを示唆している。艦隊が到着したハイパーネット・ゲートは通常のゲートと同様に、恒星から充分に——この場合は四・五光時——離れた位置に設置されていた。十二個ある惑星のうち、ふたつは居住可能だが、その片方は人間のような生命体にとっては過酷な環境下にあった。都市サイズから小規模なものまでさまざまな大きさの工場や、もっと小規模な使い捨ての居住施設など、数百の軌道施設がある。何百隻もの艦船が惑星や軌道施設のあいだを縫うように進んだり、三つあるジャンプ点を行き来したりしていた。

ダンサー族に関する情報はあまりに少なく、すべての情報を参考にしても正確な数字を導き出すことはできないが、艦隊システムはおおよその推測値を示していた。

「人口は少なくとも五十億人」と、ギアリー。「これがダンサー族の首都ではないとしても、それに匹敵する重要拠点にちがいない。リーセルツ大使はさぞ満足しているだろう」

ギアリーはまだ大使に連絡していなかったことを思い出し、通信操作パネルにタッチすると、ダンサー族の思考パターンに対するドクター・クレシダの見解を要約したものを送信した。

艦隊内の陰謀について、どのように、また、どこまで大使に伝えるかは、まだ決めていなかった。

センサーが予期せぬものを探知し、警報が鳴り響いた。この星系の巨大ガス惑星のひとつを周回する位置から別の航宙艦の一団が現われ、アライアンス艦隊の視界に入ってきた。

「タオンか？」

「そのようです」と、デシャーニ。「六隻います。われわれの軽巡航艦と同程度の小型艦ばかりです」

「もういちどメッセージを送ってみるべきだろうか？」ギアリーはデシャーニにというよりも、自問するように言った。

「それは大使が判断することではありませんか、元帥？」

「そのとおりだ」

チャーバン将軍から連絡が入った。

「元帥、われわれに同行しているダンサー族の艦からメッセージがあった。星系内を移動するから、あとを追ってくるようにとのことだ」

「喜んでそうすると伝えてください」ギアリーは胸をなでおろした。ダンサー族がアライアンス艦隊への対処を決めるあいだ、遠く離れた軌道上で待機させられることはもうなさそうだとわかったからだ。「ダンサー族のベクトルが安定したらすぐ、それに合わせます」

その直後、ギアリーは恒星に対して〝右舷側〟、かつ惑星の公転軌道面に対してやや〝上方〟への転針を艦隊に命じた。ダンサー族はアライアンス艦隊を先導し、大きく弧を描くように星系を通過する進路をとった。そのまま進めば、恒星から七・五光分の位置にあるダンサー族の居住惑星の軌道と交差する。ダンサー族の護衛艦が〇・〇八光速で進みつづけているので、アライアンス艦隊もそれと同じ速度を維持し、ダンサー族が少し前に行なった機動により開いた距離を詰めようとはしなかった。異星人の艦に護衛されている場合にとるべき正式なプロトコルは確立されていないため、このような行動が問題視されることはないはずだ。

「このベクトルを進むと、五十七時間後に惑星に到達します」キャストリーズ大尉が報告した。

おおよそ二日半。その二日半のあいだ、思いをめぐらせることになる。陰謀者たちはいつ、どのように行動を起こすのだろう？　何隻のダンサー族の艦が、ギアリーの艦隊を導いている四隻の護衛艦の軌道近くを通過してゆくのだろう？

ブリッジでの仕事が終わったので、ギアリーは自室へ向かった。驚いたことに、デシャーニもついてきた。新たな星系に到着してすぐにブリッジを離れるとは、デシャーニにしてはめずらしい。

「何が起こっているのだ？」

「まだ何も」と、デシャーニ。「わたくしは相手に主導権を握られるのが嫌いです。ダンサー族がどうするのか見守っているところです」

「わたしもだ」と、ギアリー。「だが、ほかに何ができる？」

「そのことについて、ある人と話をしました」デシャーニは振り返った。

星系到着時にはブラダモント代将も〈ドーントレス〉のブリッジにいたが、いまは控えめな距離をとり、ギアリーとデシャーニの後ろをついてきていた。

「ブラダモントに話したのか？」ギアリーは驚きの色を浮かべて言った。「まずわたしに相談してくれたらよかったのに」

「あなたがほかのことで忙しかったので、自分の判断で行動しました」

ギアリーは、自分の事前の承認なしにデシャーニがブラダモントをこの件に巻きこんだことに不快感を覚え、眉をひそめつつも、先に立って自室へと案内した。

ギアリーが何か言う間《ま》もなく、デシャーニはブラダモントに向かってうなずいた。

「元帥にお話しして、ホノーレ」

「なによりも、まず」と、ブラダモント。「あたしを信頼してこの情報を共有してくださったことに感謝します。あたしが依然としてアライアンスの利益を優先して行動していることを理解していただけて、うれしく思います」

ブラダモントはデシャーニがギアリーの同意を得たと思っている。ギアリーは、そのような誤解を招く原因となったデシャーニをにらみつけたい気持ちを我慢した。

「これは非常に困難な状況だ」ギアリーはようやく言った。

「あたしがお力になれると思います」と、ブラダモント。

ギアリーは態度を軟化させ、身ぶりで椅子を示した。

「ぜひ力を貸してほしい」

ギアリーとブラダモントは向かい合ってすわったが、デシャーニは立ったままでいることを選んだ。

「まるでシンディックを描いたドラマを見ているかのようだ」と、ギアリー。

「閣下が思っていらっしゃる以上にそうかもしれません」と、ブラダモント。「あたしが離れてからアライアンス艦隊の状況が大きく変わっていなければ、規範を逸した戦艦指揮官は少数派である可能性が高いと思われます。したがって、ダンサー族との戦争を開始する計画の一部として、自己犠牲の道を選ぶつもりがないかぎり、自分たちの行動を正当化しようとするはずです。また、ほかの戦艦を無力化するための方法だけでなく、あなたの命令に反する行動を意図的にはとらない指揮官たちを味方に引き入れるための方法も探ろうとするでしょう」

「意図的に？」ギアリーはその言葉に注目した。

「ミッドウェイの部隊で指揮をとることになったとき、注意すべきことをすべて教えられました。シンディックには〝偽装作戦〟と呼ばれる長年の問題があります。ほかの士官や指揮官の信用を失墜《しっつい》させたり、おとしいれたい相手にとって不利な証拠を捏造《ねつぞう》したりするために、偽の命令書やそのほかの文書を作成するのです。偽の命令を出していると見せかける映像も例外ではありません」ブラダモントは少し間《ま》を置いた。「使われることになっているマルウェアについては、あたしがシンディックで類似の状況に関して受けたブリーフィングに基づけば、偽の命令にしたがいそうにない艦のみがターゲットにされるはずです。たとえば、〈ドレッドノート〉に〈コロッソス〉、もちろん〈ドーントレス〉も含まれます。偽の命令が送られたあとの重要なタイミングで、閣下が介入できないようにするためです。陰謀者たちは、ほかの多くの艦が偽の命令を真に受け、それを実行することを期待しているでしょう」

「本物の命令だと信じて行動した者たちのなかで、陰謀を始めた連中を擁護する動きがあるわ」と、デシャーニ。

「そのとおり」と、ブラダモント。「でも、陰謀者たちが行動を起こすのを待つ必要はありません。陰謀者にとって完璧なタイミングであると見せかけて、その裏で状況を操作し、自分の望むタイミングで行動を起こさせればいいのです」ブラダモントは微笑した。「ヒデキ……失礼、ロジェロ大佐から聞きました。ドレイコン将軍が偽装作戦のターゲットになる可能性があったときのことを。将軍は事故をよそおい、自力では行動できなくなったように見せかけました。破壊工作員が偽装作戦を実行しようとしたとき、将軍はその場ですべてを監視していたため、偽の命令を即座に取り消し、自分を排除しようとした者たちの正体をつきとめることができたのです」

ギアリーはうなずいた。こんどは考えこむように、またしても顔をしかめている。

「今回の場合、どうやってそのような餌《えさ》をしかければいいんだ？」

ブラダモントは首の後ろをさすりながら、その質問について考えた。

「一時的に閣下と連絡がとれないように見せかける手段を用意し、しかも、充分に余裕をもってその準備を整える必要があります。相手は戦艦の艦長たちです。短期的な利益にまどわされて拙速な行動に出ることはないでしょう。事前に充分な情報を得たうえでなければ、行動を起こし、計画を実行に移すことはありません」

デシャーニが笑い声を上げた。

「もちろん、それでいいわ。われわれとしては、元帥がしばらく艦隊と連絡がつかないように見せかけて、ずっと前から計画されていたかのように思わせればいいんだから」

「そんなに簡単じゃないわよ」と、ブラダモント。「でも、すでに何者かが元帥を暗殺しようとした。別の暗殺者が元帥に重傷を負わせたことにしたら……？」

ギアリーは首を横に振った。

「そんなことをしたら、さらに多くの問題を引き起こすかもしれない。それに、すべての暗殺者が同じ組織に属していれば、その暗殺行為が仲間によるものではないと知り、警戒心を強める可能性がある。とはいえ、きみの警告と助言には感謝している。ほかに何か思いついたら、知らせてくれ」

「はい、閣下」ブラダモントは立ちあがったものの、ためらいがちにたずねた。「この情報をロジェロ大佐と共有してもかまいませんか？」

ギアリーはそれについて考えたあと、ふたたび首を横に振った。

「まだだめだ」

「わかりました」ブラダモントはまたもや言葉を切った。「あなたの情報提供者が誰であれ、その者を利用して餌をしかけるべきだと、ロジェロ大佐は進言するはずです。情報提供者に偽情報を与え、それを他者に伝えるよう、しむけるのです」

「その情報提供者にとって危険だろう」と、ギアリー。

「そうですね。情報提供者を犠牲にする覚悟が必要です」ブラダモントは、ギアリーが隠しきれなかった反応に気づいたにちがいない。「それが難しい決断になるかもしれないことは理解できます」

ブラダモントが立ち去ったあと、ギアリーはすわったまま壁を見つめていた。情報提供者がアルウェン・ドゥエロスでなければ、ことははるかに簡単だろう。だが、ほかの誰かの命を危険にさらそうとしていることに気づき、たじろいだ。これではまるで、その誰かをアルウェンよりも軽視しているようではないか。その者にも、父や母、配偶者、娘や息子がいるかもしれないのに。しかし、そのような恐ろしい選択をしない理由を探しつつも、それこそが自分の本心なのだと認めざるをえなかった。

「陰謀者たちはドゥエロス少尉からの情報はいっさい信じないかもしれない。どうして下級士官がそんな情報を知っているのかと、いぶかしく思うだろう」

デシャーニはおもむろに口を開いた。

「ドゥエロス少尉が情報を父親から聞いたことにすれば、説得力があります。あなたからドゥエロス艦長にそのような情報を伝えるのも自然なことです。理由を明かさないで娘に伝えるよう、ドゥエロス艦長に念押しする必要がありますが……」デシャーニは言葉を切り、顔をしかめた。「こんなことを考える自分がいやになります」

「わたしは何も聞いていない」と、ギアリー。ギアリーの嘘に対する罰であるかのように、室内の通信パネルが緊急警告音を発した。〈ウォースパイト〉のプラント艦長からのメッセージだ」ギアリーはメッセージを受信しようと、コマンドに手を伸ばした。〈ウォースパイト〉が特別な高セキュリティ・メッセージを送ってくる恐ろしい理由が、数えきれないほど脳裏に浮かんでいる。

デシャーニが身をこわばらせながら待っていると、プラント艦長の映像が現われた。

「元帥、一刻も早くお伝えするべき情報があります」プラントは悲報の予兆を感じさせない口調で話しはじめた。「まず、ドゥエロス少尉との個人面談の機会がさらに何回かありました。ドゥエロス少尉は愛国心に訴えかけられ、元帥のために秘密裏に活動しているという陰謀者たちの主張を信じて陰謀に引きこまれた。わたし自身が納得できるまで、そのことを確認しました。彼女は真のターゲットが閣下であることに気づいて、わたしに相談しにきたというわけです」

プラントは片側を身ぶりで示した。

「ドゥエロス少尉から、陰謀者たちが使っている通信ネットワークへのアクセス権を提供されました。陰謀者たちの通信メッセージは、艦隊の日常的なメッセージと見分けがつかないよう偽装されています。どうやら、ドゥエロス少尉は六人で構成されている秘密グループの一員のようです。構成メンバーの数はまちまちですが、〈ウォースパイト〉にはそのような秘密グループが九つ存在しています」

「そんなことを耳にしたのに、どうしてこれほど冷静でいられるのでしょう？」と、デシャーニ。「自艦のクルーのうち七十人以上が謀反《むほん》に関与しているのですよ」

プラントの落ち着きはらった態度は奇妙に思えたが、次の言葉からその理由がわかった。

「ドゥエロス少尉から提供された情報を、〈ウォースパイト〉でもっとも信頼できる優秀なプログラマーに調査させせました。陰謀者たちの通信ネットワーク内の人物はすべてアバターで表示されており、その専門家の見解によると、アバターの大半が実在する人物ではないそうです。人間の反応を模倣するAIプログラムによって偽装されている可能性がありますす。実在する〈ウォースパイト〉のクルーが隠れ蓑として使っているアバターはせいぜい七体ではないかと、わたしの専門家は評価しています。〈ウォースパイト〉ほどきちんと管理されていないほかの艦では、実際に陰謀に関与している下級クルーの割合はもっと高いかもしれません。しかし少なくとも〈ウォースパイト〉においては、陰謀の指導者たちが信奉者に対して、自分たちの活動がいかにも高い評判や支持を得ているかのように誤解させている可能性はきわめて高いと思われます。

ドゥエロス少尉がマルウェアを受け取りしだい、知らせてくれることになっています。彼女は、艦隊当局との協力が発覚した場合に、現時点で直面しそうな危険を認識しています。さらなるご指示をお待ちします。われらが先祖に名誉あれ。プラントより、以上」

デシャーニはほっとしたように、短い笑い声を上げた。

「プラントなら、自艦ほどきちんと管理されていないほかの艦に対して皮肉を言ってくれそうですね。これはよい知らせです。陰謀の指導者たちは依然として多大な損害をもたらす恐れがありますが、われわれが懸念していたようなクルー全体からの支持は得ていませんので」

「そのようだな」ギアリーは両目をこすりながら、情報を理解しようとした。「だが、プラントが言うように、バードックの〈エンクローチ〉のような艦には、実際に陰謀にかかわっているクルーがもっとたくさんいるのかもしれない。油断はできないぞ」また別のことが頭に浮かび、ギアリーは口を引き結んだ。「プラントは、この陰謀に関与している自艦の実在のクルーを特定できなかった。つまり、アルウェン・ドゥエロスがねらわれる可能性がまだあるということだ。そのなかの誰かに」

「あるいは、ほかの艦から来たステルス装甲服姿の新たな暗殺者に」と、デシャーニ。

「どうすれば、ドゥエロス少尉を直接的な危険にさらすことなく陰謀者たちをおびき寄せ、罠《わな》にかけることができるのでしょう？」

「解決法が見つかることを期待しよう」


新たな星系に到着してから約一時間後、リーセルツ大使が落ち着いた意味深な様子で通信してきた。

「今のところ、万事順調です、元帥。〈バウンドレス〉にあるダンサー族の改造通信装置をいまやわたしが管理していることを、お伝えしたかったのです」

ギアリーは自室でこのメッセージを受信し、どうにかして最新の動向をリーセルツに伝える方法はないものかと考えた。

「ドクター・マカダムスの身に何かあったのですか？」ギアリーは驚いているふりをしようとした。

「マカダムスは自室に監禁されています」リーセルツ大使はほほえみながら、そう伝えた。

「安全上の理由により、ウェッブ大佐がそのように命じたからです。悲しいことに、安全上の問題に関しては、わたしにはウェッブ大佐に異議をとなえる権限がありません」

「それは残念ですね」と、ギアリー。

「ドクター・マカダムスのチームメンバーの大多数が、新たな指導者のもとで働きたいと考えていますリーセルッツは言葉をつづけた。「しかし、ダンサー族とのコミュニケーションを効果的に行なうための手法と実例を学ぶ必要があります。彼らがチャーバン将軍やそのスタッフと直接話すことを許可していただけますか？」

「喜んで許可しますよ」と、ギアリー。「チャーバン将軍は以前から、マカダムスのチームメンバーとその件を話したがっていました。自分が持っている情報の一部をようやく伝えることができて、喜ぶでしょう。ところで、ここに到着したときにダンサー族の考えかたについてのメッセージをお送りしましたが、確認していただけましたか？」

「はい」リーセルッツ大使はどことなく不満げな表情を浮かべた。「たしかに有益かもしれませんが、それはたんなる推論にすぎません」

「わたしは非常に重要な洞察だと思いました」ギアリーはリーセルッツの冷めた様子に驚いた。

「ただの推論です」リーセルッツは繰り返した。「ドクター・クレシダは優秀な物理学者ですが、行動科学者ではありません。宇宙を扱う物理学と人間の心理や行動を扱う行動科学は、まったく異なる分野です」

「物理学者も人間です」と、ギアリー。「それに、ドクター・クレシダは物理学以外の分野にも関心を持っていると思います」

「そうかもしれません」リーセルッ大使は同意するというよりも、ギアリーをなだめようとするかのように笑みを浮かべた。「とりあえず今は、ダンサー族ともっと効果的なコミュニケーションをとるための方法を学ぶことに集中しましょう。のちほど、わたしからご連絡します。今後、ダンサー族とのやりとりは全部わたしを通して行なってください」

期待の持てる洞察を無視されたことにむっとしつつも、ギアリーは別のアプローチを試みた。「わたしはこの星系内にいるタオン艦と接触するつもりです」

リーセルッは首を左右に振った。

「まだだめです。いまはダンサー族のことだけを考える必要があります。タオンについて調べるより先に、ダンサー族との交渉を成功させなければなりません。それがわたしの任務であり、優先事項ですから」

この会話に不満を募《つの》らせながらも、ギアリーはふたたび話題を変えることにした。

「ほかの問題についても、あなたと話す必要があります」

「こうして話しているではありませんか」と、リーセルッ。

「最高レベルのセキュリティを要する問題です」と、ギアリー。「通信の安全性に確信が持てないので、もういちど〈ドーントレス〉で対面会議を行なうことが賢明だと思いました」

リーセルッは唇を引き結び、それから、かぶりを振った。

「ダンサー族との交渉がこのように重大な局面を迎えているタイミングで、わたしが〈バウンドドレス〉を離れるのは賢明ではないと思います」どうやらギアリーの言葉を意図的に繰り返しているようだ。

「では、情報をお伝えするほかの方法を見つけます」大使の映像が消えたあと、ギアリーはすわったままディスプレイをにらみつけた。立場が強固なものとなったリーセルッは、あらためて自分の権威を主張しはじめたのだ。

避けられない事態を先送りしたくない。ギアリーはチャーバンに連絡した。

「よいニュースと悪いニュースがあります、将軍」

「ああ、たまには、よいニュースを聞かせてくれるか？」と、チャーバン。

「ドクター・マカダムスはもはや〈バウンドドレス〉の通信装置を管理する立場にありません。マカダムスのもとチームメンバーがダンサー族との効果的なコミュニケーション方法について、将軍に直接アドバイスを求めてくるはずです」

「いいことだ」チャーバンは見るからに驚いている。「実にすばらしい。悪いニュースとはなんだ？」

「通信装置を管理することになったリーセルッ大使が、ダンサー族とのやりとりはすべて自分を通じて行なってほしいと言っています」

チャーバンはゆがんだ笑みを浮かべながら、うなずいた。

「展開が早かったな。知っていることを伝えて、あとは邪魔にならないようにする以外、もうわれわれには存在価値はないということか。ダンサー族が交渉の相手を〈バウンドレス〉に限定したくないと思っていたら、どうする？　わしは〈ドーントレス〉に送られてくるメッセージを無視するべきなのか？」

「いいえ」と、ギアリー。「直接送られてきたメッセージには返答を用意し、〈バウンドレス〉に転送します。ただし、とくに指示がないかぎり、われわれ自身で送信するつもりです」

「その〝とくに指示がないかぎり〟という部分が気に入った」と、チャーバン。「それにより、重要な情報が無視されることや、官僚的な手続きによる不当な遅延を防ぐことができる。わかった。われわれにはしたがうべき命令がある。ありがとう、元帥」

「こ、こちらこそありがとうございます、将軍」ほかに何が起ころうと、ギアリーはチャーバン将軍を蚊帳《かや》の外に置くつもりはなかった。

リーセルッツ大使はタオン艦との通信について自分の要望を伝えてきたが、五時間後、ギアリーはタオンが独自の意向を持っていることを知った。

「ブリッジへ来ていただけますか？」と、デシャーニ。「未知の送信元からのメッセージを受信中です。ダンサー族の映像形式と互換性があるので、視聴可能です。恒星にもっとも近い巨大ガス惑星の周辺から発信されていると思われます。その巨大ガス惑星はタオン艦がいる場所です。閣下の自室に転送しましょうか？」

「わたしがブリッジへ行くまで待っていてくれ」ギアリーはすばやく移動した。だが、急ぎすぎて、何か問題があるとか、危険が迫っているなどと、クルーたちに思われてはならない。現に問題はあり、危険も迫っているが、あくまで艦隊内部のことだ。ギアリーがタオンを危険視しているという噂が広まることは望ましくない。ギアリーの知るかぎり、タオンは危険ではないからだ。

今のところは。

ブリッジに到着し司令長官席にすわると、ギアリーはデシャーニに向かってうなずいた。

「よし、艦長」タオンからの反応に対して最悪の事態（あからさまな敵意）を覚悟しつつ、最良の事態（好意的な申し出）を期待した。「メッセージを見せてくれ」

14

デシャーニのディスプレイと同様に、ギアリーのディスプレイ上でもウィンドウが開き、ピクセル化した画質の低い映像が現われたが、すぐに安定し鮮明になった。

大きなブリッジや制御デッキに大勢がいるわけではなく、狭い部屋に生物が一体ぽつんとすわっており、周囲の壁はコントロール・パネルやディスプレイで埋めつくされている。その生物はたくましい体格で、首がほとんどなく、頭が直接肩にのっているように見えた。頭部には多数の骨隆起や突起があった。顎《あご》の先から下向きに突き出たふたつの短い骨は、首を保護する盾のような器官の名残りかもしれない。皮膚は灰色がかっていて、たとえ毛があるとしても細すぎて目立たないようだ。

だが、感覚器官の配置は充分に見慣れたものだった。顔の上部に大きな目があり、垂れ蓋《ぶた》のような皮膚がぱたぱた揺れるたびに、目の下にある三つのスリット状の鼻の穴がのぞく。その下には大きな口があった。横長の楕円形に開かれており、歯はない。

「以前、シュワーツ博士が言っていた」と、ギアリー。「感覚器官の配置がほとんどの生物種で共通しているのは、たんにそれが理にかなっているからだ、と。周囲を見わたし、食料を見つけ、捕食者からのがれるために、目は高い位置にある。口や鼻から何かが落ちてくる危険を避けるためでもある。嗅覚器官は口の近くにあることが望ましい。口から食べもののにおいが上がってくるからだ。当然ながら、口はいちばん下にあったほうがいい。それにより、飲食物をこぼしても、ほかの器官への影響を防ぐことができる」

「きわめて低重力な環境下で進化した生物なら、このような姿はしていないかもしれませんね」デシャーニは自分のディスプレイに映る異星人を見つめた。まったくの無表情だ。

「あの異星人が何を待っているのか、わかりますか？」

「いや。どんな響きの言語を話すのか気になる」

そううながされるのを待っていたかのように、異星人が話しはじめた。人類の言語に変換されているが、口の動きから一秒ほど遅れて聞こえてくる。

「ようこそ、人類」

「われわれの言語に対応する翻訳機を持っているのか？」ギアリーは驚いて言った。「あの異星人の実際の発音を知ることは可能か？」

「音声として聞こえてくるのは人類の言葉だけです」通信士が報告した。

新たな異星人はまだ話しつづけている。言葉は理解できるが、相変わらず口の動きとずれているため、できの悪い吹き替えビデオのようだ。

「タオン、人類との出会い、うれしく思う。ようこそ」

「タオンとはあの個体の名前かしら？　それとも、種族名でしょうか？」と、デシャーニ。

異星人が話しつづけるなか、デシャーニの問いの直後に答えが返ってきた。

「タオンのロカア。リーダー。タオンの星へ来い。すべての艦、連れて。タオンへ来い」

「なんだと？」ギアリーはまたしても驚いた。

「タオン、人類を歓迎する！　友だちになろう。タオンへ来い。すべての艦、連れて」

ロカアは唇をすぼめた。まもなく通信が終了した。

デシャーニは困惑した表情で、頭を振った。

「やあ、出会ったばかりだけど、愛してる。きみたちの大きな艦隊をぼくらの星系のひとつへ連れてきてよ。本気でしょうか？」

ギアリーは片手に顎をのせ、自分のディスプレイを注視した。

「そのようだ。われわれの言語を理解して翻訳機をプログラムしたぐらいだから、ある程度、人類のことを知っているにちがいない」

「そうかもしれませんけど、だとしたら、なおのこと理解できません」デシャーニは主張した。「人類について何か知っているなら、なぜ多くの兵器で武装した大艦隊を自分たちの星系へ招待するのですか？　われわれがどれほど危険な存在か知っているはずです。それに、彼らにはわからないんですよ。われわれが星系同盟《アライアンス》なのか、惑星連合《シンディック》なのか、旧地球から来たのか、あるいは銀河系の端に近い旧地球の向こう側にコロニーを築いた愚か者の〈太陽系の盾〉なのか？」

「ビクトリア・リオーネなら、タオンにはわれわれに近づくための目的があるにちがいないと言いそうな場面だ」

「そして、めったにないことですが、わたくしが彼女に同意する場面でもあります」デシャーニは眉を吊りあげてギアリーを見た。「大使がこの誘いに飛びつくわけがないとは思いませんか？」

「大使にたずねてみなければならない」と、ギアリー。「だが、大使はタオンに対処するよりも、ダンサー族との交渉に専念したがっていた。大使との安全な通信チャンネルは設定されたままか？」

「設定され、使用可能な状態です、元帥。でも、閣下の自室で話したほうがいいかもしれません」

大使との前回の会話を思い出し、ギアリーは理にかなったその提案をあっさり受け入れた。自室へ戻り、椅子に腰かけると、気持ちを落ち着かせてから通信した。

リーセルツ大使は即座に応答した。少しいらだっているようだ。

「タオンからのメッセージのことでしょう？　タオンはたしかに積極的ですね」

「非常に積極的です」と、ギアリー。

「なぜ今回、タオンはメッセージを送ってきたのですか？　まさかあなたが、わたしの指示を待たずにメッセージを送信していたからではありませんよね？」

ギアリーは一瞬の間《ま》を置き、その質問に対する怒りを抑えてから答えた。

「大使、われわれがこの星系に到着してからの経過時間を考えると、わたしのメッセージがタオンに届き、それに対するタオンからの返信が届くのは物理的に不可能です。彼我の距離からして、メッセージの往復には六時間半以上を要します」

「なるほど。たしかにそのとおりです」リーセルツは苦虫《にがむし》を嚙《か》みつぶしたような表情を浮かべた。「ダンサー族との交渉がようやく重要な段階に差しかかったところです。このようなことで邪魔されたくありません」

「新たな知的異星種族が現われたのですよ」と、ギアリー。「われわれを歓迎していると思われる種族です。邪魔というよりもチャンスだと、わたしは思います」

「元帥、わたしのここでの仕事は、ダンサー族との確固たる関係を築くことです」リーセルッは顔をしかめ、片手で髪をかきあげた。「ほかには何をする権限もありません。わたしはタオン宙域へは行けないのです。ダンサー族の宙域へ行き、そこにとどまるよう明確な指示を受けていますから」

「だからといって、ここでタオンと対話できないわけではありません」と、ギアリー。「タオンと対話してください」

リーセルッツは首を横に振った。

「どうしてタオンはわたしたちの言語を話せるのですか？」

「わかりません」

「招待を断わったら、タオンはどんな反応を示すでしょう？　タオンやその習慣については何もわかっていません。わたしたちの知るかぎり、タオンの文化では熱烈な歓迎が普通であり、そのような歓迎を受け入れないことは侮辱とみなされる可能性があります。招待を拒否することは、いっそう深刻な侮辱として受け取られるかもしれないのです！」

「どのような返答をするつもりですか？」ギアリーはもういちど〝わかりません〟と言う代わりに、リーセルッツに判断を押しつけた。

リーセルッツは後ろにもたれて両手を広げ、無力感を表わす昔ながらのポーズをした。

「わたしは〈バウンドレス〉をタオンのもとへ連れていってもいいという命令は受けてい

ません。わたしが求められているのは、ダンサー族の宙域へ到達し、ダンサー族が認めるなら、後続の外交団に任務が引き継がれるまでそこにとどまることです」

「ここにいるアライアンス艦船は〈バウンドレス〉だけではありません。なぜほかの艦がタオンへ行くことはできないのですか？」ギアリーは自分の言葉の重みに気づき、顔をしかめた。「リスクはあるでしょう。タオンについてわかっているのは、彼らがダンサー族と平和的な関係にあるということだけです」

リーセルツは冷静な表情でギアリーを見つめた。

「リスクが生じるもうひとつの理由は、わたしが行けないため、あなたがこの種族との最初の接触者になることです」

「それがそんなに悪いことですか？」ギアリーはふたたび自分を正当化しようとしているのを感じつつ、たずねた。

「わたしは決して……」リーセルツは大きくため息をつき、少しうなだれた。「元帥、ファーストコンタクトは非常にデリケートな問題です。多くの間違いを犯す可能性がありますす」

ふたたびギアリーは自身のユーモアに救われた。

「大使、わりと最近のことですが、わたしの艦隊は謎の種族やわれわれが見つけたほかの異星種族との関係を確立するために、意図的に異星人の宙域へ送られていたんですよ」

「今のところ、謎の種族との関係は当初の決定を正当化する証拠にはなっていません。そして、ほかの異星種族、つまり……」

「キックスです」と、ギアリー。「キックスとのファーストコンタクトが外交任務だったとしたら、キックスは逃げる間《ま》もなく死んでいたでしょう。思い出してください。われわれはダンサー族とも関係を築きました。それが成功した結果、ミッドウェイ星系や代理ユニティ星系でダンサー族の支援を受けることができたのです」

リーセルツはしばらくギアリーをじっと見つめてから、うなずいた。

「そのとおりです、元帥。まったくもって、そのとおりです。タオンにどんな返事をするべきだと思いますか？　返事をする前に、招待を断わるとどうなるかを慎重に考えなければならないでしょう」

「あなたと〈バウンドレス〉はここにとどまる必要があります。ダンサー族は〈バウンドレス〉が残ることに同意しておらず、あなたの安全を保証する手段も提供していないので、そのような危険な状況にあなたを置きたくはありません。ですが、率直に言って、タオンについての情報はほとんどないため、招待に応じてタオンの宙域へ行っても無事に戻ってこられない可能性があります。ダンサー族がわれわれの大使館の設立要請を拒否した場合、

〈バウンドレス〉が謎の種族の宙域を通って引き返すさいに、強力な護衛部隊が必要になるでしょう」

「あのロカアとやらは、あなたのすべての艦を招待しました」と、リーセルツ。

「しかし、それが無理なことはわかりきっています」と、ギアリー。

「では、招待を完全に拒否して深刻な事態を引き起こす代わりに、艦隊の一部だけを送ってはいかがですか？」

「それは無理——」この通信チャンネルの安全性に疑問があるため、艦隊内の陰謀者の脅威があるなかで大きなリスクはおかせないことを、リーセルツには伝えられなかった。だが、ギアリーがそのジレンマに直面しているとき、記憶に残るブラダモントの声が聞こえてきた。〝一時的に閣下と連絡がとれないように見せかける手段を用意し、しかも、充分に余裕をもってその準備を整える必要があります〟

そのようなリスクをおかすべきだろうか？　陰謀者にとっては完璧なチャンスに見え、陰謀者を確実におびき寄せる罠《わな》となるはずだが、おれはその場にいないから、陰謀者の行動を阻止することができない。ここに残る者たちにそれほど重要な問題の処理をまかせていいのか？

「この件をわたしの上級艦長たちと話し合う必要があります」

「あなたがどんな判断をしたか、知らせてください」大使は自分の管轄外の問題をギアリーに押しつけ返すことができて、明らかに満足している。

わかった、そういうことか。これはおれが対処すべき問題だ。

「そのあいだ、タオンに彼ら自身についての詳細な情報を求めることができます」ギアリーは付け加えた。「ダンサー族に、タオンについての新たな情報を求めることもできる。わたしにその権限が与えられれば、の話ですが」たんに大使に一矢を報いるためではなく、大使が設定しようとしている制約を超え、ギアリーがダンサー族との直接対話をもっと自由に行なうためでもある。

「あなたが提案したメッセージはわたしを介して送ればいいのです」リーセルッツは苦々しげな表情で言った。「ダンサー族はすでに、タオンの情報を提供してくれたのではありませんか？」

「はい」と、ギアリー。「ひとつ前の星系でタオンについて質問したところ、〝艦〟はタオン〟という返答がありました。それだけです」

「ああ、そう」リーセルッツは、ギアリーの言葉が頭痛を引き起こしたかのように目を閉じた。「その情報は、タオンを知っている者にとっては重要かもしれませんが、知らない者にとってはなんの意味もありません。それでも、タオンはダンサー族が支配する宙域にいます。わたしたちがいたひとつ前の星系で、なんらかの貿易活動を行なっていたようです。それが手がかりになりますね」

「タオンがダンサー族と良好な関係を築くことができているのは、たしかです」と、ギアリー。「だからといって、われわれとも良好な関係を築けるかどうかは、まだわかりません」

一時間後、ギアリーはふたたび艦隊会議室にいた。だが今回は、カラバリ少将、ロジェロ大佐、ブラダモント代将に加えて、艦隊の上級艦長たちだけがホロ映像で出席している。ギアリーはタオンのロカアからのメッセージを再生しおえたところだ。

「よし。助言、提案、洞察が必要だ。始めてくれ」

ジェーン・ギアリー艦長は片手に顎をのせながら、頭を振った。

「警報が鳴り響くのが聞こえる気がします。まるで、〝やあ、出会ったばかりだけど、もう友だちだね。きみの戦闘艦、全部連れてきてよ〟と言っているかのようです。本当でしょうか？」

「わたくしと同じ反応だわ」と、デシャーニ。

「あのような……熱烈なふるまいはタオンのあいだでは普通なのかもしれない」バダヤ艦

長が指摘した。「たんに礼儀正しいことだとみなされている可能性がある」

「リーセルツ大使が同じ反応を示した」と、ギアリー。「真実なのかもしれないが、われわれにはそれを知るすべがない」

「わたしは自分の娘に、初対面であんな態度をとる人間の男性とはいっしょに過ごしてほしくありません」ドゥエロス艦長はその言葉を聞いたギアリーの反応に気づいたかのように、一瞬、間《ま》を置いてから話をつづけた。「しかし、これは新たな未知の異星種族です。彼らにとって何が普通かはわかりません」

「いい変化です」と、バダヤ。「つまり、こういうことです。これまで接触した三つの異星種族のうちふたつは、われわれを殺そうとしただけでした。三番目は友人である可能性があります。四番目のタオンもそうかもしれません」

「いつからそんなに他人を信用しやすくなったの？」と、デシャーニ。

「ファーストコンタクトで命の危険にさらされないことは、これまでと違ういい変化だと言っているだけだ」

アーマス艦長が鼻で笑った。

「その点についてはバダヤ艦長に同意せざるをえない。問題はタオンが誠実かどうかだ」

「元帥、真剣にタオンからの招待を検討しているのですか？」と、ジェーン・ギアリー。

ギアリーは首を横に振った。

「考えてはいるが、全艦を対象にしているわけではない。〈バウンドレス〉はここにとどまる必要がある。タオンの誘いが罠であるという可能性に直面しなければならず、招待に応じた艦が戻ってこられないかもしれない。だから、必要に応じて〈バウンドレス〉とともに帰還させるために、充分な数の艦を護衛として残すべきだ」

スミス艦長はわざとらしく大きなため息をつくと、コーヒーのように見えるものを飲んだ。ホロ映像で出席しているだけなので、なんでも好きなものを飲める。艦隊のコーヒーではなく、アルコール度の高いものを飲んでいるのではないかと、ギアリーは疑っていた。

「元帥、通常なら、補助艦の少なくとも半数を連れてゆくことをおすすめしたいところです。しかし、この招待について、ほかの士官たちはかなりの不安を抱いているようです。急いでタオン宙域を離れる必要が生じるかもしれないという懸念があるなら、補助艦が足手まといになってはなりません」

「もっともだと思います」ドゥエロスが言った。

「きみの宙兵隊と侵攻輸送艦についてはどうだ？」ギアリーはカラバリ少将にたずねた。

カラバリはタオンのロカアの映像を見つめながら、顔をしかめた。

「ダンサー族が提供してくれる情報によりますが、大規模な宙兵隊が閣下にとってどのように役立つかはわかりません。それに、輸送艦はいくらか足手まといになるでしょう。補助艦ほどではありませんが、足手まといになることはたしかです」

アーマスが頭を振り、みずからが指揮する戦艦を思わせる力強い堂々とした口調で言った。

「それだけ多くの補助艦と輸送艦を残すなら、護衛のために少なくとも戦艦分艦隊一個を置いてゆく必要があります」アーマスはギアリーを見た。わずか一個の戦艦分艦隊では心もとないと思っているのは明らかだ。

「タオン宙域から急いで脱出しなければならない状況を想定しているなら」と、ドゥエロス。「なぜ戦艦を連れてゆくのですか？　戦艦は戦闘においては無敵ですが、われわれは戦闘を望んでいるわけではないでしょう？」

なぜ戦艦を連れてゆくのか？　ドゥエロスは、まさにギアリーが考えていたことを自発的に提案した。ギアリーは、驚きの色を浮かべているアーマスに向かってうなずいた。異議はとなえるなという意味だ。

「罠だとしたら」と、戦艦〈リプライザル〉のハイエン艦長。「非常に巧妙に計画されたものにちがいありません。この招待に応じて派遣される部隊は、可能なかぎり高速で機動力に富んだ特性が求められると、わたしも思います」

「カラス共和星系を代表して加わってはくれないか?」と、ギアリー。

ハイエンは顔をしかめ、首を左右に振った。

「リーセルッ大使と同様に、わたしのおもな任務はダンサー族に関することです。それ以外の場合は、あなたの命令に基づいて、わたしの艦を運用することになっています、閣下」

ドゥエロスは片手を動かし、巡航戦艦〈インスパイア〉で目の前のテーブルの上にある何かを操作した。

「すべての巡航戦艦を連れてゆくことを提案します。それから、軽巡航艦の半数と駆逐艦の半数も」

「重巡航艦を全部ここに残すべきだと言うのか?」と、ギアリー。

「戦闘か逃走、どちらに備えたいとお思いですか、元帥?」ドゥエロスは片手を振ってハイエンを示しながら、付け加えた。「わたしは同僚の艦長たちの言うとおりだと思います。どんな罠であれ、われわれの派遣部隊が対処できないように計画されているでしょう」

「それは逃走に備えるということです」と、デシャーニ。

突然チャーバン将軍のホロ映像が現れ、全員の注目が集まった。

「ダンサー族は、タオンがわれわれに送ってきたメッセージの内容を知っているのかもしれん。たったいま、ダンサー族からタオンに関するものを受け取った」

「新たな情報ですか？」ギアリーは希望を抱きつつ、たずねた。

「厳密には……そうではない」チャーバンは言葉を切り、手に持ったメッセージの文字起こしを見た。

「タオンはタオン、
タオンはつねにタオン、
これを忘れてはならない」

一瞬の沈黙のあと、ターニャ・デシャーニが口を開いた。

「それがわれわれに何かを伝えようとしているのですか？」

「タオンはタオンだと言っている」チャーバンはとほうに暮れたように肩をすくめた。

アーマスはどこか遠くをにらみつけた。

「そんなあいまいな言葉で何を伝えようとしているのでしょう？　われわれが自分で学ばなければならないことがあるという意味ですか？　ダンサー族には教えられないから、自分たちで理解しなくてはならないのですか？」

バダヤは椅子の背にもたれ、天井を見あげた。

「昔、そういう数学の先生がいましたよ。〝自分の力で理解しなさい〟と言うんです。だから、わたしはこう言ってやりました。〝自力で理解できるなら、そもそもこんな授業を受ける必要はありませんよね？〟」

バダヤの発言にほかの者たちが笑い声を上げるなか、ギアリーは言った。

「諸君、ここにひとつの仮説がある。ダンサー族は何か明確な目標を持っており、それを達成するためにわれわれになんらかの行動をとらせようとしているのではないかというものだ。だが、われわれをその目標へと導くには、ダンサー族が具体的な指示を与えるわけにはいかないのだ」ギアリーがドクター・クレシダの仮説について説明をつづけると、全員が熱心に耳を傾けた。

「その仮説を思いついたのは誰ですか？」と、ジェーン・ギアリー艦長。

「ドクター・クレシダだ」と、ギアリー。

「ジェイレンの姉ですか？」

「そうだ」

「それで充分です」ドゥエロスが言うと、ほかの艦長たちから賛同の合唱が巻き起こった。ジェイレン・クレシダがいまだに艦隊内の尊敬を集めている証拠だ。「しかし、そのようなきわめて明確なダンサー族の目標がタオンと何か関係があるのですか？　ドクター・クレシダはタオンのメッセージをもう見たのでしょうか？」

ギアリーがチャーバンを見ると、チャーバンはうなずいた。

「ドクター・クレシダは沈没する船を目《ま》の当たりにしたような様子で、そのメッセージを読んだ」と、チャーバン。「あとで見解をたずねたところ、情報不足だという答えが返ってきた」

「われわれが行くべきかどうか、ダンサー族に直接訊けばいいではありませんか？」と、バダヤ。「心を鬼にして言いますが、なぜ直接その件をたずねないのですか？　われわれは行くべきなのか？　それは危険なことなのか？　特定の目標を持っているなら、ダンサー族はもっと詳細かつ明瞭な説明をしてくれるべきです」

「あなたが心を鬼にするですって？」デジャーニは冷静にバダヤを見つめた。「でも、バダヤ艦長の言うとおりです、元帥。遠まわしにする必要はありません。ダンサー族に直接質問して、答えてくれるかどうか確かめましょう」

「いい考えだ」と、ギアリー。「将軍、ダンサー族へのメッセージを作成し、われわれの艦隊全体がタオン宙域への招待を受けていることを確実に伝えてください。われわれは行くべきなのか？　タオンの招待に応じることがわれわれに危険をもたらす可能性があるのか？　ダンサー族の考えを知る必要があります」

「わかった」と、チャーバン。「これは艦隊の安全にかかわることだから、直接送ってもいいよな?」

ギアリーは一瞬、それについて考えた。チャーバンの言うとおり、艦隊の安全を理由に、ギアリーはダンサー族と直接連絡をつづける権利を主張できる。だが、大使に対して強く要求することにまだためらいがあった。

「まずわたしに見せてください」

「タオンの技術についてダンサー族にたずねるべきです」アーマスが付け加えた。「タオンのあの翻訳機のことも。あれを通して聞こえる言語はどことなく原始的ですが、タオンは人間の手を借りずに翻訳機を作ったのです。それはある意味、印象的であり、われわれが注目すべき点です。異星の言語を翻訳する装置を自力で作りあげるなど、われわれにできたでしょうか?」

「アーマスの言うとおりです」と、ドゥエロス。「その翻訳機が手がかりになるとしたら、タオンはわれわれよりも技術的に進歩していると考えられます」

「もしくは」と、ブラダモント代将。「タオンは人類のことを、人類がタオンを知っている以上によく知っているのか」

長い沈黙が流れ、ようやくジェーン・ギアリーがそれを破った。

「となると、タオンがわれわれを招待した意図について、新たな解釈ができるかもしれません」

「とくに」と、ブラダモント。「謎の種族のように、タオンが人類に関する知識や経験を得るためにシンディックと取引していたとしたら」

「それなら、間違いなく罠だろう」と、ドゥエロス。

「罠である可能性が確実に高くなります」ブラダモントは言った。

「ホノーレ」バダヤはブラダモントに言った。「ミッドウェイ星系の人々はこのようなタオンの存在を知っていたか？」

「いいえ」と、ブラダモント。

「きみなら、聞かされているはずじゃないのか？」

ブラダモントは眉を吊りあげ、口を開きかけた。怒りを爆発させそうな雰囲気に、全員が注目した。バダヤだけは、いつものように無頓着な様子だ。

だが、ブラダモントは明らかに落ち着きを取り戻してから、答えた。

「艦長、あたしはまぎれもなくミッドウェイの人民の一人です。謎の種族の宙域のすぐ向こうに、宇宙を航行する新たな知的異星種族が存在するという兆候《ちょうこう》が少しでもあれば、イケニ大統領はあたしに話してくれたはずです」

ロジェロ大佐は顎をさすった。

「シンディックの記録にタオンとの接触を示唆するものがなかったか、ずっと思い出そうとしています。〈ヘビ〉が保管していたファイルにも、そのようなものがあった覚えがありません。悲惨な結果に終わった謎の種族との遭遇についての機密補足資料はありましたが、ほかの異星種族のデータはありませんでした」

　アーマスは疑いのまなざしでロジェロを見た。

「なぜシンディックは境界を越えてさらなる探査を試みなかったのだ？」

「われわれにとって謎の種族は見えない敵だったからです。そのときすでに、ふたつの星系からシンディックを追い出し、そこにいた人類を殲滅《せんめつ》していました」ロジェロは説明した。「シンディックは謎の種族のことをもっと知ろうとしましたが、その試みはことごとく阻止されました。謎の種族はすべてを知っていたため、戦闘によって倒すことは不可能と思われました。いまでは明らかになっていますが、謎の種族がわれわれのセンサー・システムに量子コード化されたワームをしかけたせいで、われわれの艦はやつらの存在に気づかず、行動をリアルタイムで正確に把握されていたのです。それに、当然ながら、われわれはアライアンスとも戦争中で、集中力や資源を消耗していました」

「ロジェロ大佐、ブラダモント代将、われわれがタオンの招待に応じるとしたら」と、ギアリー。「わたしが派遣部隊を指揮し、〈ドーントレス〉もその部隊に含まれることになる」ギアリーは落ち着けと言うように、アーマス艦長に向かって手を軽く動かした。「この状況について、きみがミッドウェイからどんな命令を受けているのか、わたしにはわからない、代将。きみは大使のようにダンサー族の宙域に縛《しば》りつけられたいか？　それとも、われわれとともにタオン宙域へ行きたいか？」

「お供させてください」ブラダモントは迷わず言った。「あの異星種族たちがいるのはアライアンスの本拠宙域から遠く離れた場所ですが、ミッドウェイには非常に近く、直接的な影響を与えかねません。タオンでさえも。われわれは可能なかぎり多くの情報を得る必要があります。そして、平和的な関係が確立された場合に、ミッドウェイもその恩恵を受けられるようにするべきです」

「取引成立だ」と、ギアリー。「〈バウンドレス〉とともに戦艦、宙兵隊、補助艦をここに残すことに、全員賛成か？」

「合意の前にほかに議論すべき問題があると思います」と、アーマス。

「その問題もこの計画の一部だ」ギアリーは言った。

「そうなんですか？」アーマスはゆっくりとうなずいた。「では、いいでしょう。すべての要素が考慮されているならの話ですが」

「先刻の助言を修正させてください」と、カラバリ少将。「ある程度の宙兵隊員が必要になる可能性があります。複数の巡航戦艦に分乗している宙兵隊分遣隊はかなり小規模です。さらに高い作戦実行能力を提供するために、分遣隊を増員するべきだと思います。巡航戦艦の標準的な艦隊シャトルでも宙兵隊員の搭乗と降下に充分対応できますが、先ほどと同じ理由により、一部をステルス仕様のシャトルに入れ替えたほうがいいかもしれません」

「ステルス・シャトルは何機ある？」と、ギアリー。「四機だよな？」

「はい、宙兵隊の偵察班つきです」と、カラバリ。「ステルス仕様のシャトルを二機、連れてゆくことをおすすめします。そうすれば、必要に応じて派遣部隊に追加の能力を提供できるだけでなく、ここでの緊急事態に備えて、残留部隊のもとにも何機か残しておけます」

「〈ドーントレス〉と〈インスパイア〉の通常シャトルと入れ替えよう」と、ギアリー。

「タオンの同意を待つ必要があるが、この作戦に全員で備えてもらいたい。リーセルッツ大使はダンサー族との交渉に専念するよう指示を受けているため、ロカアへの対処はわたしが引き受けた。つまり、タオンはわれわれの問題だということだ。タオンの技術がどの程度のものなのか、タオンは心から友好的なのか、タオンからのこの招待が罠かどうかも、わからない。だが、異星種族と平和的な関係を築くことは大きな利益をもたらす可能性がある。したがって、このチャンスをのがすわけにはいかない。タオンが敵対的だとしたら、早くわかるにこしたことはない。タオン宙域に入るのであれば、警戒を怠《おこた》らず、防御態勢を整えておく必要がある」

「もっとタオンのことを知らなければなりません」と、ブラダモント。「タオンが敵対的か友好的か、あるいはその中間なのか、可能なかぎり多くの情報が必要です。これはミッドウェイの代表としてではなく、人類全体の代表としての見解です」

少なくとも公然と異議をとなえる者はいないので、ギアリーは全員にうなずいた。

「ありがとう。この任務を慎重かつ正確に実行しよう」ギアリーが事前に会議ソフトウェアを調整していたため、スミス艦長とハイエン艦長のホロ映像だけが消えた。残された全員が驚き、ギアリーを見ている。「ブラダモント代将、ロジェロ大佐、席をはずしてもらえるか？」

「わかりました」ブラダモントは言い、身ぶりでロジェロをうながした。

ブラダモントとロジェロも保安会議室を出てゆくと、すぐにギアリーは残った者たちを見た。

「すでに知っている者もいるだろうが、重要な問題がいくつかある。ほかの者たちにも知っておいてもらいたい」ギアリーが陰謀に関する既知の情報を手短に説明すると、ドゥエロス艦長、バダヤ艦長、カラバリ少将は懸念の色を深めながら耳を傾けた。

「その情報提供者は信用できるのですか？」ギアリーが話しおわると、バダヤはたずねた。

「もちろんだ」と、ギアリー。「情報提供者の素性は明かせないが、その情報は完全に信頼できると思う」

「元帥」カラバリは不安げに眉をひそめながら言った。「あなたは型破りな戦術で定評がありますが……戦艦の艦長たちのなかに裏切り者がいて、ダンサー族と戦争を始めることをたくらんでいる恐れがあるなら、なぜ戦艦をいっしょにタオンへ連れてゆかないのですか？」

「現時点で陰謀者が主導権を握っているからだ」と、ギアリー。「陰謀者たちはいつどこで行動を起こすかを自由に決めることができ、不意打ちを行なう可能性がある。わたしは連中のために絶好のチャンスをお膳立てし、そのチャンスが近づいていることを知らせるつもりだ」

アーマスは微笑しながらうなずいた。

「ようやく理解できました。元帥がタオンへと出発すれば、ペレアス艦長とバードック艦長、そして彼らと結託している者たちは陰謀が疑われていないことをますます確信し、大胆な行動に出るでしょう。しかも、われわれは陰謀者たちがそのタイミングで行動を起こすとわかっているので、備えることができます」

「き、きみが備えることになる」と、ギアリー。「アーマス艦長、わたしの留守中はきみが指揮をとることを知っていたから、この計画を決めたのだ。そのことを理解してもらいたい」

アーマスはギアリーの賛辞を受け、見るからに誇らしげに胸を張ったが、カラバリは考えこむように目を伏せ、うなずいた。

「戦艦に乗っている宙兵隊分遣隊も即応態勢を整える必要があるでしょう。〈コロッソス〉と〈ドレッドノート〉は間違いなく安全です。ほかに確実に信頼できる艦はありますか？」

「〈リプライザル〉です」と、デシャーニ。「カラス共和星系の指揮官をこの件に巻きこむとは思えません」

「〈ウォースパイト〉もだ」と、ギアリー。「プラント艦長の忠誠心は疑いようもない」

「〈コンカラー〉のカシア艦長と〈グローリアス〉のコルドバ艦長も信頼できると思います」と、ジェーン・ギアリー。

「戦艦二十隻のうち、これで六隻ですね」と、カラバリ。「ペレアスやバードックと結託している戦艦がほかに何隻いるのか、確証はないのですか？」

「直接たずねるわけにはいきませんので」と、デシャーニ。「この六隻以外にも信頼できる戦艦がいることはたしかです」

「そのとおり」と、ギアリー。「だからこそ、陰謀者が偽の命令によりほかの艦をおびき出す可能性がある。罠にかかった艦長たちは本物の命令にしたがっていると信じて疑わないだろうが、陰謀者は自分たちも被害者だと偽り、故意に不正を行なったわけではないと主張することで責任を回避できる。〈ウォースパイト〉など何隻かの艦は陰謀者の計画に介入できないよう、マルウェアによって機能停止におちいるだろう。だが、われわれはそのすべてに備えるつもりだ。出発前にわたしは、いかなる状況においてもダンサー族への発砲を禁じる命令を録音し、艦隊の全員に遵守《じゅんしゅ》を求める。われわれの情報提供者はマルウェアを受け取るが、自艦のシステムにはしかけず、艦長に提供することになる。陰謀者たちがマルウェアを起動させようとするころには、われわれのプログラマーたちが対策を講じているだろう。陰謀者がわたしの偽の命令を公開送信したら、誰が即座に反応するかをアーマス艦長が確認し、わたしの本物の命令を公開送信する。わたしの本物の命令に応じない艦長は、自艦の宙兵隊分遣隊によって指揮権を剝奪《はくだつ》されることになる」

「そして、陰謀は失敗し、完全に排除されるでしょう」と、デシャーニ。

「艦隊はとっくにこの種の問題を克服したと思っていたのですが」カラバリが頭を振りながら言った。

「まだ克服できていない」と、ギアリー。「一世紀にわたる戦争が組織や社会に与えた深刻な影響は、そう簡単に解消されるものではない。だが、いつかきっと克服できるだろう。アライアンスには、きみたちのように頼れる士官がいるからだ。わたしはこの星系を離れる前に、もっと詳細な計画をきみたちに提供しようと思っている」

「そして、その計画に基づいて罠をしかける」と、アーマス。

会議が終わり、残った出席者たちの大半のホロ映像が消えるか退出するかしたあとも、ジェーン・ギアリーとロベルト・ドゥエロスは残っていた。

「この計画が実行されたとき」と、ジェーン。「わたしを含めたギアリー家の者たちがアーマス艦長を支持しているかどうか、誰も疑問視しなくなるでしょう」

「わたしはそれを疑ったことはないぞ」と、ギアリー。「ありがとう、艦長」

にっこり笑って敬礼すると、ジェーンのホロ映像は消えた。

これで、会議室にいるのはギアリーとデシャーニ、ホロ映像のドゥエロスだけとなった。

「元帥」ドゥエロスは慎重に感情を抑えた声で切り出した。「先ほどわたしがドゥエロス少尉について言及したとき、あなたは反応なさいました。この陰謀のせいで、彼女は何か特別な危険にさらされているのですか？　もしかすると、わたしがあなたの強力な支持者だとみなされているからですか？」

ギアリーがデシャーニを見ると、デシャーニはギアリーの判断に口をはさむつもりはないという目で見つめ返していた。ドゥエロスはギアリーに完璧なチャンスを与えてくれた。ギアリーはドゥエロスの娘が全体のなかでどのような役割を果たしているのかを明らかにせず、特別な危険に直面していることだけを認めればいい。

だが、そのような形でドゥエロスを裏切るわけにはいかない。

ギアリーはふたたび腰をおろし、ドゥエロスにも身ぶりで着席をうながした。

「状況はもっと複雑だ」

「娘はその情報提供者の正体を知っているのですか？」ドゥエロスは立ったまま、たずねた。「娘が危険にさらされているのは、そのせいですか？」

「きみの娘が情報提供者だ」と、ギアリー。

ロベルト・ドゥエロスはわけがわからないという表情で顔をしかめた。

「あなたはその情報提供者も計画の一部だと――」ドゥエロスはショックを受けたように言葉を切った。「どうして？」

「陰謀者たちは彼女の愛国心を利用したのよ」と、デシャーニ。「アライアンスと元帥を支持する行動だと偽って。やがて、ドゥエロス少尉は真の目的に気づいて、プラント艦長のもとへ行き、すべてを明らかにした」

「なるほど」ドゥエロスは一瞬にして二十歳も老けたように見えた。「戦闘活動中に……合法的な権力に対して……反逆をくわだてたということか」

「死刑に値する罪だ」と、ギアリー。なぜドゥエロスがそんなことを言ったのかはわかっていた。「ただし、特段の事情がある場合をのぞいて」

「元帥、えこひいきは許されません」

「これは、えこひいきなどではない」その言葉を強調するためにギアリーも立ちあがった。「きみの娘が陰謀に加担したとして逮捕されたのであれば、そのような罰はまぬがれようがなかっただろう。だが、ドゥエロス少尉は自発的に行動を起こし、われわれのために突破口を開き、重要な情報を提供してくれた。われわれが計画どおりにこの陰謀を阻止できれば、彼女のおかげということになる。それが特段の事情だ、ドゥエロス艦長」

ドゥエロスは目を閉じ、ゆっくりと息を吸うと、ようやくふたたびギアリーを見た。

「プラント艦長はこの件をどう思っているのですか？」

「陰謀の阻止に貢献したとしてドゥエロス少尉は特別な配慮に値すると、明白に示唆している」と、ギアリー。

もう立っていられないというように、ドゥエロスの全身から力が抜けた。ドゥエロスはようやく、床に倒れ落ちないよう慎重に腰かけた。

「プラントとわたしはとくに親しいわけではありません。それに、プラントは艦隊一《いち》、厳格な艦長として知られていますので、娘への配慮がえこひいきだとは思われないでしょう」

「ちょっと」ターニャ・デシャーニがドゥエロスに身を寄せた。「誰が艦隊一厳格な艦長ですって？」

「いや、プラントは二番目に厳格な艦長だ」ドゥエロスは言いなおすと、一瞬だけ、わずかに笑みを浮かべた。「この陰謀の目的は……陰謀者たちは元帥を殺そうとしました」

「そのとおりだ」と、ギアリー。

「あなたの娘の命が危険にさらされているわ」と、デシャーニ。「艦隊の公式な命令によるものではなく、あの兵士を殺し、元帥の暗殺を試みたのと同じ陰謀者たちから。情報がドゥエロス少尉からわれわれに筒抜けだと知ったら、連中は……」

「ドゥエロス少尉を殺すだろう」ドゥエロスは数秒間、すわったまま身じろぎもしなかった。「いっしょにタオンへ連れていけばいいではありませんか？　巡航戦艦のどれかに異動させて――」

「ドゥエロス少尉はマルウェアを受け取ると同時にプラント艦長に知らせ、プラントを通じてアーマス艦長に知らせたあと、それを二人に提供することになっている。ドゥエロス少尉がその任務を実行することが重要だ」と、ギアリー。「彼女自身に注目が集まる。あなたもそれはわかってるはずよ、ロベルト」

「わたくしたちがドゥエロス少尉を守ろうとしたら」と、デシャーニ。「彼女自身に注目が集まる。あなたもそれはわかってるはずよ、ロベルト」

「ああ」ドゥエロスは苦痛を感じているかのように言った。「アルウェンはこの件に関与し、大きなあやまちを犯した。赦《ゆる》しを得るべきだということはわかっている。命ある星々は重大なあやまちへの償いとして、大きな努力を要求する。でも……アルウェンはわたしの娘なんだ」

「プラント艦長がアルウェンの身の安全を守ってくれるだろう」ギアリーは自分が守ってやれず、プラント艦長にその仕事をまかせなければならないことを悔やんでいた。ドゥエロスがその責任をになうべきではないのか？　「陰謀者たちが動きだすまで何も起こりえない。マルウェアの侵入が阻止されたことをやつらが知ると同時に、ドゥエロス少尉は宙兵隊員たちに取り囲まれ、厳重に保護されるはずだ」

ドゥエロスはうなずいた。相変わらず老人のように弱々しい動きだ。

「なかなか子離れできないものですね。アルウェンがもう自立した人間として、自分で判断できることはわかっています。この宇宙の危険や善悪について、ちゃんと教えてやりたかったのですが……」

「アルウェンは正しいことをしようとしている」ギアリーはもういちどうなずいた。「少尉たちは間違いを犯す。そういうものだ。これほど大きな間違いを犯すとは思わなかったけどな」

　デシャーニがふたたび口を開いた。

「アルウェンは間違いを正そうとしているわ。自分の判断で。父親にそっくりのようね」

「父親より賢明であってくれることを願うよ」ドゥエロスは三度《みたび》うなずくと、慎重な動作で立ちあがった。「なぜ、あなたがいままでわたしに話せなかったのか、理解できます。事実を知る者を最小限に抑えることが、アルウェンを最大限に守ることになるからです。タオン星へジャンプする前にアルウェンに別れを告げるのは、つらい経験になりそうです。なにごともないかのように別れを告げなければなりません。このタイミングで知らせてくださり、ありがとうございます、元帥。あなたにはその情報を秘匿《ひとく》するプロとしての権限があったことは承知しています」

「部下に気を配るのがプロというものだ」と、ギアリー。「きみはここにとどまりたいか？　戦艦のバックアップとして第一巡航戦艦分艦隊を残す正当な理由なら、いくらでも思いつくぞ」

「いいえ」ドゥエロスは姿勢を正し、きっぱりと言った。「わたしの娘は重大なあやまちを犯し、それを正そうと自発的に行動しています。自立した一人の人間です。娘の身に何が起こるのかとても心配ですが、わたしが娘に指示を出していると思われるような状況をつくるべきではありません」ドゥエロスはデシャーニをちらりと見た。「それに、タオン星でわたしの巡航戦艦が必要になるかもしれません。やるべきことをやるのがプロです。この点においても、わたしは娘にとって理想的な模範でなければなりません。それがどんなに困難なことでも」

ドゥエロスも立ち去ると、ギアリーはデシャーニを見た。

「わが子に対する責任といえば、わたしの弟の孫のマイケルは自分の子どもの話題にいちども触れたことがない。だが前にいちどジェーン・ギアリーから、マイケルには三人の子どもがいると聞いた。マイケルが去る前にそのことをたずねたら……気まずい雰囲気になった」

デシャーニは頭を振った。

「それはジェーン・ギアリーにたずねるべきことだと、すでに申しあげたはずです」

「きみはその答えを知っているのか？　どうして謎《ミステリ》なんだ？」

「ミステリではありません。悲劇です。ジェーンに訊いてください」

現時点でギアリーがもっとも時間をかけたくないのは個人的問題だが、それに対処しなければ、ほかのことに集中できそうにないとわかっていた。いらだちをこめたうめき声を上げながら、ギアリーは腰をおろし、もういちどジェーン・ギアリーに通信した。

ジェーンのホロ映像がふたたび会議室に現われ、いぶかしげにギアリーを見た。

「ドゥエロス艦長の件ですか？　情報提供者の素性を彼に伝えたのですか？」

「情報提供者が誰なのかは伝えた」と、ギアリー。「だが、用件はそのことではない。個人的問題、というか、家族の問題だ。きみは以前、マイケルには子どもが三人いると言ったよな」

「ああ」ジェーンは顔をしかめ、額《ひたい》をさすった。〈ドーントレス〉の会議室によく似た〈ドレッドノート〉の会議室にいるため、ギアリーと向き合ってすわっているように見える。「何も話すべきではありませんでしたね」

「マイケルには子どもがいたのか？　その子どもたちに何があった？」

ジェーンは表情をゆがめた。

「ギアリー家の一員であることやギアリーの呪いがわたしやマイケルにどんな影響をもたらしたかは、お話ししましたが、あなたはそれを経験していません。その影響を個人的に感じたことがないのです」

ジェーンの口調は非難しているようには聞こえなかったが、それでもギアリーは自分を正当化したくなった。

「わたしはしばらく前から、ブラック・ジャックというバカげた伝説とともに生きつづけている」

「バカげた伝説などではありません！」ジェーンは声を荒らげた。「そのせいでわたしたちの家族の多くが亡くなった。それを呪いと呼ぶのです。なぜなら、本当のことだから。あなたはマイケルと再会した。マイケルがギアリー家の運命をどう思っているか、知っているはずです」ジェーンは頭を振り、そこにメッセージでも書かれているかのように片方の手のひらを見つめた。「わたしたちは自分の人生を生きようとした。でも、わたしは家族を持とうとはしなかった。家族にわたしと同じ苦労をさせたくなかったから。マイケルとわたしはギアリー家の血筋をわたしたちで終わらせることを誓った。ほかの子どもたちが、こんな運命に絶えず翻弄《ほんろう》されながら成長しなくてもすむように」

ジェーンはため息をついた。

「でも、マイケルは……こともあろうに、恋に落ちてしまった。すばらしい女性だと言っていました。そして、子どもがほしいと思うようになった。マイケルは、大丈夫だと自分に言い聞かせました。子どもたちの苗字がギアリーでなければ……辺鄙《へんぴ》な星系の辺鄙な惑星に住んでいれば……そして、誰とかかわりがあるかを子どもたちが知ることがなければ。

だけど、やがて妻のカホクが亡くなった。なんらかの事故で。マイケルは軍事活動のために遠征中でした。遠征先の公的記録にはマイケルの偽名が記されていた。カホクの家族はマイケルに会ったことがありませんでした。だから、地元当局がカホクの夫に知らせるよう艦隊に求めたさいに、該当する士官はいないとの回答があり、マイケルは複数の惑星に妻子を持つ兵士の一人だと結論づけられてしまったのです。マイケルがカホクの悲報を耳にしたときには、子どもたちはすでにカホクの親族の誰かに引き取られていたそうです。マイケルはそのままにしておきました。子どもたちがギアリーの呪いに苦しまなくてもいいように」

ジェーンはギアリーを見た。

「これが質問の答え。はい、マイケルには子どもがいます。でも、子どもたちはマイケルがどんな人間なのか知らないし、カホクが亡くなってからマイケルは子どもたちと連絡をとっていない」

ギアリーは呆然とジェーンを見つめた。

「だが……だが、今は……もう連絡しても……」

「マイケルが本当のあなたを知っているからです」ジェーンはゆっくりと悲しげな笑みを浮かべた。「あなたが、マイケルとわたしが子どものころに思い描いていた怖い〝子取り鬼〟だったら、マイケルはもう子どもたちを見つけ出すことに躊躇《ちゅうちょ》しないでしょう。でも、マイケルはあなたのことを知っている。いいえ、あなたはブラック・ジャックなんかじゃない。ようやく戦争に勝利し、大量殺戮《さつりく》を終わらせた人。艦隊を一致団結させ、われわれがアライアンスにつかえ、アライアンスがアライアンス市民につかえていることを思い出させてくれた人。はじめて異星人を見つけた人。子どもたちが自分は何者なのかということに気づいたら、あなたのようになりたいと望み、宇宙へ行って二度と戻ってこないかもしれない。マイケルは今になって、そのことをいっそう恐れるようになった。もはや子どもたちは義務感に駆られて宇宙へ行くのではなく、あなたにあこがれて、そうするはずだからです」

ギアリーが自分の感情や思考と葛藤《かっとう》していると、デシャーニが口を開いた。

「ロベルト・ドゥエロスとその娘と同じですね」

ギアリーがジェーンから聞いた情報を整理しようとするあいだ、一分近い沈黙が流れた。

「わたしはどうすればいい？」ギアリーはようやく、たずねた。

「大伯父さん」と、ジェーン・ギアリー。「失礼ながら、それはあなたが決めることではありません」

「でも、その子たちには……」もう子どもではないはずだよな。十代か。前にジェーンから聞いた話だと、長男は青年といっていい年ごろだ。「彼らには先祖が誰なのかを知る権利はないのか？　この件について自分で判断する権利はないのか？」

「その答えはわたしにはわかりません」と、ジェーン。「しかし、あなたが独断でその子どもたちを捜し出したら、マイケルがあなたを許さないだろうということはわかります。まずマイケルの承諾を得るか、そうでなければ、ほうっておいてください」

「わたくしは教えられました」と、デシャーニ。「先祖はつねに知っている、と。たとえわれわれが先祖を見失っても、先祖はつねにわれわれが何者であるかを知っています。あなたのご先祖はマイケルの子どもたちを見守っているはずです」

ジェーンはうなずいた。

「子どもたちが自分のルーツを知ることが運命づけられているなら、事実はいずれ明らかになるでしょう。本人が望めば、艦隊のデータベースとDNAを照合することで答えを得られます」

ギアリーはほかになんと言っていいかわからず、ジェーンにうなずき返した。

「話してくれてありがとう。アライアンス宙域に戻ったら、マイケルと話そうと思う」

「マイケルが話し合いに応じるとはかぎりませんけど」ジェーンは立ちあがった。「それから、今回の陰謀についてはご心配なく、元帥。あなたがしかけようとしている罠が発動

された ら、アーマス艦長、プラント艦長、カラバリ少将、わたしの全員が断固たる処置をとります。そのときが来たら、わたしたちは全力でドゥエロス少尉を守るつもりです」

「わかっている」と、ギアリー。「ドゥエロス少尉の安全が保証されていないこともわかっている。緊急時対応計画が必要になるだろう。もし陰謀者たちがドゥエロス少尉の裏切りに気づき、そして……」その先は口に出すことはもちろん、考えたくもなかった。「プラント艦長にマルウェアが渡される前に、ドゥエロス少尉の口を封じようとした場合には」

「そのような状況になっても対処できるよう、準備は整えてあります」と、ジェーン。「でも、あなたがおっしゃるように、保証はありません」

人類の返答を待たずにタオンが新たな招待状を送ってきたことは、心地よい安心感をもたらした。そのとき、アライアンス艦隊はまだダンサー族の惑星に到達していなかった。六隻のタオン艦は巨大ガス惑星の周回軌道を離れ、同じ惑星へと向かっている。

ロカアは相変わらず熱のこもった口調で語りかけてきた。

「ようこそ、人類！　タオンへ来い！　友だちになろう！　すべての艦、連れてこい！」

〈バウンドレス〉の通信装置を管理するようになったリーセルツ大使は、ダンサー族へのすべてのメッセージをみずから確認しているため、予想どおり疲労の色を浮かべていた。

ギアリーがタオンのメッセージに対する返信の承認を求めると、リーセルツはいらだたしげに手を振り、拒絶した。

「あなたが対処してください」

ギアリーはまずチャーバンに連絡した。

「われわれがタオンについてダンサー族に直接たずねたメッセージはすでに〈バウンドレス〉から送信されたか、ご存じですか？」

チャーバンは慎重に表情を隠しながら、首を横に振った。

「いや、まだだ」

リーセルツがこの件を委任したいと思っているなら、全面的におれにまかせてもらわなければならない。

「われわれの通信装置から送ってください」ギアリーはチャーバンに言った。つづいて、リーセルツ大使にメッセージを送信した。ダンサー族に艦隊の安全とセキュリティにかかわるメッセージを送ったことを知らせるためだ。

だが、タオンのメッセージに返信するという仕事がまだ残っている。

ギアリーは友好的かつ、やや控えめな態度を心がけながら、自室からタオンに返信した。

それがタオンの目にどう映るかは見当もつかない。

「こちらはアライアンス艦隊のギアリー元帥です。あなたがたの種族と接触できたことをうれしく思い、ご招待を光栄に思います。われわれのおもな目的は、この星系を支配する種族の代表団と会うことです。そのため、われわれの艦隊の一部がタオンを訪問する前にその種族と協議する必要があります。この問題を解決すべく努力しますので、しばらくお待ちください。われらが先祖に名誉あれ。ギアリーより、以上」

〝われわれは平和を目的としてここに来ています〟と言おうかとも考えたが、数百隻もの戦闘艦に囲まれた艦から送るメッセージとしてはあまりにも不自然に感じられた。

アライアンス艦隊はいまやタオン艦に充分近づいているため、わずか数時間で応答があった。

「ようこそ、人類ギアリー。艦隊の一部？　何隻だ？　タオンを訪れてほしい。たくさんの艦を連れて」

「ロカアはいまだに、われわれをずいぶんと気に入っているようですね」と、デシャーニ。

「ダンサー族からの返信はまだありませんか？」

「ない」と、ギアリー。艦隊内の陰謀を阻止するための計画の一環としてタオン星へ行くことを望んでいるとはいえ、あまりにも前のめりになっているように見えてはならない。

だが、ダンサー族がタオンについてどんな情報を提供してくるかということも、いまだに懸念すべき問題だ。ダンサー族から警告があれば計画全体が狂うことになる。「われわれの推測どおりなら、ダンサー族はわれわれに特定の行動をうながそうとしているはずだ」

「返事がないのがヒントかもしれませんね」と、デシャーニ。「チャーバン将軍とその同僚たちはどう思っているのでしょう？」

「確かめるべきかもしれないな」

結局、ギアリーが到着したとき、チャーバンとその〝スタッフ〟は朝食を終え、アイデアを出し合っているところだった。

「タオンとダンサー族について、いくつかアドバイスを必要としています」と、ギアリー。

「タオンはタオンです」ドクター・クレシダは通信パッドから目も上げずに言った。

「ダンサー族はわれわれの質問に答えていない」と、チャーバン将軍。「それに、タオンのことは基本的に何もわからん」

「キックスのようなタイプじゃないことはわかっています」と、ジャーメンソン大尉。

「タオンはほかの種族と共存できます。少なくともひとつの種族とは。あたしは多くの種族がかかわりあい、共存している証拠を探しつづけています」ジャーメンソンは認めた。

「たとえば、さまざまな種族が協力して活動している銀河規模の文明についての物語とか」

「その証拠はまだ見つかっていません」アイガー大尉が少々申しわけなさそうに言った。「しかし、われわれが観測できる範囲から、惑星上の個体を発見するのはかなり困難でしょう」

「歴史上」センが言った。「旧地球では、いくつかの新たな集団が新たな土地へやってくると、それぞれ都市の異なる場所に定住しました。可能であれば、自分たちの伝統的な建築様式に合った家やそのほかの建造物を建てていました。長く居住していた惑星を離れた大規模な入植者グループが新たな惑星へ行く場合には、いまでもそのようなことが起こります」

「われわれがダンサー族の都市でその種の状況を見たことはあるか？」と、ギアリー。

アイガー大尉はいくつかの画像や報告書を画面に表示させ、確認した。

「いいえ、元帥。ありません。われわれが観測できたダンサー族の都市や町は、時間の経過にともなう様式の変化はあるものの、ほぼ同じ配置と建築デザインを示しています」

「つまり、タオンのような異なる種族が自分たちの宙域を自由に航行していても、ダンサー族を含む複数の種族が共通して、自分たちの惑星に外来の種族が定住するのを望むことはないという意味か？」チャーバンはその可能性に不機嫌そうな表情を浮かべた。

「証拠の不在は、不在の証拠ではない」ドクター・クレシダが通信パッドから目を上げようともせずに、つぶやいた。

「そう！」ジョン・センはクレシダを指さした。「ドクター・クレシダのおっしゃるとおりです。その格言は昔から、さまざまな形で使われてきました。わたし自身も使ったことがあります。本当のことだからです。何かをまだ見つけていないだけであって、その何かが存在しないという意味ではありません。それがなんであろうと」

「だが、なぜ証拠がないのだ？」と、ギアリー。

アイガーは突然、理解したかのように答えた。

「われわれはダンサー族の支配宙域を数えるほどしか見たことがありません。そのような証拠がないからこそ、この星系へ連れてこられたのかもしれません」

「ダンサー族は、われわれが他種族と交流したり、その種族について知ったりすることを望んでいないというのか？」と、チャーバン。「だが、では、なぜひとつ前の星系でわれわれはタオン艦を目にしたのだ？　ああ、われわれがそこに現われることをダンサー族が知らなかったからか。われわれがダンサー族の恒星に到着したときには、すでにタオン艦はジャンプしているはずだったのかもしれん」

「前の星系でタオン艦がわれわれと通信しなかったのは、ダンサー族の意向にしたがったからなのですか?」と、ギアリー。「でも、いまは……でも、いまは」ギアリーは急に思いついたように言葉をつづけた。「ダンサー族には状況を理解する時間があり、その結果としてタオンにわれわれとの対話を許可した可能性がある」

「あるいは」アイガーが慎重な口調で言った。「あのロカアとやらが強大な権力を持っているため、ダンサー族の意向を気にせず、われわれと対話できるとも考えられます」

「これでは堂々めぐりがつづくだけです」ジャーメンソンが不満を漏らした。「結論をくだすには充分な情報がないのですから」

「明確なことは何もわからない」と、チャーバン将軍。「情報が不足している。突如としてダンサー族から詳細な情報が提供されないかぎり、われわれはこの状況に関して確実な情報に基づいた決定をくだすことはできず、直感に頼らなければならん。元帥、肝心なのはこれだよ。つまり、希望に耳を傾けるべきか、それとも不安に耳を傾けるべきか?」

そう言われると、ギアリーはすぐに自分なりの正解を見つけた。

「合理的な予防措置をとるため、ある程度は不安に耳を傾ける。だが、決定は希望に基づいて行なう」この決断に至ったもうひとつの理由は、ここにいる者たちには言えない。すでに極秘に説明を受けているアイガー大尉は別だが。「状況が変わらないかぎり、われわれはタオンへ向かう予定だ」

　ギアリーはこれまでことごとく期待を裏切られてきたにもかかわらず、ダンサー族がもっと協力的になってくれることを期待しつつ、ロカアに返信するまでさらに数時間待った。ダンサー族からの返事がないので、リーセルッ大使に通信したが、応答はなかった。リーセルッに自分の意図を伝えるメッセージを残し、つづいてタオンの招待状への返信を作成した。

「タオンのロカアにご挨拶申しあげます。こちらはギアリー元帥です。タオンへのご招待をお受けしたいと思いますが、この星系に多くの艦を残さなければなりません。百隻の艦を連れてゆく予定です。艦の数はこれでよろしいでしょうか？　われらが先祖に名誉あれ。ギアリーより、以上」

　百隻の艦。合計がぴったり百隻になったのは偶然であり、巡航戦艦十一隻、五個戦隊の軽巡航艦二十五隻、八個戦隊の駆逐艦六十四隻を連れてゆくことにした結果だった。これだけの数の戦闘艦は、平和的訪問には多すぎるように思えるが、未知の意図と能力を持つ異星種族をはじめて訪問するには少なすぎるようにも思えた。

　人類の艦隊とロカアの艦は同じ惑星へ向かっているため、こんどの返信はわずか一時間あまりで届いた。

「百隻。百隻を理解した。人類ギアリーも？　すぐに来るのか？」

ギアリーが驚いたことに、ようやくリーセルッ大使から通信があり、タオン宙域への招待を受け入れるよううながされた。

「それはタオンにわれわれの誠意を示すことになります」リーセルッは言った。「そして、わたしはダンサー族との関係に専念できます。ダンサー族とは非常にコミュニケーションをとりやすくなってきており、今後も誤解や意思疎通の混乱といった問題が生じないようにしたいと思います」

誤解や意思疎通の混乱。最初はリーセルッの態度に驚いたが、いまでは理解できた。リーセルッはギアリーをタオンへ送れば、ダンサー族が改造した第二の通信装置と、彼らが好んで通信していた情報源を排除できると、気づいたのだ。ギアリーはすでにリーセルッを、ダンサー族の宙域へ入るのに必要な場所へ連れていったのだから、やっかい払いされない理由があるだろうか？　これまでリーセルッには職務の達成を妨げてきた多くの要因があったが、それを克服し、ようやく自分の仕事ができる状況になったことを思えば、理解できる。だが、それでも少し腹が立った。通信が終わると、ギアリーはつぶやいた。

「ありがとうよ」

陰謀について大使に知らせるべきだということはわかっていた。自分が受けた命令を言葉どおりに解釈し、これは純粋に安全上の問題なのだと正当化することもできる。ギアリーはとにかくリーセルッに知らせなければならないという義務感に駆られていたが、どうやって知らせればいいのかわからなかった。ウェッブ大佐が陰謀のことを知れば、強引に介入してくる危険性が非常に高いからだ。ウェッブが行動を起こしたら、陰謀者を罠にかけて正体をあばくというギアリーの計画が重大な危険にさらされるだけでなく、アルウェン・ドゥエロス少尉の命までが重大な危険にさらされることになる。しかも、ウェッブによってもたらされる危険は問題の一部にすぎない。前にリーセルッは、〈バウンドレス〉内の者を誰ひとり信用できず、安全な通信チャンネルでさえ信用できないと警告していた。

今ここにビクトリア・リオーネがいたらどんなアドバイスをするか、容易に想像できた。きっと軽蔑の表情を浮かべて、こう問いただすだろう。リーセルッに知らせるリスクをおかすべきではないことは明らかなのに、どうしてそんなことを訊くのか、と。そして、この場合にかぎっては、ターニャ・デシャーニもリオーネのアドバイスに同意するはずだ。

陰謀のことを知れば、リーセルッ大使は激怒するだろう。だが、せめてダンサー族が〈バウンドレス〉に乗っている外交使節団を受け入れるまで、ギアリーはリーセルッとの関係性に耐える必要がある。自分の内面とは、それよりもはるかに長期間にわたって向き合っていかなければならない。つまり、すでに危険にさらされているロベルト・ドゥエロスの娘をさらに追いこむ行動は避けるということだ。その行動が、艦隊内にいる陰謀の首謀者をあばくための最善の計画と思われるものまで危険にさらすことになるとしたら、なおさらだ。

そう決心すると、ギアリーは艦隊に呼びかけた。

「アライアンス艦隊の全艦に告ぐ。こちらはギアリー元帥だ。先ほどの指示にしたがい、タオン宙域へ移動するため、わたしの指揮下においてただちに〈特務戦隊アルファ〉を編制せよ。艦隊の残りはアーマス艦長の指揮下に置かれ、この星系にとどまり〈バウンドレス〉を護衛することになる。

タオン宙域で何が待ち受けているかはわからない。だが、それを知る唯一の方法は、そこへ行き、何が起こってもいいように備えることだ。われわれの先祖が旧地球を離れ、われわれの故郷となる星々へ向かったときのように。われらが先祖に名誉あれ。ギアリーより、以上」

少なくとも、この星系でもタオン宙域でも、いずれ直面するかもしれないどんな状況にも対応できるといいのだが。

15

超空間からの離脱時にはつねに緊張する。ごく短時間、方向感覚を喪失するからだ。頭に靄《もや》がかかっている瞬間に何が起こるかわからないのであれば、なおさらだ。ギアリーは厳しい決意を持って、そのときを待った。やがて、近くに危険があることを知らせる警報が鳴っていないことに気づき、安堵《あんど》した。少なくとも、タオンの招待を受け入れたからといって、ただちに待ち伏せされるようなことにはならなかった。

頭がはっきりしてくると、ギアリーは自分のディスプレイに意識を集中させた。〈ドーントレス〉や〈特務戦隊アルファ〉のほかの艦のセンサーによって、星系内で探知可能なあらゆる情報が自動的に処理され、表示されてゆく。この数日間、行く先で何が待ち受けているのか、また、あとにしてきたダンサー族の星系で何が起こっているのかということばかり心配していたが、ようやくほかのことに注意を向けられるようになった。

恒星系としては、この星系はかなり平均的だ。ギアリーは一瞬、そのことに強い失望を感じた。星間を埋めつくす巨大人工構造物のように壮大な光景を期待していたのだ。

　しかし、わずかに赤みがかった恒星を周回する天体のうち、七つは惑星と呼べる大きさだった。そのうち三つは巨大ガス惑星で、恒星からもっとも近いものは三十光分、もっとも遠いものは二光時以上の距離があった。恒星から十光分の位置を、どうにか居住できるが寒そうな惑星が周回しており、もっと近くには暑すぎて人類が生活できない惑星が三つある。どうやらタオンにとっても暑すぎるようで、三つの惑星のいずれにおいても、目に見える唯一の居住地は町ほどの大きさしかなく、外部の環境から遮断《しゃだん》されていた。

　多くの軌道施設があるため、古くからなんらかの生命体が居住している星系だという印象がある。だが、定住地となっている惑星上に小さな都市が散在しているのは、つじつまが合わない。長期にわたって占拠されてきた星系にしては、それらの都市は規模が小さく、数も少なすぎるようだ。

　この星系にはもうひとつのジャンプ点があるだけで、ハイパーネット・ゲートはない。ほかにギアリーの注意を引いたものがふたつある。ひとつは、居住惑星の表面にぽつぽつとあるクレーターだ。艦隊システムはその数と密度を〝中程度より高い〟レベルだと評価している。もうひとつは、その惑星の近くを周回しているかなり大規模なタオン艦隊だ。

　ギアリーにとっては気に入らない光景だった。

「きみはこれをどう思う？」

ターニャ・デシャーニは自分のディスプレイを注視しながら、頭を振った。艦隊のセンサーが収集した情報が表示され、依然として更新をつづけている。

「散在する小さな都市。居住惑星に見られる、比較的新しい無数のクレーター。恒星を周回する大量の残骸。過去に戦闘があった星系のように見えます」

「あの惑星で最大のクレーターができた時期を推定できるか？」と、ギアリー。

「うまく推定できません、閣下」と、キャストリーズ大尉。「惑星の大気が視界をさえぎっているうえに、惑星の気候についての情報がないため、クレーターの形成にどれほどの年月がかかるかを推定できないのです。艦隊システムは、最新のクレーターの経過年数を十年以下と推定しています」

「十年以下か」ギアリーもデシャーニと同じように頭を振った。「つい最近のものかもしれないし、十年前に終わった戦争の名残りかもしれないということだな」

「十年間も平和だった星系とはとても思えません」と、デシャーニ。「なぜここに九十隻ものタオン戦闘艦がいるのでしょう？」

「これがタオンの首都星系だとしたら、長期的に深刻な被害を受けていることになる」と、ギアリー。「だが、あの惑星上に大都市の残骸は見えない。むしろ戦争中の境界星系である可能性が高い気がする。このような星系を見た経験があるから、そう見えるだけなのか？」

「実際にそのように見えるから、そう見えているのです」と、デシャーニ。「なぜ友人ロカアは、われわれが戦争地帯へ向かっていることに言及しなかったのか、不思議に思いませんか？」

「もちろん不思議だと思っているよ」

その名前に反応したかのように、ロカアからのメッセージがギアリーのディスプレイに現われた。ダンサー族の宙域から護衛をつとめているタオン艦隊は、人類の編隊のわずか数光秒先を進んでいる。

ギアリーが承認ボタンをタップすると、ロカアはいつものように口を楕円形に開けて〝笑み〟を浮かべていた。

「ようこそ！」と、ロカア。「タオン星へようこそ！　安全な到着、うれしい！　ついてこい！」

「護衛のタオン艦隊がベクトルを変更しています」キャストリーズが報告した。

ギアリーは作り笑いを浮かべ、ロカアに応答した。

「われわれも安全に到着できてうれしく思っています。この星系は危険ですか？　ここで戦争が行なわれているのですか?」

「ここで戦争? 過去のこと。歴史だ。人類、戦争の艦に乗っていれば安全。ついてこい!」

「これでは安心できません」と、デシャーニ。

ギアリーも同感だった。だが……

「悪い予感がするというだけで、他種族と平和的関係を築くチャンスを台なしにするわけにはいかない。タオンが最近、戦争を終えたばかりなら、われわれと積極的に友好関係を結ぼうとする理由の説明がつくかもしれない。タオンは、戦争で荒廃した惑星や経済に対する可能なかぎりの支援をわれわれに求めてくるだろう。タオン艦隊のベクトルが安定したら、われわれもついてゆくつもりだ」

「あのタオン艦隊にどれほど近づくことになるのですか?」デシャーニは片眉を上げながらたずねた。「どれもほぼ同じ大きさの艦ですが、九十隻もいます」

「興味深いじゃないか」と、ギアリー。「すべての艦がほぼ同じサイズで、われわれの軽巡航艦より少し大きい程度だ。極端に大きい艦も、極端に小さい艦もいない。あの艦隊とは一光分以上の距離を保つようにする。ロカアがもっとわれわれを近づけさせようとするか、様子を見よう」

ギアリーはリスクをおかして次の一歩を踏み出すべきかどうか、躊躇《ちゅうちょ》した。だが、連日にわたって警戒態勢を保つことにより士官やクルーたちが疲弊しては、緊急時の対応能力が低下する恐れがある。

「〈特務戦隊アルファ〉の全艦に告ぐ。こちらはギアリー元帥だ。即応準備2の態勢を解除する。クルーたちに充分な休息を与えつつ、高い即応態勢を維持せよ。突発的に最高の能力を発揮する必要が生じるかもしれない。ギアリーより、以上」

タオン艦隊が主要居住惑星の軌道へと導こうとしていることは、すぐにわかった。あとにしてきたダンサー族の支配星系にあるジャンプ点に到達する前、タオン艦は〇・〇五光速まで減速していた。タオンのジャンプ・エンジンは超空間突入時にもっと速いスピードに対応できないのだろうかと疑問に思いつつ、アライアンス艦もそれに合わせていた。この星系に到着してからも、タオン艦隊は同じ速度を維持している。〇・〇五光速という比較的穏やかな速度（戦闘艦にとっては）でアライアンスの特務戦隊とタオンの護衛艦隊が進めば、惑星到達まで三日以上を要するだろう。

「あの九十隻のタオン艦は、われわれが向かっている惑星から五光分の位置を周回しています」と、デシャーニ。「そこにとどまっているかぎり、あまり心配する必要はないでしょう」

だが、ほかにも懸念すべき問題があった。

「すべてが暗号化されています」この星系に到着して数時間とたたないうちに、アイガー大尉が言った。「スペクトル全域で捕捉できるあらゆる通信が暗号化されています」

「それは奇妙だ」と、ギアリー。戦争中でさえ、人類の星系はニュース報道、娯楽、個人的メッセージなど、多くの非暗号化通信で満たされていた。「暗号を解読できる可能性はあるか？」

「参考となる基準がありません」と、アイガー。「タオンの言語や通信規則、そのほか何もわかっていないのです。試してはみますが、どこまでやれるか自信はありません」

「タオンの都市や軌道施設を観察した結果はどうだ？　重要な情報の手がかりになるものは見つかったか？」

「まだあまり特定できていません」アイガーは言葉を切った。「でも、コメツブツメクサ《シャムロック》の……失礼、ジャーメンソン大尉の指摘によると、目に見えるかぎりでは居住惑星上の都市はいずれも海や湖の近くには位置していません」

「いずれも？」さまざまな形での飛行や航宙が一般的になったとはいえ、海はいまも人類の惑星では大陸間貿易のために広く利用されている。

「各地の海岸には港湾施設があります」アイガーは付け加えた。「しかし、その周辺には、最寄りの都市につながる大量輸送路しかないようです」

「それが本当なら、タオンは謎の種族とは正反対のタイプかもしれないな」と、ギアリー。謎の種族の都市についてはごくわずかな情報しかないが、海岸や海にまたがっており、都市の一部は水中に、別の一部は陸上にあることがわかっていた。「それに、すぐに立ち去らないと殺すぞと脅迫するのではなく、公然と友好的な態度をとり、自分たちの宙域へ招待してくれた」

アイガーはうなずいたが、納得はしていないようだ。

「はい、元帥。それがすべて本当なら」

「大尉、正直な話、われわれ全員が疑念を抱いている」そう言うのは簡単だが、ギアリーは、可能なかぎりタオンと友好関係を築く責任や、あるいは少なくともタオンを敵にまわさないようにする責任が自分にあることもわかっていた。

そして、タオンとの関係を良好に保つには、望まないリスクをさらに負うことは避けられないだろう。

惑星までの移動時間は、ファーストコンタクトの経験としては意外なほど平穏だった。

ロカアはあれきりメッセージを送ってこなかった。ときおり、星系が誇るもうひとつのジャンプ点を数隻のタオン船が出入《ではい》りしている。行き来している船の大半は、人類が貨物船か旅客船、またはその両方の機能を持つと判断した大型船だ。しかし、すべての大型船が一隻以上の小型戦闘艦に護衛されていることは、非常に明白だった。

居住惑星周辺にいる大艦隊を構成するタオン戦闘艦の数は、艦の出入りによる多少の変動はあるものの、百隻を下まわることはなかった。

「タオン艦の総数はつねに六の倍数です」と、ジャーメンソン大尉。「ロカアの艦の一団は六隻でした」

「それも、われわれが理解すべきことのリストに加えよう」チャーバン将軍は、そうすればいい考えが浮かぶかのように鼻筋をさすりながら言った。「元帥、いちどに複数の理解不能な異星種族に対処するなんて、本当に無理だ」

「ロカアには指が六本ありますか？」ギアリーは通信室にいた。チャーバン将軍によって非公式に組織された専門家たちがまだ集まっており、彼らが何か重要な情報を見つけたかもしれないと期待して、ここへ来たのだ。

「ロカアの指は四本です。指が三本と親指のようなものが一本と言うべきかもしれませんが」と、ジャーメンソン。

「それなら、六の倍数とは関係ないな」と、ギアリー。

言った。

「謎に満ちた宇宙へようこそ、元帥」ドクター・クレシダが通信パッドから顔も上げずに言った。

アライアンスの特務戦隊が惑星に接近したころには、クルーたちは充分に休息をとったはずだが、そわそわと落ち着きがなかった。

「何かが起こると期待しているにもかかわらず、それが起こらない状況は、大きなストレスの原因になるものです」ギアリーの自室で、おもに職務上の話題にとどまっていた短い会合のあいだに、ドゥエロス艦長は言った。「すでに何かが起こっているかもしれないとわかっているのに、その結果がわからない場合も同様です」

「彼らがいつ行動を起こすかを知ることが、彼女を守る助けになるはずだ」誰も盗み聞きできるはずのない自室にいるというのに、それでもギアリーは慎重に言葉を選んだ。

「だから、わたしは計画に異議をとなえなかったのです」ドゥエロスが話をつづけるにつれ、さらにその顔が老けてゆくように見えた。「でも、難しい。非常に難しいことです」ドゥエロスはため息をついた。「なぜわれわれはこのような状況に慣れることができないのでしょう？　戦争中は、どれだけ遠くにいるかによりますが、特定の誰かが死んだという知らせが届くのに一年かかることもありました。最低でも数ヵ月はかかったでしょう。

リアルタイムで知ることができたのは、同じ星系にいるときだけでした」ドゥエロスは言葉を切った。「しかし、たとえ数光時しか離れていなくても、この目で見るまでは最悪の事態を知ることはできません。ああ、あの艦が爆発したとき、友人はもう一時間前に死んでいたのでしょう」

ドゥエロスはギアリーをちらりと見た。

「数百光年も離れた遠い場所にいながら、親しい友人や家族が死んだ瞬間にその知らせを受け取ったと主張する者たちもいます。まさにその瞬間に感じ取り、数カ月後にその痛みが事実として確認されたそうです」

「その種の話は聞いたことがある」と、ギアリー。ほかに何を言えばいいのかわからなかった。「そんなことが起こりうると思うか？」

ドゥエロスは肩をすくめた。

「充分な知識がないため、わたしにはわかりません。ときには起こるかもしれないし、起こらないかもしれない。あなたの弟の孫娘であるジェーンはいつも、兄のマイケルがまだ生きていると確信していました。マイケルの死を感じたことがないからです。わたしにわかるのは次のようなことです。子どもを持った瞬間に宇宙全体が変わり、二度ともとには戻りません。誰もそのことを警告してはくれない。子どもの癇癪《かんしゃく》、病気、思春期に対処する方法については、いくらでもアドバイスが見つかる。しかし、何もかもがどのように変わるかという警告はない。それは……すばらしいことであると同時に、多くの眠れぬ夜の原因であり、自分が死ぬまで毎日つづく心配の種《たね》でもあります。

そして、長年にわたって親が子どもたちの面倒を見たあと、子どもたちは自立して去ってゆきます。もはや親は子どもの決断に関与することはできません」ドゥエロスは悲しげな笑みを浮かべてギアリーを見た。「それでも、心配は尽きませんけどね。ダンサー族の宙域へ戻ったらほっとするだろうと思う半面、そこで何が起こったかを知る瞬間が怖い気もします」

「艦隊でもっとも優秀な者たちが彼女を見守っている」と、ギアリー。自分の言葉が気休めにすぎないことはわかっていた。

「非常に頼もしいことです」と、ドゥエロス。「少し前なら、彼女の運命は故ファルコ大佐やオトローパ提督のような指揮官の手にゆだねられていたでしょう。アーマスやジェーン・ギアリー、プラントが見守ってくれているおかげで、わたしはぐっすり眠れます。もちろん、いま彼らもわたしたちの身を案じているでしょう」

「われわれはまだ死んでいない」と、ギアリー。「それだけではなく、われわれもまた待っているのだ」

ギアリーはときおりロカアにメッセージを送ってみたが、そのたびにタオンの笑みと人類を歓迎する言葉が返ってきた。

ようやく、艦隊が惑星からわずか十光分の位置まで近づいたとき、ロカアからもっと具体的なメッセージが届いた。

「ここへ行け。安全。よい軌道」

添付された図はたしかに、惑星の周回軌道上にいるアライアンス特務戦隊を示していた。だが、それは低軌道で、惑星表面から数千キロしか離れていない。

「もしかすると、われわれを居住惑星のひとつに近づけることで、われわれへの信頼を示しているのかもしれん」と、チャーバン将軍。チャーバンとほかの異星人通信担当者たちは、タオンについてまだ何も解明できていなかった。「わしの推測が正しければ、これほど低軌道にいるこの艦隊なら、ほかのタオン艦が介入する前にあの惑星を無人にするほどの砲撃が行なえるのではないか？」

「おっしゃるとおりだと思います」と、ギアリー。「タオンの戦闘能力は不明ですが、われわれが発砲した場合、よほど迅速に行動しないかぎりタオンはわれわれを阻止できないでしょう」

「惑星表面にどんな対軌道防衛システムが隠されているかわかりませんが、それを作動させ大きな危険を引き起こすほどの低軌道ではありません」と、デシャーニ。「実際には低軌道の上限に位置しています。これで安心だとは思いませんが、われわれにとって過度に危険であるとは断言できません」

そして、待った。

星系に到着して四十二時間後、アライアンス艦隊はタオンの居住惑星の低軌道に入った。

「われわれは文字どおり、ぐるぐるまわりつづけ、タオンの出かたを待っているだけです」二日後にデシャーニが不平を漏らした。

「対面でもバーチャルでもいいから会談を要請するメッセージをロカアに送った」ギアリーはデシャーニに思い出させた。「きみはその返答を見たはずだ」

「ええ、見ましたとも。〝やあ、友だち！　安全！　心配いらない！〟まあ、わたしは心配していますけどね」デシャーニは不満げに言った。

二人はギアリーの自室で、ブラダモント代将やロジェロ大佐とともに臨時の会議を行なっているところだ。

「ミッドウェイの視点から見て、タオンの行動には意味があると思うか？」ギアリーはロジェロとブラダモントにたずねた。

「いいえ」と、ロジェロ。「関係を築くことが目的なら、会談が必要です。たとえ好きで

ではない相手と会わなければならないとしても」

「われわれをここにとどめておくことが目的なら、理にかなっています」と、ブラダモント。「でも、なぜ？　われわれがここに足どめされているあいだに、タオンがダンサー族の宙域でアライアンスの残留部隊に奇襲攻撃をしかけようとするとは思えません」

「われわれがダンサー族を正しく理解しているなら」ギアリーはため息とともに椅子の背にもたれながら言った。「ダンサー族はそのような攻撃から、自分たちの星系やわれわれの残留部隊を守るだろう。ダンサー族がその種の危険に対してどんな防衛手段を持っているのか、痛い目にあう形で知りたくはない」

「また誰かを待つことになるのですか？」と、デシャーニ。「ダンサー族の最初の星系でそうだったように。しかし、われわれがここにいることをほかのタオン星にいる上官に伝えようと急ぐ伝令艦の兆候《ちょうこう》はありません。わたくしはタオン艦隊がどんどん近づいてくるのが気に入らないのです。編隊を組んで移動しているだけのようにも、行ったり来たりしているようにも見えますが、結果的に必ずこの惑星に近づいています。最初はわれわれとは五光分の距離がありました。いまや三光分強しか離れていません」

「タオンはわれわれがその動きを見ていることに気づいているはずです」と、ブラダモン

ト。「われわれが異議をとなえるのを待っているのでしょうか?」

「異議はとなえた」と、ギアリー。「問題ないとロカアは言っていた」

「われわれはタオンのことをまだよく知りません」と、デシャーニ。「タオンがわれわれの何を知っているつもりなのか、わたくしにはわかりません。タオンはわれわれが耐えきれずに立ち去る前に、われわれの限界をどこまで試すつもりでしょう?」

ギアリーは答えを探したが、見つけられなかった。そのとき新たなメッセージが届いた。

ロカアは円形に口を開けた〝笑顔〟といつものように熱烈な態度を見せた。

「人類、ようこそ。惑星へ来い! 地上へ来い。リラックス。楽しい。特別な場所。安全。クルーの三分の一、よい。すぐに来い!」

「休息と娯楽のためにわれわれのクルーの三分の一を地上へ送れと、要求しているのですか?」デシャーニは信じられないという様子で言った。

「いちどにクルーの三分の一まで」ブラダモントが付け加えた。「われわれのクルーの規模を知るための手段でしょうか?」

「艦長会議を開く必要がある」と、ギアリー。三十分とたたないうちに、デシャーニ、ブラダモント、ロジェロ、途中で合流したチャーバン将軍とともに会議室にいた。ドゥエロス艦長とバダヤ艦長のホロ映像がテーブルについている。ギアリーは自軍が戦闘でどれほど消耗し、どれほど多くの巡航戦艦が失われたかを知ってはいたが、上級士官がこれだけしか残っていないという現実に直面し、その事実が心に深く刺さるのを感じた。

「タオンは、いちどにクルーの総数の三分の一までを上陸休暇のために地上へ送らせようとしている」ドゥエロスは耳を疑うかのように繰り返した。

「クルーには好評だろう」と、バダヤ艦長。だが、その根拠に基づいて行動を起こすという考えに、全面的に賛成しているわけではないようだ。「しかし、クルーの三分の一が艦を離れたら、タオンのやりたい放題になります。人質。われわれは大勢の人質をとられるということです。そして、かなりの数のクルーが離れることにより、われわれの艦の戦闘能力が低下するでしょう。わたしはそう理解しています」

「今回だけは」と、デシャーニ。「バダヤ艦長に全面的に賛成です。われわれはまだタオンのことをあまり知らないのですから」

「タオンは、われわれのクルーたちがどこを訪ねることになると言っているのですか？」と、ドゥエロス。「場所によって状況が大きく変わることになりますよね。タオンの都市のどまんなかなら、予期せぬ事態が発生した場合、その都市自体がわれわれにとっての人質となりえます」

「安全で特別な場所」と、デシャーニ。「タオンがそのように説明していました」

「刑務所だという解釈もできる」と、バダヤ。

「わしもきみたち士官の考えに賛成したくなってきた」と、チャーバン将軍。「だが、地上へ行く者たちにとっては、タオンと直接対面し交流する絶好の機会になるだろう。二度と提供されないかもしれない貴重な機会だ」

「罠《わな》だとしたら、また提供されますよ」と、バダヤ。

「わたしは気が進まない」と、ギアリー。「しかしチャーバン将軍の言うとおりだ。これがタオンとの直接対面を意味するなら、検討しなければならない」

「クルーの三分の一を地上に？」と、デシャーニ。「われわれのよく知らないタオンに言われるがままに？」

「いや、三分の一ではない。それでは多すぎる」

「もっと減らしてもらいましょう」ブラダモント代将が提案した。「タオンと交渉してください。まずは様子見のために少数のクルーを送ることにし、問題がなければ人数を増やすつもりだと言うのです」

「それならいいかもしれない」と、ドゥエロス。

「少数とは何人のことで、誰を選ぶのですか？」バダヤが疑わしげにたずねた。

「宙兵隊を選ぶべきです」と、ドゥエロス。「上陸休暇の場所のストレステストには最適な人材ではありませんか？　それに、最悪の事態になった場合、一般のクルーよりも戦闘能力にすぐれ、困難な状況を脱するのに適しています」

「なんと皮肉なことでしょう」デシャーニがにやりと笑いながら言った。「それでも、宙兵隊員にタオンの惑星での上陸休暇を押しつけるべきでしょうか？」

「合理的な解決策です！　わたしの艦にはステルス・シャトルが二機あります」と、ドゥエロス。「必要になるまでステルス機能を使わなければ、状況が悪化しても脱出手段として役に立つかもしれません。〈ドーントレス〉と〈インスパイア〉に乗艦している強化された宙兵隊分遣隊から志願者を選び、二機のシャトルで合計三十名から四十名の宙兵隊員を降下させるのです」

「シャトル内で寝泊まりすることにならないかぎり、宙兵隊は脱出のためにシャトルにたどりつけなければなりません」と、バダヤ。「われわれを裏切るつもりなら、タオンはシャトルでの脱出を阻止しようとするでしょう」

「完全武装の宙兵隊員を送りこむことは、われわれにとって避けたい問題を引き起こす可能性がある」チャーバン将軍が警告した。「上陸休暇の一団が突撃隊のように見えてはならない」

「それがわれわれのいつものやりかただと、タオンに伝えましょう！」バダヤが主張した。

「宙兵隊は上陸休暇に武器を持っていくことにするのです」

「武器を持った宙兵隊員の上陸休暇なんて、考えただけでぞっとします」と、デシャーニ。

ギアリーは大きくうなずいた。

「タオンと戦争を始めたいなら、いい方法だと思う。この計画を実行するのであれば、平和的な結果を望みたい。だが、最悪の事態におちいった場合、宙兵隊員に脱出という選択肢も与えておきたい」

しばしの沈黙が流れたが、それを破ったのはチャーバン将軍だった。

「トロイの木馬。トロイの木馬が必要だ」

「シャトル内にすべての宙兵隊員を隠すことが、なぜ地上で上陸休暇をとる手助けになるのですか？」と、デシャーニ。

「全員を隠すのではない」チャーバンは言った。「シャトル一機につき、二十人の宙兵隊員を配置してはどうだ？　そのうちの五人には完全戦闘装備を整えさせ、シャトル内に隠して外部から隔離された状態を保つ。タオンが知るかぎり、その五人は存在しないことになる。だが、上陸休暇中の宙兵隊員たちが急に強力な支援を必要とした場合、武装した五人がシャトルから現われ、仲間がシャトルに到達するまで援護するのだ」

「なかなかいいアイデアだ」と、ドゥエロス。「なぜ、一機あたり二十人の宙兵隊員のなかから五人を選ぶことにしたのですか？」

「きみたちのシャトルは陸上軍が使うものと似ている」と、チャーバン。「長期間の居住には向いていないが、五人なら数日間はなんとかなる。それ以上の人数だと、生命維持システムに問題が生じるかもしれん」

「やっぱりベテランの言うことは違いますね」ドゥエロスは言った。

「まあな」チャーバンは、過去の経験を思い出しているような表情で言った。「われわれ十人は緊急着陸後に九日間、シャトルに閉じこめられた。あれはおすすめできない」

デシャーニはギアリーに向きなおった。

「オービス一等軍曹と話をする必要があります。オービスが〈ドーントレス〉の宙兵隊上陸休暇団の指揮をとることになりますから」

「きみの宙兵隊分遣隊の指揮官は誰だ？」ギアリーはドゥエロスに言った。

「バーンウェル軍曹です」と、ドゥエロス。「彼女は長年〈インスパイア〉で勤務しており、信頼できる人物です」

「オービスとバーンウェルをこの計画に加えよう」と、ギアリー。「計画を進める前に二人の意見を聞く。リスクを許容したうえで、実行可能だと彼らが同意したら、計画を続行する」

か?」

「元帥」ロジェロ大佐が言った。「あのう……わたしも上陸休暇団に加えていただけます
ブラダモント代将は唇を噛《か》んだが、何も言わなかった。

「悪くないアイデアだ」バダヤはブラダモントの反応には気づかない様子で言った。「きみは惑星連合《シンディック》のやりかたに精通している。タオンが怪しい行動をとろうとしたら、われわれアライアンスの人間よりも早く察知できるだろう」

「ロジェロ大佐なら、宙兵隊が気づかないことに気づくかもしれません」デシャーニは見るからにしぶしぶ同意した。

ブラダモントが落ち着きを取り戻し、抑制された声で言った。

「ロジェロ大佐は豊富な戦闘と指揮の経験を持つ佐官級の将校でもあります。地上で状況が悪化した場合、宙兵隊にとって非常に貴重な存在になるでしょう」

「だが、宙兵隊がロジェロ大佐の指示にしたがうだろうか?」と、ドゥエロス。

「イワ星系での戦闘記録のおかげで、ロジェロ大佐は宙兵隊にも評判がいい」と、ギアリー。「ロジェロ大佐のような優秀な人物が地上で宙兵隊とともにいてくれると思うと、わたしとしても安心だ。しかし、きみたちは二人とも、そのようなリスクをおかすことをミッドウェイが認めると確信しているのか?」

てはいない。


「はい、元帥」と、ロジェロ。

「はい、元帥」ブラダモントも同意した。もはやその考えに対する個人的な感情を表わしてはいない。

「では、この計画を実行しよう」ギアリーは命じた。「われわれはタオンのことをもっとよく知らなければならない。これはそのための最善の機会かもしれない」

オービス一等軍曹とバーンウェル軍曹はそのアイデアについて協議し、二人とも親指を立てて賛成の意を示すと、〝トロイの木馬〟部隊を構成する五人をそれぞれの分遣隊から選びはじめた。そのグループの一員になりたい者はいない。仲間の宙兵隊員たちがタオンによって提供されるあらゆる楽しみを満喫するあいだ、〈ドーントレス〉と〈インスパイア〉から五人ずつ選ばれた宙兵隊員は、シャトルのなかに閉じこめられることになるからだ。

議論のすえ、シャトルのパイロットたちも機外へ出ず、任務に〝志願した〟五人の宙兵隊員とともに隠れることになった。

ステルス・シャトルのパイロットたちはこの決定に乗り気ではなかったが、自身も宙兵隊員であるため、結局、志願した。

この任務で宙兵隊が何を調査するべきかを議論するために、ギアリーがダンサー族の改造通信装置のある部屋に立ち寄ると、志願者がもう一人いた。

議論の最中、アイガー大尉はためらい、ジャーメンソン大尉を見ないようにしながら口を開いた。

「元帥、わたしも地上派遣部隊に加えてください。情報収集にはわたしの存在が必要です」

ジャーメンソンはハッと息をのみ、テーブルの上に置いた片手を強く握りしめたが、何も言わなかった。彼女もまたアイガーを見ようとはしなかった。

誰かを幸せにすることがほかの誰かを不幸にする状況は多々ある。しかし今回の場合、地上への派遣のリスクが非常に高いため、判断に迷う余地はなかった。

「志願に感謝する、アイガー大尉」と、ギアリー。「だが、それは許可できない。きみはアライアンスの秘密を知りすぎている。そのきみが、多くの重要な点において未知の種族に捕らわれるような危険をおかすわけにはいかないのだ。地上の宙兵隊員とは連絡をとりあってほしいが、情報収集はこの艦から行なってくれ」

「はい、閣下」アイガーは落胆した口調で言った。「了解しました」

ジャーメンソンが感謝をこめた表情でギアリーを見たが、ギアリーはジャーメンソンと目を合わせなかった。違う状況なら、危険をかえりみずにアイガーの申し出を受け入れていたかもしれないと、自分でわかっていたからだ。

しかし、〝上陸休暇団〟にもう一人加える必要があった。

「医師でなければ見えないもの、理解できないことがあります」ドクター・ナスルが真剣な様子で言った。「上陸部隊には医師が同行するべきです。どのような環境要因に遭遇するか知りようもない状況では、とくに」

ギアリーはこの申し出も拒否しようと思ったが、できなかった。

「そのとおりだ、ドクター。きみが、われわれの医学では対処できないような環境上の危険に遭遇しなければいいのだが。タオンについての情報を手に入れてくれることを期待している。だが、くれぐれも気をつけてくれ。わたしはきみの支援と洞察を高く評価している。必ず無事に帰艦してほしい」

ナスルは笑みを浮かべた。

「最善を尽くします、元帥。必要とされる場所へ行くのが医師のつとめです」

こうして、地上へ派遣される一行は四十四人に増えた。宙兵隊員が四十人――そのうち、二機のシャトルから出られるのは三十人だけ――さらに、これもまたシャトルにとどまる二人のパイロット、そしてシャトルから出るロジェロ大佐、ドクター・ナスルという顔ぶれだ。

「全員、無事に戻ってきてほしい」ギアリーは〈ドーントレス〉から出発するグループに言った。「できれば楽しんでくれ。楽しい場所だとタオンは言うが、彼らが何を楽しいとみなしているかはわからない。トラブルに巻きこまれないようにしろ。意図的にタオンと問題を起こすな。十日間の滞在になる予定だ。困難な状況になったら、われわれがきみたちをそこから脱出させる。オービス軍曹、出発せよ」

「はい、元帥」オービス一等軍曹はステーキが切れるほど鋭く、きびきびとした動きで敬礼した。宙兵隊員の大半が礼装軍服に身を包み、着替えや身のまわりの必需品を入れた小さなバッグを持っている。また、全員が録音機能つきのカメラを軍服の襟《えり》に埋めこんでいるため、必要に応じて地上の様子を艦に伝えることができる。だが、宙兵隊員のうち五人は装甲戦闘服を着ており、ひときわ大きく見えた。シャトル内でずっと着ている必要はないが、着陸時にただちに行動できるよう、オービス軍曹は装甲服を着用して備えておくことを望んでいた。

ロジェロ大佐も礼装軍服姿だ。ロジェロがやさしく話しかけ、ブラダモントがうなずいている。ブラダモントの顔にもなんの感情も浮かんでいない。大切な人を危険な場所へ送り出すという、人類が過去になんども繰り返してきた状況においては、典型的な表情だ。

すでにドクター・ナスルは〈ドーントレス〉に残る医療スタッフと手短に話をすませ、

出発する気満々に見えた。

タラップが収納され、シャトルが離昇するのを見守るなか、チャーバン将軍がギアリーに言った。

「いつか彼らの名があらゆる歴史的記録に刻まれるかもしれないな」

「だとしたら、有名な最後の抵抗を行なった者としてではなく、偉大な探検家として記されるといいのですが」と、ギアリー。


地上に降下する途中、二機のシャトルはタオンの航空宇宙機六機からなる護衛隊に出迎えられた。この惑星でもほかの惑星と同様に、大気中の物理法則は同じであるため、タオンの航空宇宙機の外見は人類の同じタイプの航空宇宙機によく似ていた。だが、その推進方法は非常に効率的かつ強力であるようで、小型機六機はシャトルのまわりを縫うように飛びながら、地上へと導いた。

目的地は小都市や町のひとつではなく、最寄りの人口密集地から約百キロ離れた場所にぽつんとある建物群だった。

「タオン側にとっては良識的な判断だろう」チャーバンが言った。「タオンも本当はわれわれのことを知らないのだから」

「バダヤが言ったように、刑務所に似ています」デシャーニは疑わしげにつぶやいた。

次の二日間、上陸休暇団からほぼ連続して短い最新情報が届いた。宿泊施設に慣れ、そこで働いていると紹介されたタオンの一団に対応しているという。惑星に到着して二日後の夜遅く、上陸休暇団のリーダーたちはさらに詳細な説明を行なうため、シャトルの一機からギアリーに通信した。ドクター・ナスル、ロジェロ大佐、バーンウェル軍曹、オービス一等軍曹がシャトル前部に押しこまれ、その背後に、隠れている五人の宙兵隊員、誰も着ていない装甲戦闘服、シャトルのパイロットの姿が見えた。

「タオンが襟埋めこみ型カメラの信号を傍受していると考えられます」オービスは説明した。「もっと詳細で率直な報告をするために、カメラを通じて話すよりシャトルの安全な通信システムを使ったほうがいいと判断しました」

「前に受け取った簡単な最新情報によると、状況に問題はないが、非常にいいわけでもなさそうだな」と、ギアリー。

「まだそれほど悪いことは起こっていません」と、バーンウェル軍曹。「われわれがここで孤立していることはたしかですが」

「これが人類の施設なら、リゾート地と言っていいでしょう」ロジェロ大佐が言った。

「われわれは森に囲まれた湖のほとりにいます。着陸するさいに見たところでは、近くに町はなく、ここの建物群の配置はリゾート地の特徴と一致しています」

「子ども向けのリゾートかもしれません」と、バーンウェル。「あるいはブート・キャンプか。個室がいくつかあり、大部屋の多くにはベッドがたくさんあります。大きな食堂もある。そんな印象の施設です」

「断じてブート・キャンプではありません」と、オービス。「りっぱすぎますから。ただ、部屋にはほとんど何もありません。芸術品はなく、必要最低限の家具があるという感じです」

「各部屋には、ディスプレイなどの電子機器が設置されていたと思われる個所が複数あります」ロジェロは言った。「でも、残っているのはむき出しの壁だけです」

「トイレはどうだ？」と、ギアリー。「トイレはまだ残っているのか？　トイレから、タオンの生体構造についての手がかりが得られるはずだ」

ドクター・ナスルは首を横に振った。

「トイレのおもな機能は、排泄物を収集し処理することです。装飾や使用時の快適さの程度をのぞいて、人類の文化によってデザインが大きく異なることはありません。タオンのトイレは人類のものより大きく頑丈ですが、決定的な違いがあるわけではない。そうだろうと予想はしていましたが」

「残っているものはすべてハンズフリーです」オービスが付け加えた。「まったく手を触れずに、排泄物を流し、蛇口から水を出すことができます」

ナスルがこんどはうなずいた。

「そのとおりです。取っ手があれば、手の強さなど、タオンの生体構造の手がかりとなるものが得られた可能性があります。取っ手がはずされたのか、タオンはつねに、そういうものをハンズフリーで操作しているのかもしれません」

「地上でのタオンとの交流はどうだ？」と、ギアリー。「タオンはきみたちと話をしているのか？　何か情報を共有しているのか？」

「ああ、話はしていますよ」バーンウェル軍曹が目をぐるりとまわしながら言った。「あれはどうだとか、これをよこせとか……」

「きみたちに何を要求しているんだ？」

「われわれ全員のDNAサンプルです。われわれにとって無害な飲食物や、アレルギー反応を引き起こす物質を含まないアイテムを提供するためだと主張しています。われわれはすべての要求を丁重に断わり、代わりに携行食のサンプルを渡し、どんなものが安全なのか知ってもらうようにしています」

「それでも、しつこくたずねてくるんです」オービスが不満げに言った。

「タオンはわれわれの男女の違いに非常に興味を持っているようです」と、ロジェロ。

ナスルは顔をしかめた。

「外見上の身体的特徴を見るために、多くの宙兵隊員に服を脱ぐよう求めていました」

オービス一等軍曹がにやりと笑った。

「さいわい、タオンは、宙兵隊員を裸にさせるにはビールを何杯か飲ませる必要があることを知りませんでした」

「たとえビールを飲ませても、服を脱がせようとしたらなぐられるでしょうけど」バーンウェル軍曹は皮肉をこめて付け加えた。

「そこにいるタオンは男性ばかりなのか？」と、ギアリー。

「全員が同じような外見をしていると思います」と、オービス。「元帥、みんな女性かもしれないし、あるいは第三の性かもしれません。タオンはこれまで誰も服を脱いだことがありません。上着さえ脱がないのです。でも、われわれの目には、ええと、身体的特徴に関しては全員が同じに見えます」

「それは確実な目安ではありません」ドクター・ナスルが警告した。「われわれがほかのいくつかの惑星で遭遇した種族の大半は、少なくとも外見上はわずかな男女差があります。

性別を持つ種族にかぎってはの話ですが。しかし、そうではない種族もいる。また、生涯のさまざまな段階で性別が変わる種族もいます。いま言えるのは、われわれが目にしたタオンのすべてが外見上、同じに見えるということだけです」

「個体差はあります」と、ロジェロ。「顔の骨隆起にわずかな形状の違いが見られます」

「人間の鼻のように」オービスが同意した。「一部のタオンは見分けがつくので、総数を知る手がかりとなりました。ここには四十人ほどのタオンがいると思われます。それだけの数がいままでに姿を現わしたということです。建物の向こうの森には数千人が潜んでいるかもしれません。タオンはわれわれが思っていた以上に大柄です、元帥。あなたもごらんになったでしょう。小柄な者でも身長が二メートル以上あり、それに合わせて横幅もあります」

「歩きかたからすると、骨盤は頑丈ですが、その結果として柔軟性は低いにちがいありません」と、ナスル。

「骨格はしっかりしています」バーンウェルが同意した。「格闘したくない相手です」

「今のところ、敵対的な行動はとっていません」ナスルが口をはさんだ。「人類の基準では……強引な印象があります。しかし、われわれにわかっているのはそれだけです」

「まだわれわれを殺そうとした者はいません」と、ロジェロ。

オービス軍曹がうなずいた。

「それが謎の種族やキックスと比較した場合の顕著な違いです。タオンはわれわれの質問にいっさい答えてくれませんが」

「はい、そのとおりです」ナスルは認めた。「わたしが何をたずねても、オウム返しに同じ質問をしてきます。〝タオンが居住している星系はいくつありますか？〟と訊くと、〝人類が居住している星系はいくつありますか？〟と訊いてくる。〝病人や負傷者を治療する医師と話をさせてもらえますか？〟と訊けば、〝われわれの医師は病人や負傷者の治療で忙しい。時間があるときに話をする〟という答えが返ってくる。〝タオンのことを調べてもいいですか？〟とたずねれば、〝人類のことを調べてもいいですか？〟とたずねてくる。タオンのことは何ひとつわからないままです」

「交渉することを検討しています」と、ロジェロ。「〝あなたがたの一人を見せてもらえるなら、われわれの一人を見せましょう〟と。しかし、そのためには元帥の許可が必要だとわれわれは考えました」

ギアリーはその考えに全面的に賛成というわけではなかったが、ここへ来たのは情報を得るためだ。

「われわれが情報を共有するつもりがなければ、タオンにもそれを期待することはできない。ドクター、われわれの一人の外部検査を認めるのと引き換えに、タオンの一人の外部検査をさせてもらえないか確認してくれ。それがうまくいけば、内部生理学についての情報交換を検討できる」

「やってみます」ナスルは満足げに言った。

「ひとつ発見したことがあります」と、ロジェロ。「タオンの一人に、われわれと会ったこともなかったのにどうやって翻訳機を作れるほどの言語情報を得たのかとたずねたところ、〝八本脚と情報交換〟という答えが返ってきたのです」ロジェロは言葉を切った。「その発言が当該タオンの上司たちを不快にさせた可能性があります。それ以来、彼を見かけなくなりましたので。彼の言葉から、ダンサー族が人類の言語についての一部の知識をタオンに提供したと推測されます。宇宙規模の市場が存在するなら、異星種族に関するそのような情報が非常に貴重な取引材料になりうると気づきました。ダンサー族が自分たちのことをほとんど話さないのは、われわれからの申し出を待っているせいかもしれません。ダンサー族から彼ら自身やほかの知的種族の情報を得るには、何を提供すればいいのでしょう？」

ギアリーは呆然とした表情で後ろにもたれた。

「たしかに……その可能性は充分にある。わたしの記憶にあるかぎり、ダンサー族からその種の情報を積極的に提供されたことはなかった。もしかすると、ダンサー族との交渉は非常にデリケートな方法で行なわれるべきであり、われわれがその兆候を見落としていたのかもしれない。いや、ちょっと待てよ。ダクト・テープをほしがったとき、ダンサー族は直接要求してきた。われわれはダンサー族が何を求めているかを理解しなければならなかったが、彼らは明確に要求してきたのだ」

「それでも、あなたとミッドウェイは、ダンサー族と交渉するための新たなアプローチの可能性を検討する必要があります」と、ロジェロ。

「きみの言うとおりだと思う。そのことをチャーバン将軍に話すつもりだ。地上の状況について、きみの直観的な見解を聞かせてくれるか？」

ロジェロはまたしても数秒間沈黙してから答えた。

「タオンはまあまあ友好的にふるまっています。われわれは孤立していますが。それに、ここでわれわれとともにいるタオンを見ると、いかにも地上戦の兵士だという感じがします。そんな気がするというだけなのですが、なんども頭に浮かんで離れません。タオンの個々や集団での動き、会話を交わしていると思われる様子、われわれを観察する目。ちなみにタオンは六人グループを好みます。その数字が本当に好きなようです」

オービスはうなずいた。

「実はわれわれを監視しているタオンは三十六人かもしれません。さっきは四十人と言いましたが、それはただの推測です。でも、たしかに好意的な看守に監視されている気はします。厳しい刑務所というよりは、富裕層が収容されるセキュリティの甘い場所のようです」

「それは言い過ぎだと思います」ドクター・ナスルが反論した。「タオンに監視されているのはたしかですが、異星人がわれわれの惑星を訪ねてきたら人類もそうするのではないでしょうか？　異星種族の行動が人類の行動に似ているかどうかで、異星人の動機を判断するのは危険です」

「それはもっともな見解だ」と、ギアリー。「なぜタオンが六を好むのか、手がかりはあるか？」

「六に関連する特徴は何もありません」と、バーンウェル。「少なくとも、われわれに見えるかぎりでは」

「人類は」と、ナスル。「つねに三を特別な数字とみなしてきました。特別な力と重要な意味を持つ数字として」

「理由はわかりますか、ドクター？」バーンウェルはたずねた。

「いいえ」

ロジェロが笑みを浮かべた。

「われわれが三に特別な愛着を感じている理由がわからなければ、タオンが六を好む理由もわからないでしょう」

「襟埋めこみ型カメラは娯楽の様子をほとんどとらえていない」と、ギアリー。「タオンはきみたちにどんな娯楽を提供しているんだ?」

「それがね、変なんですよ」と、オービス一等軍曹。「プールはありません。少なくとも、屋外にも、われわれがいる建物のなかにも。湖に突き出た桟橋があり、両側にとても頑丈な手すりがついているんですが、湖岸には誰かが泳いだことを示す痕跡はありません」

「タオンの身体は人間よりも骨や筋肉がぎっしり詰まっているのではないかと、わたしは考えています」と、ナスル。「外部には多くの骨隆起が見られ、人間の基準からすると体格が非常にがっしりしています。同等の人間と比べて骨が多く、大きいかもしれません。だとしたら、水に浮かびつづけることは困難でしょう」

「溺れないように闘うなんて、楽しいとは思わないでしょうね」オービスは同意した。「湖で泳ぐことについてたずねてみましたが、タオンにはその意味が理解できなかったようです。水中に何が潜んでいるかわからないので、宙兵隊員には入水を禁じています。宙兵隊員たちは不満げです。プールがないうえに、あとはランニング・トラック、広い野原、長い廊下など走るための場所しかありませんので」

ロジェロが困惑した表情で頭を振った。

「わたしは、ここにもっと多くの物資が用意されているだろうと予想していました。われわれの反応を見るための多種多様なアイテム、たとえば、子どもの能力判断テストに使われるようなものまで。でも、基本的に何もないのです。タオンがこの状況から、われわれの何を知ろうとしているのか、わかりません」

「もしかすると」ナスルが慎重な口調で言った。「個人と物体とのかかわりかたよりも、個人どうしのかかわりかたを重視しているのかもしれません。おそらく、主として、人間がどのように協力し合うかに興味があるのでしょう。個人的な活動ができず、娯楽が不足している状況なので、われわれはほぼつねに共同で活動するしかありません」

「その可能性はある」と、ギアリー。「ここ宇宙空間では、状況がさらに緊迫していることを知っておいてもらいたい。タオン艦隊は移動速度を上げて接近してきており、いまや一光分以内の位置にいる。この動きを維持すれば、一両日中にわれわれの艦隊より上方の高軌道に入ると推測される」

「地上戦闘員にとって、それほど悪い状況なのですか？」ロジェロが心配そうにたずねた。

「よくはない。われわれは非常に脆弱《ぜいじゃく》な状態に置かれることになる。艦隊を移動させるべきかどうか決めかねているのだが、移動させると、きみたちが緊急撤退を要する場合にすみやかな救助ができなくなるだろう」

「だから、タオンはわれわれの一部を地上に残したかったのですか？」バーンウェルは考えこむように目を細めながら、たずねた。「今いる場所からあなたがたを動けなくするために？」

「その可能性が高い」と、ギアリー。「きみたちを支援できる場所から艦隊を離れさせることが目的なら、タオンは失望することになるだろう」

「とはいえ、迅速にここを脱出できるよう備えておく必要はあるようですね」と、オービス。

「そのとおり」と、ギアリー。

通信が終わると、ギアリーはデシャーニを見た。デシャーニはギアリーの自室でそばに立ち、通信を視聴していたのだ。

「この件についてのきみの見解は？」

「元帥、低軌道から動けなくなる前に、一刻も早く上陸休暇団を艦に連れ戻し、この惑星から離れるべきです」デシャーニは迷わず言った。

「わかった」ギアリーは目をこすりながら言った。「デシャーニ艦長、タオンが高軌道に到達してからでも艦隊がこの軌道から安全に離れられるよう、タオンを出し抜く方法はないと言うのか？」

　デシャーニはギアリーをにらみつけた。

「いいえ、閣下。そんなことは言っていません。あなたがわれわれをどんなやっかいごとに巻きこもうと、わたくしは対処できます」

「きみを全面的に信頼しているよ」と、ギアリー。

　考える時間はあと一日半しかない。自分の判断で行動できなくなる前に、上陸休暇団を艦に収容し艦隊を移動させるべきかどうかの決断をくださなければならない。

　ギアリーが緊急警報に応じて〈ドーントレス〉のブリッジに到着すると同時に、報告がつづけざまに入ってきた。

「艦長、もうひとつのジャンプ点に新たな艦が大挙して到着しました」ユオン大尉はディスプレイに目を凝《こ》らした。新たな情報がつぎつぎと表示されてゆく。「全部で六十六隻います」

「またタオン艦？」デシャーニは厳しい表情で自分のディスプレイを注視しながら、たずねた。「謎の種族やダンサー族の艦じゃないわね」

「われわれのシステムはタオン艦だと暫定的《ざんてい》に認識しています」と、ユオン。「基本的なデザインはこれまでに見たタオン艦と似ていますが、外観に若干の違いがあります」

デシャーニは頭を振った。

「シンディックの巡航戦艦とアライアンスの巡航戦艦の区別はどうやってつけるの、大尉？」

ユオンは不安げな表情を浮かべた。

「基本的なデザインは似ていますが、外観に違いがあります、艦長」

「そのとおり」デシャーニはギアリーに視線を向けた。「いやな予感がします」

「新たに到着した艦は、いままでのタオン艦よりも防御シールドの強度を高く設定しているようです」と、キャストリーズ大尉。「それに……艦長、われわれの近くにいるタオン艦もシールドの強度を上げはじめました。センサーは、武器システムが充電され攻撃準備をしている兆候もとらえています」

「いやな予感がするな」ギアリーも同意した。

「タオンから入電あり」通信士が告げた。

ギアリーのディスプレイにバーチャル・ウィンドウが現われた。ロカアの姿が映し出されている。

「タオンのロカアが人類の友に話す！　敵がここにいる！　友はタオンとともに戦ってくれるか？」

16

「では、やはり罠《わな》だったのか」と、ギアリー。「だが、われわれが予想していたものとは違う。タオンの派閥間戦争と思われる事態において、ロカアはわれわれを味方につけて戦おうとしているのだ」

デシャーニは大きく顔をしかめながら、ディスプレイにすばやくタッチした。

「元帥、この低軌道の罠から抜け出したら、もとのジャンプ点に到達する前に新たなタオン艦隊の妨害を受けるかもしれないため、この星系からの脱出は難しくなるでしょう。脱出するんですよね？」

「くそっ、そのとおりだ。だが、タオンに疑われないように、地上にいる仲間をシャトルに乗せ、そのシャトルを回収する方法を考えなければならない」

「タオンに伝えてください。われわれが戦闘に加わるには全員がそろう必要がある、と」デシャーニは言った。「タオンがそれに異議をとなえる理由はないでしょう」

「異議をとなえたら、タオンが望ましくない意図を持っていることが明らかになるだろう」ギアリーは通信操作パネルにタッチし、地上にいるグループのリーダーに通信した。上陸休暇団が去ることをタオンに知らせるつもりはないので、あらかじめ話し合いで決めてあった緊急出発を意味する合言葉を使った。「上陸休暇団、こちらはギアリー元帥だ。すみやかに作業班を集合させてくれ。どうぞ」

即座に応答があった。

「こちらはバーンウェル軍曹です。了解しました、元帥。すみやかに作業班を集合させます。地上は深夜です。それがさいわいして、われわれの行動が目立たないといいのですが。以上」

「これがシャトル回収のための推奨ルートです」と、デシャーニ。「特務戦隊が一団となって動いたほうがいいですよね？」

「そうだ。すべての艦が行動をともにするようにしたい」ギアリーはデシャーニがディスプレイに送ってきた計画を検討した。アライアンスの特務戦隊全体が高軌道にいるタオン艦隊の下を通り抜け、大気圏のすぐ上をかすめるように航行しながら、合流のために上昇してくる二機のシャトルへと向かう。「シャトルを回収したあとはどうする？」

「ふたつの選択肢が必要だと思います、元帥。ひとつは、タオンがわれわれの行動を静観する場合の対策。もうひとつは、タオンがわれわれを追うことにした場合の対策です」

「その二番目の選択肢は、タオンのとる行動によって厳密に左右される」ギアリーは片手で顎《あご》をなでながら言った。「とっさにベクトルを変更することはできるのか？」

デシャーニは本気で憤慨《ふんがい》したようだ。

「ベテルギウスが変光性赤色超巨星であることと同じくらい明白です」

「わかったよ」と、ギアリー。一刻も早く計画を実行に移さなければならない。ロカアから戦闘支援の要請があったのだから、たとえ〝敵〟と数光時離れていても、戦闘準備をすることがタオンに不安を抱かせることにはならないはずだ。「〈特務戦隊アルファ〉の全艦に告ぐ。こちらはギアリー元帥だ。警戒レベル1へ移行せよ。繰り返す。警戒レベル1へ移行せよ」

〈ドーントレス〉で総員配置警報が鳴り響いた。ここにいる百隻のアライアンス艦のすべてにおいて、同じ警報が同時に鳴っているだろう。ギアリーはディスプレイに視線を戻した。

「よし。宙兵隊の様子を見よう」襟《えり》埋めこみ型カメラからの映像はぼやけていた。地上のタオンが妨害しようとしているのか？

ギアリーのメッセージは、シャトル内にいる〝トロイの木馬作戦〟に従事する宙兵隊員たちにも警告を与えたはずだ。シャトルと宙兵隊員が使用している通信システムが強力なので、襟埋めこみ型カメラの映像と違って、外部からの妨害は受けていない。宙兵隊の戦闘装甲服からの映像を呼び出すと、ほぼすべての宙兵隊員が脱出準備を整えていることがわかった。

こうしてリンクされているあいだは、宙兵隊員どうしのやりとりを聞くこともできた。

「マヤ伍長！」ノイズのなか、オービス一等軍曹が呼びかけた。「おまえたち、準備はいいか？」

「準備万端です、軍曹《ガニー》」マヤが興奮した口調で応答した。「軍曹からの通信はノイズだらけです。こちらに到着するのが遅れているのはなぜですか？」

「全員を外へ出すために、鍵をいくつかこじ開けなきゃならなかったんだ。三十秒後にそっちへ向かう」

「三十秒後ですね」マヤは繰り返した。

シャトルが駐機しているのは大きな空《あ》き地だった。三方を三階建ての建物に囲まれ、もう一方は湖に面している。建物のあいだやその周辺には充分な通行スペースがあった。人類の訪問者たちは全員が、シャトルとその向こうの湖に面した中央の建物に収容されていた。

ギアリーは、マヤ伍長の装甲服のヘッドアップ・ディスプレイに表示された警告を確認した。マヤも同時にそれを見たはずだ。

「軍曹、動きがありました」マヤが呼びかけた。「周辺の建物のひとつから、何人かのタオンが空き地へと走り出ているようです」

「武装しているか？」と、オービス。

「センサーから得られる情報があいまいで、よくわかりません、軍曹。タオンの携帯武器はわれわれのセンサーでは探知できない可能性があります。武器を持っていると、わたしは思います」

「おれが指示するまでシャトル内で待機しろ。やつらが発砲したら、命令を待たずにただちに行動を開始せよ。わかったか？」

「了解、軍曹。宙兵隊、武器にエネルギーを充塡《じゅうてん》し、準備せよ」マヤは自分の小規模部隊に命じた。

ギアリーは痛みを感じるほど強くこぶしを握りしめた。発砲するなと宙兵隊に命じるべきだろうか？　だがオービスはすでに、タオンが発砲するまで交戦するなと支援部隊に命じた。この判断は現場の指揮官にまかせるべきだ。

宙兵隊員がシャトルのディスプレイを起動させると、拡張視界でとらえられた外部の様子が映し出された。タオンが二列になって着陸場へと走り出してゆく。タオンの動きはややぎこちないが敏捷《びんしょう》で、ギアリーは旧地球のサイやカバが突進する映像を思い出した。収容先の建物からいっせいに飛び出してくる非武装の宙兵隊員たちを阻止しようとしているのは、明らかだ。

「オービス一等軍曹、バーンウェル軍曹、状況を報告せよ」と、ギアリー。「ロジェロ大佐とドクター・ナスルは無事か？」

「二人とも無事です、元帥」バーンウェル軍曹は移動しながら、すばやく報告した。「タオンはわれわれを閉じこめようとしました、元帥。われわれは念のために隠し持っていた装備で、いくつかのロックを爆破しなければなりませんでした。タオンがどうやって気づいたのかわかりませんが、われわれが脱出することを事前に知っていたようです」

「敵に対抗するために支援を求めてきた時点で、われわれの動きを警戒していたのかもしれない」と、ギアリー。「タオンに被害を与えないように、この状況を打破したい。どうしても必要な場合をのぞいて、発砲はするな。だが、現場にいるのはきみたちだ。発砲すべきかどうかの判断はまかせる」オービス一等軍曹が危機にさいしても冷静であることはわかっていた。バーンウェル軍曹も過去の記録から、同様に信頼できるし、ロジェロ大佐が二人をサポートしてくれる。

「了解、元帥」オービスがさらなるノイズのなかで言った。「どうしても必要な場合のみにとどめます。われわれのカメラからの映像がどの程度はっきり見えているかわかりませんが、シャトルへと向かうルートに二列に並んだタオンが立ちふさがっています」オービスは声を張りあげ、タオンに向かって叫んだ。「われわれは艦に呼び戻された。ただちに出発しなければならない」

「安全ではない」タオンの一人が返事をした。「出発は安全ではない。とどまれ」

「出発せよとの命令を受けている」バーンウェル軍曹も叫んだ。「とどまることはできない。命令にしたがう必要がある」

「安全ではない」タオンは繰り返した。「とどまるべきだ」

マヤ伍長の声が通信回線を介して聞こえてきた。

「軍曹、エネルギーの兆候《ちょうこう》を感知しています。タオンが武器にエネルギーを充塡しているのだと思います」

「くそっ」オービスはつぶやき、タオンに向かって叫んだ。「出発しなければならない。どけ！」

「安全ではない。とどまるべきだ」

「わかった。トロイの木馬作戦を発動しろ」と、オービス。

ギアリーはマヤ伍長の装甲服を通して状況を見ていた。シャトルの大きなタラップがおろされ、五人の宙兵隊員が降りてきた。〈インスパイア〉のシャトルでも同じことが起こっていることはわかっていた。

「われわれは出発しなければならない」バーンウェル軍曹が叫んだ。「どきなさい」

タオンたちは動きまわっていた。シャトルから現われた完全武装の十人の宙兵隊員を振り返る者もいれば、前方にいる丸腰の宙兵隊員たちに目を光らせ、武器の照準をさだめているとおぼしき者もいた。

「進め」オービスは自分といっしょにいる宙兵隊員たちに命じた。「ゆっくりと一定のペースで歩け」オービス一等軍曹とバーンウェル軍曹は先頭に立ち、丸腰の宙兵隊員たちをゆっくりと進ませつづけた。不規則な隊列を組んだ上陸休暇団がタオンの列へと近づいてゆく。

「地上の様子はどうですか?」デシャーニはギアリーにたずねた。「なぜまだ離陸していないのです?」

「タオンが出発をはばんでいる」と、ギアリー。

「人質というわけですね。やれやれ、バダヤの予測が正しいときは、これだからいやなんですよ」デシャーニは不満げに言った。

「軍曹、西のほうで動きが活発になっていています！」マヤ伍長が叫んだ。「大勢の仲間が来ているようです！」

「きみのチームを前進させろ」オービスはマヤに命じた。「武器は使うな。装甲服の大きさだけを利用しろ。タオンを押しのけてもかまわないから、おれたちのために道を開けてくれ」

「前進ですね、了解」と、マヤ。「ついてこい」マヤはほかの者たちに命じた。「銃撃はするな」

装甲戦闘服を身につけた宙兵隊員が後方から近づいてゆくと、タオンの二列縦隊が乱れた。全員が武装しているとはいえ、油断していたタオンと装甲服姿の宙兵隊とでは一方的な戦いとなるだろう。それに、タオンは体格的には人間よりたくましいが、装甲戦闘服を着た人間ほどには大きくないし、強くもない。

装甲服姿の宙兵隊が進むにつれて、タオンは後退し、のろのろと道を譲りはじめた。やがて、タオンの列のあいだに通路ができた。

「急げ！」バーンウェルはオービスとともに小走りになりながら、命令した。「遅れた者はタオンへの置き土産《みやげ》にしてやるからな！」丸腰の宙兵隊員たちはタオンのあいだを駆け抜けると、二列に分かれて二機のシャトルへ向かった。

タオンたちは武器をおろしたまま、身動きもせずに見つめた。

上陸休暇団がシャトルのタラップを駆けあがると、装甲服姿の宙兵隊員たちはシャトルを背にあとずさり、新たな警報が鳴り響くなか、タオンたちに視線と武器を向けつづけた。

「あの建物の向こうから、百人以上のタオンが来ています！」シャトルのパイロットが叫んだ。「いや、二百人です！　逃げましょう！」

「人数を確認しろ！」宙兵隊員たちが急いでハーネスを締め、タラップが上がって収納されると、オービスは命じた。

「一人足りません！　フランシスはどこだ？」

「バーンウェル軍曹！」オービスは呼びかけた。「一人足りない。フランシス二等兵はそっちにいるか？」

「待ってください。ああ。間違えてこっちに乗ってます」

「フランシス、このバカが！　きみのほうは全員そろってるか、バーブ？」

「そろってます」と、バーンウェル軍曹。

ギアリーはマヤの装甲服を通して様子を見ていた。オービス一等軍曹がシャトル内部を見まわしている。

「ロジェロ大佐は？　いますね。ドクターは？　全員いる。離陸しよう！」

「シャトルの離陸を検知しました」デシャーニが報告した。「二機とも、急上昇中です」

「迎えにいこう」と、ギアリー。「〈特務戦隊アルファ〉の全艦に告ぐ。〇・〇五光速まで加速し、〈ドーントレス〉の動きに合わせろ」惑星に近すぎるため、深宇宙で有効な操作手順がここでは通用しないうえに、高速で移動することは危険きわまりない。

アライアンス艦隊が彼らにとっては非常にゆるやかなペースで加速するなか、ユオン大尉が叫んだ。

「艦長！　シャトルに対して西および南に位置する基地から、何機かの航空宇宙機が発進。タオンのものと思われます。既知の戦闘機の性能プロファイルと一致しています」

「ステルス・モードに移行する合図ですね」と、デシャーニ。まもなく二機のシャトルがすべての隠蔽機能を作動させると、突然ディスプレイから消えた。

ギアリーが物音に気づいて振り返ると、ブリッジ後方でブラダモント代将がオブザーバー席につくところだった。

「ロジェロ大佐はわれわれのシャトルに乗っている」ギアリーはブラダモントに言った。

「発砲はされていない」

ブラダモントは落ち着いた様子でうなずいた。ロジェロのことを心配しているはずだが、危険な状況はこれまでなんども経験している。

「これで、アライアンスのステルス技術がタオンのセンサー・システムに対してどの程度効果的なのか、わかりますね」

「そうだな」と、ギアリー。本当にほかに言うべきことがなかったのだ。

「シャトルとの合流まであと六分」と、キャストリーズ。「高軌道にいるタオン艦の動きを探知。われわれを低軌道にとどめるための行動をとっているもよう」

「デシャーニ艦長」と、ギアリー。「シャトルを回収したあと、最大艦隊加速でジャンプ点へ向かうための航路を提案してくれ。交戦のリスクがないよう、高軌道上のタオン艦や新たに現われたタオン艦隊との接近を避ける必要がある」

ギアリーはメッセージ・ウィンドウを注視し、もういちどロカアに返信するべきかどうか決断しようとした。自分の意図を偽ってはならない気がする。それは、ロカアがアライアンスを味方に引き入れて戦おうとしていることと同様に、非倫理的だからだ。だが、人類の艦隊がこの戦闘に断じて加わるつもりがないことは察知されたくなかった。ロカアにはまだギアリーの知らない計画があるかもしれない。

しかし、すべてがロカアの期待どおりに進行していると思わせても、損はないだろう。

ギアリーはタオンへのメッセージ機能を起動させ、冷静に話しはじめた。

「こちらはギアリー元帥。ロカアに告ぐ。わたしの艦隊は、この星系で戦闘が始まる前にシャトルを回収するために移動中だ。貴艦隊の行動の目的を教えていただきたい」

シャトル回収までまだ三分というときに、ギアリーのディスプレイにロカアの映像が現われた。

「人類の友、シャトルを回収する必要はない。タオンといっしょにいれば安全だ。あなたがたの戦闘計画を教えてほしい」

ギアリーは今こそ正直であるべきだと心に決めた。そうでなければ、公然と嘘をつかなければならない。

「われわれは戦闘を望まない」

ロカアの表情が示しているのは驚きか、それともほかの感情か？

「人類は戦闘を望まない？　人類は戦闘用の艦に乗っている。人類は戦闘用の艦をたくさん持っている」

「われわれの仲間を守るためだ」と、ギアリー。「われわれはあなたがたが八本脚と呼ぶ種族の支配宙域に到達するために、われわれが謎の種族と呼ぶ種族の宙域を横断しなければならなかった。われわれは戦闘を望んでいない」

「そう人類は言う」と、ロカア。一瞬後、ロカアの映像は消えた。

「タオンの翻訳機の性能がかなり速いペースで向上している」と、ギアリー。「タオンがどんなタイプの武器を持っているのか、その性能のほどはどうなのか、タオンの艦にどこまでの機動力があるのか、少しでも情報があればいいのだが」

「じきにわかるかもしれませんよ」デシャーニはつぶやきながら、操艦の問題に取り組んだ。「タオン艦の加速力と機動性についてのデータが不足しているため、仮定に基づいて推測し、最適なベクトルを算出するしかありません。しかし、これが撤退だとみなされかねないことも考える必要があります」

シンディックとの長く悲惨な戦争のなかで生まれた〝撤退するべからず〟という原則をいまだに信奉している艦隊において、それは問題だった。

ギアリーは艦隊指令伝達回線に切り替えた。

「〈特務戦隊アルファ〉の全艦に告ぐ。タオンの罠にはめられた。やつらは新たに到着した艦隊との交戦を強制し、われわれを自分たちの戦争に巻きこもうとしている。わたしは、われわれの知らないふたつの派閥間の戦争で人命を失うつもりはない。われわれは自分たちの判断に基づく理由と条件のもとで戦う。惑星上にいたシャトルを回収したあと、特務戦隊を再配置し、ダンサー族の宙域へと引き返すジャンプ点まで戻る。この星系で起ころうとしている戦闘に介入したとみなされないよう、タオン艦との交戦を回避するつもりだ。高負荷操艦の命令に備えよ。ギアリーより、以上」

「シャトル回収まであと三十秒」ユオン大尉が報告した。「惑星の上層大気中で推定二十機のタオン戦闘機が捜索パターンを行なっています」

ギアリーは異星人の戦闘機の動きを注視した。

「おおむね正しい領域を捜索している。シャトルのベクトルを推定しているのかもしれないし、シャトルの兆候を察知しているが、正確な位置は特定できていないのかもしれない」ギアリーは指令伝達回線の操作パネルにタッチした。「キャディ少佐、第六駆逐艦戦隊を移動させ、大気圏を越えてシャトルを捜索しようとするタオン戦闘機がいれば阻止せよ」

「第六駆逐艦戦隊、行動開始します、元帥！」

アライアンス駆逐艦戦隊が轟音《ごうおん》とともに低軌道に進入し、挑戦的な動きを見せると、地上のタオンたちがそうだったようにタオン戦闘機もたちまち後退した。

二機のシャトルは巡航戦艦〈ドーントレス〉と〈インスパイア〉に到達する数秒前にステルス機能を解除し、両艦のシャトルドックに接近すると同時に突如としてセンサー画面に現われた。パイロットたちは非ステルス・シャトルよりも速度を落とし慎重にシャトルを進ませたが、それでも非常に迅速に、しかも安全に着地させせた。〈ドーントレス〉のシャトルドックのクルーたちはすみやかに行動を開始し、誰も降りてこないうちにシャトルの安全を確保した。

「シャトルの安全を確保したと、ドックより報告あり」キャストリーズ大尉が言った。

「シャトルの安全を確保したと、〈インスパイア〉より報告あり」通信士が付け加えた。

「これがわたしの考える最良のベクトルです」デシャーニが言うと、ギアリーのディスプレイに光る曲線が表示された。デシャーニが提案したベクトルだ。

ギアリーはその曲線から高軌道上にいるタオン艦に視線を移した。

「すでにそのベクトルをさえぎる行動をとっている」

「わかりやすすぎたようですね」と、デシャーニ。

「では、わかりにくいことをしよう。今のところ、われわれは低軌道にとどまっているから……」ギアリーは笑みを浮かべたが、緊張のあまり少し硬い表情になった。「このまま、とどまりつづけよう。勢いをつけて惑星を周回し、向こう側からスリングショット効果を利用して新たなベクトルへと加速する」

「まあ、大昔の宇宙船みたいに？」デシャーニも笑みを浮かべた。「それはわかりにくくて、いいですね。タオンがこの作戦にどこまでついてこられるか、見ものです」

「全艦に告ぐ」ギアリーはメッセージを送信した。「〈ドーントレス〉の動きに合わせろ。惑星の近くを周回してから、加速して離れるつもりだ。第六駆逐艦戦隊、編隊の所定の位置へ戻れ」送信が終了すると、ギアリーはデシャーニに向かってうなずいた。「まわれ、艦長」

「喜んで、元帥」デシャーニは操舵装置を操作しながら、ディスプレイを一心に見つめた。惑星と地表からの高度、大気密度のレベルが表示されている。アライアンス艦は工学的および防御的な理由から、明らかな流線形をしているが、高密度大気中での使用は想定されていない。そのような環境で全力加速すれば、防御シールドはほぼ瞬時に崩壊し、空気抵抗によって生じた摩擦熱が艦体を焼きつくすだろう。

いずれにしても、惑星上空の低軌道にとどまるには艦速を制限する必要がある。デシャーニは〈ドーントレス〉の持つ能力のごく一部を使用して慎重に加速させると、スラスターを使って艦首を惑星に向かって〝下〟へと傾け、高速移動する物体の軌道が高くなりやすい傾向を補正した。タオン艦隊が高軌道にいるため、あまり高く上昇すると攻撃的な意図があるように見えかねない。

通常、宇宙空間においては、物体の移動速度の違いを視覚的に認識しにくい。時速千キロであろうと一万キロであろうと外の景色は変わらないが、時速十万キロになると相対性理論が充分に影響を及ぼし、景色が少しゆがんで見える。

だが、アライアンス艦隊は今、惑星そのものを基準点として、惑星からわずか数千キロの位置を周回していた。それは息をのむ光景であると同時に、わずかな目眩《めまい》を引き起こした。

アライアンス特務戦隊を阻止しようとしていたタオン艦隊はその動きに意表を突かれ、遅ればせながら人類艦隊の動きに合わせようと加速したが、人類艦隊が広い宇宙空間へとすみやかに移動せず、惑星を周回しつづけたため、ふたたび混乱におちいった。

「必要な突破口が得られそうです」と、デシャーニ。

「どれでもいいから、よさそうなベクトルを選べ」ギアリーは命じた。「惑星を離れたら、ジャンプ点までの経路を考えよう」

ロカアから新たなメッセージが届いた。タオンの顔には骨隆起が多いため、人間はその表情をうまく読み取れないが、ロカアの口は笑みと思われる楕円形ではなく、一直線を描いていた。

「人類の友はどこへ行く？　動きを合わせたい。敵と戦え。戦ってほしい」

周囲でさまざまなことが起こるなか、はじめてギアリーはあることに気づいた。タオンの翻訳機は時間とともに改善されているが、まだ一人称代名詞を理解していないようだ。それがタオンの思考パターンを知る手がかりになるのだろうか？　そうだとしても、いまはそんなことで思い悩んでいる場合ではない。

「われわれはこの戦いをしたくない」ギアリーはロカアに言った。

「なぜだ？　なぜ戦わない？　人類は戦争用の艦を持っている」

ギアリーは包み隠さず率直に話すことにした。

「人類は理由があって戦う。大義のために。自分が正しいと思うことのために。われわれはあなたがたの大義を知らない。あなたがたの敵を知らない。われわれの知らない者たちに危害を加えたくない」

ビクトリア・リオーネが、そしてチャーバン将軍でさえ、この発言に皮肉っぽい表情を浮かべることは容易に想像できた。ギアリーはロカアに人類の信念を伝えた。しばしばその実現に失敗する高い理想について伝えたのだ。だが、戦わない理由をロカアに伝えるのなら、人類の失敗を告白するよりも、強い願望を語ったほうがいい。

長い沈黙のあと、ロカアはふたたび口を開いた。

「そう人類は言う」そのメッセージもそれだけで終わった。

いったいタオンはどうなっているのだろうと、ギアリーは思ったが、その疑問は胸のうちにとどめておいた。自分にもよくわからないことを艦隊に伝える必要はない。すでに心配ごとは山ほどあるからだ。

「さあ、行くわよ」デシャーニが宣言した。〈ドーントレス〉を含むアライアンス艦隊が惑星の周回軌道を四分の三周したとき、ロカア麾下《きか》のタオン艦隊は追いつこうとしていたが、前方には宇宙空間が広がっている。デシャーニはスラスターをすばやく操作し、〈ドーントレス〉の艦首を星々へと向けた。

いよいよ、ここから脱出する。

「〈特務戦隊アルファ〉の全艦に告ぐ。こちらはギアリー元帥。ただちに最大持続加速度で〇・二光速まで加速せよ。繰り返す。ただちに最大持続加速度で〇・二光速まで加速せよ。引きつづき、〈ドーントレス〉のベクトルにしたがえ。ギアリーより、以上」

メイン推進装置がフルパワーで作動し、〈ドーントレス〉が勢いよく惑星を離れると、ギアリーは加速力によって身体が座席に押しつけられるのを感じた。ほかのアライアンス艦も同じ動きをしている。慣性補正装置が抗議のうなりを上げるほどの加速度で外へと飛び出すと、すべての艦で過負荷警報が鳴り響いた。

「これが大好きなの」

ターニャ・デシャーニは低い声で言ったが、ギアリーには聞こえていた。ギアリーは加速によって生じる強いG力にあらがいながら、慎重にデシャーニのほうを向いた。デシャーニが獰猛《どうもう》な笑みを浮かべ、ディスプレイを注視している。

「きみとこの艦のお楽しみの瞬間を邪魔したくはないが、艦長、駆逐艦はこの加速に長くはついてこられないだろう」

「三十秒後に加速を少しゆるめるつもりです」と、デシャーニ。「すばやいスタートを切りたかったんです」

「そして、タオンに見せつけてやるために」

「それもあります」デシャーニは依然としてディスプレイを注視しているが、先ほどまでの歓喜の表情とは打って変わって警戒の色を浮かべている。「もうすぐタオンがわれわれの加速についてこられるかどうかがわかります」

あるいはわれわれの加速をうわまわるかもしれないと、ギアリーは思った。その場合、ギアリーは早急に難しい判断を迫られるだろう。

惑星近くにいたタオン艦の一団はふたたび不意を突かれたものの、アライアンス戦闘艦を追って加速しながら、あわてて態勢を立てなおそうとしている。

ギアリーはタオン艦の動きがどこか気になったが、しばらくしてようやくその理由を理解した。

「タオンはわれわれに合わせている」

「加速の点でということですか?」デシャーニはディスプレイを見つめながらうなずいた。最初はギアリーの言葉を冷静に受け止めていたが、いまや不安げに顔をしかめている。

「われわれと同じペースで加速しています」

「そのとおり。タオンがわれわれとまったく同じ能力を持っている可能性は？」

「かなり低いでしょう」と、デシャーニ。「力を出し惜しみして、全力加速していないという意味です。でも、なぜ？　しかも、なぜ、現われた敵艦隊を迎撃する代わりに、われわれを追うために整列しているのでしょう？　あれはロカアの敵だと思っていたのですが。自分たちの惑星を守らずに、われわれを追ってくる理由はなんでしょう？」

ロカアの艦隊はアライアンス艦の後方で一定の距離を保っているので、状況はそれほど複雑ではないようだ。アライアンスの特務戦隊はダンサー族の宙域へ引き返すために、もとのジャンプ点へと向かうベクトル上を加速している。〇・二光速で進めば約二十時間後にジャンプ点に到達できるが、加速に要する時間と、ジャンプ点突入に備えて〇・一光速まで減速することを考慮すれば、合計で二十三時間以上かかるだろう。

アライアンス艦隊の左舷側には、ロカアが敵だと言った新たなタオン艦隊がいた。恒星から二・六光時の位置にあるジャンプ点に到着すると、急加速し、アライアンス特務戦隊とロカアの艦隊がいた惑星の軌道へ直行することを目的としたベクトルへと向かいはじめたのだ。この新たな艦隊が現在のベクトルを維持すれば、アライアンス艦隊に接近してくることはないだろう。ベクトルを変更すると思われる理由もなかった。

　だが、あの戦闘艦群はアライアンス艦隊の現在位置からまだ二光時近く離れているため、その情報は二時間前のものだ。

「現時点では、問題なくここを離れることができそうです」と、デシャーニ。

　ギアリーはディスプレイをにらみつけた。そんなにうまくいくのかと疑いつつも、まだロカアの動機を理解しようとしている。

「新たなタオン艦隊。それを敵タオン艦隊と呼ぼう。敵タオン艦隊がベクトルを変更し、われわれを追っているロカアの艦隊を迎撃しようとしたら、どうなる？」

　デシャーニはすばやくディスプレイを操作し、迅速に計算を行なった。

「ジャンプ点の約二十光分手前でロカアの艦隊をとらえるでしょう。加速力と機動性がわれわれとほぼ同等ならの話ですが」

「その場合、敵タオン艦隊はわれわれにどこまで近づくことになる？」

「十光秒以上は離れています」

　ギアリーは無意識に口を引き結んだ。

「危険なほど近すぎる」

「武器の射程外です」デシャーニは指摘した。「まさか……ロカアを助けるつもりではありませんよね？」

「ロカアに手を貸せば、われわれはここで起ころうとしている戦争において中立を保てなくなる」と、ギアリー。「新たな異星種族と新たな戦争をする必要はない。とくに、あんなことがあったあとでは……」ギアリーの声がとぎれた。あの話題には触れたくない。

「自由に発言してもよろしいでしょうか、元帥？」

ギアリーはいらだたしげにデシャーニを見た。

「きみにはつねにその権利があることはわかっているはずだ」

デシャーニはけわしい表情を浮かべ、ギアリーのほうを向いた。

「われわれを新たな戦争に巻きこむのではないか……ブラック・ジャックがまた新たな異星種族を見つけてすぐに戦争を始めたら、どう思われるのか……と、あなたが懸念なさるのは当然です、元帥。しかし誰がなんと言おうと、それを理由に決断をくだすべきではありません。われわれにできるのは、現状や、この特務戦隊およびアライアンスにとっての最善の利益を考慮し、最善の推定に基づいて正しい行動をとることだけです。どのような決断をくだすにしても、一部の人々の意見に左右された結果であってはなりません。あなたはずっとそうしてきました。これからもその姿勢をつらぬいてください」

「ありがとう、艦長」と、ギアリー。「いいアドバイスだ」

「あと一時間半後に、敵タオン艦隊がわれわれを追うロカアの艦隊にどう対処するかがわかります。それを見れば、われわれが対応を変える必要があるのか、あるいは、全速力でジャンプ点に到達し、とにかくこの星系を離れるべきなのか、もっと適切な判断ができるでしょう。しかし、この星系からジャンプせず、ほかの勢力間の戦争に積極的に関与すべき理由は今のところありません」

一時間半後、次の行動を決定するための根拠を得た。

「敵タオン艦隊がわれわれを見て、ベクトルを変更しました」ユオン大尉が報告を始めた。

「彼らは……えっ？」

「大尉？」デシャーニは厳しい口調で先をうながした。

「敵タオン艦隊は……ジャンプ点の手前でわれわれを迎撃するつもりです、艦長！」

「われわれを迎撃？　ロカアの艦隊ではなく？」デシャーニはディスプレイをにらみつけ、推定値の誤りを探したが、そんなものは見つからなかった。「たしかに、そのとおりです。いったいなぜ、われわれを迎撃しようとしているのでしょう？」

「いずれベクトルを調整するかもしれない。われわれがロカアの艦隊に追われていると気づけば……」ギアリーは信じられないというように頭を振った。「いや、安定したベクトルを維持している。ベクトルを変更した時点で、われわれとロカアの艦隊の正確なベクトルを確認していたはずだ。にもかかわらず、われわれに向かって確実な迎撃コースをとっている」

「ジャンプ点の二十光分手前でわれわれを攻撃してくるでしょう」と、デシャーニ。「われわれは――ロカアは何をしているの？」

「われわれの後方にいるタオン艦隊が加速しています」と、キャストリーズ大尉。「このペースだと、五時間後に推定射程内に入ります」

「これは罠です！」デシャーニは言った。「元帥、ロカアと新たなタオン艦隊は敵どうしなどではありません。結託してわれわれを攻撃するつもりです」

「違う」ギアリーが言うと、デシャーニは信じられないという目で見た。「艦長、それがロカアの意図なら、どうして、敵タオン艦隊がわれわれを迎撃するタイミングで、射程内に入ろうとはしないのだ？　なぜ、そのタイミングの何時間も前に距離を詰め、もうひとつのタオン艦隊と連携をとらず、別々に攻撃しようとしているのだろう？」

デシャーニはギアリーをにらみつけ、つづいてディスプレイをにらんだ。

「おっしゃるとおりです。なぜ、ロカアは完璧な二重攻撃を計画していたのに、その機会を無駄にするのでしょう？　それにしても、ロカアはいったい何をしているのですか？」

「訊いてみるべきかもしれないな」と、ギアリー。ロカアがいつも使っていた通信回線で呼び出すと、ほぼ瞬時に応答があった。「友ロカア。なぜ、われわれの艦を追っているのだ？　われわれはこの星系を平和に去りたいだけだ」

「人類は勝算がないと思っているのか？」と、ロカア。翻訳されたその声は奇妙なほど抑揚がなかった。

不思議なことに挑発されているような気がした。子どもがほかの子どもにけしかけているかのようだ。

「勝算は関係ない」と、ギアリー。「われわれがあなたがたと協力し、あなたがたが敵と呼ぶ相手と戦えば、勝算は非常に高いだろう。だが、われわれは理由のわからない戦争に加わるつもりはない。ここでの戦闘は望んでいない」

「戦いが来る。戦争の艦に乗っている人類は戦うのか？」

「われわれは戦いたくない」と、ギアリー。「必要ならば自衛するが、それは本当に必要な場合のみだ」

「そう人類は言う」それだけ言うと、ロカアは通信を終了した。

通常、宇宙空間での軍事行動のさいは、戦いの前にクルーたちをリラックスさせるための時間がもっとある。だが今回の場合、ロカアの艦隊が射程内に入るまでおそらく五時間しかなく、タオンがすぐれた武器を持っていれば、その時間はさらに短くなるかもしれない。そのため、クルーに休息をとらせる時間はほとんどなかった。

「全艦に告ぐ。クルーが確実に食事をとれるよう、戦闘可能態勢を解除せよ。覚醒パッチの使用を許可する。すべての艦が四時間後に完全戦闘可能態勢に戻れるようにしろ」これでは早すぎるかもしれないが、タオンがさらなる不意打ちを計画しているのなら、備えておきたい。

クルーの連続勤務時間が許容上限を超えると、ドクター・ナスルがブリッジに現われ、覚醒状態を維持するため、全員に〝目覚まし〟パッチをほどこした。ナスルはギアリーのそばで立ちどまり、ギアリーの腕に覚醒パッチを貼りつけた。

「わたしには地上のタオンたちは敵対的には見えませんでした」

「その判断によって、どれほどの人命を危険にさらすことになるのだ、ドクター？」ギアリーは低い声でたずねた。

ナスルは少し間《ま》を置いてから答えた。

「わたしは自分の目で得た情報に基づいて、キックスについての判断をくだしました。タオンに対しても同じことをしています」

「ありがとう、ドクター・ナスル」ギアリーはドクター・ナスルとその判断を尊敬しているが、百隻の艦とそのクルーたちの運命を決定づけるには、細い一本の藁《わら》にすがるようなものでで、あまりにも頼りなく思えた。

ほかのことに集中できないので、ギアリーはブリッジにとどまり、携帯食を口にした。いまはその味がわからないことをありがたく思った。

デシャーニは隣の艦長席にすわり、ディスプレイを注視していた。ギアリーが話したい気分ではないことを知っているせいなのか、あるいは、ギアリーの決断を助けるために言うべきことがわからないせいなのか、黙ったままだ。

あれから四時間が経過し、艦隊のすべての艦が、ギアリーの望んでいない戦いに向けて完全な準備態勢にあることを報告してきた。

ギアリーは新たなメッセージを送ってみた。

「ロカア、あなたがたの行動はわれわれにとって脅威だ。貴艦隊の接近に危険を感じている。偶発的な交戦の可能性を回避するために、わたしの艦隊と距離を保ってもらいたい」

ロカアの両腕が、タオンにとって肩をすくめるような動きをした。

「なぜ人類の友は交戦の話をするのだ？　人類は戦いたくないと言った」

「われわれには貴艦隊の意図がわからない」と、ギアリー。

「友は友を信じる」ロカアはそう言うと、通信を終了した。

「三十分後にロカア麾下のタオン艦隊が推定射程内に入ります」キャストリーズ大尉が報

告した。

現時点での適切な選択肢はひとつしかないように思われた。ロカアに最後通告を突きつけることだ。それをどのように表現すればいいのだろう？

そのとき、チャーバン将軍が最悪のタイミングで連絡してきた。

ギアリーは受信を拒否しようとしたが、少し考えた。チャーバンはこの瞬間にギアリーがどんなプレッシャーに直面しているか、わかっている。厳しい状況での指揮を経験したこともある。そのチャーバンが連絡してきたのは、正当な理由があるからにちがいない。

ギアリーは自分自身とチャーバンに怒りを覚えながら、承認タブをタップした。

チャーバンは挨拶もなしに早口で話しはじめた。

「元帥、われわれを追尾しているタオン艦隊が距離を詰めつつある。一定の距離を超えることを制限する明確な基準を設けるつもりはあるかね？」

「はい。まさにそれを考えているところです。これ以上の接近を許すわけにはいきません」

「タオンが一線を越えてきたら、どうするつもりだ？」

ギアリーはためらった。

「そのときは状況を総合的に判断して決めます」

「元帥、もと戦闘指揮官としての経験から現戦闘指揮官のきみに、可能なかぎり強く助言する。タオンが越えてはならない一線を越えた場合の対処をすでに決めていないかぎり、その一線を設けるべきではない」

いったい、どういう意味の助言なのだろうか？　ギアリーは通信を終了しようとして、ふたたびためらい、考えた。チャーバンは自分の助言が歓迎されないことを知っていたが、それでも助言したのだ。

「なぜですか？」

「一線を設けたと宣言した時点で、きみは決断をくだしたことになるからだ」と、チャーバン。「タオンがその一線を越えたら、きみにはふたつの選択肢しかなくなる。発砲して、この対立を本格的な戦争へと発展させるのか。何もせずに引き下がり、弱さを見せてタオンによるさらなる攻撃を引き起こすのか。そのどちらかを選ばねばならんだろう。どちらを選ぶか、心づもりはできているのか？」

「いいえ」と、ギアリー。

「きみが設定した一線をタオンが越えたとき、その状況に対処するための備えはできているのかね？」

「おそらく、できていないでしょう。選択肢がかぎられるのはいやです。それに、特定の行動を強制されたくありません」ギアリーはまたしても間《ま》を置き、考えこんだ。「わたしにとって、よりよい選択肢はなんでしょうか、将軍？」

「きみがこれまでのタオンの行動を見ているなら、それがすべて信頼を試すためのものだったと言えるのではないか？」と、チャーバン。「人類は招待を受け入れてくれるだろうか？　未知の状況に多くの艦を投じる覚悟はあるだろうか？　タオンの惑星の低軌道に入ることに同意してくれるのか？　この星系のタオン艦隊がどんどん近づき、最終的に高軌道に入ることを受け入れてくれるだろうか？　一部の人々を惑星に上陸させるという招待に応じてくれるのか？　その人々を避難させるために発砲するだろうか？」

「タオンにとっては、今回のことも信頼を試すための行動だとおっしゃるのですか？　射程内に入ろうとして追ってくる敵のように、わたしの艦隊に接近してくることが？」

「わしが言っているのは」チャーバンは主張した。「今回のタオンの意図はわからないが、これまで発砲してきたことはいちどもないということだ。われわれは惑星の低軌道にいたとき、高軌道にタオン艦隊が位置していたことにより、身動きがとりにくい状態だった。それは間違いないよな？」

「あの状況でタオンが奇襲攻撃を行なうことを選択していたら、われわれは困難な事態におちいっていたでしょう」と、ギアリー。

「タオンが戦争を望んでいないのなら、われわれが本当に戦争したいかどうかを試したいのかもしれん」と、チャーバン。「状況が困難になったり脅威を感じたりしたときに、われわれ人類は典型的な軍事行動をとり、突如として猛攻撃を開始するだろうか？　人類はタオンを信頼し、タオンはその信頼を受け入れることができるのか？　あるいは、タオンが戦争を望んでいるなら、なぜわれわれが不利な立場にあったときに、すでに攻撃していなかったのか？　あるいは、タオンは文化的および法的な理由のために、自分たちからは攻撃できず、人類が先に攻撃するよう、しむけているのかもしれん。いずれにしても、われわれは発砲したくない。わしは狡猾《こうかつ》な敵との地上戦で多くの兵士を失った人間として、また、ときには慎重な火力行使以外に選択肢がないことを知っている人間として、言っているのだ」

「あなたのご意見を慎重に検討するつもりです」と、ギアリー。さまざまな行動方針が頭に浮かんだが、それらはたがいに矛盾しており、どれかひとつを選ぶことはできなかった。

「それで充分だ。ありがとう、元帥」

「いいえ、こちらこそ感謝しています、将軍」

ギアリーは通信を終了すると、陰鬱《いんうつ》な面持《おもも》ちでディスプレイを注視した。

「デシャーニ艦長、われわれが軌道を離れる前にタオンが奇襲攻撃をしかけてきたら、惑星で何が起こっていただろう?」

「タオンが二光秒離れた高軌道にいたときということですか?」デシャーニはディスプレイを見つめたまま、頭を振った。「その答えはご存じのはずです。タオンの武器の性能がわれわれのものよりはるかに劣っていないかぎり、われわれはこなごなにされていたでしょう」

「われわれを攻撃したいなら、なぜ、そのときに実行しなかったのだ?」

「わたくしにタオンの思考パターンを説明しろとおっしゃるのですか?」デシャーニは横目でギアリーをにらみつけた。「そのためにわれわれはここへ来たのではありませんか? タオンの考えかたを理解するためではなかったのですか? 破壊されたアライアンス艦の無数の残骸が自分たちの惑星に降りそそぐのを嫌ったのかもしれません。奇襲攻撃が禁じられている祝日を祝っていたのかもしれないし、指揮官がおじけづいたのかもしれない。タオンのヤギのようなものを犠牲にし、内臓を観察して占った結果が気に入らなかった可能性もあります。わたくしにはわかりません、閣下!」

ロカアの艦隊は着実に接近しつづけていた。

ギアリーは発砲するための正当な理由が充分にあることを知っていた。少なくとも、警告射撃を行なう理由はある。

リオーネはよく、異なるさまざまな視点からものごとを見ることをすすめていた。ここでの異なる視点とはなんだろう？

発砲する正当な理由をすでにロカアが充分に与えているということだ。

こうしてゆっくりと着実に接近することによって、ロカアは事実上、ギアリーに発砲のあらゆる機会を与えているのだ。

「人類の考えかたを基準にタオンを判断することはできない」ギアリーは声に出して言った。「だが、手がかりはそれしかない」

デシャーニはギアリーをちらりと見た。

「いつでも攻撃目標をねらえるよう、発射制御システムの作動準備を整えますか？」

「いや」ギアリーはディスプレイをチェックした。艦隊司令長官として、すべての武器を制御する権限を持っており、武器の使用を許可あるいは禁止することができる。

ギアリーはコントロール・ボタンが赤く点滅し、武器が発射できない状態であることを確認した。

「たとえ自衛のためでも発砲することはできないとおっしゃるのですか？」デシャーニは非常に慎重に抑制された声で言った。

「そうだ」と、ギアリー。

17

長い沈黙が流れた。デシャーニ艦長はディスプレイを見つめたままだ。

「閣下が今回のことをじっくりお考えになったことは知っています」ようやくデシャーニはぼそっと言った。「わたくしにできることがあれば、おっしゃってください」

「たったいま、わたしの力になってくれた」と、ギアリー。

ギアリーは状況を見守り、待った。

「タオン艦隊が最大推定兵器射程に到達するまであと五分です」キャストリーズ大尉が報告し、好奇心と不安の入り混じる表情で、思わずギアリーをちらりと見た。

「けっこう」デシャーニはまったく心配していないように言った。ギアリーはわかったと言う代わりにうなずいた。

「元帥？」ブラダモント代将の声がした。

ギアリーは、ブリッジ後方のオブザーバー席にすわっているブラダモントを振り返った。

いつのまにやってきたのか、その隣にロジェロ大佐が立っていた。困難を乗り越えてようやく艦に戻ってきたばかりなので、まだ服装が少し乱れている。

「なんだ?」

「閣下、タオンは何をしているとお思いになりますか? これは攻撃的な行動に見えます」

「たしかに」と、ギアリー。「だがタオンは、われわれがどれほど攻撃的なのか見きわめようとしているのだろう」

ブラダモントはそれには反論せず、理解を示すようにうなずくと、静かな声でロジェロに話しかけた。

「ちょっと怖いな」ギアリーはデシャーニにつぶやいた。「こんなに信頼されているなんて」

「誰もが、理由があってあなたを信頼しています」デシャーニは小声で答えた。「あなたは信頼を獲得したのです」

ギアリーは心の底から願った。誰もが犯しうる重大なあやまちを犯していなければいいのだが。

「後方のタオン艦隊が推定最大兵器射程内に入りました」と、キャストリーズ。

「それに、相変わらず同じペースで接近しています」と、デシャーニ。

ギアリーはふたたび無言でうなずいた。ロカアの艦隊はギアリーが設定するはずだった一線を越えたところだ。そのことに思いをめぐらせつつ、チャーバンの判断がいかに正しかったかを理解した。なぜなら、目の前にあのふたつの選択肢しかなかったら、どちらも選びたくなかったはずだから。

ロカアの艦隊は距離を詰めつづけ、いまや完全に射程内に入っていた。

バダヤ艦長が通信してきた。

「元帥、どうしますか？」

「艦長たちと話をする必要があります」デシャーニはギアリーに言った。

「いまから特務戦隊全体に知らせる」ギアリーはバダヤにそう言うと、全艦に向けた通信回線に切り替えた。「全艦に告ぐ。こちらはギアリー元帥。ロカアは敵対的意図を示していない。ロカアの艦隊がわれわれの編隊に接近しているのは、われわれを迎撃しようとしている敵タオン艦隊と交戦するためだと思われる。われわれはロカアの艦隊と交戦するつもりはない。敵意があるなら、ロカアの艦隊にはこれまでにもわれわれを攻撃する機会が充分にあったはずだ。必要に応じて、全艦が敵タオン艦隊への対処に集中してもらいたい。ギアリーより、以上」

　バダヤがふたたび通信してきた。

「元帥、それはたしかなことですか？」

　いや、とんでもない。

「もちろんだ」と、ギアリー。

　デシャーニは自分のディスプレイに映る誰かと話している。通信が終わると、ギアリーを一瞥《いちべつ》した。

「ロベルト・ドゥエロスからです。ドゥエロスは心配しています。気にしないようにと言っておきました」

「きみが嘘つきだということにならなければいいのだが」ギアリーはデシャーニにしか聞こえない小声で言った。

　ロカアの艦隊が接近してくるにつれて、冷静で断固たる態度をとるのが難しくなってきた。

　星系同盟《アライアンス》特務戦隊は〝非脅威的な〟球状陣形を保っていた。いつものように三次元の格子状に艦が配置されている。後方から接近してくるタオンの編隊は斜めにひしゃげた箱のような形をしていたが、アライアンス編隊の端に到達すると六隻ごとのグループに分かれ、アライアンス艦のあいだをゆっくりと進みはじめた。

「こんなものは見たことがありません」デシャーニはディスプレイを凝視した。タオン艦がアライアンス編隊内部のいたるところへ徐々に迫っている。「狂気の沙汰《さた》です」

「タオンは何をしているのですか？」ブラダモントが、デシャーニと同じくらい驚いた様子でたずねた。

ギアリーは、ブラダモントが本当は何をたずねたいのかわかっていた。おそらく、この瞬間に特務戦隊の誰もが疑問に思っているはずのこと。〝われわれは何をしているのですか？〟

ギアリーはこぶしを握りしめた。高まる不安に屈して武器の制御を解除してはならない。よくも悪くも、ギアリーにはアライアンス艦隊をこの行動方針にしたがわせた責任がある。最後の一隻がアライアンス編隊のなかにすべりこむと、タオン艦隊はようやく加速をゆるめはじめ、アライアンス艦のベクトルと完全に一致するまで減速した。

両軍が入り乱れ、相対速度がゼロ、すなわち、たがいに対して静止したこの状態で戦いが始まったら、大惨事になるだろう。アライアンスが応射し、ロカアの艦隊に深刻な損傷を与えたとしても、アライアンス特務戦隊は殲滅《せんめつ》されるにちがいない。

各艦からのメッセージが怒濤《どとう》のように届きはじめた。艦長たちが武器制御の解除を緊急に要請している。手遅れになる前に迅速に行動するべきだというのだ。

だがギアリーはずっと疑問に思っていた。なぜタオンは攻撃を開始する前に、戦略的に不利な場所に艦を配置したのだろう？　ギアリーはなんどか深呼吸し、気持ちを落ち着かせると、頭のなかでさまざまな選択肢を検討した。

つづいて操作パネルに手を伸ばし、指令伝達回線を起動させ、メッセージを一斉送信した。

「〈特務戦隊アルファ〉の全艦に告ぐ。こちらはギアリー元帥。わたしは全艦の武器を集中管理している。独断での発砲はいっさい許可しない。ギアリーより、以上」

デシャーニは絶望したような表情を浮かべたが、やがて、うなずき、断固とした決意を示した。

「元帥、あなたを支持します」

「わかっている」

ギアリーがその言葉を発したのとほぼ同時に、ロカアのタオン艦隊が発砲した。

それは時間がのろのろと進んでいるような気がする瞬間のひとつだった。頭のどこかでは錯覚だとわかっているのに、何もかもが非常にゆっくりと起こっていた。〈ドーントレス〉で警報がけたたましく鳴り響き、クルーたちが漏らした驚愕《きょうがく》と恐怖のあえぎ声をかき消した。

もう手遅れであることはわかっていた。ギアリーは多くの命が危険にさらされていることに責任を感じ、自己嫌悪におちいりながら、氷河のように緩慢に感じられる動きで武器使用許可コマンドに手を伸ばした。そのコマンドにタッチしたときには、すでに〈ドーントレス〉は砲撃によりハチの巣にされているだろう。

デシャーニは不可避と思われる死にあらがうように威嚇《いかく》のうなり声を上げ、自分の発射制御装置に手を伸ばした。

だが、ギアリーは何かが足りないことに気づき、手の動きを止めた。

なぜ警告システムは被弾を示していないのか？　損害の報告はないのか？　〈ドーントレス〉の防御シールドが被弾しても、艦体の揺れはなかった。しかも、タオンはいちどの斉射を行なっただけで、それ以上は発砲しなかった。

ターニャ・デシャーニも気づいていた。

「どうして命中しなかったのですか？　相対速度はゼロ。そのうえ、これほどの至近距離からの攻撃です。なのに、命中しなかった？」

「特務戦隊のどの艦からも被害報告は入っていない」ギアリーはディスプレイを詳細に確認しながら言った。「全艦に告ぐ。こちらはギアリー元帥。シールドまたは艦体に被弾した艦はただちに報告せよ」

　返ってきたのは沈黙だった。

「艦長」ユオン大尉がわずかに声を震わせて言った。「タオンは指向性エネルギー兵器を使用しました。センサーによって記録された被弾はありませんが……タオンの武器の威力がわれわれのものより弱いか、われわれが近距離ビームの訓練で使うような低出力設定で発射されたか、どちらかでしょう」

「あれはテストだったの？」デシャーニは怒りに満ちた表情で荒々しく言った。「われわれの反応を見たいから、われわれを恐怖におとしいれたのですか？」

「そのようだ」ギアリーは自分が死んでいないという現実を受け入れきれなかった。誰も死んでいないことが信じられない。

「なんと愚かなことを！　われわれの攻撃態勢が整っていたら、誰かの指が無意識に発射制御装置に触れ、いまごろは至近距離で叩きのめし合っているでしょう」

「われわれの行動から、攻撃準備が整っていないと判断したのだろう」遅ればせながらストレスホルモンが体内を駆けめぐるなか、ギアリーは呼吸を落ち着けようとした。

「それでも、愚かであることに変わりはありません！」デシャーニは息を整えた。「わたくしの胸のなかで、あんな行動をとったタオンに全兵器をぶっぱなしてやりたい気持ちと、あんな危険をおかしたタオンへの称賛の思いがせめぎあっています」

ギアリーはロカアからのメッセージを確認し、承認ボタンをタップした。ロカアはギアリーを見つめた。どういうわけか、もはや熱烈な歓迎ではなく、慎重な判断を示す態度をとっている。

「人類は人類。人類の言葉は真実。ロカアは真の人類の友を見つけた。ほかのタオンは敵。ロカアは戦う。人類は八本脚のもとへ帰る」

「なぜ、ほかのタオンがわれわれの敵なのだ？」と、ギアリー。タオンは、戦いを望んでいないという人類の言葉が本当なのかどうか確かめるために、あのような信じがたい危険をおかした。そのことでロカアをどなりつけたかったが、まだ動揺しているため、できなかった。

「敵タオンは人類の敵。タオンでないものすべての敵」ロカアは説明した。「タオン宙域をタオンだけのものにしたいのだ」

「敵タオンは排外主義者たちです」と、デシャーニ。「異星種族を憎む政治派閥でしょう。だから、方針を変更して、われわれを迎撃しようとした。だから、ロカアは敵タオンがそうすると知っていた」

「わかった」ギアリーはロカアに言った。「われわれはここを去る。だが、友人を求めるタオンとは友人でありつづける」

「理解した。いずれにしても、ジャンプする前に戦いが起こるかもしれない」ロカアは口を楕円形に開き、人間の笑みに相当する表情を浮かべた。「このタオンと人類とのあいだには平和がある」

「あなたがたに平和が訪れますように」と、ギアリー。「われらが先祖に名誉あれ」

「待ってください」ロカアの映像が消えると、デシャーニは言った。「ロカアたちは味方になったのですか？」

「そのようだ」と、ギアリー。「だが、まだ安心はできない」

「敵タオンによる迎撃まであと十分です」デシャーニはディスプレイを指さした。

「われわれの編隊内にいるタオン艦隊が再加速しています」キャストリーズ大尉が叫んだ。

「すごいスピードです。このペースだと、二秒以内にわれわれの編隊から離れてゆくでしょう」

「敵タオン艦隊がわれわれに到達する前に迎撃しようとして、向かっているのだ」と、ギアリー。

「われわれの近くにいるタオン艦が防御シールドの強度を上げています」キャストリーズは不信感を帯びた声で付け加えた。「われわれのシールドの最大強度より約三十パーセント高い値で安定しています。全体的に、われわれの最大シールド強度より三十パーセント高めです」

「どうすれば、そんなことができるのだろう?」ギアリーはつぶやいた。タオン艦隊との交戦を試みていたら、どうなっていたかということで、頭がいっぱいだ。

「加速力もシールド強度もわれわれより上です」デシャーニはけわしい表情で言った。

「武器の性能についても、いやな予感がします」

「敵タオン艦隊と交戦せずにこの状況から抜け出すことは可能か?」ギアリーはディスプレイを注視したまま、たずねた。

「いいえ」デシャーニは選択肢を検討しながら目を細めた。「敵タオン艦隊の加速力がロカアの艦隊と同等なら、無理です。ロカアの艦隊が敵タオン艦隊と交戦しても、無理でしょう。敵タオン艦隊の裏をかく必要があります。ユオン大尉! 戦闘システム上で、ロカアのタオン艦が緑のマーカー、排外主義者のタオン艦が赤のマーカーで表示されるように設定せよ」

「きみの言うとおりだ、艦長」ギアリーは自分のディスプレイを注視し、ロカアの艦隊、排外主義の敵タオン艦隊、アライアンス特務戦隊の動きを観察した。敵タオン艦隊はアライアンス艦隊の左舷側前方かつ上方に位置しており、その相対的方位を維持したまま迎撃に向けて接近をつづけている。「たとえ回避しようとしても、激しい砲撃戦は避けられないだろう」

「それは回避のしかたによります」デシャーニはディスプレイを凝視している。「迎撃まであと六分あります。敵タオン艦隊はわれわれがどのような行動をとることを期待しているでしょう？　彼らは、これまでのわれわれの行動から、われわれがジャンプ点へ向かっていることを把握しています」

「われわれが加速してロカアの艦隊から離れようとするのを見ていた」と、ギアリー。

「われわれがジャンプ点をめざしていることも知っている。したがって……」

「敵タオン艦隊は、われわれが加速するか、現在の速度で突破を試みることを期待するでしょう」デシャーニは言葉を引き取り、ギアリーをちらりと見た。「大きく迂回するか減速する必要がありそうです」

「あるいはその両方かもしれない」

ロカアの艦隊は前進をつづけ、人類艦隊から完全に離れると、敵タオン艦隊による人類艦隊への迎撃を阻止するべく、攻撃に最適な針路をとりはじめた。ロカアの艦隊が迎撃のために近づいてゆくと、敵タオン艦隊も六隻ごとのグループに分かれた。人類がもちいる大規模な編隊と違って、小規模な編隊の群れが入り乱れている。ギアリーは信じられない思いでディスプレイを注視した。

「われわれの戦いかたとは違う」

「いま機動計画を立てているところです」と、デシャーニ。

ギアリーはそれにすばやく目を通すと、艦隊の全艦に転送した。

「〈特務戦隊アルファ〉の全艦に告ぐ。こちらはギアリー元帥。即時実行命令。右に一五〇度、上方に〇二〇度、転針し、最大持続速度で〇・一光速まで減速せよ」

非効率的な球状陣形も、もっと早くに解除するべきだった。

「〈特務戦隊アルファ〉の全艦に告ぐ。ただちにタンゴ陣形をとれ。繰り返す。ただちにタンゴ陣形をとれ」

事前に計画されていたタンゴ陣形においては、編隊の外側に位置する艦が中心へ移動することによって密集した楕円を形成し、楕円の幅の広い側を敵に向けることになる。アライアンス巡航戦艦は火力の中核として、編隊の中央と左右の三カ所に配置され、軽巡航艦と駆逐艦がそのまわりに並ぶ。

人類の艦で新たな警報が鳴り響きはじめた。六隻ごとに分かれた敵タオンの編隊の群れがロカアの編隊の群れのあいだを突破すると、人類艦隊は外側かつ上方へと大きく転針し、急減速していた。生き残った五十五隻の敵タオン艦は、人類艦隊が同じベクトルを維持していた場合にいたはずの位置をねらった。その結果、アライアンス特務戦隊がとりはじめたベクトルのはるか前方かつ下方を通過することとなった。

敵タオン艦隊は近距離兵器の射程外にいるため、アライアンス戦闘艦に向かってミサイルを斉射した。

「くそっ、なんというスピード」タオンのミサイルが猛スピードで人類艦隊に向かってくると、デシャーニは息をのんだ。

「回避することも、裏をかくこともできない」と、ギアリー。「全艦に告ぐ。減速をつづけ、艦首を旋回させて、向かってくるミサイルに対処せよ」

メイン・エンジンの方向が変わったので、人類艦隊はもとのベクトルからわずかにそれ、ゆるやかな曲線を描きながら針路を変更しはじめた。タオンのミサイルが猛スピードで向かってくるにもかかわらず、減速をつづけている。

「武器制御を解除してください」デシャーニがひとりごとのように言った。

ギアリーは自分の不注意に悪態をつきながら、全艦が独自に発砲を制御できるよう、コントロール・ボタンを強く押した。

「わたしはときどき愚かな真似をするよな」

「あなたはロカアの意図を正しく理解しました」と、デシャーニ。「あのミサイルは、われわれが現在の減速率を維持した場合に到達するはずの位置を猛スピードでめざしています」

「わかった」ギアリーはタオンのミサイルを見つめた。この状況でとるべき行動を正確に判断しなければならないことはわかっていた。「〈特務戦隊アルファ〉の全艦に告ぐ。ただちに減速を中止せよ」

メイン・エンジンが減速を中止すると、人類艦隊はミサイルがねらっていた位置よりも先を進みつづけた。高速で向かってくるミサイルの群れはベクトルの調整がまにあわず、人類の特務戦隊の後方を通過した。ミサイルがふたたび接近しようとして旋回すると、すべての人類艦が回頭し、荷電粒子近距離ビームを斉射した。

近距離ビームの弾幕をかいくぐったミサイルはわずか十数発で、もっとも近いアライアンス戦闘艦がブドウ弾を発射できる位置まで充分に接近していた。最後に残ったミサイルも、爆発の効果が広範囲に及ぶ金属のボールベアリングを回避することはできなかった。

「先に発砲してきたのはあの排外主義者どもです」と、デシャーニ。

「わたしも気づいていたよ」と、ギアリー。

「確認したかっただけです」

ギアリーはすでに、排外主義のタオン艦隊が人類艦隊と交戦するためにさまざまな方向に針路を変更する様子を見ていた。敵タオン艦隊は宇宙空間に広がり、アライアンス艦隊がめざすジャンプ点への進路を妨害しようと、ロカアの艦隊と同等の驚くべき速度で接近しつつある。

「〈特務戦隊アルファ〉の全艦に告ぐ。左に〇四〇度、下方に〇一〇度、ただちに転針し、〇・一五光速まで加速せよ」

アライアンス艦隊はふたたび艦首をジャンプ点に向け、メイン推進装置を作動させると、迫りくる敵タオン艦隊へと突き進んだ。

「巡航戦艦はほかの艦よりも速く加速するでしょう」と、デシャーニ。「われわれが先陣を切るのですか？」

「そうだ。第一、第二、第三巡航戦艦分艦隊の全艦が攻撃を主導する。われわれの進路の妨げとなる敵タオン艦を集中砲撃し、突破せよ」

ロカアの艦隊がふたたび敵タオン艦隊に向かって突進しはじめると、人類艦隊は敵タオン艦隊を砲撃しながら、両タオン艦隊のあいだを突き抜けた。開けた宇宙空間に出た瞬間、ギアリーは〈ドーントレス〉が被弾して揺れるのを感じた。

「敵タオン艦隊の接近速度は〇・一光速を超えていました」と、デシャーニ。「われわれも〇・一光速以上でしたので、相対的交戦速度はゆうに〇・二光速をうわまわっていたことになります」

ギアリーはデシャーニがなぜそんなことを指摘するのかわかっていた。〇・二光速を超える速度では、敵艦が射程内に入る一瞬のあいだに、人類の発射制御システムが命中弾を浴びせることは困難だ。その結果、敵タオン艦を一隻も撃破することはできなかったが、何隻かに大きな損傷を与えることはできた。

もっとも、高速での砲撃精度の点ではタオンも人類と大差ないようで、タオン艦が発射した武器の命中率は人類艦同様に低かった。

とはいえ、人類の近距離ビームより強力な指向性エネルギー兵器を使って、なんどか命中させていた。

「軽巡航艦〈クロイス〉と〈ポメル〉が、シールドを貫通する二発の命中弾を受けました」ユオン大尉が報告した。「〈デアリング〉と〈フォーミダブル〉が集中砲撃されましたが、いずれも大きな損傷はありません。すべての艦が充分な推進力と機動性を維持しています」

「ジャンプ点が近づいています、元帥」と、デシャーニ。「ジャンプ点到達までに〇・一光速まで戻さなければ、ふたたび、まわり道をしなければならなくなるでしょう」

「機動計画をくれ、デシャーニ艦長！」

「これです」

「すばらしい」ギアリーはひと目で計画を把握した。「〈特務戦隊アルファ〉の全艦に告ぐ。左に〇〇四度、下方に〇〇一度、ただちに転針し、主推進力の九十二パーセントで〇・一光速まで減速せよ」

敵タオン艦隊はロカアの艦隊とふたたび交戦し、四十八隻まで数を減らしていたが、それでも、アライアンスの編隊に再度、襲いかかろうとした。アライアンス艦隊はメイン推進装置をもちいて適切なペースで減速しながら、迫りくる敵タオン艦隊に艦首を向けた。

「あのタオン艦は強靭《きょうじん》です」ブラダモントが言った。「なんども被弾しているにもかかわらず、向かってきています」

「友人ロカアの援助に感謝しないとな」と、ギアリー。

「タオンのエネルギー兵器の有効射程はどのくらいかしら？」デシャーニが言った。敵タオン艦隊は、ジャンプ点に到達する前にアライアンス艦隊を捕らえようと急いでいる。

「どう思う、ユオン大尉？」

ユオンは驚き、しばらく間《ま》を置いてから答えた。

「もうすぐわかると思います、艦長」

「同感よ」と、デシャーニ。「艦首シールドが最大強度に設定されていることを確認せよ」

「ジャンプ点まで三十秒」と、キャストリーズ。

ギアリーのディスプレイに警告が表示された。敵タオン艦隊のすべての艦が人類と再交戦しようと懸命に接近を試みるなか、駆逐艦〈ボロ〉がすぐ近くにいた敵艦からの命中弾を浴びたのだ。〈ボロ〉は謎の種族との戦闘でも被弾したため、不運な艦としてのイメージが定着するだろう。

「〈特務戦隊アルファ〉の全艦に告ぐ」ギアリーはメッセージを送信した。「ジャンプ点に到達したら、突入を開始せよ」

二秒後、敵タオン艦隊が最後の斉射を行なうと同時に、人類艦隊はジャンプ・エンジンを作動させ、ひとつ前のダンサー族の星系へと戻るべくジャンプした。

デシャーニが長いため息をついた。

「で、われわれは新たな戦争を始めることを回避できたのでしょうか？」

「おそらく」ギアリーは言った。「だが、敵タオン艦隊が断固として追いかけてきていたら、われわれは非常に心強い友人を得ることになるだろうな」

「敵タオン艦隊はジャンプして追ってくると思いますか？」

「ダンサー族の宙域まで？　そんなことをしたら、ダンサー族の機嫌を大きくそこねることになる」

「それは見ものです。でも、排外主義のタオンはそこまで愚かではないと思います」

「たぶんな」と、ギアリー。


ダンサー族の宙域への帰還が故郷への帰還のように感じられることは、奇妙に思えた。だが、超空間に突入し安全が確実となった今、クルーたちは本当にそう感じているようだ。

この特務戦隊の一部の者だけが知っていることだが、すでにダンサー族の宙域で、ギアリーの指揮権を揺るがし、ダンサー族の敵対心を喚起する試みがなされた可能性がある。

ギアリーはいまもカリファーが監禁されている独房に立ち寄った。カリファーは依然として、何ひとつ明らかにしていない。

「きみがどんな計画に関与していたか知らないが、それが達成されることはない。きみは不利な立場にある。きみにとって賢明な選択は、情報を提供することだ」

案の定、カリファーは何も言わなかった。

スロネイカー警衛隊長はギアリーを見ると、イングリスが起こした殺人未遂事件に同調あるいは加担したと思われるクルーはほかにいなかったと報告した。

「イングリスはほかに誰が計画に関与していたか知らないと主張していました。共犯者はいなかったのかもしれませんが、イングリスをあやつっていた者がいるはずです」

ギアリーはそれを信じたかったが、そう簡単には受け入れられないこともわかっていた。とはいえ、〈ウォースパイト〉で陰謀者の秘密グループについて明らかになったことと一致している。〈ドーントレス〉に残っているのは、秘密グループのなかでも下っ端の一人か二人だけかもしれない。イングリスは〈ドーントレス〉の誰かに指示されたのだろうか？　それとも、カリファーの場合と同様に、ペレアス艦長やバードック艦長のような立場の人間に指示されたのか？　だが今のところ、そのような推測を確かめるすべはない。ダンサー族の宙域に到着したときに、アーマス艦長が明確な答えを導き出せていればいいのだが。

タオンの星系から脱出するための長い戦闘が終わると、艦内時刻はかなり遅い時間帯になっていた。ギアリーはダンサー族の宙域で何が起こっているのか、あるいはすでに何が起こったのか、心配で落ち着かなかった。覚醒パッチもまだ効いている状態なので、〈ドーントレス〉の通路をうろうろと歩きまわり、不安の色を隠して、まだ起きているクルーや見張りのクルーたちと話をした。

「われわれは間違いなく死ぬのだと、わたしは思いましたよ」一人の下士官が認めた。

おれもだ。ギアリーはそう思ったが、クルーたちとともに声を上げて笑った。生きていることは喜びに値することなのだから。

ダンサー族の通信装置がある部屋の近くにいることに気づき、なんとなくチャーバン将軍と話したくなってその部屋へ向かった。

だが、超空間にいるあいだはダンサー族と通信できないため、この時間にそこにいたのはドクター・クレシダだけだった。いつものように通信パッドでの作業に没頭している。

ギアリーは立ち去ろうとして、ためらった。

それがドクター・クレシダの注意を引いた。クレシダはいらだたしげに顔を上げた。

「何かご用ですか？」

「質問してもいいだろうかと思いまして」と、ギアリー。

「どうせ質問なさるのでしょう？　止めようがありませんから」

あまり乗り気ではないイエスの意味だと解釈し、ギアリーは腰をおろした。

「以前、ダンサー族について議論しましたが、あれからずっと気になっていることがあるんです。あなたの言うとおりだとしたら、われわれの知るかぎりでは、ダンサー族の量子力学に対するアプローチは間違っていることになります。宇宙についての考えかたが、少なくとも部分的に間違っているのです」

ドクター・クレシダは肩をすくめた。

「もっと正確に言えば、われわれの視点から見た場合には、ダンサー族の量子力学に対する理解が間違っているということです」

「わたしが気になっているのは、まさにそこです」と、ギアリー。「われわれの視点から見てダンサー族が間違っていれば、自動的にわれわれが正しいことになるのですか？」

「そんなことはありません」クレシダは顔をしかめながら適切な言葉を探した。「われわれ人類は宇宙がどのように機能しているか、理解しようとしています。今のところ、すべてを理解しているわけではありません。われわれには利用できる一連のルールがありますが、なかにはたがいに矛盾するものも含まれています。しかし科学者たちは何世紀にもわたって、すべての物理的現象を説明し、既存の矛盾を解決するシンプルで統一的な理論を求めてきました。人類はまだこのような統一理論を見つけていないので、宇宙についての基本的な何かを見落としている可能性があります。宇宙はさまざまな要素の寄せ集めであり、宇宙の異なる側面には異なるルールがあるという複雑な基本的真実の存在を主張する科学者たちもいます。その一方で、わたしを含む一派は、宇宙を説明する単一の基本理論が存在すると信じていますが、人間の知覚には限界があるため、まだそれを発見できていません。理解できる日が来ないわけではなく、少なくとも探究をつづけるべきだと、わたしは思っています。でも、まだわたしの見解を証明することはできません。異なる見解を持つほかの科学者たちも同様です」

　宇宙の理解における複雑性と単純性の相互作用を示すクレシダの言葉から、ギアリーはあることを思い出した。

「昔、誰かがこんなことを書いていました。〝戦争においてはすべてが単純だが、すべての単純なものは複雑である〟（プロイセンの軍人であり、軍事理論家でもあるカール・フォン・クラウゼヴィッツの言葉）」

　少なくともクレシダはそれに驚いたようだ。

「戦争にかぎらず、多くの分野に適用できる興味深い洞察ですね」

「ダンサー族の量子力学に対するアプローチはわれわれの目には間違っているように見えるが、実は正しいかもしれないという意味ですか？」

「そうです」クレシダはギアリーが否定的な反応を示すことを予想したが、その予想は裏切られた。「ダンサー族は実際にはわれわれよりも深く量子世界を理解しており、その根本的なレベルを見きわめ、量子力学における確率や不確実性といった概念を解明している可能性があります。情報が不足しているので、断定はできませんが」クレシダは言葉を切り、またしても肩をすくめた。「元帥、人間の知覚や理解には限界がありますが、それでも、われわれは根底にある真実を明らかにするために最善を尽くしています。われわれにできるのはそれだけです。ダンサー族が〝現実〟をどのように理解しているかを学ぶことによって、うまくいけば、われわれ人類も〝現実〟に対する自己の認識を深めることができるかもしれません。それが今のわたしに提供できる最良の答えです」

「わかりました」ギアリーはクレシダの言葉について考えながら言った。

「本当に？」

「はい」ギアリーは立ちあがった。「感謝します、ドクター。あなたがおっしゃったことは人間のあらゆる行動にあてはまると思います。われわれは自己の限界にもかかわらず、最善を尽くしているのです」

「たぶん」

「なぜそのことを会議中に説明なさらなかったのですか？」

ドクター・クレシダは頭を振った。

「異星種族が人類とは異なる認識や理解力を有しているかもしれないという考えは、重要な意味を持っているからです。そのようなニュースは歓迎されないでしょう。元帥、あなたは悪いニュースを伝えることに慣れていないかもしれませんが、悪いニュースが受け入れられることはめったにありません」

なぜクレシダの言葉に腹が立たないのか、ギアリーにはわからなかった。自分に対する根本的な誤解があるように思えたせいなのかもしれない。

「ドクター、自分の指揮下にある誰かが命を落とすたびに、わたしはその家族や愛する人たちに悪いニュースを伝えなければなりませんでした。それはとてもつらいことですが、部下に対して果たすべき非常に重要な責任の一部でもあります。悪いニュースを伝えることにともなう痛みは充分に理解しているつもりです。あまりにも多くの人々にあまりにも多くの悪いニュースを伝える必要がありましたから」

それだけ言うと、ギアリーは背を向けて立ち去ろうとしたが、ドクター・クレシダが痛々しいほどに感情を抑制した声でふたたび話しはじめたので、足を止めた。

「わたしの妹はどのように亡くなったのですか、元帥？」

ギアリーは振り返り、クレシダと向き合った。

「詳細を記した手紙をご家族にお送りしました」

「わたしはそれを読むことを拒否しました」と、ドクター・クレシダ。「現実を直視できなかった。でも、知りたいのです」

「われわれはヴァランダル星系で惑星連合《シンディック》小艦隊を追撃しようとしていました。そのときすでにカリクサ星系のハイパーネット・ゲートは謎の種族によって壊滅的な崩壊を起こし、星系内は全滅に近い状態でした。謎の種族はシンディックに、この行為がアライアンスのせいだと思わせようとしたのです。シンディックはヴァランダル星系のゲートを崩壊させせるために、報復部隊を送りこみました。これが報復の連鎖を引き起こし、アライアンス、シンディック双方にとって致命的な結果をもたらしていた可能性があります。

そうなる前にシンディックを止めなければならなかった。わたしはこの艦を含めて、生き残ったすべての巡航戦艦でひとつの編隊を組み、シンディックを迎え撃つべく突撃しました。どうにかシンディックをとらえ、ハイパーネット・ゲートの手前で交戦しましたが、われわれにとっては圧倒的に不利な状況でした。シンディックは複数回の斉射を行なうなか、あなたの妹さんの艦〈フュリアス〉を集中砲撃した。〈フュリアス〉は一瞬のうちに無数の命中弾を浴び、シールドが崩壊し、パワー・コアのオーバーロードを引き起こしました」

ギアリーは言葉を切り、ドクター・クレシダを見つめた。クレシダは遠くの隔壁を一心にながめている。

「一瞬ですか」クレシダはようやく言った。「妹は……知っていたのですか？　集中砲撃されるとわかっていたのですか？」

「いいえ」と、ギアリー。「あまりに一瞬の出来事でしたから。誰もその瞬間を見ていません。われわれが目にしたのは、攻撃を受けたあとの結果です。われわれはすでに、壊滅的な崩壊を防ぐためのハイパーネット・ゲートの改造方法について彼女が考案した手順を公開送信していました。あなたの妹のジェイレンは、ヴァランダル星系を含むどの星系でも二度とそのようなことが起こらないように、命を捧げたのです」

ギアリーはドクター・クレシダの反応を待ったが、クレシダは無言で隔壁をじっと見つめている。

その目に映っているのはなんだろう？

ギアリーはふたたび背を向け、立ち去った。

18

こうしてギアリーの特務戦隊はダンサー族の支配宙域へ戻ってきた。

ギアリーは情報が更新されてゆくディスプレイを注視し、不在中の出来事を示唆するものを探した。

アーマス艦長が指揮する残留部隊は、出発時と同じ軌道で同じ陣形をとっていた。宇宙空間を航行するどの戦艦を見ても、トラブルが発生した様子はない。

なにごとも起こらなかったということか？　陰謀者たちは差し出された餌《えさ》に食いつかず、問題は未解決のまま危険な状態がつづいているのか？　ドゥエロス少尉に暴露されたことに陰謀者たちが気づき、その結果、少尉がひどい目にあわされたのだろうか？　それとも、計画は実行されたものの、阻止されたのか？　阻止されたとしても、ドゥエロス少尉がその対決を無事に切り抜けたかどうかはわからない。

艦隊は、ギアリーたちのいるジャンプ点から一・五光時離れた軌道上にいた。ギアリーの特務戦隊の到着を知らせる光がアーマスのもとへ届き、その返事がギアリーのところに到達するまで、三時間かかる。

三時間が信じがたいほど長く感じられるときもある。

避けては通れないことを先延ばしにする理由はない。ギアリーはそう思うとリーセルッ大使に報告書を送り、数隻の艦の戦闘による目に見える損傷を説明した。タオンとのあいだに起こったことの結果を、ほかの者はどのように評価するだろう？ ファーストコンタクトの成功？ それとも新たな種族との敵対行為だろうか？

だが、〈ドーントレス〉が最初に受信したメッセージは、アーマス艦長からのものでも、リーセルッ大使からのものでもなかった。

「ダンサー族は何があったか知りたがっている」チャーバン将軍がギアリーに言った。驚きをあらわにしている。「われわれにたずねているのだ。われわれが到着したジャンプ点から約二十光分の位置にいる艦の一隻から送られてきた。ダンサー族が好む形式で伝えるには、あの出来事すべてをどうまとめればいいのかと、考えているところだ」

「わたしとロカアの最後の会話のコピーを、すぐに送ってみてはどうでしょう？」と、ギアリー。「あの会話が概要説明になるのではありませんか？ ロカアとのやりとりはうまくいったものの、排外主義のタオンから逃げなくてはなりませんでした」

ジャーメンソン大尉が頭を振った。〈ドーントレス〉の〝朝〟の艦内照明の光で、明るい緑色の髪が輝いている。

「タオンにもいろいろな者がいるようです。われわれはダンサー族にそのことを問いただす必要があります」

「このような結果に大使はどう反応するだろう?」チャーバンがギアリーにたずねた。

ギアリーは肩をすくめた。

「われわれはまだ、われわれがいないあいだにここで何が起こったのかを知りません」その場にいた者のなかで、その発言の本当の重大さを知っていたのは、アイガー大尉だけだった。「タオンのあの星系でわれわれが経験したことに対する政府の反応については、それほど気にしていません。グレンリオンでの引退生活が、今朝はとても魅力的に思えます」

「星系同盟《アライアンス》はあなたを手放さないと思います、元帥」と、ジャーメンソン。

アーマス艦長ならそうするだろうという予想どおり、ギアリーの特務戦隊が帰還してからきっかり三時間二分後に、アーマス艦長から報告が届いた。

「元帥、詳細な時系列表《タイムライン》を添付します」と、アーマス。その表情からは何も読み取れない。

「簡単に説明しますと、閣下が出発してから四日後に、〈ウォースパイト〉に乗艦するドゥエロス少尉がマルウェア一式を受け取りました。〈ウォースパイト〉の通信システム、発射制御システム、武器、姿勢制御システムにひそかに侵入させるためのものです。少尉はすぐに、そのマルウェアをプラント艦長に引きわたしました。マルウェアはただちに分析され、定期のメンテナンス・プログラムの更新という名目で、全艦にウイルス対策プログラムが送られました。

閣下が出発して五日後に、あるメッセージがこの艦隊に公開送信されました。そのメッセージは、これは元帥からの命令であり、もっとも近い位置にいるダンサー族の艦と交戦するよう主張しました。メッセージによれば、ダンサー族が艦隊のシステムを破壊しようともくろんだことへの報復だということでした。同時に、〈コロッソス〉、〈ドレッドノート〉、〈コンカラー〉、〈ガーディアン〉のマルウェアが作動し、四隻を制御不能にしようとしました。計画どおり、その四隻と〈ウォースパイト〉が身動きできなくなったふりをすると、〈ギャラント〉のペレアス艦長から、〈コロッソス〉と〈ドレッドノート〉がダンサー族の攻撃によって制御不能になったため自分が指揮をとることになったと公開通信があり、残りの戦艦に、各艦が個別に動いて、もっとも近い場所にいるダンサー族の艦と交戦するよう指示しました。そのペレアスをすぐさま支持したのは、〈エンクローチ〉

のバードック艦長と〈マグニフィセント〉のクイ中佐でした」

アーマスはわずかに笑みを浮かべた。

「その時点で、〈コロッソス〉、〈ドレッドノート〉、〈コンカラー〉、〈ガーディアン〉、〈ウォースパイト〉は制御不能であるふりをやめました。わたしは、ダンサー族の艦を攻撃してはならないという、元帥が出発前に記録した命令を公開送信し、わたしがまだ指揮をとっていることを全艦に伝えました。わたしは全艦に陣形を維持するよう命じ、すでに動きはじめていた〈ギャラント〉、〈エンクローチ〉、〈マグニフィセント〉には、陣形のもとの位置へ戻るよう指示しました。少したってから、ペレアス艦長とクイ中佐が、偽の命令にだまされたのだと主張しながら、その指示にしたがいました。バードック艦長は命令に応じず、〈エンクローチ〉はそのまま編隊から離れながら行動をつづけたため、〈エンクローチ〉に乗艦する宙兵隊分遣隊が命令を受けて、ただちに武力でバードック艦長から艦の指揮権を剝奪《はくだつ》しました。未遂に終わった反乱のあとで、数隻の艦の秘密グループを調べたところ、プラント艦長のにらんだとおり、ほとんどがAIによるトリックで、本物のクルーはわずかしかいないことが判明しました。全部で二十五名が拘束されており、ペレアス艦長とバードックとクイ中佐以外は大半が下級兵士です」

アーマスは顔をしかめた。

「残念ながら、ドゥエロス少尉に関しては——」

ギアリーは胃が強く締めつけられるような気がした。

「未遂に終わった反乱から約二十分後に、艦隊の非公式の通信回線を通じて、ドゥエロス少尉も陰謀に加担していたという噂が流れました。陰謀の実行者のうち数名が、あとになってからドゥエロス少尉の妨害に気づき、忠実なクルーたちに少尉を攻撃させることで私的制裁を行なおうとしていたのではないか？　プラント艦長とわたしはそのように考えています」

アーマスは言葉を切ると居心地の悪そうな表情を浮かべ、ギアリーは恐怖とともにそのつづきを待った。

「わたしが……全艦に向けて伝えました」と、アーマス。「ドゥエロス少尉は陰謀の阻止に不可欠な内部情報を提供してくれたのだ、と。少尉を守り、また、陰謀のことを知って憤慨《ふんがい》している忠実なクルーたちが艦隊内で新たな私的制裁に及ばないようにするには、それが最善の方法だと思われたからです。その後、わたしの言葉が誤って解釈されていることに気づきました。ドゥエロス少尉が陰謀に加わったのは上層部からの命令によるものであり、陰謀を発見し排除するための行動だったと、思われているようです。ドゥエロス少尉にはまだ護衛がついていますが、身体的危害を加えられてはいません。〈エンクローチ〉を徹底的に捜索したところ、〈ドーントレス〉の暗殺未遂犯から奪い取ったものと一致するステルス装甲服が発見されました。見つかったのはその一着だけですが、艦隊内における脅威は排除されたとわれわれは考えています」

アルウェン・ドゥエロスは無事なのか？　アーマスの居心地が悪そうなのは、自分の考えで行動したことを報告しているからなのか？　ギアリーが思わず笑い声を上げると、不安げに様子をうかがっていたデシャーニも安堵《あんど》した。

「リーセルツ大使には」と、アーマス。「大使や〈バウンドレス〉に対する脅威はないと伝えましたが、報告書を提出して、起こったことのすべてを説明するよう求められました。そのような報告書の作成には細心の注意をもって取り組むつもりでいるとだけ、伝えてあります。

脅威が完全に消えたわけではありませんが、陰謀が頓挫《とんざ》したことをご報告できるのを光栄に思います。われわれ残留部隊は万全の態勢を維持しており、あらゆる法的命令を実行する所存です。引きつづきわたしはここで指揮をとりますが、特務戦隊がこちらに合流すると同時に、閣下にこの部隊の指揮権をお返しします。

われらが先祖に名誉あれ。アーマスより、以上」

「万事うまくいったようだ」ギアリーはデシャーニに言った。タオン星系へ向かった特務戦隊のほかの艦にも、ここで何があったかを知らせる必要がある。だが、とりわけ一人の人物には一刻も早く知らせなければならない。ギアリーはコマンドを入力し、アーマスの報告を〈インスパイア〉のドゥエロス艦長に転送した。その冒頭には短いメッセージを添えた――〝彼女は無事だ〟。

リーセルツ大使の最初の反応がギアリーにようやく届いたのは、特務戦隊が〈バウンドレス〉と合流するまで一光時を切ったときだった。大使は控えめな様子だった。これまでに耳にしたことについて判断を保留しているのは、明らかだ。

「すべての艦が無事に帰還できたことをうれしく思います」と、リーセルツ。「しかし、よくわからないのですが、そのロカアという異星人とは新たな友好関係を結べたのでしょうか？　正確にはどういうかたなのでしょう？　それから、排外主義のタオンと呼ばれる集団は、タオンが支配する宙域以外においても脅威となるのですか？

ここに残った艦隊の内部で、元帥たちが不在のあいだに起こった出来事についても知らされました。この任務が危機的状況におちいった可能性があったとか。そのような出来事についての完全な報告を求めます。すでに伝えてはありますが、まだなんの報告も受け取っていません」

タオンに関する質問への答えはギアリー自身も持っていない。陰謀についてのリーセルツへの報告をアーマスが遅らせているのは賢明だ。そういった問題について大使とさらに議論するのは先に延ばしたほうがいいだろう。リアルタイムで会話ができるくらい接近するまで待つことにしよう。

ドゥエロス艦長が通信してきた。このあいだに比べれば、かなり元気そうだ。

「みんなが言うように、すべてうまくいったようですね。艦隊の何人かから、娘の勇気を称《たた》える言葉をもらい、アルウェンからも連絡がありました。自分も罪に問われるのだろうと考えているため、英雄視されることにとまどっています。アルウェンはまだ、陰謀における自分の当初の役割について罰を受けるだろうと思っているのです」

「それは大丈夫だ」と、ギアリー。「そんなことをすれば、アーマス艦長がだまされた、あるいは陰謀を叩きつぶすためのドゥエロス少尉の役割について意図的に嘘をついたように見え、アーマスの評判を下げることになる。そのどちらも真実ではない。重要なのは、少尉が指揮系統にさからうどんな行動にも加わらなかったという点だ。そのことに気づいたとき、少尉は命がけで自分のミスを正そうとした。帳尻は合っているとわたしは考えている」

ドゥエロスは安堵のため息をついた。

「そう言っていただけるとありがたいです」

「だが、少尉はまだ安全ではない」と、ギアリー。「陰謀にかかわった者全員をつかまえたとは考えにくく、少尉に対する報復が実行される可能性はまだある。艦隊に合流したら、暗殺に対する予防策の件できみの娘さんと話をするよう、ロジェロ大佐とブラダモント代将に頼んでおいた」

ペレアス艦長とバードック艦長とクイ中佐、そして〈ツナミ〉で拘束されている者たちの処遇も決めなければならない。とくに艦隊内での評価の高いペレアスの先行きについては、慎重に考える必要があるだろう。銃殺刑も法的には正当化されるが、ほかの件はともかくとして、ペレアスもバードックもクイも戦時中はしっかり働いてくれた。法律と正義が別ものだった時代もあるのだ。ジョージ少佐が、対話に応じた逮捕者全員と話をしている。その内容が各陰謀者たちの処遇を決定する参考になるかもしれない。

特務戦隊が残りの艦隊と〈バウンドレス〉に合流すれば、リーセルツ大使と対話することになるが、一筋縄ではいかないだろう。ギアリーはそう覚悟していたが、〈ドーントレス〉がまだ〈バウンドレス〉から十五光分の距離にあるとき、新たなメッセージが大使から届いた。リーセルツからは喜びと驚きの両方がうかがえ、いつになく早口でしゃべっている。

「元帥、大きな前進がありました。ダンサー族がわれわれの提案を受け入れ、〈バウンドレス〉をここでの特使船とすることを決定したのです。アライアンスとの関係を正式なものにしたいと、対話を望んでいます。そのメッセージは、ロカアの言葉について何か言っていました。どうやら、そのおかげでダンサー族の考えが変化したようです。ダンサー族が何を意図しているのか、わかりますか?」

リーセルツ大使は言葉を切り、ゆっくりと息を吸った。

「それだけではありません。ダンサー族は星図を送ってきました。このメッセージに添付します。この星図から……学べることがたくさんあります。この話はまたあとでしましょう。リーセルツより、以上」

ギアリーはデシャーニを自室へ呼び出し、それから添付資料を開いた。

自室のテーブルの上に三次元の星図が浮かびあがった。この銀河系の広大な渦状腕《かじょうわん》が映し出されている。

「あれがアライアンスです」デシャーニは星図の端にある星々を指さした。「そして、あれが惑星連合《シンディック》、というか、かつてシンディックの完全な支配下にあった宙域でしょう。それから、あそこにリフト連邦星系があり、その隣がカラス共和星系です。この領域全体が人類の支配宙域のようですね。このくらいの縮尺だと、それほど広くは見えません」

「太陽系があるな。旧地球の恒星だ」ギアリーは人類が支配する宙域の境界を見まわした。

「あれが謎の種族の宙域だろう。ダンサー族が言っていた、ベア＝カウ族の別の星系もある」

「このすべてがダンサー族の宙域なのでしょうか？」デシャーニは片手で複数の星系を示した。「ジャック、この星図はきわめて貴重なものだわ」デシャーニがつづけた。圧倒されたせいで、仕事の場だが、ギアリーを名前で呼んでいる。「アライアンスの人々がこれを見たら、腰を抜かすでしょうね」

「このすべてがいいニュースだとはかぎらないかもしれない」と、ギアリー。別の星系の集まりを見ている。「ここはタオンの宙域かな。だが、その宙域からリフト連邦星系までの星系を支配しているのは誰だろう？」

「何者であるにしろ、非常に多くの星系を支配下に置いていますね」と、デシャーニ。

「これで、リフト連邦星系の向こう側へ送ったロボット探査機がひとつも戻ってこない理由がわかったような気がします。ここを見てください。このまとまりです。ここはいくつもの星系によって人類の宙域から切り離されており、通常よりも遠いところにありますが、多くの領域を支配しています」デシャーニは後退して、星図全体を見た。「わかりますか？　これを見ていると、人類が囲まれているように思えてきます。このことを知らなかったのは、人類がある方向へ行かないように星系が配置されているからです。でも、あらゆる場所に星系はあります」

ギアリーがゆっくりとうなずいた。

「そうだ。ダンサー族は太陽系の向こう側の領域についてはあまりよく知らないようだ。あそこの惑星には〈太陽系の盾〉の愚か者どもが移住している。人類には、その方向へ進出する余地がまだあるのかもしれない。だが、どこへ行くにしろ、トラブルに直面する可能性はある」

「この星図は、たんに情報として提供されたものなのでしょうか」と、ターニャ・デシャーニ艦長。「それとも、警告でしょうか？」

ジョン・ギアリー元帥は頭を振った。

「われわれは次にそれを明らかにしなければならないだろう」

訳者あとがき

　前作の第十二巻では、星系同盟《アライアンス》艦隊司令長官ジョン・〝ブラック・ジャック〟・ギアリーが暗殺未遂など数々の不穏な出来事にみまわれながらも、実に一世紀以上ぶりにようやくグレンリオン星系に帰郷したり、弟の孫であるマイケル・ギアリーと再会を果たしたりと、ほっとするようなエピソードも描かれました。

　惑星連合《シンディック》から独立したミッドウェイ星系のハイパーネット・ゲートとアライアンスのハイパーネットを直結させるなど、同星系とは良好な関係を築きつつありますが、たがいに警戒心を完全に解いたわけではなく、相手の真意を読みきれない面もあるようです。約百年にわたり戦争をしていたのですから、そう簡単にいくはずがありません。今後、ギアリーが、ミッドウェイ星系のグウェン・イケニ大統領、アルトゥル・ドレイコン将軍と本当の友人になれることを期待したいところです。

本作、第十三巻では、人類に友好的と思われる唯一の異星人ダンサー族との関係を進展させるべく、特使船〈バウンドレス〉の護衛として、いよいよダンサー族の支配宙域へと向かいます。ギアリーは敵対勢力との戦闘や艦隊の運営に関しては有能な部下たちにも助けられ、力を発揮しますが、外交や政治の問題は不得手で、ことあるごとに、こんなときビクトリア・リオーネがいてくれたら……と思わずにはいられません。リオーネに対する嫌悪感を隠そうともせず、〝あの女〟としか呼ばなかったターニャ・デシャーニ艦長でさえ、リオーネからもらった形見のブレスレットをつねに身につけ（護身用ではありますが）、敬意を表わすようになってきました。

〈彷徨《さまよ》える艦隊〉シリーズの最新刊としては、コミック ***Corsair*** のノベライズ版を含む短篇集 ***Rendezvous with Corsair :A Lost Fleet Collection*** が刊行されています。シンディックの捕虜収容所に囚われていたマイケル・ギアリーが、もとシンディックのデスティナ・アラゴン執行官と協力してシンディック艦を奪う過程や、時をさかのぼり、アライアンスとシンディックが全面戦争に至った経緯も描かれます。

第三部の完結篇となる第十四巻では、またしても新たな異星人が登場するほか、ギアリー麾下《きか》の艦隊とはまた別のアライアンス艦隊が送りこまれてきます。彷徨える艦隊の長い旅はまだまだつづきそうです。

訳者略歴　英米文学翻訳家　訳書『巡航船〈ヴェネチアの剣〉奪還！』パーマー，『ギデオン―第九王家の騎士―』ミュア，『ビンティ―調和師の旅立ち―』オコラフォー，『彷徨える艦隊』キャンベル，『孤児たちの軍隊』ブートナー（以上早川書房刊）他多数

HM=Hayakawa Mystery
SF=Science Fiction
JA=Japanese Author
NV=Novel
NF=Nonfiction
FT=Fantasy

彷徨《さまよ》える艦隊《かんたい》 13
戦艦《せんかん》ウォースパイト

〈SF2446〉

二〇二四年五月　十　日　印刷
二〇二四年五月十五日　発行

（定価はカバーに表示してあります）

著者　ジャック・キャンベル
訳者　月《つき》岡《おか》小《さ》穂《ほ》
発行者　早川　浩
発行所　株式会社　早川書房

郵便番号　一〇一 - 〇〇四六
東京都千代田区神田多町二ノ二
電話　〇三 - 三二五二 - 三一一一
振替　〇〇一六〇 - 三 - 四七七九九
https://www.hayakawa-online.co.jp

乱丁・落丁本は小社制作部宛お送り下さい。
送料小社負担にてお取りかえいたします。

印刷・株式会社亨有堂印刷所　製本・株式会社明光社
Printed and bound in Japan
ISBN978-4-15-012446-5 C0197

本書は活字が大きく読みやすい〈トールサイズ〉です。